Que venha a tempestade

ALFAGUARA

Paul Bowles

Que venha a tempestade

Tradução
José Rubens Siqueira

ALFAGUARA

Editora Objetiva Ltda.
Rua Cosme Velho, 103
Rio de Janeiro — RJ — Cep: 22241-090
Tel.: (21) 2199-7824 — Fax: (21) 2199-7825
www.objetiva.com.br

Título original
Let it Come Down

Capa
Victor Burton

Imagem de capa
Philip and Karen Smith / Getty Images

Revisão
Cristiane Pacanowski
Talita Papoula
Umberto Figueiredo Pinto

Editoração eletrônica
Abreu's System Ltda.

CIP-BRASIL. CATALOGAÇÃO-NA-FONTE
SINDICATO NACIONAL DOS EDITORES DE LIVROS, RJ.

B783q

Bowles, Paul
Que venha a tempestade / Paul Bowles ; tradução José Rubens Siqueira. - Rio de Janeiro : Objetiva, 2010.

301p. ISBN 978-85-7962-025-6
Tradução de: *Let it come down*

1. Romance americano. I. Siqueira, José Rubens, 1945-. II. Título.

10-2738 CDD: 813
CDU: 821.111(73)-3

Sumário

BANQUO: Vai chover à noite.
PRIMEIRO ASSASSINO: Que venha a tempestade.
(*Atacam Banquo.*)

MACBETH, *Ato III, cena 3*

Introdução

Desde que eu era um menino de oito ou nove anos, sempre me fascinou essa breve passagem de *Macbeth* em que Banquo sai do castelo com seu filho e faz aos homens ali fora uma observação passageira sobre a chuva que vem vindo, que é respondida com o brilho de uma espada e a admirável frase de quatro palavras, sucinta e brutal: "Que venha a tempestade."

O romance a que dei esse título foi lançado no começo de 1952, no momento mesmo dos tumultos que pressagiavam o fim da Zona Internacional de Marrocos. Assim, já na época da publicação o livro tratava de uma era passada, porque Tânger nunca mais foi a mesma depois de 30 de março de 1952. A cidade celebrada nestas páginas há muito deixou de existir, e os acontecimentos aqui relatados seriam hoje inconcebíveis. Como uma fotografia, a história é um documento referente a um local específico em determinado instante, iluminado pela luz desse momento particular.

O livro foi iniciado de uma maneira talvez incomum. Em dezembro de 1949, embarquei num cargueiro polonês em Antuérpia com destino a Colombo. Entramos no estreito de Gibraltar à noite e ficamos no convés observando a luz do farol do cabo Spartel, na extremidade noroeste da África. Ao navegarmos para o leste, eu podia distinguir a luz de algumas casas na Velha Montanha. Então, quando chegamos mais perto de Tânger, uma fina névoa assentou sobre a água, e só se via o refulgir das luzes da cidade refletido no céu. Foi então que senti um desejo ilógico e poderoso de ir para Tânger. Até aquele momento, nunca me havia ocorrido escrever um livro sobre a cidade internacional. Mas desci, deitei no meu duro catre e comecei uma cena que ocorria nos penhascos pelos quais tínhamos acabado de passar. Não era o começo do livro, mas servia como um ponto de contato geográfico, a partir do qual eu podia trabalhar para a frente e para trás no tempo.

Anotações são inúteis para mim, a menos que haja uma parte do texto terminado ao qual possam ser aplicadas; eu sabia que tinha de escrever um trecho desse texto suficiente para servir de cordão umbilical entre mim e o romance antes de desembarcar num lugar desconhecido, senão perderia tudo. Quando o navio foi se aproximando do Ceilão, me vi relembrando o conhecido aforismo de Kafka: *De certo ponto em diante não há mais como voltar. Esse é o ponto que tem de ser alcançado.* Duvido que ele estivesse falando de escrever um livro, mas aquilo pareceu relevante para a situação. Fiz um esforço para ultrapassar esse ponto crucial; só então eu poderia ter certeza de não ter de voltar e abandonar o livro quando tentasse continuar o trabalho mais tarde.

O Sri Lanka (do qual Ceilão é uma pronúncia deturpada posterior) foi tão contraproducente para a continuação do trabalho no romance como eu havia previsto; havia coisas demais para ver e aprender, e a paisagem era muito sedutora para permitir muito tempo de contemplação. Eu levava uma vida nômade, raramente ficava mais que alguns dias num mesmo lugar. Só quando atravessei para a Índia foi que consegui voltar ao trabalho.

Na Índia, durante o dia eu me dedicava à exploração; escrevia à noite, e meu quarto de trabalho sem janelas estava longe de satisfatório. O ar sempre vários graus acima da temperatura do sangue, e o lampião a óleo como uma fornalha em meu rosto. (O lugar indicado para trabalhar, claro, seria a cama no quarto ao lado, só que não se podia acender luz ali por causa dos milhares de insetos alados que entrariam imediatamente. Eu ia para a cama no escuro.) Mas como bem sabem os escritores, o desconforto intenso muitas vezes ajuda a induzir o trabalho intenso.

No fim de 1950, eu estava de volta a Tânger; era uma noite de inverno memorável, e eu morava numa *pension* recém-inaugurada. Era também recém-construída (leia-se *mal*), de tal forma que a chuva escorria pelas paredes do meu quarto, pela porta que dava para o corredor e dali pela escada que descia para a recepção. Como o deslocamento pelo quarto significava chapinhar na água fria, eu ficava na cama a maior parte do tempo, enquanto terminava "Carne fresca e rosas". Depois, viajei durante oito meses por Marrocos, Argélia e Espanha, trabalhando esporadicamente na terceira parte, "A era dos monstros".

No outono de 1951, quando voltei a Tânger, subi o Xauen para escrever a última parte. Ali, no silêncio absoluto das noites na montanha, consegui o que esperava ser capaz de fazer ao chegar a esse ponto do livro. Desliguei os controles e deixei "Outro tipo de silêncio" orientar-se sozinho, sem fornecer nenhum direcionamento consciente. Fui até onde consegui, depois parei, e assim terminou o livro.

O herói é uma pessoa sem importância, uma "vítima", como ele se descreve, cuja personalidade, definida apenas em termos de situações, só desperta simpatia na medida em que é vitimizada. É o único personagem totalmente inventado; para todos os outros usei como modelos moradores reais de Tânger. Algumas dessas pessoas foram embora da cidade e as restantes morreram. O único personagem cujo modelo permanece aqui é Richard Holland, e isso porque eu ainda estou aqui e ele é uma caricatura de mim mesmo.

O roubo do dinheiro conforme ocorreu de fato era tão improvável que eu tive de modificá-lo para lhe atribuir credibilidade. Cerca de três anos depois do fim da Segunda Guerra Mundial, o filho de um famoso escritor inglês veio a Tânger com a esposa e resolveu comprar um terreno e construir uma casa. Havia uma proibição para se retirarem libras esterlinas do Reino Unido, então, como muitas outras pessoas, ele foi a Gibraltar e procurou um comerciante indiano a quem entregou um cheque de seu banco em Londres. O indiano devia orientar seu filho em Tânger a entregar o dinheiro em pesetas para Mr. X. Mas Mr. X era um cavalheiro importante que tinha um secretário inglês para cuidar desses assuntos. Quando o secretário foi pegar o dinheiro com o jovem indiano, descobriu que estava à sua espera, mas em libras esterlinas, e não em pesetas, e as libras não podiam ser usadas na Zona Internacional por causa das restrições financeiras. O indiano o colocou em contato com o cambista da esquina, que concordou em comprar as libras. O cambista encheu uma caixa com pesetas e levou para o indiano, dizendo que estava de saída para almoçar e não queria levá-la com ele, e que, à tarde, no caminho de volta ao escritório, passaria para pegar as libras.

À tarde, o secretário foi à loja do indiano para dizer que tinha acabado de sair do cambista no Zoco Chico e que ele havia lhe pedido o favor de levar as libras ao seu escritório imediatamente. Ele saiu com a caixa e voltou cinco minutos depois. Pronto, levei, disse. Então pegou as pesetas, agradeceu ao indiano e juntou-se à multidão que passava pela Siaghines. Uma hora depois, ele estava num avião em direção a Madri, com as pesetas e as libras. A última notícia que se teve, que eu soube um ano e tanto depois, veio de Buenos Aires, onde ele estava apostando nas corridas.

P.B.

LIVRO UM
Zona Internacional

I

Já era noite quando a pequena balsa alinhou-se ao cais. Dyar desceu pela prancha, e uma súbita rajada de vento lançou quentes gotas de chuva em seu rosto. Os outros passageiros eram poucos e malvestidos; levavam suas coisas em malas de papelão baratas e sacos de papel. Dyar ficou olhando para eles, parados resignadamente na frente da alfândega, esperando a porta se abrir. Meia dúzia de árabes suspeitos já o tinham visto do outro lado da cerca e gritavam para ele. "Hotel Metropole, mister!" "Ei, Johnny, venha!" "Quer hotel?" "Grand Hotel, ei!" Era como se tivesse levantado o passaporte norte-americano para que todos vissem. Ele não prestou atenção. Choveu de verdade durante um ou dois minutos. Quando o funcionário abriu a porta, ele estava incomodamente molhado.

A sala lá dentro era iluminada por três lampiões a óleo alinhados no balcão, um para cada inspetor. Deixaram Dyar por último, e os três revistaram seus pertences muito cuidadosamente, sem nenhum sinal de cordialidade ou humor. Quando terminou de arrumar as malas para eles fecharem, marcaram todas com giz lilás e com relutância deixaram que passasse. Ele teve de esperar na fila de um guichê sobre o qual lia-se *Policia*. Enquanto estava parado ali, um homem alto com quepe de viseira chamou-lhe a atenção, gritava "Táxi!". O homem estava decentemente vestido, então ele fez que sim com a cabeça. Imediatamente o homem de quepe envolveu-se numa briga com os outros quando avançou para pegar a bagagem. Dyar era a única presa aquela noite. Ele virou a cabeça, aborrecido, enquanto as figuras gritantes acompanhavam o motorista de táxi porta afora. Estava mesmo um pouco enjoado.

E, no táxi, com a chuva batucando no para-brisa e os limpadores de borracha guinchando dolorosamente para a frente e para trás no vidro, ele continuou enjoado. Estava realmente ali agora; não havia como voltar atrás. Claro que nunca houvera a questão de voltar. Quando escreveu que aceitaria o emprego e comprou a passagem em Nova York, ele sabia que a decisão era irrevogável. Um homem não muda de ideia sobre essas coisas quando lhe restam menos de quinhentos dólares. Mas agora que estava ali, lutando para enxergar no escuro além do vidro molhado, Dyar sentiu pela primeira vez o desespero e a solidão que achou que tinha deixado para trás. Acendeu um cigarro e passou o maço ao motorista.

Tinha resolvido deixar o motorista determinar onde deveria ficar. O homem era árabe e entendia muito pouco inglês, mas sabia as palavras barato e limpo. Passaram da beira-mar ao interior, pararam num portão onde dois inspetores policiais enfiaram as cabeças pelas janelas da frente e, depois, durante algum tempo, rodaram devagar por uma rua onde havia poucas luzes mortiças. Quando chegaram ao hotel, o motorista não se ofereceu para ajudá-lo com a bagagem, nem havia nenhum porteiro à vista. Dyar olhou de novo a entrada: a fachada era de um grande hotel moderno, mas dentro da porta principal viu uma única vela acesa. Desceu e começou a pegar as malas. Então olhou inquisitivamente o motorista que o observava descarregar as malas do carro; o homem estava impaciente para ir embora.

Quando tinha posto todos os seus pertences na calçada e pagado o motorista, empurrou a porta do hotel e viu junto ao balcãozinho de recepção um rapaz de cabelo preto liso e bigode. A vela era a única luz que havia. Perguntou se aquele era o Hotel de la Playa e não sabia se devia ficar feliz ou triste ao saber que era. Levou algum tempo para transportar sozinho as malas para o saguão. Então, conduzido por um menino pequeno que levava uma vela, subiu a escada para seu quarto: o elevador não estava funcionando porque não havia energia.

Subiram três andares. O hotel era como uma enorme câmara de ressonância de concreto; o som de cada passo, ampliado, ecoava em todas as direções. O prédio tinha o tipo de intensa e pura miséria só obtido por construções novas e baratas. Grandes rachaduras já haviam aparecido nas paredes, parte das molduras de gesso que decoravam as portas tinham lascado, e aqui e ali faltava um ladrilho no piso.

Quando chegaram ao quarto, o menino entrou primeiro e tocou um fósforo a uma vela nova, espetada na boca de uma garrafa vazia de Cointreau. As sombras se projetaram nas paredes. Dyar aspirou o ar parado com desprazer. O cheiro do quarto sugeria uma mistura de gesso molhado e pés sem lavar.

"Pfu! Está fedendo aqui", ele disse. Olhou a cama, desconfiado, afastou a colcha azul manchada para ver os lençóis.

No lado oposto à porta havia uma janela grande que o menino se apressou a abrir. Uma rajada de vento entrou da escuridão. Havia um vago som de ondas do mar. O menino disse alguma coisa em espanhol e Dyar achou que ele estava dizendo que era um bom quarto porque dava para a praia. Não lhe importava muito para onde dava o quarto: não estava ali em férias. O que ele queria no momento era um banho. O menino fechou a janela e correu para buscar a bagagem lá embaixo. Num canto, separado do resto do quarto por um biombo encardido, havia um chuveiro com paredes e piso de concreto cinzento. Ele experimentou a torneira em que havia a palavra *caliente* e ficou surpreso ao descobrir que a água estava bem quente.

Quando o menino trouxe as malas, empilhou-as nos lugares errados, recebeu a gorjeta, teve dificuldade para fechar a porta e finalmente saiu deixando-a entreaberta. Dyar saiu da janela onde estivera parado mexendo na cortina, olhando o escuro. Bateu a porta, ouviu a chave cair tilintando no chão do corredor. Depois, jogou-se na cama e ficou um tempo deitado, olhando o teto. Precisava ligar para Wilcox imediatamente, informar-lhe que tinha chegado. Virou a cabeça e tentou ver se havia um telefone na mesinha de cabeceira baixa ao lado da cama, mas ela estava na sombra dos pés da cama e estava escuro demais para saber.

Aquele era o ponto perigoso, ele sentia. Naquele momento, era quase como se ele não existisse. Tinha renunciado a toda a segurança em favor de algo que todo mundo lhe garantia ser uma busca inútil, e ele próprio desconfiava disso. Não podia mais recorrer ao velho, e o novo ainda não começara. Para fazer com que começasse, bastava telefonar para Wilcox, mas continuou deitado, imóvel. Seus amigos haviam lhe dito que era louco, sua família insistira com ele, indignada e triste, mas, por alguma razão da qual ele próprio sabia muito pouco, não dera ouvidos a ninguém. "Estou cheio!", ele gritava, um pouco histérico. "Faz dez anos que estou naquele maldito guichê do banco. Antes da guerra, durante a guerra e depois da guerra. Não aguento mais, só isso!" E quando a sugestão de consultar um médico fora feita, ele riu com desdém e replicou: "Não tem nada de errado comigo que uma mudança não cure. Ninguém nasceu para ficar trancado numa gaiola daquele jeito ano após ano. Eu só estou cheio, só isso." "Tudo bem, tudo bem", disse seu pai. "Mas o que você acha que pode fazer a respeito?" Ele não tinha resposta para aquilo. Durante a depressão, quando tinha seus vinte anos, adorara arrumar um emprego no departamento de transporte do banco. Todos os seus amigos acharam que era uma sorte extrema; só a amizade de seu pai com um dos vice-presidentes é que possibilitara que ele fosse admitido num momento daqueles. Pouco antes da guerra, foi promovido a caixa. Naquela época, em que a mudança estava no ar, nada parecia permanente e, embora Dyar soubesse que tinha um sopro no coração, ele imaginou vagamente que de um jeito ou de outro aquilo seria contornado de forma que ele pudesse fazer algum trabalho útil na guerra. Qualquer coisa seria uma mudança e, portanto, bem-vinda. Mas ele havia sido imediatamente rejeitado; continuara de pé em sua gaiola. Depois, caíra vítima de uma desmoralizadora sensação de imobilidade. Sua própria vida era um peso morto, tão pesado que ele jamais conseguiria se mexer de onde estava. Tinha se acostumado com a sensação de intenso desamparo e depressão que se abatera sobre ele, o tempo todo amargurado por isso. Não era de sua natureza ser taciturno, e sua família notava isso. "Faça as coisas quando elas aparecerem", dizia seu pai. "Vá com calma. Vai descobrir que existe muita coisa para preencher cada dia. O que adianta se preocupar com o futuro? Deixe que o futuro se vire sozinho." E prosseguia invocando o alerta de sempre sobre o problema cardíaco. Dyar dava um sorriso amarelo. Estava bem-disposto a deixar que os dias se virassem sozinhos; o futuro era o que estava mais distante dos seus pensamentos. No seu caminho, estava o presente; os minutos é que eram inimigos. Ao passar, cada minuto vazio, sufocante, o empurrava um pouquinho mais para longe da vida. "Você devia sair mais", protestava o pai. "Dê uma chance a você mesmo. Ora, quando eu tinha a sua idade, mal podia esperar o dia acabar para ir para a quadra de tênis, ou pescar no rio, ou voltar para casa, passar minha calça e sair para dançar. Você não é saudável. Ah, não quero dizer fisicamente. Esse probleminha do coração não é nada. Se você viver do jeito certo, nunca vai incomodar. Estou falando da sua atitude. Não é saudável. Acho que toda a sua geração não é saudável. É uma coisa, é outra. Beber demais e apagar na calçada, ou então ficar vagabundeando, dizendo que a vida não vale a pena. Que diabo! O que acontece com vocês todos?" Dyar sorria e dizia que os tempos tinham mudado. Os tempos sempre mudam, retorquia o pai, mas a natureza humana, não.

Dyar não era leitor; não gostava nem de cinema. O entretenimento, de alguma forma, tornava mais aguda a imobilidade de sua vida, não só quando terminava o divertimento, mas mesmo durante. Depois da guerra, ele fez um certo esforço para retomar sua própria vida. De vez em quando, saía com dois ou três amigos, cada um com uma menina. Tomavam coquetéis no apartamento de uma das meninas, iam a um cinema na Broadway e depois comiam em algum restaurante chinês do bairro, onde se dançava. Depois, havia o longo processo de levar as meninas para casa, uma a uma, após o que geralmente iam a um bar e bebiam pesadamente. Às vezes, não sempre, pegavam alguma vagabunda no bar ou na rua, levavam para o quarto de Bill Healy e iam para a cama com ela, um de cada vez. Era um padrão aceitável; parecia não haver nenhum outro para sugerir em seu lugar. Dyar pensava sempre: "Qualquer vida seria melhor que essa", mas não encontrava nenhuma outra possibilidade para considerar. "Quando você aceitar o fato de que a vida não é *divertida*, vai ser muito mais feliz", dizia sua mãe. Embora morasse com os pais, nunca conversava com eles sobre o que sentia; eram eles que, sentindo sua infelicidade, o procuravam e, num tom de vaga censura, tentavam ajudá-lo. Ele era polido, mas internamente desdenhoso. Era tão claro que os dois nunca entenderiam o vazio que ele sentia que nem se davam conta do grau em que ele sentia isso. Era uma paralisia progressiva, que o dominava constantemente, e trazia consigo o medo de que, quando chegasse a determinado ponto, alguma coisa terrível aconteceria.

Dava para ouvir o som distante das ondas quebrando na praia lá fora: o rolar surdo, um longo silêncio, outro rolar. Alguém entrou no quarto acima do seu, bateu a porta e começou a andar agitadamente de um lado para outro. Parecia uma mulher, mas uma mulher pesada. A torneira foi aberta, e a pia do seu quarto borbulhou em solidariedade. Ele acendeu um cigarro, batendo a cinza de quando em quando ao lado da cama. Depois de alguns minutos, a mulher (ele tinha certeza de que era uma mulher) saiu do quarto, bateu a porta, e ele a ouviu seguir pelo corredor até outro quarto e fechar a porta. Soou uma descarga. Depois, os passos voltaram para o quarto acima.

"Tenho de ligar para Wilcox", ele pensou. Mas terminou o cigarro devagar, fazendo-o durar. Perguntou-se por que estava sentindo tanta preguiça de fazer a ligação. Tinha dado um grande passo e acreditava ter feito a coisa certa. Durante toda a viagem até Gibraltar tinha dito a si mesmo que era a coisa mais saudável a fazer, que, quando chegasse, ele seria outro, cheio de vida, livre da sensação de desespero que havia tanto tempo pesava sobre si. E agora se dava conta de que estava exatamente igual. Tentou imaginar o que sentiria se, por exemplo, tivesse a vida inteira pela frente para gozar como quisesse, sem a necessidade de ganhar o sustento. Nesse caso, não teria de telefonar para Wilcox, não seria forçado a trocar uma gaiola por outra. Depois de escapar da primeira, ele escaparia da segunda e estaria inteiramente livre. Levantou a cabeça e olhou devagar a penumbra do quarto em torno. A chuva respingava na janela. Logo ele teria de sair. Não havia restaurante no hotel, e com certeza era longe da cidade. Tateou o tampo da mesa de cabeceira; não havia telefone. Então levantou-se, pegou a vela e deu uma busca no quarto. Saiu para o corredor, pegou a chave do chão, trancou a porta e desceu, pensando: "Eu estaria com ele na linha agora se houvesse telefone ao lado da cama."

O homem não estava no balcão. — Tenho de fazer um telefonema — disse ao menino que sorria formalmente ao lado do vaso de palmeira. — É muito importante. Telefone! Telefone! — gritou, gesticulando, e o outro não dava sinal de entender. O menino foi até o balcão, tirou de trás um telefone antiquado e pôs em cima do tampo. Dyar tirou do bolso uma carta para pegar o número do hotel de Wilcox. O menino tentou pegar a carta, mas ele copiou o número no verso do envelope e entregou a ele. Um homem gordo entrou de capa de chuva preta e pediu sua chave. Depois, ficou olhando o jornal que estava estendido no balcão. Enquanto o menino fazia a ligação, Dyar pensou: "Se ele saiu para jantar, vou ter de fazer isso tudo de novo." O menino falou alguma coisa no bocal e passou o fone a Dyar.

— Alô?

— Hotel Atlantide.

— Senhor Wilcox, por favor. — Ele pronunciou o nome com cuidado. Houve um silêncio. "Ah, meu Deus!", pensou, incomodado consigo mesmo por não se importar se Wilcox estava ou não no hotel. Houve um clique.

— Sim?

Era Wilcox. Durante um segundo, ele ficou sem saber o que dizer. — Alô? — disse.

— Alô. Sim?

— Jack?

— Eu. Quem está falando?

— Aqui é o Nelson. Nelson Dyar.

— Dyar! Bom, graças a Deus! Então você chegou afinal. Onde está? Venha até aqui. Sabe chegar aqui? Melhor tomar um táxi. Vai se perder. Onde está hospedado?

Dyar contou.

— Nossa! Isso aí... — Dyar teve a impressão de que ele ia dizer: é uma espelunca. Mas ele disse: — Isso aí é quase do outro lado da fronteira. Bom, suba assim que chegar aqui. Você toma soda ou água?

Dyar riu. Não sabia que ia ficar tão satisfeito de ouvir a voz de Wilcox. — Soda — disse.

— Espere um pouco. Escute. Tenho uma ideia. Ligo de novo daqui a cinco minutos. Não saia. Espere eu ligar. Fique quieto aí. Só quero ligar para uma pessoa por um segundo. É ótimo você estar aqui. Já ligo de volta. O.k.?

— Tudo bem.

Ele desligou e foi para a janela. A chuva que estava batendo no vidro tinha entrado e escorria pela parede. Alguém pusera um trapo no chão para absorver a água, mas agora o pano flutuava numa poça rasa. A cinquenta ou sessenta metros do hotel, na rua, havia um poste de luz. Debaixo dele, as folhas brilhantes de uma palmeira oscilavam para cá e para lá. Ele começou a andar de um lado a outro do pequeno salão; o menino, parado junto ao balcão com as mãos para trás, olhava intensamente para ele. Estava um pouco chateado com Wilcox por deixá-lo esperando. Claro, ele devia achar que estava telefonando de seu quarto. Imaginou se Wilcox estaria ganhando bastante dinheiro com sua agência de viagens. Nas cartas ele dizia que estava, mas Dyar lembrava haver uma boa dose de blefe em seu caráter. Seu entusiasmo podia significar nada além de sua necessidade de um assistente e de ele preferir alguém que conhecia (o salário era bem baixo, e Dyar tinha pagado a própria passagem de Nova York), ou então estava satisfeito com a oportunidade de exibir sua importância e magnanimidade; seria atraente para Wilcox poder fazer o que ele considerava um gesto de generosidade. Dyar achava que a segunda alternativa era mais provável. A amizade deles nunca fora íntima. Embora se conhecessem desde meninos, uma vez que o pai de Wilcox tinha sido o médico da família Dyar, nenhum dos dois nunca demonstrara mais do que um interesse polido na vida do outro. Havia pouco em comum entre eles — nem mesmo a idade, na verdade, uma vez que Wilcox era quase dez anos mais velho que ele. Durante a guerra, Wilcox tinha sido mandado para a Argélia, e depois disso nunca ocorrera a Dyar perguntar o que acontecera com ele. Um dia, seu pai chegara em casa dizendo: "Parece que Jack Wilcox ficou no norte da África. Abriu negócio próprio e parece que está ganhando bem." Dyar perguntara que tipo de negócio era e ficara apenas vagamente interessado ao saber que era um escritório de turismo.

Num brilhante entardecer de outono, estava andando pela Quinta Avenida quando parou diante de uma grande agência de viagens. O vento que vinha do Central Park tinha o frescor de uma noite de outubro, trazendo com ele a promessa do inverno, a estação que paralisa; para Dyar, era um aperitivo de maior infelicidade. Um lado da vitrine mostrava uma grande maquete de navio, preto e branco, com acessórios de latão brilhante. O outro lado representava uma praia em miniatura, com um mar de gelatina turquesa e palmeirinhas curvadas sobre uma praia de areia de verdade. RESERVE AGORA SEU CRUZEIRO DE INVERNO, dizia o cartaz. Ocorreu-lhe a ideia de que devia ser uma tortura trabalhar num lugar daqueles, planejar itinerários, fazer reservas de hotel e marcar passagens para todos os lugares que a própria pessoa nunca veria. Ele se perguntou quantos daqueles homens lá dentro, consultando seus folhetos, horários, listas e mapas, se sentiam tão encurralados como ele se sentiria no lugar deles; seria ainda pior que o banco. Então pensou em Wilcox. Naquele momento, começou a andar de novo, muito depressa. Quando chegou em casa, escreveu a carta e levou ao correio imediatamente. Era uma ideia louca. Podia não dar em nada, a não ser, talvez, que Wilcox pensasse que ele era um bendito de um bobo, perspectiva que não o alarmava.

A resposta veio como o grande choque de sua vida. Wilcox falava de coincidência. "Deve existir algo como a telepatia", ele escrevera. Só então Dyar mencionou o plano à sua família, e as censuras começaram.

Afastando-se lamentavelmente da mesa, o homem gordo voltou para a escada. O telefone tocou. O menino correu para ele, mas Dyar chegou antes. O menino olhou para ele, furioso. Era Wilcox, que disse que estaria no Hotel de la Playa dentro de vinte minutos. — Quero que você conheça uma amiga minha — disse ele. — A marquesa de Valverde. Ela é ótima. Quer que você vá jantar conosco. — E quando Dyar protestou, ele interrompeu. — Não vamos vestir traje a rigor. Nossa, não! Não tem nada disso aqui. Passo para pegar você.

— Mas Jack, escute...

— Até já.

Dyar subiu para o quarto, irritado por não ter tido a oportunidade de resolver se aceitava ou recusava o convite. Perguntou a si mesmo se subiria no conceito de Wilcox mostrando independência e se escusando do convite. Mas evidentemente não tinha nenhuma intenção de fazer uma coisa dessas, já que assim que chegou ao quarto arrancou a roupa, tomou uma chuveirada rápida, assobiando o tempo todo, abriu as malas, fez a barba o melhor possível à luz da única vela e vestiu seu melhor terno. Quando acabou, apagou a vela e desceu a escada depressa para esperar na entrada.

II

Daisy de Valverde sentou-se à penteadeira, o rosto brilhando sob os raios de seis pequenos refletores vindos de seis ângulos diferentes. Se ela se maquiasse a contento sob a luz impiedosa daquelas lâmpadas duras, poderia ficar sossegada em qualquer outra luz depois. Mas exigia tempo e técnica. A Villa Hesperides nunca ficava sem eletricidade, mesmo quando a cidade a tinha apenas por duas horas noite sim, noite não. Luis cuidara disso quando construíram a casa; ele havia previsto os cortes de energia. Era um dos encantos da Zona Internacional: você poder obter qualquer coisa pagando por ela. Fazer qualquer coisa também, por sinal — não havia incorruptíveis. Era apenas questão de preço.

Lá fora o vento rugia e nos ciprestes soava como uma catarata. O estrondo das ondas contra os penhascos subia lá de baixo. Misturadas aos reflexos das luzes do quarto, outras luzes, pequenos pontos, distantes, eram visíveis no escuro das placas de vidro das janelas: a Espanha do outro lado do estreito, Tarifa e Cabo Camariñal.

Ela ficava sempre satisfeita de receber americanos em casa porque não sentia nenhum constrangimento com eles. Podia beber o quanto quisesse e eles bebiam com ela, enquanto os convidados ingleses faziam um uísque durar uma hora, sem falar dos franceses que pediam um martíni de vermute com um toque de gim e dos espanhóis com seus copos de xerez. "Os americanos são a nação do futuro", ela anunciava com sua voz vigorosa. "À saúde deles. Deus abençoe os aparelhos, grandes e pequenos. Deus abençoe a Frigidaire, o Tampax e a Coca-Cola. É, até mesmo a Coca-Cola, querido." (Todo mundo concordava que a aparência do Marrocos tinha mudado consideravelmente desde o advento da Coca-Cola e de seus anúncios.) O marquês não participava do seu entusiasmo pelos americanos, mas não a impedia de convidá-los sempre que quisesse; ela conduzia a casa a seu gosto.

Tinha um mordomo suíço e um lacaio italiano, mas quando havia convidados americanos para jantar ela deixava o velho Ali servir a mesa, porque ele possuía um magnífico figurino mourisco; embora ele não fosse muito competente, ela achava que sua aparência impressionava mais que o serviço superior que os dois europeus eram capazes de fornecer. A dificuldade era que ambos, mordomo e lacaio, reprovavam tão severamente esse arranjo que, a menos que ela entrasse na cozinha no último minuto e repetisse suas ordens, eles sempre achavam algum pretexto para impedir que o velho Ali servisse a mesa, de forma que quando ela levantava os olhos do prato esperando ver os brocados brilhantes e a faixa dourada do palácio do sultão Moulay Hafid, via-se olhando, em vez disso, para o apagado uniforme preto de Hugo ou de Mario. O rosto deles estaria impassível; ela nunca sabia o que tinha acontecido. Havia uma chance de isso ocorrer esta noite, a menos que ela descesse agora e deixasse claro que Ali devia servir a mesa. Ela se levantou, enfiou uma pulseira pesada na mão esquerda e atravessou o minúsculo corredor que ligava seu quarto ao restante da casa. Alguém havia deixado uma janela aberta no extremo do salão superior e várias velas à frente da grande tapeçaria haviam se apagado. Ela não suportava o anacronismo de ter eletricidade em salas onde havia tapeçarias penduradas. Tocou uma campainha e esperou até uma camareira ofegante aparecer, então apontou a janela e as velas com um dedo rígido. — *Mire* — disse, reprovadora, e desceu a escada. Naquele momento, veio de fora um ruído de motor. Ela desceu depressa o resto da escada, atravessou o hall praticamente correndo, desapareceu na cozinha e, quando saiu, Hugo estava recolhendo os casacos dos convidados. Caminhou para os dois homens como uma rainha.

— Jack, querido. Que bondade sua ter vindo. E com esse tempo horrível.

— Gentileza sua nos receber, Daisy, este é o senhor Dyar. A marquesa de Valverde.

Dyar olhou para ela e viu uma mulher de quarenta anos bem-conservada, com uma cabeleira de cachos negros, olhos de cor azul-royal e um vestido preto decotado, dentro do qual devia ter sido um pouco doloroso se espremer.

— *Que bom* conhecê-lo, senhor Dyar. Acho que temos uma lareira acesa na saleta. Só Deus sabe. Vamos entrar e ver. Estão molhados? — Ela tocou a manga de Dyar. — Não? Ótimo. Venha comigo. Jack, seja o *barman*. Quero o drinque mais poderoso que você souber preparar.

Sentaram-se diante de um fogo devorador. Daisy quis que Wilcox preparasse *sidecars*. No primeiro gole, Dyar se deu conta de como estava com fome; deu uma olhada clandestina no relógio. Eram nove e quarenta. Observando Daisy, pensou que ela era a mulher mais frívola que já conhecera. Mas ficou impressionado com a casa. Hugo entrou. "Agora o jantar", Dyar pensou. Era um telefonema para madame la Marquise. — Me sirva mais um, querido, e deixe eu levar comigo como consolação — ela disse a Wilcox.

Quando a marquesa saiu, Wilcox virou-se para Dyar.

— É uma garota e tanto — ele disse, sacudindo a cabeça.

— É, sim — Dyar respondeu, sem convicção, e acrescentou: — Não é um pouquinho passada para você?

Wilcox olhou para ele indignado e baixou a voz. — Do que você está falando, rapaz? O marido dela está aqui na casa. Eu disse que ela é uma companhia divertida. O que foi que você pensou? — A chegada de Mario para colocar mais lenha na fogueira interrompeu qualquer coisa que fosse acontecer em seguida. — Escute esse vento — disse Wilcox, reclinando com seu drinque.

Dyar sabia que ele tinha ficado chateado e perguntou-se por quê. "Está ficando muito melindroso com a idade", disse para si mesmo, olhando em torno da vasta sala. Mario saiu. Wilcox inclinou-se para ele outra vez e, ainda em voz baixa, disse: — Daisy e Luis são praticamente meus melhores amigos aqui. — Ouviram-se vozes no hall. Daisy entrou com um homem moreno e elegante que parecia ter úlcera de estômago. — Luis! — gritou Wilcox, pondo-se de pé num pulo. Dyar foi apresentado, e os quatro se sentaram, Daisy ao lado de Dyar. "Isto não pode demorar", pensou. "São quase dez horas." Sentia o estômago completamente côncavo.

Tomaram mais uma rodada de drinques. Wilcox e o marquês começaram a discutir as transações de um banqueiro local que tinha se metido em dificuldades e partira de repente para Lisboa, para não mais voltar. Dyar ouviu por um momento.

— Desculpe, não ouvi — ele disse a Daisy; ela estava falando com ele.

— Eu disse: gostou da nossa pequena Zona Internacional?

— Bom, ainda não vi nada. Mas... — ele olhou em torno da sala, apreciando — daqui parece bem. — E sorriu, pouco à vontade.

A voz dela assumiu um tom ligeiramente maternal. — Claro. Acabou de chegar hoje, não foi? Meu caro, tem tanta coisa pela frente! Tanta coisa pela frente! Nem imagina. Mas vai adorar, garanto. É uma loucura, claro. Uma completa, absoluta loucura. Só peço a Deus que continue assim.

— A senhora gosta muito daqui? — Ele estava começando a sentir os drinques.

— Adoro — disse ela, curvando-se para ele. — Adoro loucamente este lugar.

Ele pousou cuidadosamente o copo vazio na mesa, ao lado da coqueteleira.

Da porta, Hugo anunciou o jantar.

— Jack, mais uma gotinha para todos. — Ela estendeu o copo e recebeu o que restava. — Você deu tudo para mim, seu monstro. Eu não queria tudo. — Levantou-se e, levando o copo com ela, conduziu os homens para a sala de jantar, onde Mario estava abrindo uma garrafa de champanhe.

"Vou ficar bêbado", Dyar pensou, de repente apavorado de, por algum lapso de sua etiqueta à mesa, chamar atenção para si.

Lentamente, avançaram por uma refeição que prometia ser interminável.

Embutido na parede diante dele, um retângulo verde nos lambris escuros era um aquário; as luzes ocultas iluminavam pedras, conchas e complexas plantas marinhas. Dyar se viu observando enquanto comia. Daisy falava sem parar. A certo ponto, quando ela parou, ele disse: — Não vejo nenhum peixe ali.

— Sibas — disse o marquês. — Só temos sibas. — E, como Dyar parecia não entender: — Sabe: pequenos polvos. Está vendo? Tem uma ali à esquerda, presa na pedra. — Ele apontou. Dyar viu então as pálidas projeções carnosas que eram seus tentáculos.

— São bem mais bonitinhos que peixes dourados — disse Daisy, mas de um jeito que Dyar suspeitou que os abominava. Ele nunca havia conhecido ninguém como ela; dava a impressão de se manter sem envolvimento com qualquer coisa que dissesse ou fizesse. Era como se estivessem num jogo complicado, cujas regras ela própria tivesse inventado.

Durante a salada, houve uma comoção em algum lugar nos fundos da casa: vozes femininas abafadas e passos apressados. Daisy pousou o garfo e olhou os três homens em torno da mesa.

— Meu Deus! Eu sei o que é isso. Tenho certeza. Essa tempestade atraiu as formigas. — Ela virou-se para Dyar. —

Todo ano elas vêm aos milhões, as pequenininhas. Quando a gente vê as formigas pela primeira vez na parede, é capaz de jurar que são uma rachadura enorme. Quando chega mais perto, parecem mais uma corda. Fervendo mesmo. Ficam todas juntas. Milhões. É um terror. — Ela se levantou. — Com licença; tenho de ir ver o que está acontecendo.

Dyar disse: — Posso fazer alguma coisa? — E recebeu um rápido olhar de reprovação de Wilcox.

Ela sorriu. — Não, querido. Coma sua salada.

Daisy ficou fora da sala por dez minutos. Quando voltou, estava rindo. — Ah, as alegrias de viver no Marrocos! — ela disse, jovial. — As formigas de novo? — perguntou o marquês. — Ah, sim. Dessa vez foi no quarto de costura das criadas. No ano passado, foi na despensa. Foi *muito* pior. E elas tiveram de tirar as formigas mortas com pá. — Ela voltou a comer a salada e seu rosto ficou sério. — Luis, estou achando que o coitado do Tambang não dura muito mais. Dei uma olhada nele. Me pareceu pior.

O marquês balançou a cabeça. — Dê mais penicilina.

Daisy virou para Dyar. — É um velho siamês que eu estou tentando salvar. Ele está terrivelmente doente. Depois do jantar nós vamos lá dar uma olhada nele. Luis se recusa até a chegar perto. Detesta gatos. Tenho certeza de que não detesta gatos, não é, senhor Dyar?

— Ah, eu gosto de todos os animais. — Ele virou a cabeça e viu o polvo. Não tinha se mexido, mas aparecera um segundo que balançava, solto, no fundo do tanque. Parecia uma coisa flutuando num frasco de formol: um estômago, talvez, ou um pâncreas. A visão daquilo o deixava vagamente enjoado, ou talvez fosse a mistura de *sidecars* com champanhe.

— Então não vai achar ruim me ajudar com ele, vai? — Daisy continuou.

— Eu adoraria.

— Não sabe o que o espera — disse Wilcox, rindo de um jeito desagradável.

— Bobagem! — Daisy exclamou. — Ele vai usar luvas enormes e grossas. Nem Tambang consegue enfiar as unhas naquelas luvas.

— Claro que consegue! E ele tem dentes também, não tem?

— Só por isso — disse o marquês — temos de fazer *Jack* ir junto, para servir de enfermeiro.

— Não — disse Daisy com firmeza. — O senhor Dyar vem comigo. Alguém quer fruta? Sugiro que a gente saia da mesa e tome o café imediatamente. O conhaque tomamos depois que descermos. — Ela se levantou da mesa.

— Vai precisar mesmo — disse Wilcox.

Da saleta podiam ouvir agora a tempestade rugindo mais forte que antes. Daisy engoliu o café em pé, acendeu um cigarro e foi para a porta.

— Diga a Mario para manter o fogo aceso, Luis, senão começa a fazer fumaça. Já começou, na verdade. Vamos subir, senhor Dyar?

Ela foi para a escada na frente dele. Ao passarem diante de cada candelabro, o cetim de seu vestido rebrilhava.

De um pequeno armário no alto da escada, ela tirou dois pares de luvas grossas de jardinagem e deu um a Dyar.

— Não precisamos de fato disto aqui — disse —, mas é melhor estarmos protegidos.

As paredes do pequeno quarto eram cobertas de gravuras francesas de pássaros tropicais. Na cama antiga, com um dossel rasgado por cima, estava um grande gato siamês. Uma panela de esmalte contendo pedaços de fígado cru tinha sido encostada à cama, mas ele olhava, aborrecido, para o outro lado. O quarto cheirava a zoológico. — Meu Deus, que abafado! — Daisy exclamou. — Mas não podemos abrir a janela. — A tempestade rugia lá fora. De quando em quando, a casa tremia. Um galho batia repetidamente contra a janela, como uma pessoa pedindo para entrar. O gato não deu atenção quando Daisy serrou a ponta de uma ampola, encheu a seringa e procurou em sua anca o ponto certo.

— Ele precisa tomar quatro medicamentos — disse ela —, mas posso dar os dois primeiros juntos. Agora, fique por cima e prepare-se para empurrar o pescoço dele para baixo, mas só empurre se precisar. Coce embaixo do queixo dele.

O pelo do velho gato estava opaco, seus olhos imensos e vazios. Assim que a agulha brilhou acima da cabeça dele, Dyar pensou ver uma expressão de alerta, mesmo de medo, passar por sua cara, mas ele coçou mais forte, com ambas as mãos, embaixo das orelhas e ao longo da mandíbula. Mesmo quando a agulha entrou e depois afundou mais, ele não se mexeu.

— Agora, só mais duas — disse Daisy. Dyar observou a firmeza de seus gestos. Nenhum veterinário poderia ser mais destro. Ele disse isso. Ela desdenhou. — Os únicos veterinários bons são amadores. Eu não deixaria nenhum profissional tocar num animal meu. — O cheiro de éter estava muito forte. — Isso é éter? — Dyar perguntou; estava se sentindo alarmantemente enjoado. — É, sim, para esterilizar. — Ela havia enchido a seringa outra vez. — Agora segure. — O vento rugia; parecia que o galho ia quebrar a vidraça. — Esta pode queimar. Ele pode sentir. — Dyar olhou para a janela; dava para ver a cabeça dele vagamente refletida contra a noite além. Achou que ia vomitar se tivesse de olhar a agulha penetrar no pelo outra vez. Só quando Daisy afastou-se da cama, ousou baixar o olhar. Os olhos do gato estavam semicerrados. Ele se curvou: o gato estava ronronando.

— Pobre bicho velho — disse Daisy. — Agora, a última. Essa vai ser fácil. Tambang, queridinho, o que foi?

— Ele está ronronando — disse Dyar, esperando que ela não olhasse para seu rosto. Sentia os lábios gelados e sabia que devia estar muito pálido.

— Viu como eu tinha razão de trazer o senhor? Ele gostou. Com Jack ele teria ficado indisposto de alguma forma.

Ela olhou para ele, e Dyar achou que os olhos dela ficaram nele um instante demais. Mas a mulher não disse nada.

"Não me diga que ele vai desmaiar", ela pensou. "O coitado não tem nenhum contato com a vida." Mas ele estava fazendo um grande esforço.

— O gato parece não sentir nada — ele disse.

— Não. Acho que ele não vai sobreviver.

— Mas está ronronando.

— Pode segurar, por favor? Esta é a última.

Ele queria conversar, queria afastar da cabeça aquela tontura, afastar aquilo que estava acontecendo bem embaixo de seu rosto na cama. Não conseguia pensar em nada para dizer, então ficou quieto. O gato se mexeu ligeiramente. Daisy endireitou o corpo e naquele mesmo instante houve um baque pesado em algum lugar lá fora, no escuro. Os dois se olharam. Daisy deixou a seringa em cima da mesa.

— Eu sei o que foi isso. Um dos nossos eucaliptos. Deus, que noite! — ela disse, admirada.

Fecharam a porta e desceram. Na saleta não havia ninguém. — Aposto que eles saíram para olhar. Vamos para a biblioteca. A lareira funciona melhor lá. Esta aqui está enfumaçada.

A biblioteca era pequena e agradável; o fogo crepitava. Ela apertou um botão na parede e sentaram-se no divã. Olhou para ele, divagando.

— Jack me contou que o senhor chegaria, mas não sei por que nunca pensei que fosse chegar mesmo.

— Por que não? — Ele estava se sentindo um pouco melhor agora.

— Ah, sabe como é. Essas coisas quase nunca dão certo. Uma ideia excelente que falha. E depois, claro, não vejo por que Jack precisa de alguém naquele escritoriozinho.

— Quer dizer que ele não está indo bem? — ele tentou manter a voz calma.

Ela pôs a mão no braço dele e riu. Como se estivesse revelando um segredo muito vergonhoso, disse em voz baixa: — Meu caro, se acha que ele ganha sequer para o almoço naquele lugar, está muito enganado.

Ela o estudava cuidadosamente, tentando ver o efeito de suas palavras. Ele se recusou a reagir. Sentiu calor em todo o corpo, mas não falou. Hugo entrou trazendo uma bandeja com garrafas e copos. Os dois pegaram conhaque, ele pôs a bandeja em cima da mesa, ao lado de Dyar, e saiu.

Ela ainda estava olhando para ele.

— Ah, não está indo bem — ele disse. Não ia perguntar o que tinha certeza de que ela estava esperando que perguntasse: "Como ele está aguentando?"

— Nem um pouco. Nunca foi bem.

— Fico chateado de ouvir isso — disse Dyar.

— Não precisa ficar. Se estivesse indo bem, acho que ele não teria mandado buscar o senhor. Ele faria o que pudesse sozinho. Do modo que está, acredito que ele precise muito mais de alguém.

Dyar fez uma cara intrigada. — *Isso* eu não entendi.

Daisy pareceu satisfeita. — Tânger, Tânger — ela disse. — Vai entender logo, meu anjo.

Ouviram vozes no hall.

— Vai precisar de muitos livros bons para ler, eu acho — disse ela. — Fique à vontade para pegar emprestada aqui qualquer coisa que lhe interesse. Claro que existe uma biblioteca circulante administrada pela Delegação Americana que é muito melhor que a biblioteca inglesa. Mas leva anos para conseguir livros novos.

— Eu não leio muito — disse Dyar.

— Mas, meu bem, o que vai *fazer* o dia inteiro? Vai morrer de tédio.

— Ah, bom. O Jack...

— Duvido — ela disse. — Acho que vai ficar sozinho da manhã à noite, todos os dias.

As vozes não eram mais audíveis. — Foram para a cozinha — ela disse. Ele tirou o maço de cigarros, estendeu para ela.

— Não, obrigada. Eu tenho os meus. Mas, sério mesmo, não sei o que vai fazer o dia inteiro, sabe? — Ela procurou na bolsa e tirou uma pequena cigarreira de ouro.

— Provavelmente vou ter trabalho para fazer — ele respondeu, levando um fósforo à ponta de seu cigarro antes que ela pudesse levantar o isqueiro.

Ela deu um riso breve, soprou a chama e pegou a mão dele, o fósforo ainda entre seus dedos. — Deixe-me ver sua mão — disse, tragando o cigarro. Dyar sorriu e estendeu rigidamente a palma para ela examinar. — Relaxe — ela disse, puxando a mão para mais perto do rosto.

— Trabalho! — ela caçoou. — Não vejo sinal disso aqui, meu querido senhor Dyar.

Ele ficou irritado. — Ah, minha mão é mentirosa então. Trabalho foi tudo o que eu sempre fiz.

— Ah, parado num banco, talvez, mas isso é tão leve que não aparece. — Ela olhou cuidadosamente, esticando a pele da mão com os dedos. — Não. Não vejo sinal de trabalho. Nenhum sinal de nada, para falar a verdade. Nunca vi uma mão tão vazia. É aterrorizante. — Ela levantou os olhos para ele.

Ele riu de novo. — Está espantada, não está?

— Nem um pouco. Vivi nos Estados Unidos tempo suficiente para ver muitas mãos de americanos. Tudo o que posso dizer é que esta é a pior de todas.

Ele fingiu uma grande indignação, retirou a mão com força. — O que quer dizer com pior? — exclamou.

Ela olhou para ele com infinita preocupação nos olhos. — Quero dizer — falou — que o senhor tem uma vida vazia. Nenhum desenho. E nada por dentro para dar qualquer sentido a ela. A maioria das pessoas não tem como evitar seguir algum tipo de padrão. Fazem isso automaticamente porque está na natureza delas. É o que salva, o que amarra essas pessoas. Elas não têm como evitar. Mas o senhor está livre de ser salvo.

— Um espécime único. É isso?

— De certa forma. — Ela investigou o rosto dele por um momento. — Que estranho — murmurou então. Essa qualidade de vazio nele lhe agradava. Era mais como se ele estivesse nu, não indefeso exatamente, e sim meramente sem roupa, pronto para reagir, e ela achava isso atraente; os homens deviam ser assim. Mas pareceu estranho que pensasse dessa forma.

— Estranho o quê? — ele perguntou. — Que eu seja único? — Ele percebia que ela acreditava em tudo o que estava dizendo, e, como era lisonjeiro receber a atenção que estava recebendo, ele estava pronto a discutir com ela, se necessário, só para prolongar aquilo.

— É.

— Eu nunca consegui acreditar em toda essa história de astrologia e quiromancia — ele disse. — É uma coisa que não se sustenta.

Ela não respondeu, então, ele continuou: — Vamos deixar de lado as mãos por um minuto e falar de personalidades. — O conhaque o estava aquecendo; sentia-se longe de enjoado agora. — Acha que a vida de cada indivíduo é diferente e tem o seu próprio desenho, como disse?

— Acho, sim, claro.

— Mas isso é impossível! — ele exclamou. — Não faz sentido. Basta olhar em torno. Nunca houve nenhuma produção em massa que se compare com a que produz seres humanos, todos do mesmo modelo, ano após ano, século após século, todos iguais, sempre a mesma pessoa. — Ficou um pouco exaltado com o som da própria voz. — Pode-se dizer que existe só uma pessoa no mundo e nós todos somos ela.

Ela ficou quieta um momento, depois disse: — Bobagem. — O que ele estava dizendo a deixava vagamente zangada. Ela se perguntou se seria porque se ressentia de ele ter a audácia de sequer expressar suas ideias, mas achou que não era isso.

— Olhe, meu anjo — ela disse em tom conciliador —, o que quer da vida?

— Essa pergunta é difícil — ele disse devagar. Ela havia puxado seu tapete. — Acho que quero sentir que estou recebendo alguma coisa da vida.

Ela ficou impaciente. — Isso não quer dizer nada.

— Quero sentir que estou vivo, acho. Só isso.

— Meu Deus do céu! Me dê mais um pouco de conhaque.

Deixaram morrer o assunto, voltando-se para a tempestade e para o clima em geral. Ele estava pensando que devia ter respondido qualquer coisa que lhe viesse à cabeça: dinheiro, felicidade, saúde, em vez de tentar dizer o que realmente queria dizer. Como acompanhamento para esses pensamentos ocorreu-lhe a imagem de seu quarto no Hotel de la Playa, com a colcha manchada, a pia que gorgolejava.

"Ele não tem nada, não quer nada, não é nada", pensou Daisy. Sentiu que devia ter pena dele, mas de alguma forma ele não despertava sua piedade, mas sim um ligeiro rancor que neutralizava outras emoções. Por fim, ela se levantou. — Temos de ver o que aconteceu com Luis e Jack.

Encontraram os dois conversando na saleta.

— Qual eucalipto foi? — Daisy perguntou. — Sei que foi um deles.

O marquês franziu a testa. — O grande perto do portão. Não foi a árvore inteira. Só um galho, mas o galho grande, que ficava em cima da estrada. A estrada está bloqueada.

— Como eles conseguem cair sempre na estrada? — Daisy perguntou.

— Não sei — disse Wilcox. — Mas me cria um problemão. Como é que eu vou sair daqui?

Ela riu, alegre. — Você e o senhor Dyar — disse, enunciando com muita clareza — vão passar a noite aqui, e de manhã eu chamo um táxi. É simples assim.

— Fora de questão — disse Wilcox, irritado.

— Garanto que nenhum táxi vai vir agora, com esse tempo. Nem é preciso dizer. E teriam de andar oito quilômetros.

Ele não tinha resposta.

— Temos muitos quartos justamente para essas emergências. Agora pare de ficar aflito e faça um uísque com soda para mim. — Ela se virou para Dyar e abriu um sorriso.

Quando estava servida, Wilcox disse, seco: — E você, Dyar? A mesma coisa? — Dyar olhou depressa para ele, viu que parecia incomodado. — Por favor. — Wilcox entregou-lhe o drinque sem olhar para ele. "Essa é fácil", Dyar pensou. "Ele está com medo de eu me dar muito bem com ela."

Conversaram sobre a casa. — O senhor tem de voltar outra vez durante o dia para ver o jardim de rosas — disse Daisy. — Temos um jardim de rosas absolutamente divino.

— Mas o que você tem de ver mesmo é aquele quarto de vidro — disse Wilcox. — Já viu?

O marquês riu, incomodado.

— Não, não viu — disse Daisy. Ela se levantou, pegou o braço de Dyar. — Venha comigo para ver. É a oportunidade perfeita. Jack e Luis vão discutir as falências da semana.

O quarto lembrou a Dyar uma vasta estufa redonda. Ele arrastou os pés pelas peles de zebra espalhadas sobre o piso de mármore preto brilhante. A cama era muito larga e baixa; a pesada colcha de cetim branco tinha sido parcialmente removida, e os lençóis, dobrados para baixo. O lugar era um ato de desafio aos elementos que clamavam lá fora das paredes de vidro; ele ficou nitidamente incomodado. — Qualquer um pode enxergar aqui dentro, eu acho — ele arriscou.

— Só se conseguirem enxergar lá da Espanha. — Ela ficou olhando as ondas invisíveis que arrebentavam nas pedras lá embaixo. — É o meu quarto favorito no mundo — ela declarou. — Nunca fui capaz de morar longe do mar. Eu sou uma marinheira, na verdade. Acredito que a água salgada é a cobertura natural da terra. Tenho de olhar para isso. Sempre. — Respirou fundo.

"O que significa *este* teatro todo?", ele pensou.

— É um quarto maravilhoso — disse.

— O pomar tem laranjeiras. Eu chamo este lugar de Hespérides porque dizem que foi nessas montanhas que Hércules veio roubar os pomos de ouro.

— É mesmo? — Ele tentou soar interessado e impressionado. Desde que começara a tomar o uísque estava sonolento. Tinha a impressão de que Wilcox e o marquês iam subir a escada a qualquer minuto; quando chegassem, sentia que Daisy e ele não deviam ser vistos ali no quarto dela naquela atitude indefinida, absurda. Ele viu que ela controlou um bocejo; não tinha mesmo a menor vontade de mostrar o quarto a ele. Era só para provocar Wilcox, um jogo em que estavam juntos. Ocorreu-lhe então que seria divertido brincar um pouco com ela, ver para que lado soprava o vento. Mas ele não tinha certeza de por onde começar; ela era um pouco sufocante. Algo como: "Cama grande para uma pessoa miúda." Ela provavelmente responderia: "Mas Luis e eu dormimos aqui, meu caro." Qualquer coisa que ele fizesse ou dissesse, ela provavelmente ia rir.

— Sei no que está pensando — ela disse. Ele se sobressaltou um pouco. — Deve estar com sono, coitado. Gostaria de ir para a cama.

— Ah — ele disse. — Bom...

Uma mulher quase jovem entrou no quarto, perguntando: — *On peut entrer?* — Estava com a roupa muito molhada, o rosto brilhando de chuva. Ela e Daisy começaram uma conversa animada em francês, trechos da qual eram atirados a Dyar de quando em quando. Era a secretária de Daisy, estava voltando de um baile, o táxi tinha sido obrigado a parar antes da árvore caída, mas o motorista tivera a gentileza de ir com ela até a casa e estava lá embaixo agora, tomando um conhaque, ela estava ensopada, e alguém precisava de um táxi?

— Nós precisamos! — Dyar gritou, com um pouco de animação demais para o que seria civilizado. Imediatamente sentiu-se culpado e começou a gaguejar agradecimentos e desculpas.

— Corra para baixo, querido. Nem pare para dizer boa-noite. Corra! Eu telefono amanhã para o escritório. Tenho uma coisa para conversar com o senhor.

Ele disse boa-noite, desceu correndo a escada e encontrou o marquês no caminho.

— Jack está esperando você lá fora. Boa noite, rapaz — disse o marquês, continuando a subir. Quando ele chegou ao alto da escada, Daisy estava soprando as velas ao longo da parede.

— *Estamos salvados* — disse ela, sem levantar os olhos. — *Qué gentuza más aburrida* — suspirou o marquês.

Ela continuou metodicamente, levantando a mão com cuidado atrás de cada chama que soprava. Tinha a sensação de que a noite dera toda errado de alguma forma, mas não conseguia dizer em que momento começara a ficar assim.

O vento malévolo se abateu sobre eles enquanto lutavam para chegar ao táxi. Engatinharam por baixo de uma ponta do grande galho caído em diagonal no caminho. O motorista teve alguma dificuldade para virar o carro; a certo ponto ele chocou-se com uma parede e xingou. Quando estava a caminho, seguindo devagar a escura estrada da montanha, Wilcox disse:

— Bom, você viu o quarto?

— Vi.

— Você viu tudo. Pode voltar para Nova York. Tânger não tem mais segredos para você.

Dyar riu, inquieto. Depois de uma pausa, disse: — Como vai ser amanhã? Eu vou para a agência?

Wilcox estava acendendo um cigarro. — Você pode dar uma passada em algum momento no fim da tarde, sim.

O coração dele ficou pesado. Então, zangou-se. "Ele sabe muito bem que eu quero começar a trabalhar. Brincando de gato e rato." Mas não disse nada.

Quando chegaram à cidade, Wilcox anunciou: — Atlantide. — O táxi virou à direita, subiu uma rua torta e parou diante de uma grande porta. — Aqui tem cinquenta pesetas — disse Wilcox, enfiando umas notas em sua mão. — A minha parte.

— Ótimo — disse Dyar. — Obrigado.

— Boa noite.

— Boa noite.

O motorista olhou para trás, esperando. — Espere um minuto — disse Dyar, por meio de gestos. Ainda dava para ver Wilcox no saguão. Quando ele sumiu de vista, Dyar pagou o homem, desceu e começou a subir a ladeira, a chuva nas costas. A rua estava deserta. Estava agradavelmente bêbado e sem sono nenhum. Enquanto caminhava, murmurou: — Fim da tarde. Dê uma passada, sim. Encantador, claro. Clima adorável. — Chegou a uma praça onde uma fila de táxis estava à espera. Mesmo na tempestade, àquela hora, os homens olharam para ele. — Ei, venha cá! Táxi, Johnny? — Não lhes deu atenção e cortou por uma passagem estreita. Era como andar no leito de um riacho de águas rápidas; a água quase encobria seus sapatos, às vezes mais alta. Ele se curvou, enrolou a calça e continuou andando. Seus pensamentos tomaram outro rumo. Logo estava rindo consigo mesmo, e disse em voz alta: — Pomos de ouro, o caralho!

III

Thami ficou furioso com a esposa: ela estava com um sangramento nasal e deixava o sangue pingar por todo o pátio. Tinha lhe dito para pegar um pano molhado e tentar estancar aquilo, mas, assustada, ela parecia não lhe dar ouvidos; simplesmente continuava andando no pátio para lá e para cá com a cabeça inclinada. Havia um lampião a óleo bruxuleando logo junto da porta, e do lugar onde ele estava deitado em seu colchão podia ver os pés dela pintados com hena e as pulseiras de tornozelo passarem de quando em quando na sua frente. Caía uma chuva intermitente, mas ela parecia não notar.

Essa era a pior parte do casamento, a menos que se tivesse dinheiro: um homem não podia nunca estar sozinho em sua própria casa; havia sempre carne feminina na sua frente, e depois de se fartar disso, o sujeito não queria ser relembrado dela continuamente. — *Yah latif!* — berrou ele. — Pelo menos feche a porta! — No quarto vizinho, o bebê começou a chorar. Thami esperou um momento para ver o que Kinza ia fazer. Ela nem fechou a porta, nem foi confortar o filho. — Vá ver o que ele quer! — ele rugiu. Depois gemeu: — *Al-lah!* — e pôs uma almofada na barriga, trançando as mãos em cima dela, na esperança de tirar uma soneca depois do jantar. Se não fosse por seu filho, ele refletiu, mandaria a mulher de volta a seu lugar, para sua família no Rif. Isso poderia abrir o caminho, ao menos, para ele ser recebido de volta por seus irmãos e ter permissão para viver com eles outra vez.

Ele nunca considerara justo que Abdelmalek e Hassan tivessem se encarregado de pô-lo para fora da casa. Como era mais jovem que eles, havia, é claro, aceitado a determinação. Mas sem dúvida não aceitara de bom grado. Era típico dele achar que eles tinham agido por pura maldade, e assim se comportava. Ele cometera a ofensa imperdoável de falar mal deles para outros, comentando sua miséria e voluptuosidade; esse seu traço o havia afastado pouco a pouco de praticamente todos os amigos de infância. Todo mundo sabia que ele bebia e que bebia desde os quinze anos, embora todos no mundo muçulmano de Tânger considerassem isso razão suficiente para que lhe pedissem para deixar a residência Beidaoui, isso apenas não teria voltado os amigos contra ele. O problema era que Thami tinha um talento para fazer a coisa errada; era como se tivesse um perverso e amargo prazer em se separar de todos os que conhecia, em se tornar absolutamente desgraçado. Seu casamento sem sentido com uma moça analfabeta das montanhas: sem dúvida ele havia feito isso apenas como vingança contra seus irmãos. Ele devia com certeza estar caçoando deles quando alugou a casinha esquálida em Emsallah, onde só moravam trabalhadores e criados. Ele não só tomava bebidas alcoólicas como tinha, recentemente, começado a fazer isso publicamente, nos terraços dos cafés do Zoco Chico. Seus irmãos até ouviram dizer, embora não soubessem quanta verdade havia no relato, que ele estava fazendo numerosas viagens de trem a Casablanca, uma atividade que geralmente queria dizer apenas uma coisa: contrabando de um tipo ou de outro.

Os amigos de Thami eram agora de cultivo recente, e as relações entre eles não particularmente profundas. Dois eram professores no Lycée Français, nacionalistas ardentes, que durante a conversa nunca perdiam a oportunidade de fustigar os franceses e atiravam termos como "dominação imperialista", "cultura pan-islâmica" e "autonomia". A violência e o ressentimento deles contra os abusos de uma autoridade injusta tocavam uma corda de simpatia dentro dele; ele sentia-se um deles, sem realmente entender do que estavam falando. Foram eles que lhe deram a ideia de fazer viagens frequentes à Zona Francesa (porque era perfeitamente verdadeiro: ele estava se envolvendo com o pequeno contrabando), levando consigo canetas-tinteiro e relógios de pulso para vender com grande lucro. Cada franco que pudessem escamotear da alfândega francesa, diziam eles, era mais um prego no esquife econômico francês; no fim, os seguidores de Lyautey seriam forçados a abandonar o Marrocos. Havia também os milhares de francos extras que era agradável ter na carteira ao final de cada viagem dessas.

Outro amigo era um funcionário da Municipalité. Ele também era a favor do contrabando, mas em termos morais, porque era importante insistir na integridade do Marrocos, recusar-se a aceitar as três zonas em que os europeus haviam arbitrariamente dividido o país. O ponto importante em relação aos europeus, dizia ele, era semear o caos dentro de suas instituições e confundi-los com um comportamento aparentemente irracional. Quanto aos muçulmanos, eles precisavam ser conscientizados de sua vergonha e de seu sofrimento. Ele visitava com frequência sua família em Rabat, sempre levando um grande cacho de bananas, que eram bem mais baratas em Tânger. Quando o trem chegava em Souk el Arba, os funcionários da alfândega pulavam em cima das frutas, diante do que ele gritava o mais alto que podia que estava levando as bananas para seu filho doente. Os funcionários, percebendo o crescente interesse na cena por parte dos outros passageiros nativos, baixavam as vozes e tentavam manter a altercação tão particular e amigável quanto podiam. Ele, que falava excelente francês, era polido em sua língua, mas ruidoso em seu protesto, e se em algum momento parecia que os inspetores fossem apaziguá-lo e deixar em paz a bananas, ele introduzia em seu discurso algumas pequenas expressões de insulto e provocação, imperceptíveis para os outros passageiros, mas que com certeza deixariam os franceses furiosos. Exigiam que ele entregasse as bananas imediatamente. Nesse ponto, ele parecia tomar uma súbita decisão, pegava o cacho pelo caule e soltava as frutas uma a uma, chamando os passageiros da quarta classe, em sua maioria berberes simples, para vir e comer, dizendo tristemente que uma vez que seu filho doente não ia comer as bananas, preferia dá-las a seus conterrâneos. Dessa forma, quarenta ou cinquenta homens de roupa branca se agachavam na plataforma, mastigando bananas, sacudindo a cabeça de pena pelo pai do menino doente e voltando seus grandes olhos acusadores aos franceses. O único problema era que o número de inspetores da alfândega era bastante limitado. Todos eles caíam na armadilha sempre, mas agora se lembravam muito bem do funcionário e da última vez que ele passara, haviam se recusado terminantemente a notar as bananas. Quando Thami ouviu isso, disse: “Então você foi até Rabat com elas?" "Fui", disse o outro, um pouco desanimado. "Que maravilha", disse Thami, entusiasmado. O funcionário olhou para ele. "Claro!", Thami gritou. "Você desrespeitou a lei. Eles sabiam disso. Não ousaram fazer nada. Você venceu." "Acho que tem razão", disse o outro depois de um momento, mas não tinha certeza se Thami entendia do que se tratava.

Thami abriu os olhos. Tinham se passado cinco minutos, embora ele achasse que era uma hora ou mais. Ela havia levado o lampião: o quarto estava escuro. A porta do pátio estava aberta, e por ela dava para ouvir o bater da chuva nos ladrilhos. Ele então se deu conta de que o bebê ainda estava chorando, cansado, penosamente. — *Inaal din...* — ele disse furioso, baixinho. Deu um salto no escuro, enfiou os pés nos chinelos e saiu cambaleando para o chão molhado.

O lampião estava no quarto vizinho. Kinza tinha pegado o bebê e o segurava, desajeitada, preparando-se para dar-lhe o peito. O sangue ainda escorria por seu rosto e pingava, devagar, regularmente, da ponta do queixo. Tinha caído em vários pontos da roupa do bebê. Thami chegou mais perto. Ao fazê-lo, viu uma gota de sangue cair diretamente no rosto do bebê, logo acima dos lábios. Uma língua cautelosa apareceu e lambeu o sangue. Thami ficou fora de si. — *Hachuma!* — gritou, pegou a criança e a segurou fora do alcance dela, de forma que o bebê começou a chorar para valer. Ele o colocou cuidadosamente no chão, pegou um velho lenço, parou na porta um momento com a mão para fora, na chuva, e quando o pano estava ensopado, atirou para ela. Ela havia deixado o sangue pingar por toda parte: na esteira, nas almofadas, no chão, na bandeja de latão sobre a mesa de chá e até mesmo, ele observou com um tremor de nojo, dentro de um dos copos de chá. Ele pegou o copinho e jogou para fora, ouviu quando se despedaçou, tilintando. Agora ele queria sair da casa. Parecia estar chovendo mais forte a cada momento. "Dane-se", pensou. Ia sair assim mesmo. Pegou a capa de chuva do prego onde estava pendurada, calçou os sapatos e, sem dizer uma palavra, saiu para a rua. Só quando tinha fechado a porta ao passar foi que notou que havia um vento violento acompanhando a chuvarada.

Era tarde. De quando em quando, encontrava um homem que passava correndo, o rosto escondido no capuz da *djellaba*, cabeça abaixada, olhos no chão. As ruas de Emsallah não eram calçadas; a água enlameada corria contra ele o trajeto todo, até o boulevard. Ali, um carro solitário e cauteloso rodava debaixo do assédio da chuva, tocando a buzina repetidamente.

Ele seguiu até a Place de France sob os ramos baixos dos carvalhos diante do Consulado francês. Nem o Café de Paris nem a Brasserie de France estavam abertos. A cidade estava deserta, o Boulevard Pasteur reduzido a duas fileiras convergentes de luzes fracas mergulhando na noite. Era típico de europeus, pensou, perder a coragem e desistir de seus planos no minuto em que havia uma possibilidade de se molharem. Eles eram mais prudentes do que apaixonados; seus medos eram mais fortes que seus desejos. A maioria deles *não* tinha nenhum desejo real, a não ser o de ganhar dinheiro, o que, afinal de contas, não passa de um hábito. Mas assim que tinham o dinheiro, pareciam não usá-lo para nenhum fim ou propósito específico. Isso é o que ele achava difícil de entender. Sabia exatamente o que queria, sempre, assim como seus compatriotas. A maior parte deles só queria três carneiros para sacrificar no Aïd el Kebir e roupas novas para a família no Mulud e no Aïd es Seghir. Não era muito, mas era definido, e punham todos os seus esforços em obter isso. Mesmo assim, ele não conseguia pensar na massa de marroquinos sem desdém. Não tinha paciência com sua ignorância e seu atraso; se amaldiçoava os europeus com uma respirada, amaldiçoava os marroquinos com a seguinte. Ninguém escapava, a não ser ele próprio, e isso porque detestava a si mesmo mais que a todos. Mas felizmente não tinha consciência disso. Seu sonho era possuir uma pequena lancha a motor: era uma necessidade absoluta para o homem que esperava ser realmente bem-sucedido no contrabando.

Agora o que queria era chegar ao Café Tingis no Zoco Chico e tomar um café com conhaque. Virou na Siaghines e desceu rapidamente a ladeira entre as barracas dos cambistas, passou pela igreja espanhola e pelas Galeries Lafayette. Adiante, havia uma pracinha, as luzes brilhantes dos lampiões de gasolina dos cafés se despejando dos quatro lados. A qualquer hora do dia ou da noite os cafés estavam sempre abertos e lotados de homens, o murmúrio surdo e monótono dos que falavam preenchendo todo o zoco. Mas esta noite a praça era varrida pelo rugido do vento.

Ele subiu para o terraço deserto e entrou, ocupou um lugar junto à janela. O Tingis dominava a praça; dali, dava para ver todos os outros cafés. Alguém tinha deixado um maço quase cheio de Chesterfields em cima da mesa. Ele bateu palmas chamando o garçom, tirou a capa de chuva. Não estava muito seco por baixo: uma boa quantidade de água tinha escorrido por seu pescoço e estava encharcado abaixo dos joelhos.

O garçom chegou. Thami fez seu pedido. Apontou os cigarros e perguntou: — Seus? — O garçom olhou vagamente em torno do café, a testa franzida em confusão, e replicou que achava que a mesa estava ocupada. Naquele momento, um homem saiu do banheiro e veio andando na direção de Thami, que automaticamente começou a levantar para sentar em outro lugar. Quando o homem chegou à mesa, fez vários gestos indicando que Thami ficasse ali. — Tudo bem, tudo bem — ele dizia. — Fique onde está.

Thami havia aprendido inglês na infância com seu pai, que sempre recebia ingleses de classe em casa e insistira com ele para estudar inglês. Agora falava razoavelmente bem, embora com um forte sotaque. Ele agradeceu ao homem e aceitou um cigarro. Depois disse: — O senhor é inglês? — Era curioso que o homem estivesse naquela parte da cidade àquela hora, particularmente com o tempo daquele jeito.

— Não. Sou americano.

Avaliando, Thami olhou para ele e perguntou se era de algum navio: estava um pouco temeroso que o americano fosse pedir para ser levado a um bordel, e olhou em torno, nervoso, para ver se alguém que conhecia estava no café. Um rumor que ele não podia deixar circular era que tinha se tornado guia; em Tânger não havia nada mais baixo.

O homem riu, desculpando-se, e disse: — É, acho que se pode dizer que sou de um navio. Acabei de descer de um navio, mas se quer saber se trabalho num, não.

Thami ficou aliviado. — O senhor está num hotel? — perguntou. O outro disse que sim, parecendo um pouco em guarda, então Thami não perguntou qual hotel, como pretendia fazer.

— De que tamanho é Tânger? — o homem perguntou a Thami. Ele não sabia. — E tem muitos turistas agora? — Isso ele sabia. — Está muito ruim. Não vem mais ninguém desde a guerra.

— Vamos tomar um drinque — o americano disse, de repente. — Ei, você! — Ele se inclinou para trás, procurando o garçom por cima do ombro. — Você aceita um, não? — Thami assentiu.

Ele olhou para Thami pela primeira vez com certo calor. — Não adianta nada ficar sentado aqui como um dois de paus. O que vai ser? — O garçom se aproximou. Thami ainda não tinha concluído que tipo de homem era aquele, o quanto podia gastar. — E o senhor? — ele perguntou.

— White Horse.

— Ótimo — disse Thami, sem a menor ideia do que podia ser aquilo. — Para mim também.

Os dois homens se olharam. Foi o momento em que estavam prontos para sentir simpatia um pelo outro, mas a fórmula tradicional de desconfiança fazia necessário haver uma razão para isso primeiro.

— Quando veio para Tânger? — Thami perguntou.

— Esta noite.

— Esta noite, pela primeira vez?

— Isso mesmo.

Thami sacudiu a cabeça. — Que coisa maravilhosa ser americano! — ele disse, impetuosamente.

— É — disse Dyar, automaticamente, sem nunca ter pensado muito como seria não ser americano. Parecia, de alguma forma, a coisa natural para ser.

O uísque chegou; eles beberam, Thami com uma careta. Dyar pediu outra rodada, que Thami sem muito entusiasmo se ofereceu para pagar, depressa enfiando de volta o dinheiro no bolso diante do primeiro "não" de Dyar.

— Que lugar, que lugar! — disse Dyar, sacudindo a cabeça. Dois homens de barbas pretas tinham acabado de entrar, as cabeças envoltas em grandes toalhas turcas; assim como todos os outros, os dois estavam inteiramente envolvidos numa incessante e ruidosa conversa. — Ficam sentados aqui a noite inteira falando desse jeito? Do que estão falando? O que tanto têm para falar?

— Sobre o que as pessoas conversam nos Estados Unidos? — Thami perguntou, sorrindo para ele.

— Num bar, geralmente sobre política. Se conversam. No geral, elas simplesmente bebem.

— Aqui, sobre tudo: negócios, mulheres, política, vizinhos. Ou do que a gente está conversando agora.

Dyar esvaziou o copo. — E sobre o que nós estamos conversando agora? — perguntou. — Eu não faço a menor ideia.

— Sobre eles. — Thami riu e fez um gesto largo.

— Quer dizer que eles estão falando sobre nós?

— Alguns, talvez.

— Divirtam-se, parceiros — Dyar falou alto, virando a cabeça para os outros. Olhou seu copo, teve dificuldade para focalizá-lo com clareza. Por um segundo, esqueceu onde estava, viu apenas o copo vazio, o mesmo copinho sempre à espera de ser cheio de novo. Os músculos dos dedos dos pés estavam flexionando, e isso queria dizer que estava bêbado. "Onde fica o metrô mais próximo?", pensou. Então esticou as pernas voluptuosamente diante do corpo e riu. — Nossa! — exclamou. — Estou contente de estar aqui! — Olhou em torno do bar esquálido, ouviu a conversa sem sentido e sentiu uma onda de dúvida passar sobre ele, mas aguentou firme. — Sabe Deus onde é isto aqui, mas prefiro estar aqui do que lá! — insistiu. O som das palavras faladas o deixaram mais seguro; encostou na cadeira e olhou as sombras que se moviam no teto alto, amarelo. Não viu o rapaz malvestido com expressão esperta que entrou pela porta e começou a caminhar diretamente para a mesa. — E estou falando sério — disse, endireitando o corpo de repente e olhando firme para Thami, que pareceu assustar-se.

Dyar notou a presença dele quando Thami respondeu de má vontade à sua saudação em árabe. Levantou os olhos, viu o rapaz fitando-o de um jeito vagamente predador e antipatizou com ele de imediato.

— Olá, *mister* — o rapaz abriu o sorriso o bastante para revelar quais dentes eram de ouro e quais não eram.

— Olá — Dyar respondeu, apático.

Thami disse alguma coisa em árabe; soou truculento. O rapaz não deu atenção, pegou uma cadeira e puxou para a mesa, mantendo os olhos fixos em Dyar. — Fala inglês senhor gostar cinema muito bom, *yah, mister*? — ele perguntou.

Incomodado, Thami olhou em torno do bar e ficou um pouco mais tranquilo quando viu que ninguém estava olhando para a mesa naquele momento.

— Agora — disse Dyar — comece de novo e vá com calma. Como é isso?

O rapaz olhou duro para ele, cuspiu. — Senhor não fala inglês?

— Não desse tipo, amigo.

— Ele quer que o senhor vá assistir um filme — Thami explicou. — Mas não vá.

— O quê? A essa hora? — Dyar exclamou. — Ele é maluco.

— Passam tarde porque são proibidos pela polícia — disse Thami, dando a impressão de que a ideia era altamente desagradável para ele.

— Por quê? Que tipo de filme? — Dyar começou a se interessar.

— Muito ruim. Sabe. — Como Thami possuía a absoluta incompreensão árabe do sentido de pornografia, ele imaginou que a polícia havia proibido os filmes obscenos porque infringiam a doutrina cristã em certos pontos específicos, e, nesse caso, era de se esperar que qualquer cristão demonstrasse interesse, mesmo que só para reprovar. Ele não ficou nada surpreso de Dyar querer saber sobre os filmes, embora ele próprio ficasse tão indiferente quanto achava que Dyar ficaria se discutissem se os peregrinos em Meca deviam contornar a Caaba em sentido horário ou anti-horário. Ao mesmo tempo, o fato de serem proibidos os tornava desprezíveis, e ele não queria ter nada a ver com eles.

— É muito caro e não tem nada para ver — disse.

O rapaz não entendia as palavras de Thami, mas entendia o rumo de sua conversa, e não gostou. Cuspiu com mais veemência e evitou cuidadosamente virar a cabeça na direção dele.

— Bom, alguma coisa deve ter — Dyar protestou, com lógica. — Vamos esclarecer isso — disse ao rapaz. — Quanto? — Nenhuma resposta. O rapaz pareceu confuso; estava tentando resolver até onde podia ir com segurança acima da tarifa usual. — *Ch'hal?* — Thami prosseguiu. — Quanto? O homem está perguntando quanto. Diga.

— *Miehtsain.*

— *Achrine duro* — Thami disse, sério, como se corrigisse o outro. Os dois discutiram um pouco. Então, Thami anunciou, triunfante: — O senhor pode ir por cem pesetas. Olhou em torno do bar e seu rosto escureceu. — Mas não vale a pena. Meu conselho é: não vá. É muito tarde. Por que não vai para a cama? Eu vou com o senhor até seu hotel.

Dyar olhou para ele e deu uma ligeira risada. — Escute, meu amigo. Você não tem de ir a lugar nenhum. Ninguém disse que você tem de ir. Não se preocupe comigo. — Thami estudou seu rosto um segundo para ver se estava zangado, concluiu que não e disse: — Ah, não! — Estava fora de questão deixar o americano sair por Benider com o cáften. Muito embora o que ele mais quisesse naquele momento era ir para casa e dormir, e, apesar do fato de que a última coisa que queria era ser visto na rua àquela hora com um estrangeiro e aquele rapaz em particular, sentiu-se responsável por Dyar e decidido a não deixar que saísse debaixo dos seus olhos até levá-lo à porta de seu hotel. — Ah, não! — ele disse. — Vou com o senhor.

— Como quiser.

Levantaram-se, e o rapaz foi atrás deles até o terraço. A roupa de Dyar ainda estava molhada, e ele estremeceu quando a rajada de vento passou por ele. Perguntou se era longe; Thami conferiu com o outro e disse que ficava a dois minutos de caminhada. A chuva tinha diminuído. Atravessaram o Zoco, viraram algumas esquinas por ruas que eram como corredores de um velho hotel e na penumbra pararam diante de uma alta porta de treliça. Inquieto, Thami espiou a alameda deserta para cima e para baixo, enquanto o rapaz batia a aldrava, mas não havia ninguém para vê-los.

— *When you were only startin' to go to kindergarten**... — Dyar cantarolou não muito alto. Mas Thami agarrou seu braço, apavorado. — Não, não! — sussurrou. — A polícia! — A canção tinha ecoado pela rua silenciosa.

— Nossa! A gente está indo ver um filme de sacanagem. E daí? — Mas não cantou mais.

---

* Canção popular de 1938, música de Harry Warren e letra de Johnny Mercer. (N. do T.)

Esperaram. Por fim, ouviram ruídos fracos do lado de dentro. Uma voz abafada falou do outro lado da porta, e o rapaz respondeu. Quando a treliça se abriu, não havia nada para ver além do escuro interior. Então, um vulto saiu de trás da porta e ao mesmo tempo veio um cheiro que era uma mistura de água-de-colônia, pasta de dentes e transpiração. O vulto virou uma lanterna no rosto dele, em mau espanhol mandou o rapaz que estava com eles buscar um lampião e fechou a treliça atrás deles. Durante um momento, ficaram todos imóveis no escuro total. Thami tossiu nervosamente; o som duro reverberou de parede a parede. Quando o rapaz voltou trazendo um lampião, o vulto de branco retirou-se em silêncio para uma sala lateral, e os três começaram a subir um lance de escada. No alto, diante de uma porta, um homem gordo de compleição cinzenta; estava de pijama e mantinha diante da boca uma mão pesada de anéis para cobrir os bocejos. O ar ali estava carregado com o cheiro de incenso velho; a fumaça morta enevoava o corredor.

O homem gordo se dirigiu a eles em espanhol. Entre uma palavra e outra ele chiava. Quando descobriu que Dyar só falava inglês, ele parou, fez uma reverência e disse: — Boa noite, *sir*. Venha por aqui, por favor. — Numa salinha, havia algumas cadeiras de encosto reto dando para uma parede vazia onde pendia, torta, uma tela de projeção. De cada lado da tela, um vaso com palmeira. — Sente-se, por favor — ele disse e parou em cima deles, respirando pesadamente. Para Dyar, disse: — Tem um de homens com damas, um de padres-freiras e um de rapazes juntos, *sir*. Muito bonito. Todos sem usar a roupa. Senhor adora, *sir*. Senhor pode assistir aos três por preço combinado, sim. Senhor vê os três, *sir*?

— Não. Vamos ver as freiras.

— Sim, senhor. Cavalheiros espanhol gosta freiras. Escolhe sempre freiras. Muito bonito. Licença.

Ele saiu, e ouviu-se então que falava numa sala ao lado. Dyar acendeu um cigarro; Thami deu um grande bocejo. — Você devia ter ido para a cama — disse Dyar.

— Ah, não! Vou com o senhor até seu hotel.

Dyar explodiu. — Que droga, eu não vou para o meu hotel! Não consegue meter isso na sua cabeça? Não é tão difícil de entender. Quando acabar aqui eu vou para algum outro lugar, tomar mais um drinque, me divertir um pouco talvez, não sei. Não sei o que eu vou fazer. Mas não vou voltar para o hotel. Entendeu?

— Não tem importância — Thami disse, calmamente.

Ficaram quietos um momento, e Dyar continuou em tom conciliatório: — Sabe, passei uma semana num navio. Não estou com sono. Mas você está com sono. Por que você não vai para casa e dá a noite por encerrada?

Thami estava decidido. — Ah, não! Não posso fazer isso. Seria muito ruim. Vou levar o senhor para seu hotel. Na hora que o senhor for. — Esticou-se o máximo que a cadeira permitia e fechou os olhos, deixando a cabeça pender devagar para a frente. Trouxeram o projetor e o filme, instalados por outro homem de pijama, igualmente gordo, mas com um farto bigode antiquado. Quando começou o ronronar da máquina e a tela se acendeu, a imobilidade e o silêncio de Thami passaram para a respiração impetuosamente regular de quem dorme.

IV

Tinha ocorrido uma pequena erupção vulcânica nas Canárias. Durante vários dias os espanhóis falaram disso; o acontecimento recebera grande destaque no jornal *España,* e muita gente que tinha parentes lá recebera telegramas tranquilizadores. Todo mundo culpava a perturbação pelo clima abafado, pelo ar parado e pela luz cinza-amarelada que pairava sobre a cidade durante os últimos dois dias.

Eunice Goode tinha sua própria empregada, que pagava por dia: uma jovem espanhola desleixada que chegava ao meio-dia e fazia trabalho extra que não se podia esperar dos funcionários do hotel, como manter as roupas dela passadas e em ordem, sair para fazer coisas e lavar o banheiro diariamente. A moça estava cheia de novidades sobre o vulcão aquela manhã e falara a respeito, para grande desagrado de Eunice, porque ela havia decidido que estava com vontade de trabalhar. — *Silêncio!* — gritou, enfim; tinha uma voz fina, aguda que era bem incongruente com sua aparência robusta. A moça ficou olhando para ela, depois riu. — Estou trabalhando — Eunice explicou, parecendo o mais preocupada possível. A moça riu de novo. — De qualquer forma — Eunice prosseguiu —, esse tempo ruim é só o inverno pequeno chegando. — Dizem que é o vulcão — a moça insistiu. Primeiro vinha o inverno pequeno, assim chamado só porque era mais curto, e depois o inverno grande, a longa estação chuvosa que chegava dois meses e pouco depois. Ambos produziam dias escuros, pés molhados e tédio; os que podiam escapavam para o sul, mas Eunice não gostava de nenhum tipo de movimento. Agora que estava em contato com o que chamava de realidade interior, mal percebia se o sol brilhava ou não.

A moça estava no banheiro, lavando roupas de baixo; cantava numa voz aguda enquanto espadanava as roupas na pia. — Meu Deus! — Eunice gemeu depois de um momento. — Conchita! — chamou. — *Mande* — disse a moça. — Quero que vá comprar bastantes flores no mercado. Imediatamente. — Deu-lhe cem pesetas e mandou-a sair para poder ter solidão durante meia hora. Ela agora não saía muito; passava a maior parte do tempo deitada. A cama era larga e o quarto, espaçoso. De sua fortaleza de travesseiros dava para ver a atividade dos pequenos barcos no porto interno, e ela achava que lhe bastava como diversão acompanhá-los com os olhos quando levantava o rosto da escrita. Ela começava o dia com gim e continuava com ele até dormir, à noite. Quando veio a Tânger pela primeira vez ela bebia menos e saía mais. Durante o dia, tomava banho de sol na sacada, à noite ia de bar em bar, misturando bebidas e tendo, no fim, de voltar até a entrada do hotel acompanhada por algum indivíduo pouco confiável que geralmente tentava levar qualquer pequena soma de dinheiro que sobrasse na bolsa que ela usava pendurada no ombro. Mas ela nunca saía levando mais do que não se importava em perder. O banho de sol tinha sido interrompido pela gerência do hotel porque um dia uma senhora espanhola olhara (com alguma dificuldade) por cima da divisória de concreto que separava sua sacada da sacada vizinha e vira seu maciço corpo rosado estendido numa espreguiçadeira sem nada em cima. Ocorrera uma cena desagradável com o gerente, que a teria expulsado se ela não fosse a mais importante fonte de rendas do hotel: mandava servir todas as refeições na cama, e a porta de seu quarto estava sempre aberta para os garçons poderem entrar com drinques e baldes de gelo. "Melhor assim", ela dissera a si mesma. "O sol é antipensamento. Lawrence tinha razão." E então descobrira que deitada na cama ela bebia melhor; quando vinha a noite, não tinha mais o impulso de sair para a rua, de tentar estar em toda parte, com medo de perder o que acontecia. A razão para isso, claro, era que quando chegava a noite ela estava bêbada demais para se mexer muito, mas era uma bebedeira agradável e não a impedia de preencher as páginas de seus cadernos com palavras, às vezes até com ideias.

Vulcões a deixavam zangada. A conversa sobre aquele de agora a fazia lembrar-se de uma cena da própria infância. Estava num navio com os pais, indo de Alexandria para Gênova. Uma manhã, bem cedo, o pai batera na porta da cabine onde a mãe e ela dormiam, chamando animadamente para que saíssem ao convés. Mais dormindo que acordadas elas foram e o encontraram apontando loucamente o Stromboli. A montanha estava vomitando chamas, e escorria lava por suas encostas, já carmesins com o sol nascente. A mãe dela olhara um instante e depois, com uma voz rouca de fúria, bradara uma única palavra: — Ho... *rren*do! — Virara de costas e levara Eunice para baixo. Olhando para o que passou, embora ela ainda visse o rosto decepcionado do pai, sentia a mesma indignação da mãe.

Ficou deitada de costas, fechou os olhos e pensou um pouco. Então abriu os olhos e escreveu: "Existe alguma coisa na tola mente humana que reage lindamente à ideia de raridade — em especial, raridade de condições capazes de produzir um determinado fenômeno. Quanto menos provável de acontecer uma coisa, mais surpreendente ela parece quando ocorre, por mais inútil ou mesmo perigosa que seja. O fato de essa coisa acontecer apesar de improvável faz dela um acontecimento precioso. A coisa não tinha o direito de ocorrer, mas ocorreu, e só se pode admirar cegamente a cadeia de circunstâncias que levou o impossível a acontecer."

Ao reler o parágrafo, ela notou com certa satisfação que, embora tivesse sido escrito com referência ao vulcão, tinha também um nítido alcance sobre sua vida pessoal no momento. Ela ainda estava um pouco assombrada com o que lhe parecia uma incrível sequência de coincidências que, de repente, possibilitaram que ficasse feliz. Uma coisa estranha tinha lhe acontecido cerca de quinze dias antes. Ela acordara uma linda manhã e tomara a decisão de fazer diariamente exercícios de algum tipo. (Estava sempre tomando decisões de um tipo ou de outro, confiante de que cada uma delas ia revolucionar sua vida.) O exercício seria mentalmente estimulante e a ajudaria a perder peso. Para tanto, vestiu uma velha calça que estava pequena demais na cintura para fechar e partiu para o alto da casbá. Passou pelo grande portão e usando sua bengala desceu a íngreme ladeira até a praia suja lá embaixo onde só árabes entravam no mar.

Dali seguira a linha da água para o oeste, ao longo do sopé dos prédios mais baixos da casbá, passou pelo trecho onde todos os esgotos se esvaziavam, e o fedor era como um objeto sólido no ar, até uma praia rochosa mais adiante que estava mais ou menos deserta. E ali um velho pescador árabe a deteve, estendendo um pedacinho de papel, pediu a ela, com grande seriedade, em seu espanhol hesitante, que lesse para ele o que estava escrito ali.

Dizia: "A pessoa que encontrou este por gentileza entre em contato com C. J. Burnett, Ashurst Road, 52, North Finchley, Londres, Inglaterra. 12 de abril de 1949." Ela traduziu o pedido, indicando o endereço, e não conseguiu deixar de perguntar a ele onde tinha encontrado o papel.

— Numa garrafa na água — ele respondeu, apontando as ondinhas que quebravam perto dos pés deles. Ele então perguntou o que deveria fazer. — Escreva para esse homem, se quiser — ela disse, pronta para seguir adiante.

É, pensou consigo o velho, cofiando a barba, deveria escrever, sim, claro. Mas, como, se não sabia escrever? — Um amigo — disse ela. Ele olhou para ela, investigando, e com voz hesitante perguntou se ela faria isso. Ela riu. — Eu estou dando uma volta — ela disse, apontando a praia na direção oposta à cidade. — Talvez quando eu voltar. — E começou a andar de novo, deixando o velho parado ali, segurando seu papelzinho, olhando para ela.

Tinha esquecido o incidente quando chegou de volta ao mesmo local, mas lá estava o pescador sentado numa pedra com seus trapos, olhando ansiosamente ela se aproximar. — Escreve agora? — ele perguntou. — Mas não tenho papel — ela objetou. Esse foi o começo de um longo episódio em que ele a seguiu a uma distância de alguns passos, pela praia toda, subindo a encosta e atravessando a casbá de um *bacal* para outro em busca de um envelope e uma folha de papel.

Quando finalmente encontraram um comerciante capaz de fornecer os dois objetos, ela tentou pagar, mas o velho orgulhosamente pôs suas próprias moedas no balcão e devolveu as dela. Nesse momento, ela estava achando todo o incidente bem divertido; seria uma história interessante para contar aos amigos. Mas ela sentia também necessidade de um drinque imediato e por isso recusou o convite dele de irem a um café árabe vizinho para tomar chá, explicando que precisava sentar em um café europeu para escrever a carta dele devidamente. — Conhece algum aqui perto? — ela perguntou, esperando não terem de recorrer a um dos cafés do Zoco Chico, porque para chegar a eles teriam de descer ruas íngremes e degraus incontáveis. Ele a levou por várias ruas extremamente estreitas, onde a sombra era uma bênção depois do sol do meio-dia, até um lugarzinho esquálido chamado Bar Lucifer. Atrás do balcão, uma mulher extremamente gorda lia uma revista francesa sobre cinema. Eunice pediu um gim e o velho, uma gasosa. Ela escreveu a carta depressa, em primeira pessoa, dizendo que tinha encontrado uma garrafa em Ras el Ihud, perto de Tânger, e estava respondendo conforme solicitado, assinou Abdelkader ben Saïd ben Mokhtar e pôs o endereço dele. O pescador agradeceu profusamente e foi pôr a carta no correio, tendo primeiro insistido em pagar a gasosa; ela, porém, ficou e tomou vários outros gins.

A gorda começou a se interessar por ela. Aparentemente não estava acostumada a receber mulheres no bar, e essa forasteira grande que usava calça e bebia como um homem despertou sua curiosidade. Em francês, fez a Eunice algumas perguntas sobre ela. Não sendo de natureza crédula, Eunice respondeu improvisando falsidades, como sempre fazia em ocasiões semelhantes. Então fez as suas próprias perguntas. A mulher mostrou-se muito disposta a responder: ela era grega, seu nome era Madame Papaconstante, estava em Tânger havia onze anos, o bar era uma aquisição recente e tinha alguns quartos nos fundos que estavam à disposição dos clientes que solicitassem. Eunice então agradeceu e pagou, prometendo voltar à noite. Considerou o lugar uma descoberta, porque tinha certeza de que nenhum de seus amigos o conhecia.

À noite, o Bar Lucifer era uma outra coisa bem diferente. Havia dois fortes lampiões de gasolina acesos, de forma que os cartazes anunciando touradas em San Roque e Melilla ficavam visíveis, o pequeno rádio estava ligado, e três espanhóis de macacão estavam sentados ao balcão, bebendo cerveja. Madame Papaconstante, com maquiagem carregada e um vestido de chiffon cor de laranja, veio cumprimentá-la, os dentes de ouro brilhando ao sorrir. Atrás do balcão havia duas moças espanholas com ondulação permanente vulgar nos cabelos. Fingindo acompanhar a conversa dos homens, elas aparentavam sorrir quando os homens riam.

— São suas filhas? — Eunice perguntou. Madame Papaconstante disse com alguma ênfase que não. Então explicou que elas serviam o bar e funcionavam como recepcionistas para os quartos particulares. Uma terceira moça enfiou a cabeça pela cortina de contas da porta que levava aos fundos; era muito jovem e excepcionalmente bonita. Olhou para Eunice com alguma surpresa durante um momento antes de sair e ir até a entrada da rua.

— Quem é essa? — Eunice perguntou.

Uma *fille indigène*, disse Madame Papaconstante, uma moça árabe que trabalhava para ela. — Muito inteligente. Ela fala inglês — acrescentou. A moça virou-se e sorriu para elas, um sorriso inesperado, cálido como um súbito raio de sol forte em um dia nublado.

— É uma criatura atraente — disse Eunice. Foi até o bar e pediu um gim. Madame Papaconstante a seguiu com dificuldade e ficou de um lado, sorrindo, as mãos carnudas espalmadas no balcão, de forma que os numerosos anéis relampejavam.

— Não vai tomar nada? — Eunice sugeriu.

Madame Papaconstante pareceu perplexa. Era uma noite rara no Bar Lucifer alguém lhe oferecer uma bebida. — *Je prendrais bien un machaquito* — ela disse, fechando os olhos devagar e abrindo-os de novo. As duas levaram seus drinques para uma mesinha oscilante junto da parede e sentaram-se. A moça árabe ficou na porta olhando o escuro lá fora, trocando uma palavra ocasional com algum transeunte.

— *Hadija, ven acá* — chamou Madame Papaconstante. A moça virou-se e foi a passos leves até a mesa, sorrindo. Madame Papaconstante pegou a mão dela e mandou que falasse um pouco de inglês com a dama.

— Senhora fala inglês? — disse a moça.

— Falo, claro. Gostaria de uma bebida?

— Eu fala. O que bebe?

— Gim. — Eunice levantou o copo, já quase vazio. A moça fez uma careta de repulsa.

— Ah, ruim. Eu gostaria uma Coca-Cola.

— Claro. — Chamou a atenção de uma das moças do balcão e gritou para ela: *Una Coca-Cola, un machaquito y un gin!* — Hadija foi até o bar buscar as bebidas.

— Ela é linda — Eunice disse depressa a Madame Papaconstante. — Onde encontrou essa moça?

— Ah, faz muitos anos que ela brinca aqui com as outras crianças da rua. É de uma família pobre.

Quando ela voltou à mesa com os copos, Eunice sugeriu que sentasse com elas, mas ela fingiu não ouvir e ficou de costas para a parede para poder olhar calmamente de cima para elas. Durante vinte minutos ou meia hora houve uma conversa intermitente, durante a qual Eunice pediu vários outros gins. Estava começando a sentir-se muito bem; voltou-se para Madame Papaconstante. — Seria grosseria minha se eu ficasse sozinha com ela um pouquinho? Gostaria de conversar com ela.

— *Ça va* — disse Madame Papaconstante. Não era uma coisa usual, mas não via razão para negar.

— Ela é absolutamente deslumbrante — Eunice acrescentou, atirando o cigarro através da sala, de forma que caiu na viela. Levantou-se, passou um dos braços em torno da moça e falou em inglês: — Pegue mais uma Coca-Cola e leve para dentro, para um dos quartos. — Fez um gesto. — Vamos sentar lá dentro onde é privado.

Essa sugestão, porém, deixou Madame Papaconstante indignada. — *Ah, non!* — exclamou veementemente. — Os quartos são para cavalheiros.

Eunice não se abalou. Como a seu ver seus objetivos eram sempre irrepreensíveis, ela raramente hesitava em tentar atingi-los. — Então venha comigo — disse à moça. — Vamos ao meu hotel. — Soltou Hadija e foi até o bar, revirando a bolsa em busca de dinheiro. Enquanto estava pagando, Madame Papaconstante levantou-se devagar, chiando dolorosamente.

— Ela trabalha aqui, *vous savez*! — exclamou. — Não tem liberdade para ir e vir. — Pensando melhor, acrescentou: — Ela me deve dinheiro.

Eunice virou-se e colocou diversas notas na mão dela, fechando delicadamente seus dedos sobre elas. As moças atrás do bar observavam, os olhos brilhando.

— *Bonsoir, Madame* — disse calorosamente. Uma expressão de grande seriedade espalhou-se em seu rosto ao prosseguir: — Nem sei como agradecer. Foi uma noite encantadora. Eu volto amanhã para ver a senhora. Tenho um presentinho para lhe trazer.

A grande boca de Madame Papaconstante estava aberta, as palavras que tencionavam sair ficaram dentro. Ela deixou o olhar cair por um segundo para a mão, viu as pontas de duas das notas e fechou a boca devagar. — Ah! — disse.

— Perdoe-me por tomar tanto o seu tempo — Eunice continuou. — Sei que é ocupada. Mas foi muito gentil. Obrigada.

Nesse momento, Madame Papaconstante já havia recobrado o autocontrole. — De nada — disse. — Foi um grande prazer para mim.

Durante esse diálogo, Hadija ficara imóvel na porta, os olhos indo e voltando do rosto de Eunice para o da *patronne*, numa tentativa de acompanhar o sentido das palavras delas. Agora, tendo decidido que Eunice havia vencido no encontro, sorriu hesitante para ela.

— Boa noite — Eunice repetiu para Madame Papaconstante. Acenou animadamente para as moças atrás do balcão. Os homens olharam em torno pela primeira vez, depois retomaram a conversa. Eunice pegou no braço de Hadija e saíram para a rua escura. Madame Papaconstante foi até a porta, curvou-se para fora e disse baixinho: — Se ela não se comportar, a senhora me diz amanhã.

— Ah, vai se comportar, sim — Eunice falou, dando um apertão no braço da moça. — *Merci mille fois, madame. Bonne nuit.*

— Que ela falou para você? — Hadija perguntou.

— Ela disse que você é uma moça muito boa.

— Claro. Muito ótima. — Ela seguiu na frente, uma vez que não havia espaço para as duas andarem lado a lado.

— Não vá muito depressa — Eunice falou, ofegando na tentativa de acompanhá-la. Quando chegaram à crista do morro em Amrah, ela disse: — Espere, Hadija. — E encostou na parede. Era um momento que ela queria saborear. De repente, estava consciente do mundo fora de si mesma, não como uma coisa que pertencia aos outros apenas, mas como uma coisa da qual quase sentia que podia participar. Pela primeira vez sentiu o cheiro quente da plenitude no ar da noite e ouviu o nervoso bater de tambores nos terraços com alguma coisa além de indiferença. Deixou os olhos percorrerem a cidade e viu com clareza, ao luar, o minarete no alto do Charf com seis ciprestezinhos negros em torno. Bateu a bengala na calçada com prazer, várias vezes. "Insisto demais em viver minha própria vida", pensou. O restante do mundo estava ali para ela colher a qualquer momento que quisesse, mas ela sempre o rejeitara em favor de seu próprio pequeno cosmos conhecido. Só às vezes, quando saía do sono, era que sentia estar realmente *na* vida, mas isso ocorria apenas porque ainda não tinha tido tempo de atentar para os pensamentos, de tornar-se ela mesma de novo.

— Que linda noite — disse, sonhadora. — Venha e pare aqui um minuto. — Hadija obedeceu, relutante. Eunice agarrou o braço dela outra vez. — Escute os tambores.

— *Drbuka.* Mulheres que faz.

— Aha. — Ela sorriu misteriosamente, acompanhando com o olhar a tênue linha das montanhas, cadeia após cadeia, azuis na noite clara. Ela não esperava que Hadija fosse capaz de ter as mesmas sensações; queria apenas que a moça agisse como um catalisador para ela, possibilitando que as vivenciasse em seu estado puro. Como fonte primordial de seu comportamento, havia sempre um dolorido lamento por uma inocência perdida, uma nostalgia pelos primeiros anos de vida. Sempre que se apresentava uma possibilidade de felicidade, através disso ela buscava atingir de novo aquele lugar infinitamente distante e macio, sua infância perdida. E no riso simples de Hadija ela adivinhava uma perspectiva de retorno.

A sensação persistira durante a noite. Ela exultou ao descobrir que estava certa. Ao amanhecer, com Hadija ainda dormindo a seu lado, ela sentou na cama e anotou no caderno: "Um momento tranquilo de manhã cedinho. Os pombos começaram agora mesmo a murmurar diante da janela. Não há vento. A sexualidade é primordialmente uma questão de imaginação, tenho certeza. As pessoas que vivem em climas mais quentes têm muito pouco disso, e por isso a sociedade pode permitir uma ampla largueza moral nos costumes. Aqui se encontram as personalidades mais saudáveis. Em regiões temperadas a coisa é bem diferente. A fértil atividade da imaginação tem de ser restringida por um estrito código de comportamento sexual que resulta em crime e depravação. Veja as grandes cidades do mundo. Quase todas elas estão em zonas temperadas." Ela deixou seus olhos repousarem um momento no porto lá embaixo. A água calma era como um vidro azul. Mexendo-se cuidadosamente para não acordar Hadija, ela serviu uma dose pequena de gim da garrafa quase vazia da mesa de cabeceira e acendeu um cigarro. "Mas evidentemente todas as cidades são pontos de infecção, como dentes cariados. A hipersensibilidade da cultura urbana (sua única virtude) é em grande parte reação à dor. Tânger não tem cultura urbana, não tem dor. Acredito que nunca terá. O nervo nunca estará exposto."

Ela ainda sentia uma pontinha de pena por não terem deixado que fosse com Hadija a um quarto dos fundos no Bar Lucifer. Isso teria lhe dado uma certa satisfação, a seus olhos teria sido um ato puro. Talvez um outro dia, quando ela e Madame Papaconstante se conhecessem melhor, isso fosse possível.

Enquanto Hadija não acordou, ela não telefonou pedindo o desjejum. Deu-lhe um grande prazer ver a moça, vestindo um dos seus pijamas, sentada de pernas cruzadas na cama, usando o talher elegantemente para comer uma torrada com manteiga para mostrar que sabia manejar esses acessórios ocidentais. Ela foi para casa um pouco antes do meio-dia, para não estar ali quando chegasse a empregada espanhola. À tarde, Eunice foi até o Bar Lucifer com um frasquinho de perfume para Madame Papaconstante. Desde esse dia, em noites alternadas, ela trazia Hadija com ela para o hotel. Não viu de novo o velho pescador; dificilmente poderia esperar vê-lo, a menos que voltasse à praia, e era pouco provável que fizesse isso. Tinha esquecido dos exercícios; no momento, sua vida estava muito ocupada com Hadija para ela tomar resoluções e decisões para melhorá-la. Fazia um esforço de imaginação procurando meios de diverti-la, encontrando lugares para levá-la, escolhendo presentes que lhe agradassem. Tinha uma vaga consciência de que com tudo isso era ela que estava se divertindo, que Hadija meramente a acompanhava e aceitava os presentes com algo próximo da apatia. Mas para ela não fazia diferença.

Quando estava contente, ela invariavelmente inventava uma razão para não conseguir continuar assim. E então, para seguir seu padrão, permitiu que lhe ocorresse uma ideia para contrariar sua felicidade. Tinha feito um arranjo com Madame Papaconstante pelo qual ficava estabelecido que, nas noites em que Hadija não fosse com ela para o Metropole, ela deveria ficar em casa com os pais. Madame Papaconstante lhe garantira que a moça nem aparecia no bar nessas noites, e até então Eunice não pensara em questionar a veracidade de sua afirmação. Mas hoje, quando Conchita voltou do mercado com os braços cheios de flores, apesar do fato de Hadija ter deixado o quarto apenas três horas antes e não ser esperada de novo a não ser no dia seguinte à noite, Eunice resolveu de repente que queria que ela voltasse nessa mesma noite. Ia comprar para ela algum presente muito especial na Rue du Statut, e fariam uma pequena celebração extra, cercadas de lírios e bicos-de-papagaio. Ela iria até o Bar Lucifer e pediria a Madame Papaconstante que mandasse alguém buscar a moça.

Foi nesse momento que lhe ocorreu a terrível possibilidade: e se ela encontrasse Hadija no bar? Se encontrasse, isso quereria dizer que ela tinha estado lá todo o tempo, que a história dos pais era uma mentira, que ela morava em um dos quartos nos fundos do bar, talvez. (Ela estava elaborando o clímax.) Então o local seria um verdadeiro bordel, e nesse caso — tinha de encarar o fato — havia uma possibilidade de Hadija estar atendendo clientes homens na cama naquelas outras noites.

A ideia a pôs em ação: jogou o caderno no chão e saltou da cama com uma violência que sacudiu o quarto e assustou Conchita. Quando acabou de se vestir, queria partir imediatamente para o Bar Lucifer, mas refletiu que era inútil proceder assim. Tinha de esperar até a noite e pegar Hadija em *flagrante delictu*.

Já então não havia mais qualquer dúvida em sua cabeça. Estava convencida de que Madame Papaconstante a estava enganando. Assolada por lembranças de ocasiões anteriores em que tinha sido confiante e complacente e acabara descobrindo que sua felicidade repousava inteiramente em falsidades, dessa vez ela estava inteiramente disposta a descobrir o engano e confrontá-lo.

À medida que a tarde avançava para a noite ela foi ficando mais inquieta, andando para lá e para cá no quarto, saindo muitas vezes à sacada para olhar o porto sem ver. Ela até se esqueceu de ir à Rue du Statut para o presente de Hadija. Uma nuvem negra formou-se sobre o porto, e o entardecer logo se transformou em noite. Rajadas de vento cheias de chuva sopraram da sacada para dentro do quarto. Ela fechou a porta e resolveu, como estava vestida, descer para jantar em vez de comer na cama. A orquestra e outros comensais ajudariam a manter sua cabeça ocupada. Não tinha esperança de encontrar Hadija no bar antes das nove e meia.

Quando desceu, era cedo demais para jantar. Não tinham eletricidade essa noite; havia velas acesas nos corredores e lampiões a óleo nas salas públicas. Ela entrou no bar e entabulou conversa com um velhote, capitão aposentado do exército britânico, que insistiu em pagar seus drinques. Isso a incomodou bastante, porque não tinha liberdade para pedir todos que queria. O velho cavalheiro bebia devagar e relembrava prolongadamente o Extremo Oriente. "Ah, meu Deus, ah, meu Deus, ah, meu Deus!", ela dizia para si mesma. "Ele não vai calar a boca nunca, e nunca vai dar oito e meia?"

Como sempre, a comida estava execrável. Porém, ao comer na sala, ela descobriu que ao menos a comida era quente, ao passo que até chegar à sua cama geralmente tinha deixado de ser até mesmo morna. Entre um número e outro da orquestra, ela ouvia o vento rugindo lá fora e a chuva batendo nas venezianas das janelas francesas da sala de jantar. "Vou ficar encharcada", pensou, mas a perspectiva não a desanimou em nada. Ao contrário, a tempestade até aumentava o drama do qual estava convencida de que ia participar. Chapinharia pelas ruas molhadas, encontraria Hadija, haveria uma cena horrível, talvez uma perseguição na chuva até um canto escondido da casbá ou até algum rochedo solitário sobre o estreito. E então viria a reconciliação no escuro e no vento, as confissões e as promessas, e por fim os sorrisos. Mas dessa vez ela a levaria para o Metropole definitivamente.

Quando terminou de comer, subiu ao quarto, vestiu uma calça comprida e uma capa de chuva. Estava com as mãos tremendo de excitação. O ar do quarto parecia pesado com o aroma doce dos lírios. As chamas das velas oscilavam para lá e para cá enquanto ela se movimentava apressada, e as sombras das flores se agachavam, saltavam para o teto, voltavam. De uma gaveta de um dos baús pegou uma lanterna grande. Saiu, fechou a porta. As velas continuaram queimando.

V

Parecia um claro dia de primavera. O sol brilhava nos loureiros que ladeavam o caminho do jardim por onde irmã Inez passeava, agarrada a seu breviário. Até ela chegar à fonte, as saias negras compridas esconderam o fato de que estava descalça. Era o tipo de jardim em que se esperaria que o ar estivesse pesado com o cheiro doce do jasmim, e embora os pássaros não aparecessem dava para imaginá-los cantando e roçando as asas com nervoso prazer à sombra dos arbustos. A irmã Inez estendeu um pé brilhante e tocou a água do tanque; o céu cintilava alvo. Dos arbustos, padre José observava, os olhos brilhantes ao acompanharem os dois pezinhos seguindo um depois do outro pela água transparente. De repente, a irmã Inez soltou o capelo que estava preso por um colchete embaixo do queixo; as madeixas negras rolaram pelos ombros. Com um segundo gesto brusco ela soltou o hábito até embaixo (era incrivelmente fácil), abriu bem e virou para revelar o jovem corpo branco e roliço. Um momento depois ela jogara as roupas em cima de um banco de mármore e estava parada ali completamente nua, ainda segurando o livrinho preto e o rosário. Os olhos de padre José se abriram ainda mais, e ele voltou o olhar para o céu: estava rezando para pedir forças para resistir à tentação. Na verdade, as palavras PIDIENDO EL AMPARO DIVINO apareceram gravadas no céu, e lá ficaram, tremulando ligeiramente, durante vários segundos. O que se seguiu não era uma surpresa para Dyar, uma vez que ele não esperava que viesse o amparo divino, nem se surpreendeu quando, um momento depois, três outras freiras saudáveis entraram de outras tantas direções para se juntar ao ocupado casal na fonte, transformando assim o *pas de deux* em um número coral.

Subsequentemente, o cenário de atividades mudou para um altar numa igreja próxima. Dyar, sentindo que o frenesi desse episódio anunciava a proximidade do fim do filme, deu um cutucão em Thami e ofereceu-lhe um cigarro que ele, ao acordar com um tranco, aceitou automaticamente e deixou que fosse aceso. Quando ele se viu realmente consciente, as imagens chegaram a um fim abrupto, e a tela era um quadrado de luz ofuscante. Dyar pagou ao primeiro homem gordo, que estava no corredor, ainda bocejando, e eles desceram. — Se os dois cavalheiros quer quarto por uma hora... — foi dizendo o gordo, seguindo atrás deles. Thami gritou para ele alguma coisa em espanhol; o rapaz abriu para que eles saíssem à rua vazia, onde soprava o vento.

*

Quando Eunice Goode entrou no barzinho, ficou decepcionada ao ver que Hadija não estava ali. Foi até o balcão, olhou fixamente a moça parada atrás dele e notou com prazer a inquietação que sua súbita aparição estava provocando no comportamento da outra. A moça fez uma absurda tentativa de sorrir, e recuou lentamente até a parede, sem tirar os olhos do rosto de Eunice Goode. E, de fato, a expressão da rica dama estrangeira era bem impressionante: as faces gordas estavam manchadas de vermelho, ela ofegava, e debaixo das sobrancelhas pesadas os olhos frios moviam-se com um brilho feroz.

— Onde está todo mundo? — ela perguntou de repente.

Em espanhol, a moça começou a gaguejar que não sabia, que achava que tinham saído por ali. Ela então foi até a ponta do balcão e tentou passar para entrar pela porta que dava para os quartos internos. Eunice Goode empurrou-a com a bengala. — Me dê um gim — disse. Relutante, a moça voltou até onde ficavam as garrafas e serviu o drinque. Não havia outros clientes.

Ela esvaziou o copo de um só trago e, deixando a moça a olhar com aflição, passou pela cortina de contas, tateando com a ponta da bengala porque o corredor era escuro.

— Madame! — a moça gritou alto atrás dela. — Madame!

À direita, abriu-se uma porta. Madame Papaconstante, vestindo um quimono chinês bordado, saiu para o corredor. Quando viu Eunice Goode, deu um pulo involuntário. Recuperou-se, sorriu debilmente e encaminhou-se para ela pronunciando uma série de profusas saudações que mesmo enquanto estavam sendo ditas não impediram que a visitante notasse que a dona da casa não só bloqueava sua passagem pelo corredor, como efetivamente a empurrava com firmeza de volta para o bar. E parada no bar ela continuou falando.

— Que tempo! Que chuva! Me pegou na hora do jantar. Minha roupa toda encharcada! Está vendo? — Ela olhou a própria roupa. — Tive de me trocar. Meu vestido está secando no aquecedor. Maria vai passar para mim. Venha tomar um drinque comigo. Não esperava você hoje. *C'est un plaisir inattendu.* Ah, é, sim, madame. — Ela franziu a testa, furiosa, para a moça. — Sente aqui — disse Madame Papaconstante —, eu mesma vou servir. Agora, o que vamos tomar hoje?

Quando ela viu Eunice finalmente sentada à mesinha, deu um suspiro de alívio e esfregou nervosamente os braços balofos, de forma que as pulseiras tilintaram. Eunice observou sua aflição com sombrio prazer.

— Escute a chuva — disse Madame Papaconstante, inclinando a cabeça para a rua. Eunice ainda não respondera nada. "A boba", estava pensando. "Coitada da velha boba."

— O que *você* vai tomar? — perguntou de repente, com tamanha violência que Madame Papaconstante olhou em seus olhos, apavorada, sem ter bem certeza de que não tinha dito alguma outra coisa. — Ah, eu! — ela riu. — Vou tomar um *machaquito* como sempre.

— Sente-se — Eunice falou. A moça trouxe os drinques, e Madame Papaconstante, depois de lançar um breve olhar preocupado à rua, afundou na cadeira na frente de Eunice Goode.

Beberam dois drinques cada uma, enquanto conversavam vagamente sobre o tempo. Um mendigo rastejou pela porta, avançando apoiado nas mãos, encostou na parede e com gestos expressivos apontou os membros inferiores sem pés, retorcidos como tocos de uma raiz de mangue. Estava encharcado de chuva.

— Faça ele ir embora! — Eunice gritou. — Não suporto ver gente deformada. Dê alguma coisa e se livre dele. Detesto ver sofrimento. — Como Madame Papaconstante não se mexeu, ela procurou na bolsa e jogou uma nota para o homem, que lançou o corpo à frente com um movimento de réptil e agarrou-a. Ela sabia perfeitamente bem que não se dava soma tão grande a mendigos, mas o Bar Lucifer era um lugar onde a sensação de poder que o dinheiro lhe dava aumentava a tal ponto que se livrar dele se transformava num ato de irresistível volúpia. Madame Papaconstante estremeceu por dentro ao ver o preço de dez drinques ser agarrado por aquela mão em garra. Reconheceu vagamente o gesto de Eunice como um gesto de hostilidade contra ela; lançou um olhar ressentido à estranha mulher escarrapachada à sua frente, pensando que Deus tinha cometido um erro ao permitir que uma pessoa daquelas tivesse tanto dinheiro.

Até chegar ali, Eunice estava totalmente decidida a perguntar diretamente se Hadija estava ou não ali, mas então essa atitude pareceu desaconselhável. Se ela estivesse no estabelecimento, acabaria tendo de sair para a sala da frente, uma vez que os fundos do edifício davam para a muralha da casbá e, portanto, não havia outra saída.

Sem virar a cabeça, Madame Papaconstante chamou casualmente em espanhol a moça que estava atrás dela. — Lolita! Pode me trazer minha malha? Está no quarto rosa, em cima da poltrona grande. — E para Eunice, em francês: — Com essa chuva e esse vento eu sinto frio.

"É um sinal", Eunice pensou quando a moça passou pela cortina de contas presa em arcos. "Ela quer avisar Hadija para não sair aqui nem falar alto." — São muitos quartos? — perguntou.

— Quatro. — Madame Papaconstante tremia ligeiramente. — Rosa, azul, verde e amarelo.

— Adoro amarelo — Eunice falou, inesperadamente. — Dizem que é a cor da loucura, mas isso não impede que eu goste. É tão brilhante, tão cheio de sol como cor. *Vous ne trouvez pas?*

— Eu gosto de todas as cores — Madame Papaconstante disse, vagamente, olhando na direção da rua com apreensão.

A moça voltou sem o suéter. — Não está lá — anunciou. Madame Papaconstante deu um olhar significativo para a moça, mas o rosto dela estava sem expressão. Ela voltou ao seu lugar atrás do balcão. Dois espanhóis de macacão entraram da rua e pediram cerveja; evidentemente vinham de algum lugar próximo, uma vez que suas roupas estavam apenas levemente salpicadas de pingos de chuva. Madame Papaconstante se levantou. — Vou procurar eu mesma — anunciou. — Um momento. *Je reviens à l'instant.* — Ao gingar pelo corredor, a mão apoiada na parede, murmurou alto: — *Qué mujer! Qué mujer!*

Entraram mais clientes. Quando ela voltou, usando por cima do quimono um enorme suéter roxo tão esticado que estava absolutamente deformado, pareceu um pouco mais contente. Sem dizer nada a Eunice, foi até o balcão e brincou com os homens. Seria uma noite bem boa para os negócios, afinal. Talvez, se ignorasse a dama estrangeira, ela fosse embora. Os homens, nenhum dos quais tinha visto Eunice antes, perguntaram em voz baixa quem era a mulher estranha, o que estava fazendo sentada sozinha no bar. A pergunta deixou Madame Papaconstante embaraçada. — Uma turista — disse, indiferente. — Aqui? — eles exclamaram, perplexos. — Ela é meio louca — disse a Madame, à guisa de explicação. Mas estava infeliz com a presença de Eunice; queria que ela fosse embora. Ingenuamente, resolveu tentar deixá-la bêbada e, como não queria retomar a conversa com ela, mandou que Lolita levasse à mesa o drinque, um gim duplo puro.

— *Ahí tiene* — disse Lolita, pondo o copo na mesa. Eunice deu um sorriso forçado para ela, ergueu o copo e esvaziou em dois tragos. A engenhosidade de Madame Papaconstante a divertiu muito.

Minutos depois, Lolita apareceu à mesa com outro drinque. — Eu não pedi isso — Eunice falou, só para ver o que acontecia.

— Presente da Madame.

— *Ah, de veras!* — disse Eunice. — Espere! — gritou firme quando a moça se virou para ir. — Diga a Madame Papaconstante que eu quero falar com ela.

Madame Papaconstante veio e apoiou-se na mesa. — Queria falar comigo, madame?

— Queria — Eunice falou, fazendo um esforço ostensivo para fixar os olhos no rosto carnudo. — Não estou me sentindo bem. Acho que bebi demais. — Madame Papaconstante mostrou solicitude, mas não foi muito convincente. — Acho — Eunice prosseguiu — que vai ter de me levar para um quarto e deixar que eu me deite.

Madame Papaconstante sobressaltou-se. — Ah, impossível, madame! Não é permitida a entrada de mulheres nos quartos.

— E as moças?

— *Ah, oui, mais ça c'est naturel!* Elas são minhas funcionárias, madame.

— Como quiser — Eunice falou, indiferente, e começou a cantar, primeiro baixo, mas subindo rapidamente o tom. Apreensiva, Madame Papaconstante voltou ao balcão.

Eunice Goode continuou cantando, cada vez mais alto. Cantou: *I have to pass your house to go to my house* e *Get out of town*. Quando chegou em *I have always been a kind of woman hater* e *The last round-up*, o som que saía de seus amplos pulmões não ficava nada a dever a um prolongado guincho.

Percebendo a expressão de crescente apreensão de Madame Papaconstante, ela disse a si mesma, satisfeita: "Vou acertar com essa vaca de uma vez por todas." Fez um esforço para se pôr de pé, conseguindo, ao fazê-lo, derrubar não só a cadeira, mas a mesa também. Pedaços de vidro voaram para os pés dos homens que estavam numa extremidade do balcão.

— *Aaah, madame, quand-même!* — gritou Madame Papaconstante, consternada. — Por favor! A senhora está fazendo um escândalo. Não quero escândalos no meu bar. Isto aqui é um estabelecimento respeitável. Não posso deixar a polícia reclamar.

Eunice foi cambaleando até o balcão e com um sorriso de desculpas apoiou o braço no ombro acolchoado de Madame Papaconstante. — *Je suis navrée* — começou a dizer, hesitante. — *Je ne me sens pas bien. Ça ne vas pas du tout.* Tem de me desculpar. Não sei. Quem sabe um copo grande de gim...

Madame Papaconstante olhou em torno, desamparada. Os outros não tinham entendido. Então ela pensou: "Talvez agora ela vá embora", foi para trás do balcão e serviu o drinque ela mesma. Eunice virou-se para o homem a seu lado e com grande dignidade explicou que não estava nada bêbada, que ela só estava era um pouco enjoada. O homem não respondeu.

Ao primeiro gole do drinque, ela levantou a cabeça, olhou para Madame Papaconstante com olhos arregalados, pôs a mão na testa.

— Depressa! Estou enjoada! Onde é o banheiro?

Os homens se afastaram um pouco dela. Madame Papaconstante pegou seu braço e levou-a pela porta, para o corredor. No final dele, abriu uma porta e empurrou-a para dentro de um armário fétido, totalmente escuro. Eunice gemeu. — Vou trazer um lampião — disse Madame Papaconstante, se afastando depressa. Eunice acendeu um fósforo, deu a descarga, fez alguns sons gemidos e espiou o corredor. Estava vazio. Saiu depressa e entrou no quarto vizinho, que também estava escuro. Acendeu outro fósforo, viu um sofá encostado à parede. Deitou-se e esperou. Um ou dois minutos depois ouviu vozes no corredor. Então, alguém abriu a porta. Ela ficou deitada quieta, respirando devagar, profundamente. Uma lanterna iluminou seu rosto. Mãos a tocaram, sacudiram. Ela não se mexeu.

— *No hay remedio* — disse uma das moças.

Fizeram mais algumas tentativas sem muito esforço de levantá-la, depois o grupo retirou-se e fechou a porta.

*

Ao subir atrás de Thami pelas ruas que eram meio escadarias Dyar sentiu seu entusiasmo pelo projeto diminuir rapidamente. O vento úmido girava em torno deles vindo de cima, com cheiro de mar. De vez em quando, fustigava-os com chuva, mas no geral soprava apenas. Quando viraram na ruazinha plana, ele estava pensando em seu quarto do Hotel de la Playa quase com saudade. — Aqui — disse Thami.

Entraram no bar. A primeira coisa que Dyar viu foi Hadija parada na porta ao fundo. Estava usando um vestido simples de flanela que Eunice tinha comprado para ela no Boulevard Pasteur e que lhe caía bem. Tinha também aprendido a não se maquiar tanto, e até a prender o cabelo com um coque na nuca, em vez de deixar que ficasse solto numa desanimadora imitação das estrelas de cinema americano. Ela olhou intensamente para Dyar, que sentiu um ligeiro arrepio na espinha.

— Meu Deus, olhe isso! — murmurou para Thami.

— Gosta dela?

— Eu teria um certo uso para isso aí, sim.

Um espanhol havia colocado um rádio portátil em cima do balcão; duas moças estavam inclinadas sobre ele, ouvindo uma distante música de violão por trás de uma pesada cortina de estática. Três homens mantinham uma séria discussão embriagada numa mesa do canto. Madame Papaconstante estava sentada na ponta do balcão, fumando, distraída. — *Muy buenas* — disse aos dois, abrindo um largo sorriso, em seu sono tomando-os por espanhóis.

Thami respondeu baixo, sem olhar para ela. Dyar foi até o balcão e pediu drinques, mantendo os olhos em Hadija, que, quando percebeu a atenção dele, olhou além dele, para a rua. Ao ouvir que falavam inglês, Madame Papaconstante se levantou e chegou perto dos dois, gingando um pouco mais que o normal.

— Olá, rapazes — ela disse, arranjando o cabelo com uma das mãos, enquanto abaixava o suéter sobre a barriga com a outra. Além dos números e de alguns epítetos insultuosos, essas palavras constituíam a totalidade de seu vocabulário em inglês.

— Olá — Dyar respondeu sem entusiasmo. Ele foi então até a porta e, levantando o copo, disse para Hadija: — Gostaria de um drinque? — Mas Hadija tinha aprendido várias coisas durante seu breve relacionamento com Eunice Goode, talvez a mais importante das quais fosse que quanto mais difíceis as coisas, mais dinheiro viria quando chegasse a hora do pagamento. Se ela fosse filha do cônsul inglês e tivesse sido abordada por um pescador espanhol no meio da Place de France, não daria um olhar mais frio. Atravessou a sala e parou junto à porta que dava para a rua.

Dyar se retorceu numa careta. — Me enganei — disse para ela, chateado; seu incômodo porém não era nada comparado à indignação de Madame Papaconstante com Hadija. Com as mãos nos quadris foi até ela e começou a lhe passar um sermão em voz baixa, porém furioso.

— Ela trabalha aqui, não trabalha? — ele perguntou a Thami. Thami fez que sim.

— Olhe — Dyar continuou —, a madame velha está acabando com ela por ser esnobe com os clientes. — Thami não entendeu inteiramente, mas sorriu. Viram a expressão de Hadija ficar mais emburrada. Ela então foi até o balcão e parou, emburrada, perto de Dyar. Ele resolveu tentar de novo.

— Sem ressentimentos?

Ela olhou para ele, insolente. — Olá, Jack — disse e virou para o outro lado.

— Qual é o problema? Não gosta de estrangeiros?

— Uma Coca-Cola. — Ela não olhou mais para ele.

— Não tem de beber comigo se não quiser, sabe? — disse ele, tentando fazer a voz soar simpática. — Se estiver cansada, sei lá...

— Como vai? — ela disse. Madame Papaconstante a observava da ponta do balcão.

Ela levantou o copo de Coca-Cola. — Saúde — disse, e tomou um gole. Sorriu tenuemente para ele. Dyar chegou mais perto, para sentir o corpo dela com o seu. Depois virou ligeiramente para ela e chegou um pouco mais perto. Ela não se mexeu.

— Você é sempre louca assim? — perguntou.

— Eu não louca — ela respondeu, tranquila.

Conversaram um pouco. Devagar ele a foi empurrando contra o balcão; quando passou o braço em torno dela, achou que iria empurrá-lo, mas ela não fez nada. De seu ponto de observação, Madame Papaconstante julgou que tinha chegado a hora certa para intervir; desceu pesadamente de seu banquinho e foi até eles. Thami estava conversando com o espanhol que era dono do rádio; quando viu Madame Papaconstante tentando conversar com Dyar virou-se para eles e se transformou em intérprete.

— Quer ir para os fundos com ela? — perguntou a Dyar.

Dyar disse que sim.

— Diga para ele que é cinquenta pesetas pelo quarto — Madame Papaconstante falou depressa. Os espanhóis estavam ouvindo. Eles geralmente pagavam vinte e cinco. — E ele dá para o moça o quanto quiser, depois.

Hadija estava olhando para o chão.

*

O quarto cheirava a mofo. Eunice tinha adormecido, mas agora estava acordada e notou o cheiro. Certos quartos no porão da casa de sua avó tinham esse cheiro. Ela se lembrava do frescor e do mistério do enorme porão nas tardes calmas de verão, dos baús, das prateleiras de frascos de conserva vazios e das pilhas de revistas velhas. Cada publicação empilhada separadamente: *Judge, The Smart Set, The Red Book, Everybody's, Hearst's International*... No escuro, ela sentou na cama, tensa sem saber por quê. Então entendeu o porquê. Tinha ouvido a voz de Hadija do outro lado da porta. Estava dizendo: — Este quarto O.k.? — E ela ouviu o homem grunhir uma resposta. A porta do quarto vizinho foi aberta e depois fechada.

Ela se levantou e começou a andar de um lado para o outro diante do sofá, três passos para um lado, três passos para o outro. "Não aguento isso", pensou. "Eu mato essa menina. Mato." Mas era apenas o som das palavras em sua cabeça; nenhuma imagem violenta lhe vinha para acompanhar o refrão. Acocorada no chão, com o pescoço torcido num ângulo doloroso, ela conseguiu colar o ouvido à parede. E escutou. Primeiro, não ouviu nada, e achou que a parede devia ser muito grossa para permitir a passagem do som. Mas depois ouviu um forte suspiro. Eles não estavam falando nada, e ela se deu conta de que, quando alguma coisa fosse dita, ouviria cada palavra.

Passou-se um longo tempo antes que isso acontecesse. Então Hadija falou: — Não. — Imediatamente o homem protestou: — Qual é o seu problema? — Na voz dele, Eunice identificou um compatriota americano; era ainda pior do que ela esperava. Havia sons de movimento no sofá e de novo Hadija disse com firmeza: — Não.

— Mas, *baby*... — o homem pediu.

Depois de mais movimentos: — Não — disse o homem sem muita firmeza, como num tênue protesto. O pescoço de Eunice estava doendo; ela se empenhou mais, colou-se à parede com toda força. Durante algum tempo não ouviu nada. Depois, veio um longo e trêmulo gemido de prazer do homem. "Como se ele estivesse morrendo", Eunice pensou, rilhando os dentes. Então, disse a si mesma: "Eu mato é *ele*", e dessa vez teve uma visão sanguinária satisfatória, embora seu ataque imaginário ao homem não chegasse ao assassinato.

De repente, ela havia lançado a cabeça para trás e estava esmurrando a parede. E gritava para Hadija, em espanhol: — Vá! *Haz lo que quieres! Sigue!* Divirta-se! — Seus próprios socos a assustaram, e o som de sua voz a deixou ainda mais surpresa; jamais saberia que era dela. Mas agora já tinha falado; prendeu a respiração e escutou. Durante um momento, fez-se silêncio no quarto ao lado. O homem disse, indolente: — O que é isso? — Hadija respondeu sussurrando: — Depressa! Dá dinheiro! — Ela parecia agitada. — Outro dia eu faz direitinho. Não igual hoje. Não aqui. Aqui não bom. Olhe, rapaz... — E aí, ao que parecia, ela sussurrou diretamente no ouvido dele, como se soubesse por experiência o quanto as paredes eram finas e como o som se transmitia com facilidade. O homem, que parecia estar num estado de profunda lassidão, mesmo assim começou a gemer: — Ahn? Quando? Onde é isso? — entre prolongadas explicações inaudíveis.

— O.k.? — Hadija disse, afinal. — Você vem?

— Mas domingo, certo? Não sexta-feira... — A última palavra foi parcialmente abafada, ela achava que pela mão de Hadija.

Eunice se pôs de pé dolorosamente. Deu um profundo suspiro e sentou na beira do sofá, no escuro. Tudo o que ela suspeitava era perfeitamente verdadeiro: Hadija havia trabalhado regularmente no Bar Lucifer; provavelmente tinha ido encontrá-la recém-saída do abraço de um trabalhador ou balconista espanhol. O arranjo com Madame Papaconstante era evidentemente uma farsa. Todo mundo tinha mentido para ela. Porém, em vez de ressentimento, ela sentiu apenas uma dor vagamente satisfatória, talvez porque havia descoberto isso em primeira mão e por seus próprios esforços. Para ela, era uma velha história, e não se importava. Tudo o que queria agora era estar a sós com Hadija. Nem falaria dessa noite com ela. "Pobre moça", pensou. "Eu não dou o suficiente para ela se manter. Ela é obrigada a vir aqui." Começou a pensar nos lugares aonde poderia levá-la para afastá-la do ambiente nocivo, lugares onde poderiam ficar sozinhas, sem serem espionadas por criadas ou parentes reprovadores ou interesseiros. Sospel, talvez, ou Caparica; algum lugar longe de árabes e espanhóis, onde ela tivesse o prazer de sentir que Hadija dependia inteiramente dela.

— Mas, *baby*, isso é tudo o que eu tenho — o homem estava protestando. Falavam normalmente agora; ela conseguia ouvir de onde estava sentada.

— Não, não — Hadija disse, com firmeza. — Mais. Dá.

— Você não se importa com o *quanto* tira do sujeito, não é? Estou dizendo, eu não *tenho* mais nada. Olhe.

— Nós vai fala com amigo seu no bar. Ele tem.

— Não. Já recebeu o bastante. É um pagamento mais do que bom pelo que você fez.

— Próxima vez eu conserta...

— Sei! Sei!

Eles discutiram. Eunice ficou perplexa de ouvir um americano se recusar a dar cinquenta pesetas a mais nessa circunstância. Como era seu hábito, concluiu que ele devia ser um homem extremamente mau, que tinha prazer justamente em cenas assim, que sentia uma emoção perversa em negar o devido a uma moça desamparada. Mas divertiu-se ao observar o vigor com que Hadija se colocava na discussão. Ela apostou consigo mesma que ia pagar rodadas para todo mundo se a moça conseguisse seu dinheiro extra. E depois de uma boa dose de conversa inútil, ele concordou em emprestar uma quantia do amigo no bar. Quando abriram a porta e saíram, Hadija disse: — Você bom homem. Eu gosta. — Eunice mordeu o lábio e levantou-se. Mais que qualquer outra coisa, essa observação a fez sentir que tinha razão em desconfiar de que aquele homem era um perigo especial. Então se deu conta de que não era a possibilidade de relações profissionais por parte de Hadija que mais a afligia. Era precisamente o medo de que as coisas pudessem não ficar nesse pé. "Mas eu sou uma idiota", disse a si mesma. "Por que esse homem, o primeiro homem que eu, por acaso, pego com ela?" — O importante era que ele fosse o último; tinha de levá-la embora. E Madame Papaconstante não poderia saber de nada até que estivessem fora da Zona Internacional.

Quinze minutos depois ela saiu para o corredor; estava cinzento com a fraca luz do amanhecer que entrava pela cortina de contas do bar. Lá, ela ouviu Madame Papaconstante e Hadija discutindo duramente. — A senhora me faz ir justamente para o quarto vizinho! — Hadija estava gritando. — Sabia que ela estava lá! Queria que ela ouvisse!

— Se ela acordou, eu não tenho nada com isso! — Madame Papaconstante gritou, furiosa. — Quem você pensa que é, berrando comigo no meu próprio bar?!

Eunice aguardou, na esperança de que Madame Papaconstante fosse além, dissesse alguma coisa mais drástica, mas ela continuava cautelosa, evidentemente não querendo provocar demais a moça: ela trazia dinheiro para o estabelecimento.

Eunice percorreu em silêncio o corredor e entrou no bar, piscando um pouco. Sua bengala estava atravessada em cima de uma mesa. As duas pararam de falar e olharam para ela. Ela pegou a bengala, virou-se para encarar as duas. "Bebidas por minha conta", lembrou-se. — Três gins duplos — disse para Madame Papaconstante, que sem dizer uma palavra foi para trás do balcão e serviu as doses.

— Tome — disse para Hadija, estendendo um copo em sua direção. Com os olhos em Eunice, ela obedeceu.

— Beba.

Hadija bebeu e engasgou.

Madame Papaconstante hesitou e bebeu a dela, ainda sem falar.

Eunice colocou cinco pesetas em cima do balcão e disse: — *Bonsoir, madame.* — Para Hadija, disse: — *Ven.*

Madame Papaconstante ficou olhando enquanto elas saíam devagar para a rua. Um rato marrom grande se esgueirou de uma porta em frente e começou a seguir pela sarjeta na direção oposta, parando para experimentar pedaços de lixo ao avançar. A chuva caía constante, sossegada.

VI

Wilcox sentou na beira da cama, de roupão. Mr. Ashcombe-Danvers estava com a atenção concentrada em abrir mais uma lata de Gold Flakes; um tênue chiado saiu quando perfurou a tampa. Ele rapidamente cortou a borda e removeu o leve disco de lata, que jogou no chão ao lado da mesa.

— Quer um? — perguntou a Wilcox, estendendo-lhe a lata. O cheiro do tabaco fresco era irresistível. Wilcox pegou um cigarro. Mr. Ashcombe-Danvers fez a mesma coisa. Quando os dois estavam acesos, Mr. Ashcombe-Danvers continuou o que estava dizendo.

— Meu caro rapaz, não quero que pareça que estou pedindo o impossível, e acho que se tentar olhar do meu ponto de vista logo vai perceber que estou pedindo, na verdade, apenas o inevitável. Creio que sabia que mais cedo ou mais tarde eu iria pedir que transferisse libras para cá.

Wilcox parecia incomodado. Passou um dedo pela borda do cinzeiro. — Bom, sabia, sim. Não é surpresa para mim — disse. Antes que o outro pudesse fazer alguma pergunta, ele continuou. — Mas, se me perdoa dizer, não posso deixar de sentir que o senhor escolheu um método bem rudimentar para trazer o dinheiro para cá.

Mr. Ashcombe-Danvers sorriu. — É. Se o senhor acha, é rudimentar. Não acho que isso venha a comprometer o bom resultado, de forma nenhuma.

— Não sei — disse Wilcox.

— Por que deveria?

— Bom, é uma soma grande demais para trazer assim.

— Bobagem! — exclamou Mr. Ashcombe-Danvers. — Não se prenda à tradição, meu rapaz. É simplesmente supersticioso de sua parte. Se é possível fazer desse jeito com um valor pequeno, pode-se fazer exatamente do mesmo jeito com um valor maior. Não percebe como é seguro? Não existe absolutamente nada por escrito, existe? O número de participantes é reduzido a um mínimo: só preciso poder contar com o velho Ramlal, o filho dele e você.

— E eu só preciso ter certeza de que ninguém saiba quando vou procurar Ramlal e retirar nove mil libras em dinheiro vivo. Estou falando dos seus espiões de dinheiro britânicos e também do bando Larbi. E eu diria que é impossível. Eles vão acabar sabendo. Alguém vai acabar descobrindo.

— Bobagem — repetiu Mr. Ashcombe-Danvers. — Se teme pela própria pele — sorriu, sedutor, temendo estar pisando solo delicado —, e tem todo o direito de temer, claro, então... mande alguma outra pessoa buscar. Você deve ter alguém em quem possa confiar durante meia hora.

— Absolutamente ninguém — disse Wilcox. Tinha acabado de pensar em Dyar. — Vamos almoçar. Podemos pedir aqui mesmo no quarto. O rosbife lá de baixo é muito bom, ou pelo menos era ontem. — Foi até o telefone.

— Acho que não vou poder. — Mr. Ashcombe-Danvers estava praticamente esperando que Wilcox subisse a sua porcentagem e não queria fazer nada que pudesse colocá-lo suficientemente à vontade para puxar o assunto.

— Certeza? — Wilcox perguntou.

— Não posso mesmo — repetiu Mr. Ashcombe-Danvers.

Wilcox pegou o telefone. — Um uísque? — levantou o receptor.

— Ah, acho que não, obrigado.

— Claro que aceita — disse Wilcox. — Me passe o bar.

Mr. Ashcombe-Danvers levantou-se e ficou olhando pela janela. A cidade molhada lá embaixo parecia recém-construída; o porto e o céu acima eram de um cinza uniforme. Caía uma chuva indiferente. Wilcox dizia: — Manolo? Haig and Haig Pinch, duas Perriers e gelo para o dois quatro meia. — Desligou e continuou no mesmo fôlego: — Posso fazer isso, mas vou precisar de mais dois por cento.

— Ah, veja só — disse Mr. Ashcombe-Danvers pacientemente. — Eu estava esperando que você subisse a porcentagem. Mas confesso que não esperava um aumento de dois por cento. É um pouco excessivo. Ramlal dez, e agora você quer sete.

— Um pouco excessivo? Não acho — disse Wilcox. — E acho que o senhor também não vai achar quando estiver com suas nove mil libras em segurança no Crédit Foncier. Tudo muito bem o senhor ficar me dizendo que é fácil. O senhor vai estar seguro em Paris...

— Meu caro rapaz, você pensa provavelmente que estou exagerando quando digo que sou capaz de conseguir seis pessoas, neste momento, que adorariam fazer a transação por três por cento.

Wilcox riu. — Verdade, claro. Sou capaz de pensar numa porção que faria por um por cento também, para falar a verdade. Mas o senhor não usaria nenhuma delas. — Para si mesmo, ele dizia que Dyar era o ideal para usar nesse caso: ele era completamente desconhecido na cidade, sua ignorância quanto à natureza da transação era uma grande vantagem e podia passar-lhe a tarefa como parte normal do seu trabalho diário, não precisando assim pagar nenhuma comissão; os seus sete por cento permaneceriam intactos. — O senhor vai ter de conhecer o homem que tenho em mente, claro, e ir com ele pessoalmente até o Ramlal filho. Ele é americano.

— Aha! — exclamou Mr. Ashcombe-Danvers, impressionado.

Wilcox percebeu que ia conseguir o que queria quanto à porcentagem. — Os valores de comissão eu resolvo com ele, bem entendido — prosseguiu.

— Evidentemente — disse Mr. Ashcombe-Danvers com voz inexpressiva, olhando friamente para ele. Achava que Wilcox pretendia ficar com cinco e dar dois ao homem, que era exatamente o que Wilcox queria que ele pensasse.

— Pode ir buscar o rapaz no meu escritório hoje à tarde, se quiser.

— Meu caro rapaz, não seja absurdo. Tenho plena confiança em qualquer pessoa que indique. Mas ainda acho sete por cento um pouco alto.

— Bom, venha e converse com ele — disse Wilcox, delicadamente, certo de que seu cliente não tinha nenhuma vontade de discutir o assunto com ninguém —, e se não gostar da aparência dele podemos pensar em outra pessoa. Mas acredito que vamos ter de ficar nos sete por cento.

Bateram na porta, e um garçom entrou com os drinques.

*

Dyar acordou sentindo que não tinha dormido nada. Tinha uma confusa lembrança da manhã dividida em muitos episódios de diversos tipos de ruído. Houve o gorgolejar do encanamento quando os madrugadores tomaram banho e ele tentava dormir, o trem que manobrava para a frente e para trás no desvio entre sua janela e a praia, a conversa das faxineiras no corredor, o francês do quarto ao lado cantando *La vie en rose* sem parar enquanto se barbeava, tomava banho e se vestia. E, através disso tudo, como um acompanhamento percussivo arrítmico, o constante e metálico bater de portas por todo o hotel, cada um dos quais fazia estremecer o frágil edifício e ressoava como uma pequena explosão.

Olhou o relógio: meio-dia e vinte e cinco. Gemeu; seu coração parecia ter mudado para o pescoço e bater ali. Estava sem ar, tenso e exausto. Pensando bem, a noite anterior parecia ter acontecido uma semana antes. Quando ia para a cama com a luz do dia, sempre dormia mal. E estava incomodado com duas coisas, duas ideias que sentia terem se instalado na boca do seu estômago como comida não desejada. Gastara vinte dólares durante a noite, o que queria dizer que agora tinha apenas quatrocentos e sessenta dólares, e pegara emprestadas cem pesetas de um árabe, o que queria dizer que teria de ver o árabe de novo.

— Maldito idiota! — disse ao sair da cama para procurar uma aspirina na mala. Engoliu três, tomou uma ducha e deitou de novo para relaxar. Uma camareira, ao ouvir o chuveiro aberto, bateu na porta para ver quando poderia arrumar o quarto. — Quem é? — ele gritou, não entendeu a resposta, mas não se levantou para deixá-la entrar. Então abriu os olhos de novo e descobriu que eram duas e vinte. Ainda não se sentindo inteiramente bem, vestiu-se e desceu para o saguão. O rapaz na recepção entregou-lhe um papel que dizia: *Llamar a la sra. Debalberde 28-01.* Ficou olhando para ele, apático, pensando que devia ser para alguma outra pessoa. Saiu à rua, começou a caminhar sem atentar para onde ia. Era bom estar ao ar livre. A chuva pingava do céu baixo de um jeito instável, como se estivesse caindo de beirais invisíveis acima.

De repente, deu-se conta de que estava com muita fome. Levantou a cabeça, olhou em torno, concluiu que não haveria nenhum restaurante nos arredores. Uns quinhentos e tantos metros adiante, espalhada no morro que avançava para o porto, estava a cidade nativa. À sua direita, as ondas pequenas quebravam tranquilas na praia deserta. Virou à esquerda numa das muitas ruas íngremes que subiam o morro. Como as outras, a rua era ladeada por prédios de apartamento novos, alguns dos quais ainda em construção, mas habitados mesmo assim. Perto do alto do morro chegou a um hotel de aparência modesta, com a palavra *Restaurant* pintada acima da porta. Na sala de jantar, onde um rádio rugia, várias pessoas estavam comendo. As mesas eram pequenas. Sentou-se e olhou o cartão datilografado em seu lugar. No alto, estava escrito *Menu a 30 p.* Contou o dinheiro e deu um pequeno sorriso ao ver que ainda tinha trinta e cinco pesetas. Enquanto comia a entrada, descobriu que sua fome aumentava rapidamente; começou a sentir-se muito melhor. Durante o *merlans frits* pegou o pedaço de papel que o rapaz da recepção havia lhe dado e estudou-o, distraído. O nome não lhe dizia nada; de repente, entendeu que era um recado de Daisy de Valverde. "Rádio Internacional", trovejou uma voz de moça imbecil. Seguiu-se um glissando de harpa. Ele não tinha nenhuma vontade de ver sua anfitriã da noite passada, nem de ver ninguém, para falar a verdade. Naquele momento, sentia vontade de ficar sozinho, de ter a oportunidade de se acostumar com a cidade estranha. Mas, por medo de que ela estivesse esperando seu telefonema, foi até o saguão e pediu que o recepcionista fizesse a ligação para ele. — *Veinteyochocerouno* — ouviu que gritava várias vezes e se perguntou se um dia seria capaz de fazer ao menos um telefonema sozinho. O homem entregou-lhe o aparelho, e ele teve de esperar um longo tempo para que ela atendesse o telefone.

— Querido senhor Dyar! Que gentileza me telefonar! Voltou bem ontem à noite? Que tempo horrível! Está conhecendo este lugar no seu pior momento. Mas não desista. Um dia desses o sol vai sair e secar toda essa umidade assustadora. Mal posso esperar. Jack é muito mau. Não telefonou para mim. Está aí? Se estiver com Jack, diga que estou brava com ele. Ah, queria contar que Tambang está melhor. Ele bebeu um pouco de leite. Não é uma notícia maravilhosa? Então, está vendo? A nossa excursão ao quarto dele teve algum resultado. (Ele tentou afastar a lembrança do quarto abafado, das agulhas, do cheiro de éter.) Senhor Dyar, gostaria muito de ver o senhor. — Pela primeira vez, ela fez uma pausa e deixou que ele falasse. Ele disse: — Hoje? — E ouviu a risada dela. — Claro que é hoje. Naturalmente. Eu sou insaciável, certo? — Enquanto ele gaguejava protestos, ela continuou. — Mas não quero ir ao escritório de Jack por uma razão particular que conto para o senhor quando nos virmos. Eu estava pensando, podemos nos encontrar no Faro Bar, na Place de France. Virando a esquina da agência de turismo. O querido esnobe que é o velho Jack não entraria nesse lugar nem morto, então não corremos risco de encontrar com ele. Não tem como errar. É só perguntar para alguém. — Ela soletrou o nome para ele. — Bondade sua me encontrar. Digamos, às sete horas? Jack fecha aquele estabelecimento dele às seis e meia. Tenho tanto para conversarmos. E quero pedir um enorme favor, que o senhor não *precisa* fazer, se não quiser. — Ela riu. — No Faro, às sete. — E enquanto ele tentava resolver depressa como formular a sua frase chavão pela hospitalidade da noite anterior, deu-se conta de que ela havia desligado o telefone. Sentiu o sangue subir para o rosto; devia ter dito a frase de alguma forma no começo do telefonema. O homem da recepção cobrou-lhe uma peseta e cinquenta. Ele voltou à sua mesa incomodado consigo mesmo e se perguntando o que ela pensava dele.

A conta foi de trinta e três pesetas, incluindo o serviço. Sobraram-lhe cinquenta cêntimos, que ele certamente não podia deixar como gorjeta. Não deixou nada, e saiu andando inocentemente diante do olhar acusador do garçom. Mas depois de caminhar um pequeno trecho parou debaixo do toldo de uma tabacaria e tirou seus dois talões de cheques American Express. Havia um de cheques de cinquenta e outro de vinte. No navio, ele contava as folhas a cada poucos dias; fazia com que se sentisse menos pobre vê-los e calcular seu valor. Ia ter de parar num banco e trocar algum dinheiro, mas o exame da sua fortuna teria de ser feito na privacidade da rua. Qualquer coisa que se faça num banco há sempre pessoas demais observando. Sobravam seis no primeiro talão (ele contou e fechou a capa), o que queria dizer oito no outro. Embaralhou-os, quase descuidado, e imediatamente contou de novo, para ter certeza. Sua expressão ficou intensa, ele agora os contava com cuidado, enfiando o polegar debaixo da ponta de cada folha para separar uma possível dupla. Mas continuou encontrando apenas sete. Então olhou os números de série: era inegável que tinha apenas sete cheques de vinte dólares, não oito. Quatrocentos e quarenta dólares. Seu rosto assumiu uma expressão consternada enquanto continuava a contar os cheques inútil e automaticamente, como se ainda fosse haver um instante em que ele faria a descoberta, como se fosse ainda possível algo diferente acontecer. Em sua cabeça, tentava lembrar a hora e o local em que trocara cada cheque. E então se lembrou: tinha precisado de vinte dólares a mais no navio, para as gorjetas. Lembrar, porém, não tornava a nova soma aceitável; ele guardou os cheques profundamente perturbado e começou a caminhar com os olhos no chão.

Havia muitos bancos, e a cada um que chegava estava fechado.

"Muito tarde", pensou, preocupado. "Claro."

Continuou e encontrou com facilidade a agência de Wilcox. Ficava acima de um grande salão de chá, e todo o prédio tinha um cheiro apetitoso de tortas e café. Wilcox estava lá e fez com que se sentisse um pouco melhor ao dizer, com um gesto amplo: — Bom, aqui está a sua gaiola. — Esperava que ele fizesse algum anuncio drástico como: "Escute, meu velho, acho que é hora de eu fazer uma confissão. Não vou poder usar você aqui. Pode ver por si mesmo por que está fora de questão." E então poderia se oferecer para pagar a passagem de volta a Nova York, ou talvez nem isso. Com certeza, Dyar teria ficado extremamente surpreso; essa atitude teria sido condizente com sua própria sensação de todo o empreendimento. Ele estava preparado para um duro golpe desses. Mas Wilcox disse: — Sente-se. Descanse um pouco. Hoje ainda não veio ninguém, então não há por que achar que vão entrar agora. — Dyar sentou-se na cadeira na frente da mesa de Wilcox e olhou em torno. As duas salas eram incomodamente pequenas. Na antessala, que não tinha janela, havia um sofá e uma mesa baixa coberta de folhetos de viagem. A sala do escritório tinha uma janela que dava para um pátio estreito; além da mesa e das duas cadeiras, havia um arquivo verde. A inóspita esterilidade da sala era temperada pelos mapas coloridos que cobriam as paredes, atraindo inevitavelmente os olhos para seus contornos irregulares.

Conversaram durante uma hora e pouco. Quando Dyar observou: — Parece que seu negócio não está muito movimentado, não? —, Wilcox deu um ronco desgostoso, mas Dyar não conseguiu interpretar essa reação como de descontentamento sincero. A Marquesa evidentemente estava certa: havia um ligeiro mistério naquele local. — Tenho de trocar algum dinheiro — ele disse, então. Wilcox bem podia sugerir um adiantamento.

— O que você tem aí? — Wilcox perguntou.

— Cheques de viagem.

— Eu troco o que você quiser. Posso oferecer uma taxa de câmbio melhor que a maioria dos bancos, e muito melhor que as barracas de dinheiro.

Dyar deu a ele um cheque de cinquenta dólares. Quando estava com a carteira cheia de notas de cem pesetas, sentindo-se um pouco menos deprimido sobre suas finanças, ele disse: — Quando eu começo a trabalhar?

— Já começou — Wilcox respondeu. — Está trabalhando agora. Hoje à tarde vem aqui um sujeito, um cliente meu. Ele viaja muito e sempre compra as passagens comigo. Vai levar você para conhecer Ramlal filho. Você ia ter de conhecer Ramlal de qualquer forma, mais cedo ou mais tarde. Os Ramlal são grandes amigos meus. Faço muitos negócios com eles. — Esse monólogo não fez nenhum sentido para Dyar; além disso, teve a impressão de que Wilcox estava na defensiva enquanto falava, como se esperasse ser questionado. Porém, pensou ele, logo saberia do que se tratava. — Entendo — disse. Wilcox lançou-lhe um olhar de que ele não gostou nada: era duro, pouco amigável e desconfiado. E prosseguiu: — Tenho de ir à casa de uma pessoa às cinco para tomar um drinque, então espero que ele venha logo. Você pode ir com ele e voltar direto para cá. Fico esperando você chegar. Às seis e meia você simplesmente sai e fecha a porta. Vou mandar fazer chaves para você amanhã. — O telefone tocou. Seguiu-se uma longa conversa, na qual a parte de Wilcox consistia sobretudo na palavra "sim" pronunciada a intervalos irregulares. A porta se abriu e um cavalheiro alto, ligeiramente curvado, de paletó de tweed pesado e capa de chuva entrou na antessala. Wilcox interrompeu a conversa telefônica, levantou-se e disse: — Este é o senhor Dyar. Este é o senhor Ashcombe-Danvers. Vendi para ele uma passagem para o Cairo no dia seguinte ao dia em que abri o escritório, e desde então ele volta sempre. Um cliente satisfeito. Ou pelo menos é o que eu acho.

Mr. Ashcombe-Danvers pareceu impaciente. — Ah, sei. É verdade. — Pôs as mãos para trás e girou para examinar o grande mapa-múndi pendurado acima do arquivo. — Acho que é melhor nós irmos — disse.

Wilcox olhou para Dyar significativamente. Ele tencionava lhe falar um pouco mais sobre Mr. Ashcombe-Danvers, acima de tudo para aconselhá-lo a não fazer nenhuma pergunta. Mas talvez fosse melhor não ter dito nada.

Dyar vestiu a capa enquanto desciam a escada. — Podemos ir mesmo andando — disse Mr. Ashcombe-Danvers. — Parou de chover agora e a loja não é muito longe. — Desceram a ladeira e chegaram à ampla praça que na noite anterior estava vazia, a não ser pelos táxis; agora era uma pequena cidade de nativos envolvidos em ruidoso comércio. — Caos — disse Mr. Ashcombe-Danvers com uma nota de satisfação na voz. Quando passaram por baixo das árvores nuas do centro da praça, pingou água na cabeça deles. As mulheres encolhiam-se em fileiras ao longo da calçada, envoltas em cobertores listados como caramelos, segurando grandes maços de lírios brancos encharcados, pregoando com voz rouca que eles comprassem. O dia estava se encerrando; o céu ficando mais pardo.

— Gente esperta esses berberes da montanha — observou Mr. Ashcombe-Danvers. — Mas não são páreo para os índios.

— Índios? — Dyar parecia confuso.

— Ah, não os seus peles-vermelhas. Nossos índios, hindus na maioria, da Índia. Tânger está cheia deles. Não notou? O Ramlal filho que vamos encontrar é um deles. A maioria esperta. E o pai dele, o Ramlal velho, em Gib. Tremendo tino para negócios. Incrível. Ele é um bandido, claro, mas um bandido honesto. Nunca pega um tostão além do que foi combinado. Ele não precisa, claro. A comissão dele é enorme. Ele sabe que a gente está na sua mão e sobe o preço porque sabe que vale. — Dyar ouviu polidamente; estavam seguindo entre duas fileiras de cambistas. Alguns, percebendo que os dois estrangeiros falavam inglês, começaram a chamar por eles. — *Yes!* Vem! *Yes!* Troca dinheiro!

— O diabo é que as autoridades coadunam com isso — estava dizendo Mr. Ashcombe-Danvers. — Sabem muito bem que Gib é um dos pontos de vazamento mais importantes.

Dyar perguntou, hesitante: — Vazamento?

— Vazamento de libras. Eles sabem que são talvez vinte mil libras escorrendo para fora todos os dias. E estão pegando alguns sujeitos. É só uma questão de tempo até conseguirem parar com isso de uma vez. O tempo é essencial. Naturalmente, isso deixa a gente um pouco nervosa. — Ele riu, se justificando. — É um risco que se tem de correr. Eu gosto do Marrocos e minha mulher gosta daqui. Estamos construindo uma pequena mansão e precisamos de algum capital, com risco ou sem risco.

— Ah, claro — disse Dyar. Estava começando a entender.

A vitrina de Ramlal tinha uma pilha de relógios baratos, canetas-tinteiro e brinquedos. A loja era minúscula e escura; tinha cheiro de patchuli. Quando os olhos de Dyar se acostumaram com o escuro ali dentro, ele se deu conta de que todo o estoque estava na vitrine. A loja era completamente vazia. Diante da mesa nua, um jovem moreno fumava. Quando entraram, ele se levantou e curvou-se, obsequiosamente.

— Boa noite, Ramlal — disse Mr. Ashcombe-Danvers no tom de um médico que faz sua ronda na ala de incuráveis.

— Tudo pronto? — Ramlal perguntou em inglês surpreendentemente bom.

— Quase. Amanhã. Este é o senhor Dyar, meu secretário. — Dyar estendeu a mão para Ramlal, olhando para Mr. Ashcombe-Danvers. "Que diabo está acontecendo aqui?", perguntou a si mesmo. Ele aceitou a apresentação.

— Ele vai cuidar de tudo — continuou Mr. Ashcombe-Danvers. — Você entrega a ele o pacote. — Ramlal estava olhando cuidadosamente para Dyar esse tempo todo. Sorriu mostrando os dentes muito brancos e disse: — Sim, senhor.

— Vai reconhecer? — perguntou Mr. Ashcombe-Danvers.

— Vou sim, senhor.

— Bom, nós temos de ir. Seu pai está bem, espero.

— Ah, está sim, senhor. Muito bem, obrigado.

— Sem muitas preocupações, espero.

Ramlal abriu ainda mais o sorriso. — Ah, não, senhor.

— Ótimo — grunhiu Mr. Ashcombe-Danvers. — Bom, cuide-se, Ramlal. Nos vemos quando eu voltar. — Ramlal e Dyar apertaram-se as mãos outra vez, e eles saíram.

— Agora, venha comigo até o Café España que quero apresentar você a Benzekri.

Dyar olhou o relógio. — Acho que tenho de voltar para o escritório. — Estava anoitecendo e caía uma chuva leve. A rua estreita estava cheia de gente usando *djellabas*, capas de chuva, toalhas turcas, guarda-pós, cobertores, trapos.

— Bobagem — disse Mr. Ashcombe-Danvers com firmeza. — Precisa conhecer Benzekri. Venha comigo. É indispensável.

— Bom, já que eu sou seu secretário — Dyar sorriu.

— Nesta questão, você é. — Mr. Ashcombe-Danvers foi andando o mais perto possível de Dyar, falando diretamente em seu ouvido. — Benzekri é do Crédit Foncier aqui. Vou mostrar a entrada para você quando passarmos em frente daqui a um momento. — Saíram no Zoco Chico, dominado por um zumbido de mil vozes masculinas. Nessa noite havia eletricidade e os cafés estavam resplandecentes.

Abrindo caminho no enxame de homens parados a conversar, atravessaram devagar o lado inferior da praça. — A entrada é ali — disse Mr. Ashcombe-Danvers, apontando um alto portão de treliça de ferro que ficava acima de alguns degraus, num nicho. — Esse é o Crédit Foncier, é para aí que você vai levar o pacote. É só perguntar pelo senhor Benzekri e subir ao escritório dele. E ali fica o Café España.

Mr. Benzekri estava lá, sentado sozinho num extremo do terraço. Tinha uma cabeça que parecia um ovo, bem careca, e o rosto de um falcão preocupado. Não sorriu quando apertou a mão de Dyar; as rugas de sua testa apenas ficaram mais fundas. — Aceita uma cerveja? — perguntou. O sotaque era pesado.

— Vamos sentar um momento. Não vou tomar nada — disse Mr. Ashcombe-Danvers. Sentaram-se. — Nada para mim também — disse Dyar. Não estava se sentindo muito bem e queria um uísque.

— O senhor Dyar vai trazer um presentinho para o senhor um dia desses — disse Mr. Ashcombe-Danvers. — Ele sabe que não deve entregar para ninguém a não ser o senhor.

Mr. Benzekri assentiu com a cabeça gravemente, olhando para seu copo de cerveja. Depois levantou a cabeça e olhou com tristeza para Dyar durante um momento. — Bom — disse, como se o assunto se encerrasse ali.

— Sei que está com pressa — Mr. Ashcombe-Danvers disse a Dyar. — Então, se quer cuidar de suas coisas, pode ir. E muito obrigado. Eu devo voltar dentro de algumas semanas.

Dyar despediu-se. Teve de abrir caminho no Zoco Chico e na ladeira estreita; todo mundo ia na direção oposta à dele.

"Minha nova posição na vida: garoto de recados", pensou com um sorriso irônico por dentro. Ele não gostava especialmente de Mr. Ashcombe-Danvers, que se comportara exatamente como se estivesse pagando por seus serviços. Não que ele esperasse pagamento, mas, mesmo assim, a razão principal para um homem não querer ser pago por essas coisas é evitar se ver na posição de subalterno. E ele estava nela, mesmo assim.

Wilcox estava impaciente quando ele voltou ao escritório. — Demorou bastante — disse.

— Eu sei. Ele me fez ir com ele conhecer um outro sujeito do banco.

— Benzekri.

— Isso.

— Não precisava se encontrar com ele. Ashcombe-Danvers é um idiota muito minucioso. Não deixe de fechar a janela, trancar a porta e apagar as luzes. Fique aqui até as seis e meia. — Wilcox estava vestindo o casaco. — Vá até o Atlantide de manhã, por volta das nove, e lhe dou o endereço de onde estão fazendo as chaves. Se alguém telefonar, diga que eu tive de sair e mande ligarem amanhã. Até mais.

VII

A porta se fechou. Dyar ficou olhando a sala. Levantou-se e estudou os mapas um momento, procurou revistas na sala de espera e, como não encontrou nenhuma, tornou a sentar-se à mesa. Uma louca impaciência não deixava que se sentisse realmente sozinho na sala, uma impaciência meramente para sair dali. "Não é isso", disse a si mesmo mecanicamente; ele não estava realmente sentado sozinho na sala porque não acreditava que fosse trabalhar ali. Era incapaz de se ver sentado dia após dia naquela caixinha sem ventilação, fingindo cuidar de uma empresa inexistente. Em Nova York, tinha imaginado algo tão diferente que agora havia se esquecido inteiramente de como achou que seria. Perguntou a si mesmo se, sabendo previamente como seria, teria querido vir, e concluiu que teria vindo de qualquer jeito, apesar da profunda apatia que a ideia daquele emprego induzia nele. Além disso, o trabalho era quimérico e absurdo demais para durar. Quando terminasse, estaria livre. Deu um ligeiro ronco. Livre, com provavelmente cem dólares entre ele e a fome. Não era uma ideia agradável; ficava com o corpo todo tenso. Escutou. Acima do ruído das buzinas de automóveis lá fora, havia o som macio da chuva caindo.

Na gaveta de cima, procurou uma folha de papel, encontrou e começou a datilografar uma carta. O papel tinha o cabeçalho SERVIÇO TURÍSTICO EUROPA-ÁFRICA. "Querida mãe: só uma nota. Cheguei a salvo ontem à noite." Sentiu vontade de acrescentar: "Parece que faz um mês", mas ela não ia entender direito, ia pensar que ele não estava feliz. "A viagem foi bem. O tempo esteve bastante bom durante todo o trajeto e eu não fiquei enjoado, apesar de tudo o que a senhora disse. Os italianos não eram de todo maus." Os pais tinham ido se despedir dele e haviam ficado aflitos ao descobrir que ele repartiria a cabine com dois italianos. "Como pode ver, estou escrevendo esta carta no escritório. Jack Wilcox saiu para o resto do dia, e eu estou encarregado." Ponderou um momento, pensando que a expressão "encarregado" parecia boba, mas resolveu deixar. "Espero que não se preocupe comigo, porque não há razão para isso. O clima não é nada tropical. Na verdade, é bem fresco. A cidade parece limpa, embora não muito moderna." Parou de datilografar e olhou o mapa da África à sua frente, pensando na louca subida pelas alamedas escuras com o árabe, a caminho do bar. Então viu o rosto de Hadija e franziu a testa. Ele não podia se permitir pensar nela enquanto escrevia para a mãe: havia naquilo uma terrível deslealdade. Mas a lembrança, ao lado de outras mais vívidas, persistiu. Ele se encostou na cadeira e fumou um cigarro, se perguntando se conseguiria ou não encontrar o bar sozinho, no caso de querer voltar. Mesmo que fosse capaz, sentia que não seria boa ideia. Tinha marcado um encontro com Hadija no Parque Espinel domingo de manhã e seria melhor deixar as coisas assim; ela poderia se chatear se ele tentasse vê-la antes disso. Abandonou a tentativa de escrever a carta, tirou o papel da máquina, dobrou e pôs no bolso para continuar no dia seguinte. O telefone tocou. Uma inglesa estava interessada em saber se Mr. Wilcox estava ou não, queria fazer uma reserva, quarto individual com banheiro, no Hotel Balima, em Rabat, do dia catorze ao dia dezessete. Ela queria também uma passagem de avião, ida e volta, mas achava que isso podia ficar para depois. O quarto, porém, devia ser reservado imediatamente, e ela contava com isso. Quando ela desligou, ele escreveu tudo e começou a estudar uma pilha de papéis marcada com *Hotéis — Zona Francesa.* Às seis e dez o telefone tocou de novo. Era Wilcox. "Me vigiando", Dyar pensou, ressentido ao ouvir a voz dele. Wilcox queria saber se alguém tinha passado lá. — Não — disse Dyar. — Bom, era só isso. — Wilcox soava aliviado. Dyar contou sobre a inglesa. — Amanhã eu cuido disso. Você pode fechar agora. Já são seis e dez. — Ele hesitou. — Na verdade, gostaria que fechasse aí. O mais cedo possível. Só tome cuidado para ver se a porta está bem trancada.

— Certo.

— Boa noite.

— O que será? O que será? — murmurou em voz alta ao vestir a capa. Apagou as luzes e saiu para o corredor, fechou a porta e experimentou abrir vigorosamente.

Na doceira embaixo, parou para perguntar o caminho para o Faro Bar. Quando a proprietária o viu chegando perto do balcão, cumprimentou-o gentilmente. — *Guten abend* — disse ela, e ficou um pouco chocada quando ele lhe falou em inglês. Entendeu, porém, e orientou-o em detalhe, acrescentando que era um minuto de caminhada.

Ele encontrou o bar com facilidade. Era um bar muito pequeno, cheio de gente que parecia se conhecer; havia conversas de uma mesa para outra. Como não havia lugar no balcão, mesmo para aqueles que já estavam lá, e com todas as mesas ocupadas, ele sentou num banco junto à janela e esperou que vagasse uma mesa. Duas moças espanholas, exibidas com seus modelos de Paris, usando brincos pendurados que eliminavam qualquer traço de elegância das roupas, entraram e sentaram ao lado dele no banco. Na mesa em frente um casal francês estava tomando Bacardis. À esquerda sentavam-se duas senhoras inglesas de meia-idade e aspecto severo, e à direita, um pouco mais adiante, havia uma mesa cheia de homens americanos que ficavam levantando e indo ao balcão para conversar com os que estavam instalados lá. No canto dos fundos, a um piano minúsculo, uma mulher pequena, de óculos, cantava em alemão. Ninguém estava ouvindo. Ele até que gostou do lugar; parecia definitivamente alta classe sem ser pedante, e ele se perguntou por que a Marquesa tinha dito que Wilcox não iria lá nem morto.

— *Y pensábamos irnos a Sevilla para la Semana Santa...*

— *Ay, qué hermoso!*

— Nossa, Harry, você tomou essa depressa mesmo!

— *Alors, tu ne te décides pas? Mais tu es marrante, toi!*

— Eu acho que ela deve estar tremendamente infeliz de voltar para Londres nesta época do ano.

A mulher ao piano cantava. — *Wunderschön muss dein' Liebe sein.*

— *Y por fin nos quedamos aquí.*

— *Ay, que lástima!*

— *Ne t'en fais pas pour moi.*

— Ei, garçom! A mesma coisa, para todo mundo.

Ele esperou, pediu um uísque, tomou e esperou. A mulher cantou vários números antigos de Dietrich. Ninguém ouviu. Eram sete e quinze; ele queria que ela chegasse. Os americanos estavam ficando bêbados. Alguém gritou: — Cuidado, seu babaca idiota! — E um copo estilhaçou no chão de ladrilhos. As damas inglesas se levantaram, pagaram e saíram. Ele concluiu que elas haviam programado a saída para mostrar sua reprovação. As duas moças espanholas viram a mesa vazia, recolheram suas coisas e foram para ela, mas quando chegaram Dyar já estava em uma das cadeiras. — Estou esperando uma senhora — ele explicou, sem acrescentar que, de qualquer modo, tinha chegado ao bar antes delas. Elas não se deram o trabalho de olhar para ele, reservando toda a sua energia em registrar intenso desagrado. Então, quebrou-se outro copo. A mulher no canto tocou *God bless America*, sem dúvida com intenção satírica. Um dos americanos ouviu e começou a cantar junto, com voz muito forte. Dyar levantou os olhos: a Marquesa de Valverde estava parada junto à mesa usando calça comprida azul desbotada e uma jaqueta de camurça.

— Não se levante — ela ordenou, quando ele se pôs de pé depressa. — *Ça va?* — ela disse a alguém numa outra mesa. Dyar examinou-a: parecia menos tremenda que na noite anterior. Achou que era por não estar maquiada, mas se enganou. A maquiagem para sair à rua era ainda mais elaborada do que a que ela usava à noite. Simplesmente não aparecia. Agora ela era toda charme e simpatia.

— Nem sei dizer o quanto acho que o senhor foi gentil — disse ela quando estava com o uísque e soda na mão. — São poucos os homens que ainda têm a verdadeira gentileza hoje em dia. Lembro-me de meu pai, que homem magnífico ele era! Queria que o tivesse conhecido, ele costumava dizer que o conceito de nobreza estava desaparecendo rapidamente da face da Terra. Na época, eu não sabia o que ele queria dizer, claro, mas agora sei, e, nossa!, como concordo com ele! Nobreza e gentileza andam de mãos dadas. O senhor pode não ser nobre (quem sabe?), mas com certeza não há como negar que foi muita gentileza sua sair do seu caminho para me encontrar quando eu já fui avisando que esperava um favor seu.

Ele ficou olhando para ela. Era muito velha, só isso. De vez em quando, em meio à série de expressões constantemente em movimento de seus traços voláteis, havia um instante morto em que se via o desapontamento da idade, fixo, imóvel por baixo de tudo. E isso o deixava gelado. Pensou na consistência da carne e da pele de Hadija e disse a si mesmo que era injusto; a moça não tinha mais que dezesseis anos. Mesmo assim, havia os fatos. Ele considerou as compensações de personalidade e refinamento mundano, mas será que isso contava para alguma coisa? Estava inclinado a pensar que não, nesses casos. "Aqui nada adianta", ele pensou. Ou talvez sim, se ele pusesse bastante bebida para dentro. Mas por que se dar o trabalho? Perguntou a si mesmo por que a ideia havia sequer lhe ocorrido. Não havia razão para pensar que tivesse ocorrido a ela, por sinal, só que ele tinha certeza de que tinha, sim.

O favor acabou se revelando absurdamente simples, ele achou. Tinha apenas de preencher um certo formulário em nome dela; ele encontraria muitos formulários daqueles no escritório. Isso ele devia mandar, junto com uma carta escrita no papel timbrado da agência, para a recepção do Mamounia Hotel em Marra Kesh, dizendo que a reserva de uma certa madame Werth para vinte de janeiro estava cancelada e que o quarto deveria ser reservado para la Marquise de Valverde. Depois, ele devia enviar a ela a cópia do formulário preenchido.

— Consegue se lembrar disso tudo? — disse ela, se inclinando para ele sobre a mesa. — Acho que você é o homem mais angelical que já conheci. — Ele estava anotando num caderninho. — Durante a temporada, entrar no Mamounia é mais difícil do que entrar no céu.

Depois de anotar tudo, ele esvaziou o copo e curvou-se para ela, de forma que ficaram com as testas a centímetros de distância. — É um prazer fazer isso para a senhora... — Ele hesitou e sentiu que estava ficando com o rosto vermelho. — Não sei como chamar a senhora. Sabe? O título. Não é *Senhora* de Valverde. Mas não sei...

— Se for esperto você me chama de Daisy.

Ele sentiu que ela estava se divertindo às suas custas. — Bom, ótimo — disse ele. — O que eu ia dizer é o seguinte: fico contente de fazer isso para você. Mas Jack não seria a pessoa certa para isso? Eu sou só o subalterno da agência até agora.

Ela pôs a mão no braço dele. — Ah, meu Deus! Não diga nem uma palavra disso tudo ao Jack, seu bobinho! Por que acha que vim falar com você? Ah, meu Deus, não! Ele não pode saber de nada, naturalmente. Achei que tinha entendido isso.

Dyar estava perturbado. Disse bem devagar: — Ah, droga — enfatizando a última palavra. — Sei lá.

— Jack parece uma solteirona com essas coisas. É fantástico o jeito como ele cuida da agência. Não, não. Eu vou dar a você o cheque do depósito e você simplesmente manda junto com a carta e o formulário. — Ela procurou na bolsa e tirou um cheque dobrado. — Está preenchido para o hotel. Eles vão entender que é porque a agência já cobrou a comissão quando a reserva original foi feita para madame Werth. Entendeu?

O que ela estava dizendo parecia lógico, mas nada daquilo fazia sentido para ele. Se era para manter segredo de Wilcox, então, havia mais coisas ali do que ela admitia. Ela viu que ele estava repassando tudo na cabeça. — Como eu já disse — ela falou baixinho —, você não tem de se sentir nem um pouco pressionado a respeito. É terrivelmente sem importância, sim, e eu sou uma idiota de sequer ter mencionado isso a você. Se alguma outra pessoa ficar com a reserva, eu posso facilmente ir para Agadir nos meus quinze dias de férias. Por favor, não pense que estou contando com sua galanteria para fazer isso para mim.

Bruscamente, ele a interrompeu. — Faço isso amanhã logo cedo e tiro da cabeça. — De repente, ele sentiu-se extremamente cansado. Sentiu-se a milhões de quilômetros de distância. Ela continuou falando; era inevitável. Mas por fim ele chamou o garçom e pagou a conta.

— Estou com o carro ali adiante — disse ela. — Aonde você gostaria de ir? — Ele agradeceu e disse que ia parar no restaurante mais próximo para jantar. Quando ela finalmente foi embora, ele caminhou às cegas pela rua durante algum tempo, xingando baixinho de vez em quando. Depois do jantar, conseguiu achar o caminho para o Hotel de la Playa. Mesmo com eletricidade, o lugar era escuro e cheio de sombras. Foi para a cama e adormeceu ouvindo as ondas a quebrar na praia.

De manhã, o céu estava líquido; havia um brilho metálico sobre o porto. Dyar acordara às oito e meia e estava fazendo sua toalete depressa, esperando não chegar tarde demais ao Atlantide. O pedido da Marquesa ainda o intrigava; era ilógico. Ocorreu-lhe a ideia de que talvez fosse apenas parte de algum complicado esquema: um esquema para provocar o que ela imaginava ser um interesse pessoal nela. Ou talvez ela achasse que estava alimentando sua vaidade ao pedir a ele em vez de pedir a Wilcox. Mas, mesmo assim, a mecânica do procedimento o perturbava. Resolveu não pensar a respeito, simplesmente fazer aquilo o mais depressa possível.

Wilcox parecia preocupado e não reparou em seu atraso. — Quer café? — ele perguntou e apontou sua bandeja de café da manhã. Não havia outra xícara. — Vou tomar daqui a pouco do outro lado da rua. — Wilcox não insistiu, voltou para a cama e acendeu um cigarro.

— Estou com a ideia de que o melhor agora seria você aprender uma coisinha — disse, meditativo. — Você não me é muito útil no escritório assim como está. — Dyar ficou duro, esperou, sem respirar. — Tenho aqui comigo material de leitura que seria bom você saber mesmo de cor. Leve e estude um pouco, uma semana, digamos, depois volte, e eu faço um pequeno teste sobre o material. — Ele viu a cara de Dyar e leu a pergunta. — *Com* salário. Não se preocupe, você está trabalhando. Eu disse ontem. Desde ontem. — Dyar relaxou um pouco, mas não muito. "A coisa toda não está cheirando bem", pensou, e sentiu vontade de dizer: "Será que ninguém nesta cidade fala a verdade?" Em vez disso, resolveu ser um tanto dissimulado também, para variar, pensando que se não fosse não conseguiria a reserva de hotel para Daisy de Valverde.

— Eu gostaria de ir até a agência por uns minutos para terminar de datilografar uma carta que eu estava escrevendo ontem à noite. Devo ir e pegar as chaves que você mandou fazer para mim?

Achou que Wilcox pareceu incomodado. — Para falar a verdade, acho que não vai dar tempo — disse ele. — Eu estou indo para lá agora e vou estar bem-ocupado o dia inteiro. Durante vários dias, na verdade. Apareceu um monte de trabalho inesperado. É mais uma boa razão para você aproveitar esse tempo agora e estudar essa matéria. Combina perfeitamente com minha programação. O mais provável é que as chaves não estejam prontas mesmo. Eles nunca fazem as coisas quando prometem aqui.

Dyar pegou a pilha de papéis e folhetos que Wilcox lhe entregou, ia saindo e, parado na porta aberta, disse: — Que dia devo entrar em contato com você? (Esperava que de alguma forma as palavras tivessem um tom irônico; esperava também que Wilcox fosse dizer: "Telefone-me todos os dias, e eu informo você de como estão indo as coisas.")

— Vai continuar no Playa?

— Pelo que eu sei.

— Telefono para você então. É o melhor jeito.

Não havia o que responder. — Entendo. Até mais — disse, e fechou a porta.

Mas não confiava em Wilcox, sentia que tinha sido prejudicado por ele. Sentindo isso, teve um desejo natural e premente de confiar seu problema a alguém. Para tanto, depois de tomar o café da manhã e ler o exemplar de três dias antes do *Paris Herald*, resolveu telefonar para Daisy de Valverde, acreditando que a verdadeira razão para ligar a ela era contar que não seria possível fazer o favorzinho que lhe pedira, afinal. O aborrecimento que sentia por Wilcox o fazia lamentar genuinamente não ser capaz de ajudá-la nessa questão particular. Telefonou para a Villa Hesperides: ela estava tomando o café da manhã. Ele contou qual era a situação e frisou bem o comportamento estranho de Wilcox. Ela ficou em silêncio um momento.

— Meu querido, esse homem é um louco desvairado! — ela exclamou, afinal. — *Tenho* de conversar com você sobre isso. Quando está livre?

— A qualquer hora, ao que parece.

— Domingo à tarde?

— A que horas? — ele perguntou, pensando no piquenique com Hadija.

— Ah, por volta das seis.

— Claro. — O piquenique acabaria muito antes disso.

— Perfeito. Vou levar você a uma festinha, tenho certeza de que vai gostar. Na casa dos Beidaoui. Eles são árabes e sou muito amiga deles.

— Uma festa? — Dyar exclamou, incerto.

— Ah, não é uma festa, na verdade. Uma reunião de alguns velhos amigos no Palácio Beidaoui.

— Eu não iria incomodar?

— Bobagem. Eles adoram caras novas. Pare de ser antissocial, senhor Dyar. Não dá certo aqui em Tânger. O pobre do meu ovo pochê está esfriando.

Combinaram que ela iria buscá-lo em seu hotel no domingo, às seis horas. Mais uma vez ele se desculpou por não poder ajudá-la.

— Não me importa a mínima — ela disse. — Até logo, querido. Até domingo.

E quando o domingo foi se aproximando, e o tempo continuava indeciso, ele foi ficando cada vez mais apreensivo. Provavelmente, choveria. Se chovesse, eles não poderiam fazer o piquenique, e não haveria por que ir até o Parque Espinel para encontrar Hadija. Mas ele sabia que iria mesmo assim, pela possibilidade de ela estar esperando por ele. Mesmo que o tempo estivesse aberto, ele tinha de estar preparado para ela não estar lá. Começou a treinar internamente para essa eventualidade e a repetir para si mesmo que não era importante ela aparecer ou não. Ela não era uma pessoa real; não importava o que um brinquedo fazia. Mas não conseguia formular nenhum argumento interno que removesse a tensa expectativa que sentia quando pensava na manhã de domingo. Passou muitos dias aprendendo os fatos do material que Wilcox tinha lhe dado e, quando se levantou domingo de manhã, não estava chovendo.

VIII

No fim da ruazinha lateral saíram no topo de um alto precipício. Era um dia ventoso e o céu estava cheio de nuvens velozes. Ocasionalmente o sol aparecia, um retalho de sua luz a correr pela água escura do estreito lá embaixo. A meio caminho, onde o declive era menos íngreme e grama verde cobria a encosta, vagava um rebanho de cabras pretas. O cheiro de iodo e algas no vento deixou Dyar com fome.

— Isto é que é vida — ele disse.

— Por que você suspira? — Hadija perguntou.

— Gosto disto aqui.

— Ah, sei! — ela sorriu.

Tinham recortado uma longa série de entalhes na diagonal sobre a rocha superior, formando uma escada. Lentamente, desceram os degraus, ele na frente, levando com cuidado a cesta de piquenique, sentindo-se um pouco tonto e se perguntando se ela tinha medo do abismo e da altura. "Provavelmente não", pensou. "Essa gente aguenta qualquer coisa." A ideia o irritou. Quando desceram mais, o som das ondas ficou mais forte.

Na descida, havia uma gruta inesperada à direita, parcialmente encoberta por uma pequena touceira de caniços. Havia ali um menino agachado, a pele escura do corpo aparecendo entre os trapos. Hadija apontou.

— Ele dono cabras. O *guarda*.

— É bem novo. — O menino parecia ter seis anos de idade.

Hadija achava que não. — Todos assim — disse, sem interesse.

Aqui e ali, no estreito, a distâncias variadas da costa, um navio aparentemente estático apontava para leste ou oeste. Dyar parou um momento para contá-los: conseguiu distinguir sete.

— Todos de carga — disse, gesticulando, mas um pouco para si mesmo.

— O quê? — Hadija tinha parado atrás dele; estava observando a praia lá embaixo, sem dúvida em busca de nativos que pudessem reconhecê-la. Ela não queria ser vista.

— Navios! — ele exclamou; parecia inútil explicar mais. Ele mexeu a mão para um lado e para outro.

— América — disse Hadija.

Havia alguns mouros pescando nas pedras. Não deram atenção aos excursionistas. A maré estava alta. Era difícil contornar alguns pontos, já que muitas vezes havia muito pouco espaço entre o rochedo e as ondas. Num ponto, eles se molharam. Dyar ficou um pouco incomodado, porque não havia sol para secá-los, mas Hadija achou divertido.

Depois de contornarem um canto agudo de rocha, chegaram de repente a uma pequena extensão de areia onde cerca de uma dúzia de meninos corriam absolutamente nus. Estavam numa idade em que seria de se esperar que quisessem cobrir a nudez com a chegada de uma moça, mas isso parecia ser a última coisa na cabeça deles. Quando Dyar e Hadija se aproximaram, eles soltaram um grito festivo, alguns assumindo posturas indecentes ao gritar, outros se lançando a atividades grupais de natureza inconfundivelmente erótica. Dyar ficou horrorizado e exasperado. "Como macacos", pensou, e automaticamente procurou no chão uma pedra para atirar neles. Sentiu o rosto quente. Hadija não deu atenção à palhaçada. Ele imaginou as indignidades que estavam gritando para ela, mas não ousou perguntar. Era possível que ela considerasse aquele frenético exibicionismo típico do comportamento masculino, mas magoava-o ver uma criatura delicada como ela obrigada a testemunhar tais coisas, e ele não conseguiu acreditar que ela as aceitasse com serenidade. Durante um segundo ele se perguntou se haveria a possibilidade de ela estar tão preocupada com seus pensamentos que nem notara os meninos. Deu uma olhada de soslaio e ficou satisfeito de ver que ela estava olhando para o outro lado do estreito, mas, então, captou a fixidez de seu olhar.

— Filhadaputa — ela murmurou.

— Que vão para o inferno — ele disse, virando para sorrir para ela. — Não olhe para eles.

Chegaram a uma longa praia, completamente deserta. Adiante deles erguia-se um morro baixo coberto de ciprestes e eucaliptos; grandes mansões cravadas confortavelmente entre as árvores ao alto. O vento soprava mais forte ali. Dyar pegou a mão dela, que de quando em quando levava aos lábios, e beijava de leve seus dedos.

Contornaram outra ponta rochosa. O vento úmido soprava com força redobrada. Diante deles estendia-se uma praia de seixos até muito longe. Dyar virou para ela.

— Ei, onde é essa caverna?

— Cansado agora?

— Você sabe onde fica ou só acha que sabe?

Ela riu alegremente e apontou adiante, o rochedo mais distante se projetando para dentro do mar.

— Vai passando ali. — E indicou uma virada à esquerda com a mão.

— Ah, pelo amor de Deus! Isso vai levar uma hora. Sabia disso?

— Uma hora. Talvez. Demais? — Ela olhou para ele, gozadora.

— *Eu* não me incomodo — disse ele de má vontade. Mas estava incomodado.

Andaram muitos minutos sem falar, dedicando toda a atenção a escolher o caminho mais fácil para contornar cada pedra. Quando desceram para uma minúscula caverna onde havia uma fonte entre as pedras, ele resolveu beijá-la. Levou um longo tempo; a reação dela foi calorosa, mas calma. Por fim, ele se afastou e a observou. Ela estava sorrindo. Era impossível dizer o que sentia.

— Nossa, eu ainda vou conseguir provocar você! — ele disse, e puxou-a para si violentamente. Ela tentou responder, mas o som de sua voz saiu dentro da boca dele e ali morreu. Quando ele a soltou, o mesmo sorriso estava lá. Era um pouco desconcertante. Ele enfiou a mão no bolso e tirou um maço de cigarros que ela pegou e bateu no fundo para um cigarro aparecer. Levantou o maço à boca dele e deixou que ele pegasse o cigarro entre os lábios.

— Servido — ele disse. — Mas agora tenho de acender sozinho. Vamos sentar um pouco.

— O.k. — Ela escolheu a pedra mais próxima e ele se sentou ao lado dela, o braço esquerdo em torno de sua cintura. Os dois olharam para o outro lado do estreito.

Ele gostou de ela ter escolhido a costa do estreito para o piquenique, e não a praia ao longo da baía, embora lá eles fossem ter mais garantia de privacidade do que ali, onde ninguém sabia o que poderia aparecer ao se virar a ponta seguinte ou quem poderia estar escondido entre as pedras. Mas ele gostou da ideia de poder ver a Europa lá do outro lado, sabendo que estava na África.

Ele apontou a grande crista cor de areia bem na frente. — Espanha.

Ela fez que sim e passou um dos dedos no pescoço significativamente. — Ruim. Eles mata você.

— Como você sabe? — ele perguntou, brincando.

— Eu sei. — Ela sacudiu a cabeça para cima e para baixo diversas vezes. — Tenho amigos foi lá nunca mais volta. Lugar muito fodido.

Ele virou para ela, os olhos incendiados.

— Hadija! Não gosto de ouvir esse palavreado numa moça.

— Ahn?

— Não diga isso de novo quando estiver comigo, ouviu?

Ela pareceu inocente e abatida. — Como assim?

Ele jogou longe o cigarro e levantou-se. — Deixe para lá. Venha, senão não vamos chegar nunca — Pegou a cesta. A conversa com Hadija não era nada fácil. Ele gostaria de dizer algumas coisas para ela: que um grupo de meninos americanos nunca teria se comportado como os rapazes árabes por quem haviam passado havia pouco. (Mas será que ela acreditaria nele, uma vez que sua experiência com americanos se limitava aos marinheiros que cambaleavam ocasionalmente no Bar Lucifer, o rosto manchado de batom e as calças erguidas às pressas, presas por um único botão? Ele tinha suas dúvidas.) Gostaria de dizer para ela à sua própria maneira o quanto a achava linda, e porque achava isso, e fazê-la entender que a desejava muito mais do que ela estava acostumada que outros homens a desejassem.

Chegaram a uma plataforma de terra larga, plana, onde do lado do rochedo tinha existido uma pedreira um dia. A superfície estava coberta de cardos secos com um caminho passando pelo meio. Ele ainda seguia à frente dela, no vento, sentindo a sua força em todo o corpo, do rosto aos pés, como um grande corpo invisível, amoroso. O caminho, depois que atravessava o campo de cardos, subia e serpenteava entre as pedras. De repente, circundaram uma esquina e olharam a costa montanhosa a oeste. Abaixo deles, grandes blocos de pedra subiam diretamente da água.

— Tome cuidado — disse Dyar. — Siga você na frente para eu poder ficar de olho. — Adiante, à esquerda, ele viu a caverna, no alto da parede de pedra vertical. Pássaros voavam para dentro e para fora das gretas menores acima dela; o rugir das ondas encobria todos os sons.

Ficou surpreso ao ver que a caverna não era suja. Alguém tinha feito uma fogueira no centro, e havia uma lata vazia jogada. Mais para o fundo, num canto, havia uma pilha de ramos de eucalipto, provavelmente arrumada por algum pescador berbere meses antes. Perto da entrada havia uma folha amassada de um jornal francês velho. Só isso. Ele pôs o cesto no chão. Então, depois de tanta coisa, estava tímido.

— Bom, cá estamos — disse com falsa animação, virando-se para Hadija.

Ela sorriu como sempre e caminhou com cuidado para o canto onde as folhas cobriam o chão de pedra.

— Bom aqui — disse ela, gesticulando para Dyar. Sentou-se com as pernas dobradas, encostada à parede da caverna. Ele estava a ponto de acender um cigarro para esconder sua confusão. Em vez disso, chegou até ela em três passos, atirou-se estendido em cima das folhas e ramos crepitantes e estendeu as mãos para puxar o rosto dela para o seu. Ela deu um grito de surpresa, perdeu o equilíbrio. Rindo alto, caiu pesadamente em cima dele. E enquanto ria já ia desabotoando habilmente a camisa dele, soltando a fivela do cinto. Ele rolou e apertou-a num longo abraço, esperando sentir o corpo dela rígido por um momento e, depois, aos poucos se abrandar no prazer da entrega. Mas não foi assim que as coisas aconteceram. Não havia entrega, porque não havia resistência. Ela aceitou o abraço dele, retribuindo a pressão com um braço, enquanto o outro soltava a roupa dele, tentando tirá-la. Ele se afastou, sentou-se.

— Eu faço isso — disse, um pouco chateado, e rapidamente tirou o resto da roupa.

— Pronto. Que tal? — Sua voz não soava natural; ele estava pensando: "Se ela vai se portar como uma puta, melhor ser tratada como tal."

— Agora, você também — ele disse. E usando ambas as mãos começou a puxar o vestido dela pela cabeça. Ela deu um grito e agitadamente se pôs sentada.

— Não! Não!

Ele olhou para ela. Era desconcertante estar ali sentado, nu, na frente daquela moça árabe de olhos arregalados fingindo defender sua honra.

— Qual é o problema? — ele perguntou.

O rosto dela abrandou; ela se inclinou e beijou-o nos lábios.

— Você deita — ela disse, sorrindo. — Deixa vestido.

Quando ele obedeceu, perplexo, ela acrescentou: — Você menino levado, mas eu dá jeito nisso. — E, de fato, um minuto depois ela deixava bem claro que não estava de forma alguma tentando proteger sua virtude; simplesmente não tinha intenção de tirar o vestido. Ao mesmo tempo, parecia achar perfeitamente natural que Dyar estivesse sem roupa; além disso, tinha evidente prazer em passar a mão pelo corpo dele, dando tapinhas e beliscando sua carne. Mas ele estava convicto de que, apesar dos murmúrios de ternura ocasionais, para ela era tudo um jogo. Ela era inacessível mesmo na mais profunda intimidade. "Mas aqui está. Ela é minha", ele pensou. "O que mais posso querer?" Lá fora da caverna, abaixo dos rochedos, o mar atacava as pedras; o ar, mesmo ali em cima, cheio de uma fina névoa salgada.

"O Jardim das Hespérides. O pomo de ouro", ele pensou, passando a língua pelos lindos dentes lisos dela. Logo depois, era como se ele estivesse flutuando, leve, acima da água, lá longe no estreito, o vento acariciando seu rosto. O som das ondas foi ficando mais e mais distante. Eles dormiram.

A primeira coisa que Dyar pensou ao acordar foi que o anoitecer vinha chegando. Ele se ergueu um pouco e observou Hadija: ela estava dormindo sossegada, um mão sob a face e a outra pousada no braço dele. Daquele jeito, ela parecia incrivelmente jovem, não mais de doze anos. Tomado por uma súbita ternura, ele estendeu a mão, acariciou a testa dela e deixou a mão correr suavemente por seu cabelo. Ela abriu os olhos. O sorriso branco, doce, apareceu; era uma expressão de amizade ou uma careta sem sentido? Ele procurou entre os ramos e as folhas, juntou sua roupa, levantou-se de um salto e saiu da caverna para se vestir. O céu estava mais pesadamente encoberto, o sol havia desaparecido inteiramente, a luz abafada. Uma gaivota equilibrava-se no vento diante dele, virava a cabeça de quando em quando para olhar as rochas abaixo. Hadija chamou-o. Quando ele entrou, ela havia mudado para o centro da caverna e estava tirando os pacotes de comida da cesta.

— Sem rádio? — ela perguntou. — Radinho?

— Não.

— Uma senhora americana eu conhece tem radinho. Pequeno. Leva na praia. Leva no quarto. Leva no café no Zoco Chico. Eu escuta música toda vez.

— Detesto essas coisas. Não ia querer rádio aqui. Gosto mais das ondas. Está ouvindo? — Ele apontou para fora e ficou escutando um momento. Ela escutou também e parecia estar avaliando o som que ouvia. Então balançou a cabeça e disse: — Música boa.

— Não poderia ser melhor — ele respondeu, contente de ela entender tão bem.

— É bonito. Vem de Deus. — Ela apontou casualmente para cima. Ele ficou um pouco envergonhado, como sempre ficava quando faziam uma referência séria a Deus. Não tinha mais tanta certeza de que ela tivesse entendido.

— Bom, vamos comer. — Ele deu uma mordida num sanduíche.

— *Bismil'lah* — disse Hadija, fazendo a mesma coisa.

— O que quer dizer isso? Bom apetite?

— Quer dizer nós come por Deus.

— Ah.

— *Você* fala.

Ela repetiu diversas vezes e fez com ele falasse até sua pronúncia lhe parecer satisfatória. Então, comeram.

Depois do almoço, ele saiu e escalou as pedras durante alguns minutos. Ficou satisfeito em ver que não havia vivalma de nenhum lado ao longo da costa; ele esperava que o bando de rapazes viesse atrás deles ou talvez continuasse com suas palhaçadas nas pedras lá embaixo. Mas não havia ninguém. Quando voltou à caverna, sentou-se do lado de fora e chamou Hadija.

— Saia e sente aqui. Está escuro demais aí dentro.

Ela obedeceu. Um momento depois, estavam deitados um nos braços do outro. Quando ela reclamou da pedra fria debaixo dela, ele pegou seu paletó dentro da caverna, pôs debaixo dela e deitou de novo.

— Sabe o que eu quero? — ele disse, olhando o minúsculo nódulo negro que sua cabeça formava contra o céu nos olhos dela.

— Você quer?

— Quero. Sabe o que eu quero? Quero viver com você. O tempo todo. Para a gente poder ficar assim toda noite, toda manhã. Sabe? Você entende?

— Ah, sim.

— Arrumo um quarto para você, um quarto bom. Você mora nele e eu vou lá ver você todo dia. Você gostaria?

— Eu vou lá todo dia?

— Não! — Ele tirou um dos braços de baixo dela e gesticulou, apontando. — *Eu* pago o quarto. *Você* mora nele. Eu vou lá e vejo *você* toda noite. Isso.

Ela sorriu. — Tudo bem. — Era como se ele tivesse dito: "Que tal a gente começar a voltar daqui a uma hora?" Quando isso lhe ocorreu, ele perguntou de fato: — Quer ir embora daqui a pouco?

— O.k.

Ele sentiu o coração um pouco pesado. Tinha razão: era a mesma voz, o mesmo sorriso. Suspirou. Porém, ela havia concordado.

— Mas você promete?

— O quê?

— Que mora no quarto?

— Ah, prometo. — Ela pegou a cabeça dele entre as mãos e beijou ambas as faces. — Você vem hoje?

— Ir aonde? Ao quarto? — Ele já ia começar de novo a explicar que ainda não tinha alugado o quarto para ela.

— Não. Não, meu quarto. Miss Goode. Você vem. Eu leva você. Ela amiga muito boa. Ela tem quarto no Hotel Metropole.

— Não. Não quero ir lá. Por que eu faria isso? Vá você se quiser.

— Ela falou para mim traz você bebe uísque.

Dyar riu. — Acho que ela não disse isso, Hadija.

— Certeza que disse isso.

— Ela nunca ouviu falar de mim e eu nunca ouvi falar dela. Quem é essa, afinal?

— Ela tem radinho. Eu falei você antes. Sabe. Miss Goode. Ela tem quarto Hotel Metropole. Você vem. Eu leva você.

— Está louca!

Hadija tentou se sentar. Parecia muito incomodada. — Eu louca? *Você* louco! Acha que eu mente? — Ela empurrou o peito dele com toda a força, lutando para se levantar.

Ele ficou um pouco alarmado. Para acalmá-la, disse: — Eu vou! Eu vou! Não fique tão agitada, pelo amor de Deus! O que você tem? Se você quer que eu dê uma passada lá e converse com ela, eu passo e converso. Não me importo.

Hadija relaxou um pouco, mas ainda não parecia satisfeita.

— *Eu* não importo. Ela falou para mim traz você bebe uísque. Você gosta uísque?

— Gosto, gosto. Claro. Agora deite aqui. Quero dizer uma coisa para você.

— O quê? — ela perguntou candidamente, se acomodando de novo, os grandes olhos arregalados.

— Isto. — Ele a beijou. — Eu amo você. — De lábios abertos, ele tocou os dela até o fim enquanto dizia as palavras.

Hadija não pareceu surpresa de ouvir isso. — Outra vez? — ela perguntou, sorrindo.

IX

No sábado, Hadija tinha dito a Eunice Goode que passaria todo o dia seguinte fora com um amigo. Depois de uma certa dose de questionamento, Eunice obteve a admissão de que era um cavalheiro americano e de que iam fazer um piquenique. Ela não achou conveniente fazer qualquer objeção. Por um lado,

Hadija havia deixado claro que de jeito nenhum considerava aquela estada no Hotel Metropole um arranjo permanente e que ela iria embora quando sentisse vontade. (O que ela esperava acabar ganhando era um apartamento próprio no Boulevard.) E então Eunice se deu conta de que nessa situação era incapaz de propor uma discussão tranquila; ela logo se veria precipitada numa cena violenta. Com a sua objetividade às vezes dolorosa, ela sabia que seria a perdedora em qualquer briga desse tipo; tinha extrema consciência de ser uma figura cômica. Sabia quais dos seus atributos funcionavam contra ela, e eram muitos. Sua voz, bastante agradável e facilmente modulada quando usada em baixa dinâmica, se transformava em um guincho agudo assim que era solicitada a ser mais do que medianamente expressiva. Seu corpo se avolumava do mesmo jeito que o de um velho cavalheiro imponente, seus braços e pernas eram gigantescos, e a pele hipersensível estava sempre irritada e arroxeada, de forma que seu rosto dava sempre a impressão de que tinha acabado de subir ao topo de uma montanha. Ela dizia a si mesma que não se importava de ser uma personagem cômica; aceitava o fato e costumava se isolar do mundo próximo demais e sempre ameaçador. Vestia-se de um jeito que acentuava as deficiências de seu corpo, onde quer que fosse ela era sempre mais uma coisa que uma pessoa; e estava decidida a aproveitar ao máximo os benefícios dessa isenção.

Desde o começo, havia sido objeto de interesse nas ruas de Tânger; agora, aparecendo regularmente em público com Hadija, que um grande número de habitantes nativos de classe baixa conhecia e sobre a qual o restante logo se informou, ela se tornou uma figura inteiramente legendária no Zoco Chico. Os árabes nos cafés dali ficaram deliciados: era uma nova variedade de comportamento humano.

Nesses quatro dias, Hadija a forçou a levar uma vida muito mais ativa do que era seu hábito, arrastando-a a todos os bares e clubes noturnos que a moça queria conhecer. Eunice conhecia várias pessoas que encontrou nesses lugares. A elas apresentou Hadija como miss Kumari, de Nicósia. Achou pouco provável que fossem encontrar alguém que falasse grego moderno, e, mesmo que falassem, ela planejava explicar que o dialeto de Chipre era uma outra língua, inteiramente diferente.

Apesar da frieza exterior, Eunice ficou muito perturbada quando Hadija anunciou sua planejada saída. Deitou-se de novo nos travesseiros, observando o porto como sempre, dizendo a si mesma com muita firmeza que era preciso agir. Não contra Hadija, então teria de ser contra o americano. (Como ela abominava viajar e Madame Papaconstante até agora não tinha dado sinal de que fosse tentar conseguir Hadija de volta, ela renunciou à ideia de sumir com a moça para a Europa.) A partir de então, estava claro que era preciso saber contra o que estava lutando. Ela pensou em se deter na ideia de que o sujeito não tinha dinheiro, mas depois decidiu que nenhuma linha de raciocínio teria qualquer peso com Hadija e que era melhor ficar quieta. E de qualquer forma, talvez ele tivesse dinheiro, embora ela tivesse reconsiderado a conversa que escutara no Bar Lucifer e concluído que a relutância do sujeito em entregar seu dinheiro não se devia apenas a maldade. E ele tivera de pegar emprestada uma quantia extra do amigo. Parecia razoável pensar que ele não estava muito bem de vida. Ela esperava que fosse esse o caso; isso seria fortemente a seu favor. A pobreza dos outros geralmente era.

— Eu conheço o seu amigo — disse, como quem não quer nada.

— Conhece? — Hadija estava surpresa.

— Ah, sim. Já estive com ele.

— Onde? — Hadija perguntou, cética.

— Ah, em vários lugares. Na casa dos Taylor no Marshan, no Sphinx Club uma vez e acho que na casa dos Estrada na montanha. Ele é muito educado.

Hadija se manteve reservada. — O.k.

— Se quiser, pode convidar seu amigo para vir aqui quando terminarem o piquenique.

— Ele não gosta vir aqui.

— Ah, não sei — Eunice falou, meditativa. — Pode ser que sim. Imagino que ele deve gostar de beber. Os americanos gostam, você sabe. Achei que você poderia convidar o moço, só isso.

Hadija pensou a respeito. A ideia lhe era atraente porque ela considerava o Hotel Metropole magnífico, luxuoso, e ficava tentada a mostrar a ele como estava vivendo com estilo. Ela havia partido para o Parque Espinel com essa intenção, mas na volta com ele ocorreu-lhe (pela primeira vez) que, como o americano parecia ser tão absolutamente possessivo com ela quanto Eunice Goode, ele talvez não gostasse de descobrir que a repartia com alguém. Então, apressou-se a explicar que miss Goode estava doente quase todo o tempo e que ia visitá-la com frequência. A possessividade que ele manifestava por ela já a havia estimulado a tentar fazê-lo comprar um certo relógio de pulso que ela muito admirava. Eunice havia se recusado terminantemente a comprar porque era um relógio de homem: um enorme cronômetro de ouro com calendário e as fases da lua. Eunice era eminentemente cuidadosa em ter a moça sempre com aparência respeitável e adequadamente feminina. Hadija mencionou o relógio duas vezes a caminho do Metropole; o americano simplesmente riu e disse: — Vamos ver. Não ponha o carro na frente dos bois, está bem? — Ela não entendeu direito, mas pelo menos ele não tinha dito não.

Quando Dyar entrou no quarto, Eunice Goode olhou para ele e disse para si mesma que mesmo quando era moça não o teria achado atraente. Ela havia gostado de homens mais marcantes, como tinha sido seu pai. Na aparência, aquele ali não se distinguia em nada. Não parecia nem ator, nem estadista, nem pintor, nem mesmo operário, empresário ou atleta. Por alguma razão, ela achou que ele parecia um cachorro terrier pelo de arame: alerta, agitado, sugestionável. O tipo de homem, ela refletiu com uma pontada de raiva, capaz de levar as mulheres pela coleira, sem ser nem mesmo dominante, o tipo cuja virilidade não é notável, no entanto, é tão saciante como mel, o tipo que não faz nenhum esforço e por isso é duplamente perigoso. Só que, acostumados a um ambiente de adulação feminina, esses homens ficam tão vulneráveis, tão facilmente esmagáveis, tão mimados como crianças. Basta deixar que pensem que você também foi fisgada por seu charme, estimular mais e mais em cima daquele galho apodrecido. Depois, retirar o apoio e deixar que caiam.

Porém, em sua louca confusão interior para se mostrar excepcionalmente simpática, Eunice teve um começo que não foi nada bom. Ela estava afastada da maioria das pessoas havia tanto tempo que esquecera que muitas realmente escutavam as palavras faladas, e, para elas, mesmo uma conversa meramente polida é um meio de passar ideias específicas. Ela havia ensaiado as primeiras frases com o propósito de evitar que Hadija descobrisse que aquele era seu primeiro encontro com o cavalheiro americano. Usando o velho *négligé* amarelo de cetim debruado com mink (que Hadija nunca tinha visto antes e que decidiu imediatamente que queria para si) e bem coberta pelas roupas de cama, exibia a mesma aparência de qualquer outra senhora avantajada sentada na cama.

— Este encontro demorou, mas é muito bem-vindo! — exclamou ela.

— Como vai, miss Goode? — Dyar parou na porta. Hadija empurrou-o delicadamente para dentro e fechou a porta. Ele foi até a cama e apertou a mão estendida.

— Conheci sua mãe em Taormina — disse Eunice. — Era uma mulher deliciosa. Hadija, você poderia ir até lá embaixo e pedir um balde grande de gelo e meia dúzia de garrafas de água Perrier? O uísque está numa prateleira no banheiro. Tem cigarros numa caixa grande lá dentro. Puxe essa cadeira para um pouco mais perto.

Dyar parecia perplexo. — Onde?

— O quê? — ela perguntou, agradavelmente.

— Onde disse que conheceu minha mãe? — Ainda não havia lhe ocorrido que Eunice Goode não sabia seu nome.

— Em Taormina — ela disse, com um olhar ameno para ele. — Ou será que foi em Juan-les-Pins?

— Não pode ter sido — Dyar disse, sentando. — Minha mãe nunca esteve na Europa.

— É mesmo? — A intenção era soar casual, mas ela soou ácida. Para ela, essa teimosa insistência na exatidão era pura grosseria. Mas não havia tempo para demonstrar a ele que reprovava seu comportamento, mesmo que quisesse fazê-lo. Hadija estava telefonando. Ela disse depressa: — Sua mãe não era a senhora Hambleton Mills? Achei que foi isso que Hadija disse.

— O quê? — Dyar exclamou, fazendo uma careta para indicar que estava boiando. — Alguém está confundindo *tudo*. Meu nome é Dyar. D, Y, A, R. Não tem nada a ver com Mills. — Ele então riu bem-humorado, e ela riu junto, apenas o suficiente, ela achou, para mostrar que não guardava por ele nenhuma má vontade por sua grosseria.

— Bom, então estamos acertados — disse ela. Sabia o nome dele; Hadija acreditava que se conheciam antes. Ela pressionou para conseguir todas as informações essenciais possíveis enquanto Hadija ainda conversava em espanhol com o homem do bar.

— Está de passagem em férias de inverno ou vai ficar um tempo?

— Férias? Nada disso. Vou ficar algum tempo. Estou trabalhando aqui.

Ela esperava por isso. — Ah, é mesmo? Onde?

Ele contou. — Não consigo localizar — disse ela, fechando os olhos como se estivesse tentando.

Hadija desligou o telefone e trouxe uma garrafa de uísque do banheiro. De repente, Dyar tomou consciência do fato de que estavam fazendo os preparativos para servir drinques. Ele meio que se levantou da cadeira e sentou-se de novo na beirada.

— Olhe, eu não posso ficar. Não tinha percebido que... Desculpe...

— Não pode ficar? — Eunice repetiu, ligeiramente decepcionada.

— Tenho um compromisso no meu hotel. Tenho de voltar. Hadija me disse que a senhora estava doente, então pensei em dar uma passada aqui. Ela disse que a senhora queria que eu viesse.

— Queria mesmo. Mas nem chamo isso de visita.

O garçom tinha entrado, colocado a bandeja na mesa e saído.

— Um drinque rápido — Eunice insistiu. Ele aceitou.

Hadija pedira Coca-Cola. Estava bem contente de ver seus dois protetores no mesmo quarto, conversando um com o outro. Perguntou a si mesma se seria perigoso. Afinal de contas, Eunice sabia sobre o homem e parecia não se importar. Era possível que ele não se importasse muito se soubesse sobre Eunice. Mas ela sem dúvida preferia que ele não soubesse. Tomou consciência das palavras deles.

— Você vai aonde? — interrompeu.

— Para casa — ele disse, sem olhar para ela.

— Onde você mora?

Eunice sorriu para si mesma: Hadija estava fazendo seu trabalho por ela. Mas então estalou a língua, incomodada. A moça tinha estragado tudo; ele se retraíra.

— Muito longe — ele respondeu secamente.

— Por que vai lá? — Hadija insistiu.

Ele então virou-se para olhar para ela. — Curiosidade mata — ele disse, fingindo zanga. — Vou a uma festa, xereta. — Ele riu. Para Eunice, falou: — Que garota, que garota! Mas ela é boa apesar de tudo.

— Não sei dizer — Eunice replicou, como se estivesse pensando a respeito. — Na verdade, acho que não é, não. Algum dia falamos a respeito. Você disse uma festa? — Ela se lembrou de que os Beidaoui estavam em casa aos domingos à noite. — Não no palácio Beidaoui? — arriscou.

Ele pareceu surpreso. — Isso mesmo! — exclamou. — Conhece?

Ela nunca fora apresentada a nenhum dos irmãos Beidaoui; porém, tinham sido apontados para ela em várias ocasiões. — Conheço muito bem — disse. — Eles são *os* melhores de Tânger. — Ela ouvira dizer que o pai deles tivera algum tipo de cargo oficial. — O velho Beidaoui, que morreu faz alguns anos, era o grão-vizir do sultão Moulay Hafid. Foi ele quem recebeu o Kaiser quando esteve aqui em 1906.

— É mesmo? — Dyar disse, fazendo a voz polida.

Ele então se levantou e se despediu. Esperava que ela estivesse melhor.

— Ah, é um problema crônico — ela disse, alegremente. — Vai e vem. Nem penso a respeito. Mas como dizia minha avó de Pittsburgh: "Sempre piora em vez de melhorar."

Ele ficou um pouco surpreso ao saber que ela era americana: tinha pensado nela como uma pessoa sem nenhuma nacionalidade. E agora estava preocupado em como marcar outro encontro com Hadija na presença um tanto restritiva de miss Goode. Porém, tinha de ser feito se queria encontrá-la de novo; ele jamais conseguiria encontrar o Bar Lucifer, que era onde ela devia ainda ser encontrada.

— Que tal outro piquenique domingo que vem? — disse a ela. Ele poderia estar livre durante a semana inteira, mas também Wilcox poderia telefonar amanhã. Domingo era o único dia garantido.

— Claro — disse Hadija.

— Mesmo lugar? Mesma hora?

— O.k.

Assim que ele saiu, Eunice endireitou-se na cama. — Me passe a lista telefônica — disse.

— O que você fala?

— A lista telefônica!

Procurou pelas páginas e encontrou o nome. *Jouvenon, Pierre, ing. Ingénieur*, engenheiro. Soava muito mais importante em francês por estar ligado a uma palavra próxima de gênio, engenhosidade. Engenheiro sempre a fazia pensar em um homem de macacão parado numa locomotiva. Ela deu o número e disse peremptoriamente a Hadija: — Vista-se depressa. Ponha aquele vestido preto novo que compramos ontem. Eu arrumo seu cabelo assim que me vestir. — Voltou ao telefone. — *Allô, allô? Qui est à l'appareil?* — Era uma empregada espanhola; Eunice encolheu os ombros com impaciência. — *Quisiera hablar con la señora Jouvenon. Sí! La señora!* — Enquanto esperava, cobriu o bocal com a mão e virou de novo para Hadija. — Lembre-se. Nem uma palavra de nada a não ser em inglês. — Hadija tinha entrado no banheiro e estava espadanando água na pia.

— Eu sei — disse, alto. — Não fala árabe. Não fala espanhol. Eu sei. — Ambas tinham estabelecido que, se Eunice saísse, ela iria junto. No fundo, Eunice imaginava vagamente que estava treinando a moça para Paris, para onde acabaria levando-a para morar, a fim de que o seu *ménage* bem-sucedido despertasse a inveja de todos os seus amigos.

— *Ah, chère madame Jouvenon!* — exclamou e disse então à pessoa do outro lado da linha que esperava que estivesse desocupada pelas próximas horas, porque queria discutir com ela uma coisa. Madame Jouvenon não pareceu nada surpresa com esse anúncio, nem com o fato de a discussão proposta levar várias horas. — *Vous êtes tr-rés aimable* — disse ela, rolando o "r" como nenhuma francesa faria. Ficou combinado que se encontrariam dentro de meia hora no La Sevillana, um pequeno salão de chá nos altos da Siaghines.

Eunice desligou, saiu da cama e correu para vestir seu vestido de chá de drapeado solto. Depois, voltou a atenção para a roupa de Hadija, aplicando-lhe maquiagem e arrumando seu cabelo. Era como uma mãe que prepara a única filha para o primeiro baile. E, de fato, quando, lado a lado, percorreram cuidadosamente as ruas estreitas que eram uma espécie de atalho para La Sevilhana, às vezes de mãos dadas brevemente quando a rua era suficientemente larga, pareciam muito a mãe devotada e a filha carinhosa, e por tal foram tomadas pelas mulheres judias que observavam o fim do dia de suas portas e sacadas.

Madame Jouvenon já estava sentada no La Sevillana, comendo um merengue. Era uma mulherzinha de olhos brilhantes cujo cabelo, embranquecido prematuramente, ela permitira, desavisadamente, que fosse tingido de um vivo azul-prateado. Para completar o esquema monocromático ela permitira que mademoiselle Sylvie tingisse suas sobrancelhas e seus cílios com um tom de azul muito mais escuro e intenso. O efeito final não deixava de provocar seu impacto.

Evidentemente, madame Jouvenon tinha acabado de chegar ao salão de chá, uma vez que as cabeças ainda se voltavam discretamente para dar uma olhada melhor. Como era de se esperar, Hadija concluiu imediatamente que aquela senhora estava sofrendo de alguma estranha doença e apertou a mão dela com certo medo.

— Temos muito pouco tempo — Eunice começou em francês, esperando que madame Jouvenon não pedisse mais nenhum doce. — A pequena aqui não fala francês. Só grego e um pouco de inglês. Nada de doces. Dois cafés. Você conhece os Beidaoui?

Madame Jouvenon não conhecia. Eunice ficou só momentaneamente chateada.

— Não importa — continuou. — Eu conheço intimamente e você será minha convidada. Quero levar você porque vai estar lá alguém que eu quero que conheça. É possível que ele seja muito útil para você.

Madame Jouvenon tinha pousado o garfo. Eunice continuou falando, agora em tom mais baixo, e os olhos brilhantes da mulherzinha ficaram fixos e intensos. Toda a expressão dela se alterou; seu rosto ficou inteligente e alerta. Então, sem terminar o merengue, ela procurou na bolsa de maneira prática algumas moedas e as pôs na mesa. — *Tr-rès bien* — disse com firmeza. — *On va par-rtir.*

LIVRO DOIS
Carne fresca e rosas

X

As noites de domingo dos Beidaoui eram únicas na medida em que qualquer membro das várias colônias europeias podia comparecer sem se expor, provavelmente porque o fato de os anfitriões serem muçulmanos criava automaticamente entre os convidados uma sensação de solidariedade que eles apreciavam sem ter consciência de sua origem. A esposa do ministro francês podia conversar com a mais humilde turista americana e ninguém veria nisso nada de excepcional. Isso sem dúvida não queria dizer que, se a turista encontrasse Madame d'Arcourt no dia seguinte e cometesse a afronta de reconhecê-la, ela por sua vez fosse ser reconhecida. Mesmo assim, era agradável e democrático enquanto durava, o que geralmente era até as nove. Pouquíssimos muçulmanos eram convidados, mas havia três ou quatro homens importantes do mundo árabe: talvez o líder do Partido Nacional da Zona Espanhola, ou o editor do diário árabe em casablanca, ou um rico industrial de Argel, ou o conselheiro do califa de Tetuan. Na verdade, essas reuniões eram realizadas com o fim de entreter os poucos convidados muçulmanos, para os quais o comportamento inexplicável dos europeus nunca deixava de constituir um espetáculo fascinante. A maioria dos europeus, claro, achava que os cavalheiros muçulmanos eram convidados para dar cor local e elogiava os irmãos Beidaoui por sua inteligência em saber tão bem qual tipo de árabe podia se misturar devidamente a estrangeiros. Essas mesmas pessoas, que se orgulhavam do grau de intimidade que tinham conseguido atingir em suas relações com os Beidaoui, ignoravam completamente que os dois irmãos eram casados e levavam uma intensa vida familiar com suas mulheres e seus filhos numa parte da casa onde nenhum europeu jamais entrara. Os Beidaoui certamente não esconderiam o fato se fossem interrogados, mas ninguém jamais pensara em perguntar a eles sobre essas coisas. Tomava-se por certo que os dois eram solteirões afáveis que adoravam se cercar de europeus.

Naquela manhã, em uma de suas frequentes caminhadas pelo litoral, aonde sempre ia quando uma ressaca ou a vida doméstica ficava opressiva demais para seu gosto, Thami cruzara com uma sorte extraordinária. Tinha andado a esmo até o quebra-mar do porto interno, onde os pescadores iam descarregar, e estava olhando-os sacudirem suas redes negras, duras de sal. Uma lancha motorizada, pequena e antiquada parou junto à doca. O homem dentro dela, que Thami reconheceu vagamente, jogou uma corda para um menino ali parado. Quando o barqueiro, com um turbante que o identificava como membro da seita jilala, subiu os degraus do píer, cumprimentou Thami brevemente. Thami retribuiu e perguntou se tinha ido pescar. O homem olhou para ele mais de perto, para ver quem era que tinha falado tão descuidadamente. Então, deu um sorriso triste e disse que nunca usava aquele barquinho para pescar e que esperava que a velha embarcação fosse poupada dessa sina até o dia em que caísse aos pedaços. Thami riu; entendia perfeitamente que o homem queria dizer que o barco era rápido o bastante para ser usado no contrabando. Ele seguiu a doca e olhou a lancha. Devia ter quarenta anos; os bancos ficavam ao comprido e eram cobertos com almofadas de lona em mau estado. No centro havia um antigo motor Fay and Bowen de dois cilindros. O homem notou esse exame e perguntou se ele estava interessado em comprar o barco. — Não — Thami disse, com desdém, mas continuou olhando. O outro observou que detestava vender o barco, mas que tinha de vender porque seu pai em Azemur estava doente e ele ia voltar para morar lá. Thami ouviu com uma mostra externa de paciência, esperando que um valor fosse mencionado. Não tinha nenhuma intenção de trair seu interesse sugerindo ele próprio um valor. Por fim, atirou o cigarro na água e fez menção de ir embora, quando ouviu o valor: dez mil pesetas. — Acho que não consegue mais do que cinco — replicou, e começou a se afastar. — Cinco!? — o homem exclamou, indignado. — Olhe só — disse Thami, apontando a lancha. — Quem vai dar mais? — Começou a se afastar devagar, chutando pedaços de concreto quebrado para dentro da água ao avançar. O homem gritou atrás dele. — Oito mil! — Ele se virou, sorrindo, e explicou que não estava interessado pessoalmente, mas que se o jilali realmente quisesse vender a lancha, deveria pôr nela um preço sensato, um preço que Thami pudesse passar a seus amigos no caso de algum deles conhecer um possível comprador. Discutiram um pouco, e Thami finalmente foi embora com o preço pedido de seis mil. Estava bem contente consigo mesmo, porque, embora não fosse de forma nenhuma o barco bonito que ele cobiçava, era ao menos uma possibilidade tangível e imediata cuja concretização não exigiria nem uma licença de importação, nem nenhuma ameaça séria à sua herança. Tinha pensado em pedir ao americano, de quem gostava e por quem sentia uma certa simpatia, para comprar o barco em seu nome. Teria sido um jeito de contornar a licença. Mas achou que não o conhecia o suficiente e, sem dúvida, seria uma atitude tola: teria de contar apenas com a honestidade do americano como prova de propriedade. Quanto ao preço, era barato mesmo por seis mil, e ele tinha certeza de que conseguiria baixar para cinco. Havia até uma ligeira possibilidade, embora ele duvidasse, de que conseguisse fazer Abdelmalek lhe emprestar a soma. De qualquer modo, entre as suas posses havia uma casa de dois cômodos sem luz nem água no fundo de uma ravina atrás do Marshan, que deveria valer justamente por volta de cinco mil pesetas numa venda rápida.

O fim da tarde estava esplêndido: as nuvens tinham sido sopradas embora por um vento repentino, vindo do Atlântico. O ar tinha um cheiro limpo, o céu ficara intenso e luminoso. Dyar estava esperando na porta do seu hotel quando passou na avenida uma longa procissão de berberes montados em burricos vindos das montanhas para o mercado. Os rostos dos homens eram escuros, queimados pelo tempo, as mulheres tinham a pele surpreendentemente clara, com maçãs do rosto vermelhas, redondas e salientes. Ficou olhando desinteressadamente o cortejo, sem se dar conta do quanto se movia devagar até perceber o grande conversível americano no fim da fila, com a buzina tocada loucamente pelo motorista impaciente. "Qual é a pressa?", pensou. As ondinhas vinham sossegadas na praia, os morros mudavam de cor devagar com a luz que morria atrás da cidade, uns poucos árabes caminhavam decididos pela calçada debaixo dos ramos das palmeiras agitados pelo vento. Era um momento agradável, cujo ritmo era de lazer; a corneta insistente da buzina não fazia o menor sentido naquele conjunto. Os berberes em seus burricos também não davam nem sinal de estar ouvindo. Passavam calmamente, os pequenos animais com seus passos medidos e cabeças oscilantes. Quando o último passou diante de Dyar, o carro avançou para a sarjeta e parou. Era a Marquesa de Valverde. — Mr. Dyar! — ela chamou. Quando ele apertou a mão, ela falou: — Eu teria chegado mais cedo, querido, mas há dez minutos que estou seguindo atrás desse cortejo. Nunca compre um carro aqui. É o lugar mais enervante do mundo. Meu Deus!

— Aposto que sim — disse ele; deu a volta e entrou do lado dela.

Atravessaram a cidade moderna em alta velocidade, passaram por prédios de apartamento novos de berrante concreto branco, passaram por terrenos baldios estourando de barracões construídos com placas de sinalização velhas, caixas de papelão, trançados de vime e velhos cobertores, passaram por cinemas e boates novos cujos enjoativos letreiros luminosos já brilhavam com uma luz que era ao mesmo tempo brilhante e apagada demais para ele. Contornaram o mercado novo, que essa noite tinha cheiro de carne fresca e rosas. Para o sul ficava a vastidão arenosa e a mata verde do sopé dos morros. Os ciprestes ao longo da estrada eram curvados por anos de exposição ao vento. — Este trânsito de domingo é horrível. Insuportável — disse Daisy olhando direto à frente. Dyar deu um riso curto; estava pensando nos quilômetros de ruas congestionados de Nova York. — Não sabe o que é tráfego — disse. Mas não estava pensando no que era dito, nem mesmo nos jardins e muros das mansões pelas quais passavam. Embora não fosse dado a analisar seus próprios estados de espírito, uma vez que nunca teve consciência de possuir o aparato para tal, recentemente ele sentira, como uma ligeira cócega numa região inacessível de seu ser, uma indefinida necessidade de deixar a mente se deter sobre si mesma. Havia pensamentos não formulados, ele não divagava, nem forçava as coisas a ponto de se fazer perguntas como: "O que estou fazendo aqui?" ou "O que eu quero?". Ao mesmo tempo, tinha uma vaga consciência de ter atingido o limiar de um novo período de sua existência, um território inexplorado de si mesmo que teria de atravessar. Mas essa percepção da coisa era limitada a saber que ultimamente tendera a ficar sentado quieto em seu quarto dizendo a si mesmo que estava ali. O fato continuava se repetindo para ele: "Aqui estou." Não havia nada a deduzir disso; o dizer isso parecia estar ligado a uma sensação quase de anestesia em algum lugar dentro dele. Ele não se comovia com o fenômeno; até para si mesmo sentia-se supremamente anônimo, e era difícil importar-se com o que acontecia dentro de uma pessoa que não se conhecia. Ao mesmo tempo, o que acontecia no exterior era remoto e não tinha relação com ele; podia até quase não estar acontecendo absolutamente. Porém ele não ficava indiferente — indiferença é uma questão de emoções —, enquanto esse amortecimento afetava uma parte mais profunda dele.

Viraram numa rua um pouco mais estreita e curva. À esquerda, havia uma parede branca sem janelas de pelo menos seis metros de altura que continuava em frente, correndo junto com a rua até onde o olho podia alcançar. — É aqui — disse Daisy, indicando a parede. — O palácio? — Dyar perguntou, um pouco decepcionado. — O palácio Beidaoui — ela respondeu, ciente da nota de desânimo da voz dele. — É um lugar antigo e estranho — ela acrescentou, resolvendo deixá-lo surpreender-se sozinho com a descoberta da suntuosidade decadente do interior. — Parece mesmo — ele disse, com intensidade. — Como é que se entra?

— O portão fica um pouco adiante — Daisy replicou, e sem transição olhou diretamente para ele e falou: — Você não entende nada de uma porção de coisas, não é? — A primeira ideia que lhe ocorreu foi que ela estava penalizada por sua carência de vantagens sociais; seu orgulho estava ferido. — Acho que não — ele disse depressa. Depois, um tanto acalorado, perguntou: — Que tipo de coisas? Do que está falando?

Ela parou o carro junto ao meio-fio, atrás de uma fila de outros já estacionados. Ao tirar a chave e jogar na bolsa, disse: — Coisas como amizade e amor. Vivi bastante tempo nos Estados Unidos. Minha mãe era de Boston, sabe, então eu sou meio americana. Sei como é. Ah, meu Deus, sei muito bem!

Saíram. — Acho que existe tanta amizade lá como em qualquer outro lugar — ele disse. Estava aborrecido e esperava que sua voz não revelasse isso. — *E* amor.

— Amor! — ela exclamou ironicamente.

Um árabe velho abriu o portão gradeado. Entraram numa sala escura onde vários outros homens barbudos estavam estendidos em esteiras num nicho que acompanhava a parede. Saudaram Daisy solenemente, sem se mexerem. O velho árabe abriu uma porta, e entraram num vasto jardim em penumbra, no qual as únicas coisas que Dyar conseguia identificar com certeza eram ciprestes muito negros, altos, as pontas agudas contra o céu noturno, e as fontes de mármore muito brancas nas quais a água chapinhava com um som irregular. Percorreram em silêncio o caminho de cascalho entre aromas florais doces e ácidos. Havia agudos acordes de música adiante. — Acho que estão dançando ao som do gramofone — disse Daisy. — Por aqui. — Ela o conduziu por um caminho à direita, até um largo lance de escada de mármore. — À noite, eles recebem na ala europeia. E ao estilo europeu. Só que eles próprios não tocam em bebida alcoólica, claro. — Por cima da música de tango vinha o rumor de vozes. Quando chegaram ao alto da escada, um homem de rosto severo e roupa branca de seda avançou para recebê-los.

— Meu caro Abdelmalek! — Daisy exclamou deliciada, agarrando as duas mãos dele. — Que festa *maravilhosa*! Este é Mr. Dyar, de Nova York. — Ele apertou calorosamente a mão de Dyar. — É muita bondade da Marquesa trazer o senhor à minha casa — ele disse. Daisy já estava cumprimentando outros amigos; M. Beidaoui, ainda segurando a mão de Dyar, levou-o para um canto próximo, onde lhe apresentou seu irmão Hassan, um cavalheiro alto, cor de chocolate, também vestido de branco. Conversaram um minuto sobre os Estados Unidos e Dyar recebeu um uísque com soda de um criado. Quando seus anfitriões se voltaram para dar atenção a um recém-chegado, ele começou a olhar em torno. A sala era grande, confortável e escura, iluminada apenas pelas velas de imensos candelabros colocados aqui e ali, no chão. Tinha forma irregular, e a música e a dança se davam numa parte escondida. Ao longo das paredes próximas, havia largos divãs baixos, ocupados exclusivamente por mulheres, todas parecendo ter mais de quarenta anos, ele notou, e algumas com certeza tinham pelo menos setenta. Além dos irmãos Beidaoui, havia apenas dois outros árabes à vista. Um conversava com Daisy diante de uma janela aberta e o outro estava rindo com um francês gordo num canto. Apesar dos Beidaoui, de quem gostou bastante, sentia-se sufocado e deslocado e queria não ter vindo.

Quando Dyar estava para avançar e ver quem estava participando da dança, Hassan tocou seu braço. — Esta é madame Werth — disse ele. — O senhor fala francês? — A mulher de olhos escuros, vestida de preto, a quem estava sendo apresentado, deu um sorriso.

— Não — Dyar disse, confuso. — Não tem importância — ela falou. — Eu falo um pouco de inglês. — Fala muito bem — disse Dyar, oferecendo-lhe um cigarro. Tinha a sensação de que alguém havia lhe falado dela, mas não conseguia lembrar quem, ou o que tinham dito. Conversaram um pouco, parados ali com seus drinques, no mesmo ponto onde haviam sido apresentados, e persistia a ideia de que ele sabia alguma coisa a respeito dela que não conseguia trazer à tona. Não tinha nenhuma vontade de ficar grudado nela a noite inteira, mas de momento não via saída. E ela acabara de contar que estava de luto pelo marido; parecia mesmo bastante abatida e ele teve pena dela. De repente, ele viu o rosto afogueado de Eunice Goode aparecer na porta. — Como vai? — ela perguntou a Hassan Beidaoui. Atrás dela estava Hadija, muito elegante de verdade. — Como vai? — disse Hadija, com inflexão idêntica à de Eunice Goode. Uma terceira mulher entrou com elas, pequena e com um rosto sério, que mal registrou os cumprimentos dirigidos a ela, mas começou imediatamente a inspecionar com cuidado os hóspedes, um a um, como se fizesse um rápido inventário das qualidades e da importância de cada um. Não havia luz suficiente para se notar a cor de seu cabelo, de forma que, como ninguém parecia conhecê-la, ninguém prestou atenção nele de momento. Surpreso demais por ver Hadija ali, Dyar não conseguia continuar conversando; ficou parado, olhando para ela. Eunice Goode a levava pela mão e conversava muito depressa com Hassan.

— O senhor vai gostar de saber que um dos meus amigos mais queridos é o príncipe da coroa Rupprecht. Estávamos sempre juntos em Karlsbad. Acho que ele conhecia seu pai. — Com o prosseguimento do fluxo de palavras, o rosto de Hassan mostrava uma incompreensão cada vez maior; ele dava um passo para trás depois de cada uma das poucas frases, dizendo: — Sim, sim. — Mas ela ia atrás, puxando Hadija pela mão, até que o pôs encostado à parede, e Dyar não conseguia mais ouvir o que ela estava dizendo. Um tanto envergonhado, ele voltou a tomar consciência da presença de madame Werth a seu lado.

— ... e espero que venha me fazer uma visita quando eu voltar de Marrakech — ela estava dizendo.

— Obrigado, com muito prazer. — Foi então que ele se lembrou de onde tinha ouvido o nome dela. A reserva de hotel cancelada que ele ia passar para Daisy tinha sido originalmente para madame Werth.

— Conhece Marrakech? — ela perguntou. Ele disse que não. — Ah, tem de ir. No inverno é uma beleza. Tem de reservar um quarto no Mamounia, mas o quarto tem de ter vista para as montanhas, a neve, sabe, e o terraço dando para o jardim. Eu adoraria ir amanhã, mas o Mamounia está sempre cheio agora e minha reserva é só para o dia vinte deste mês.

Dyar olhou muito duro para ela. Ela notou a mudança na expressão dele e ficou ligeiramente assustada.

— A senhora vai para o Hotel Mamounia no dia vinte? — ele perguntou. Então, vendo a sugestão de perplexidade no rosto dela, ele olhou para o drinque. — O seu está quase acabando — ele observou. — Deixe-me buscar outro. — Ela ficou satisfeita; ele pediu licença e atravessou a sala com um copo em cada mão.

Fazia todo sentido. Agora, finalmente, ele entendia o pedido de Daisy a ele e o segredo com que ela o cercara. Diriam a madame Werth simplesmente que tinha havido um lamentável equívoco e a culpa cairia na agência de Wilcox, mas a Marquesa de Valverde já estaria instalada no quarto e não haveria como desalojá-la. Quando ele se deu conta de como tinha chegado perto de fazer o favor, sentiu uma onda de fúria contra ela. "A vaca!", disse entre os dentes. A pequena revelação era desagradável e de certa forma se estendia a toda a sala e a todos dentro dela.

Com o rabo dos olhos viu Daisy ao passar pelo divã onde estava sentada; ela conversava com um rapaz pálido, de óculos, e uma moça com uma bravia cabeleira vermelha. Quando ele estava voltando, ela o viu e chamou: — Mr. Dyar! Depois que fizer sua entrega quero que venha aqui. — Ele ergueu mais os copos e sorriu. — Um momento — disse. Estava se perguntando se madame Werth seria capaz do mesmo tipo de atitude degoladora que Daisy e concluiu que era pouco provável. Ela parecia muito desamparada, razão pela qual, sem dúvida, Daisy havia escolhido precisamente a ela como uma possível vítima.

De volta, parado ao lado de madame Werth outra vez, ele disse, enquanto ela provava o drinque: — Conhece a Marquesa de Valverde?

Madame Werth pareceu entusiasmada. — Ah, que pessoa deliciosa! Que vivacidade! E tão boa... Vi quando recolhia cachorrinhos da rua, pobres, magros, ossos à mostra, e os levava para casa a fim de cuidar deles. A caridade dela é um mundo.

Dyar riu de repente; deve ter soado depreciativo, porque madame Werth disse, acusadora: — Acha que a bondade não é importante?

— De jeito nenhum. É muito importante. — No momento, ele sentia-se expansivo e um tanto temerário; seria agradável sentar ao lado de Daisy e preocupá-la. De onde estava sentada, ela não podia ver com quem ele estava conversando, e ele queria observar a reação dela quando lhe contasse. Então, um cavalheiro suíço juntou-se a eles e começou a conversar com madame Werth em francês. Dyar se esgueirou, terminou depressa o drinque e foi buscar outro antes de ir até o divã onde estava Daisy.

— Dois compatriotas seus — ela disse, afastando o corpo para ele poder se apertar ao lado dela. — Mr. Dyar. Mrs. Holland, Mr. Richard Holland. — Os dois se cumprimentaram brevemente, com algo que parecia mais desconfiança que frieza.

— Estávamos falando de Nova York — disse Daisy. — Mr. e Mrs. Holland são de Nova York e dizem que se sentem tão à vontade aqui como lá. Eu disse que não era nenhuma surpresa, uma vez que Tânger é mais Nova York que Nova York. Não concorda?

Dyar olhou atentamente para ela; depois olhou para Mrs. Holland, que enfrentou o olhar dele por um momento perplexo e começou a inspecionar os próprios sapatos. Mr. Holland o estava fitando com grande seriedade, como um médico a ponto de chegar a um diagnóstico, ele pensou. — Acho que não entendo o que quer dizer — Dyar falou. — Tânger igual a Nova York? Como assim?

— No espírito — disse Mr. Holland, com impaciência. — Não na aparência, naturalmente. O senhor é de Nova York?

Achei que Madame de Valverde tinha dito que era. — Dyar assentiu com a cabeça. — Então deve saber como os dois lugares são parecidos. A vida aqui gira toda em torno de ganhar dinheiro. Praticamente todo mundo é desonesto. Em Nova York temos Wall Street, aqui temos a Bourse. Não igual à bolsa de outros lugares, mas a alma da cidade, sua *raison d'être*. Em Nova York, temos os financistas escusos, aqui, os cambistas. Em Nova York temos os escroques. Aqui temos os contrabandistas. E cada um pronto para sugar o sangue do outro. Não é uma comparação tão exagerada, é?

— Não sei — disse Dyar. Primeiro, ele achou que concordava, mas depois a substância do argumento de Holland pareceu lhe escapar. Tomou um grande trago de uísque. O fonógrafo estava tocando *Mamá Inez*. — Acho que existe, sim, muita gente que não é de confiança aqui — disse ele.

— Que não é de confiança!? — exclamou Mr. Holland. — Este lugar é um modelo de corrupção!

— Mas, querido — Daisy interrompeu —, Tânger é uma cidade sem importância que por acaso tem governo próprio. E você sabe muito bem que todo governo vive da corrupção. Não importa de que tipo: socialista, totalitário, democrático, é tudo a mesma coisa. Naturalmente num lugar pequeno como este a pessoa entra em contato com o governo constantemente. Sabe Deus que é inevitável. Então se tem consciência da corrupção sempre. É apenas isso.

Dyar virou para ela. — Eu estava conversando com madame Werth ali. — Daisy olhou para ele calmamente um momento. Era impossível dizer o que estava pensando. Depois, ela riu. — Sendo a pessoa que eu sou e sendo o senhor a pessoa que é, acho que podemos passar por cima *disso*. Diga-me, Mrs. Holland, a senhora já leu *As mil e uma noites*?

— Na tradução de Mardrus — disse Mrs. Holland sem levantar os olhos.

— *Inteira?*

— Bom, não tudo. Mas a maior parte.

— E a senhora adorou?

— Bom, admiro bastante o livro. Mas é Dick quem gosta mais. É um pouco direto para mim, mas acredito que a cultura não tinha nenhuma nuance também.

Dyar tinha acabado seu drinque e estava pensando de novo em ir até onde as pessoas dançavam. Ficou sentado, quieto, esperando que a conversa apresentasse de alguma forma a possibilidade de se retirar educadamente. Daisy estava se dirigindo a Mr. Holland. — Já notou como, na verdade, é completamente ilógico o final de cada uma dessas mil e uma noites? Tenho curiosidade em saber.

— Ilógico? — disse Mr. Holland. — Não acho.

— Ah, nossa! Realmente! Não diz lá, no fim de cada noite: "E Sherazade, percebendo a aurora, discretamente se calou"?

— Isso.

— E depois não diz: "E o rei e Sherazade foram para a cama e ficaram abraçados até de manhã"?

— Isso.

— Não é muito pouco tempo? Principalmente para árabes?

Mrs. Holland lançou a Daisy um olhar oblíquo, de baixo para cima, e voltou à contemplação dos pés.

— Acho que a senhora se equivocou com a sequência de tempo — disse Mr. Holland, se endireitando na cadeira com um súbito movimento espasmódico, como se estivesse se preparando para uma discussão. Dyar levantou-se depressa. Tinha concluído que não gostava de Mr. Holland, que ele imaginava achar as pessoas agradáveis na medida em que estivessem interessadas em ouvi-lo expor suas teorias. Estava também um pouco decepcionado ao descobrir que Daisy enfrentara seu desafio com tamanha complacência. "Ela nem piscou", pensou ele. Não tinha sido nada divertido confrontá-la com a acusação. Ou talvez ela nem tivesse identificado sua observação como tal. A ideia lhe ocorreu quando chegou à parte da sala onde estava o fonógrafo, mas ele a rejeitou. A resposta dela só podia significar que ela admitia que tinha sido descoberta e não se importava. Era ainda mais descarada do que ele imaginara. Sem nenhuma razão particular, saber disso o deprimia, punha-o de novo no humor cinzento de desespero da noite de sua chegada de navio, envolvia-o na velha inquietação.

Poucos casais movimentavam-se discretamente na pista pequena, mais conversando que dançando. Enquanto Dyar observava o francês gordo oscilar para a frente e para trás, tentando conduzir uma velhota inglesa de turbante que tinha bebido um pouquinho demais, Abdelmalek Beidaoui veio ao seu encontro, trazendo com ele uma moça portuguesa alta, magra como um cadáver e com um tapa-olho. Era óbvio que ela queria dançar, e aceitou o convite com animação. Embora ela mantivesse os quadris colados nele enquanto dançavam, curvava muito o corpo da cintura para cima e o olhava fixamente enquanto lhe contava fofocas sobre as pessoas em outras partes da sala. Ao falar, ela mantinha os lábios repuxados para trás de forma que as gengivas ficavam inteiramente visíveis. "Nossa, tenho de sair daqui", Dyar pensou. Mas continuaram, disco após disco. Ao final de um samba, ele disse a ela, ofegando com certo exagero: — Cansada? — Não, não! — ela exclamou. — Você dança maravilhosamente.

Aqui e ali as velas tinham começado a apagar; a sala estava fresca e um vento úmido entrava pela porta aberta para o jardim. Era aquele momento da noite em que todo mundo havia chegado e ninguém ainda pensara em ir embora; podia-se dizer que a festa estava a pleno vapor, a não ser pelo fato de que havia algo estranhamente mortiço na reunião, que tornava difícil acreditar que era uma festa em andamento. Mais tarde, em retrospecto, podia-se dizer que tinha acontecido, mas agora, que ainda não havia terminado, de alguma forma não era de verdade.

A moça portuguesa estava lhe contando sobre o Estoril e como Monte Carlo, mesmo no auge, nunca havia sido tão glamoroso. Se naquele momento alguém não tivesse agarrado seu braço e puxado violentamente, ele provavelmente teria dito alguma coisa bem rude. Porém, ele soltou a moça abruptamente e virou-se para dar de cara com Eunice Goode, que naquele momento já estava bem servida de martínis. Ela olhava para a testa franzida da moça portuguesa com um polido olhar perverso. — Acho que você perdeu seu par — disse, equilibrando-se com uma mão apoiada na parede. — Ele vem comigo para a outra sala.

Em circunstâncias normais, Dyar teria dito a ela que estava enganada, mas agora a ideia de sentar-se com um drinque, mesmo ao lado de Eunice Goode, parecia preferível, a menos cansativa de duas perspectivas igualmente desinteressantes. Ele pediu licença frouxamente, deixando que ela o levasse através da sala até uma biblioteca pequena, escura, cujas paredes eram cobertas até o teto com enciclopédias, livros de referência e romances ingleses acinzentados. Reunidas em torno de uma lareira sem fogo, havia três cadeiras de espaldar reto, numa das quais estava sentada madame Jouvenon, olhando em frente para as cinzas frias. Ela não se virou quando ouviu alguém entrando na sala.

— Cá estamos — disse Eunice, animada, apresentando os dois e sentando-se de forma que Dyar ocupasse a cadeira entre ambas.

XI

Durante alguns minutos, Eunice puxou conversa valentemente; fez perguntas aos dois e respondeu por ambos. As respostas eram, sem dúvida, aquelas que madame Jouvenon ou Dyar teriam dado, mas em seus respectivos estados de confusão e apatia eles diziam "Ah, sim" e "Isso mesmo" quando ela assumia a responsabilidade de explicar a cada um como o outro se sentia. Dyar estava entediado, um pouco bêbado e ligeiramente alarmado com a preocupação de madame Jouvenon enquanto ela, desesperadamente desejosa de obter o interesse dele, estava buscando freneticamente em sua cabeça uma abordagem adequada. A cada minuto que passava a situação absurda na fria bibliotecazinha se tornava mais insustentável. Dyar se mexia na cadeira e tentava olhar a outra sala pela porta atrás de si; esperava enxergar Hadija. Alguém pôs um triste disco egípcio. A voz rouca de barítono enchia o ar.

— Já esteve no Cairo? — madame Jouvenon perguntou de repente.

— Não. — Parecia que responder não era suficiente, mas ele não tinha nenhuma outra inspiração.

— Tem inter-r-resse no Oriente Médio também?

— Madame Jouvenon passou a maior parte da vida em Constantinopla, Bagdá, Damasco e outros lugares fascinantes.

— Bagdá não — madame Jouvenon corrigiu, severa. — Bucara.

— Deve ser interessante — disse Dyar.

O disco egípcio foi interrompido a meio lamento, substituído por uma canção francesa de *music hall*. Depois, veio o som de pesados candelabros sendo derrubados, acompanhado de gritinhos de consternação. Aproveitando o momento que poderia não se apresentar de novo mesmo que esperasse a noite inteira, Dyar se pôs de pé e correu para a porta. Diretamente atrás dele veio madame Jouvenon, que puxou sua manga. Ela havia decidido ser ousada. Se, como dizia Eunice Goode, o rapaz estivesse com poucos fundos, seria provável que aceitasse um convite para uma refeição, então, ela prontamente fez um convite para o dia seguinte, deixando claro que ele seria o convidado dela. — Que ideia esplêndida — Eunice falou, depressa. — Tenho certeza de que vocês dois vão ter muito a dar um para o outro. Mr. Dyar está no serviço consular há anos e vocês devem ter dezenas de amigos em comum. — Ele nem se deu o trabalho de corrigi-la: ela estava muito bêbada, pensou ele. Tinha visto apenas de relance Hadija dançando com um dos irmãos Beidaoui e virou-se para madame Jouvenon para declinar do gentil convite. Mas não foi suficientemente rápido.

— Amanhã, às duas. No Empire. Sabe onde fica. A comida é bem boa. Vou pegar uma mesa no fundo, onde fica o bar. Ser-rá um gr-rande prazer. Aqui não dá para conversar. — Então estava combinado, ele escapou para a mesa de bebidas e pegou mais uma.

— Você estragou tudo — Eunice Goode murmurou.

Madame Jouvenon olhou para ela. — Acha que ele não vai?

— *Eu* não iria, se fosse ele. Seu comportamento... — Ela parou ao ver Hadija ocupada numa rumba com Hassan Beidaoui; ele sorria tolamente enquanto se retorciam. "A idiotazinha", ela pensou. A imagem lembrava demais o Bar Lucifer. "Com certeza, ela está falando árabe com ele." Inquieta, foi até a pista de dança e viu-se premiada com o grito de Hadija: — *Oh, yes!* — para alguma coisa que Hassan tinha dito.

Sem ser convidado dessa vez, Dyar foi se sentar ao lado de Daisy. A sala parecia imensa e muito mais escura. Ele estava se sentindo bem bêbado; escorregou para uma posição reclinada e estendeu as pernas diante do corpo, a cabeça jogada para trás, de forma que via o teto branco em penumbra lá no alto. Richard

Holland estava sentado em uma poltrona na frente de Daisy, discursando, com a mulher aninhada no chão aos seus pés, a cabeça apoiada em seu joelho. A velha dama inglesa de turbante estava na outra ponta do divã, fumando um cigarro com uma piteira muito comprida e fina.

Eunice Goode veio vindo para o grupo, seguida por madame Jouvenon, e parou atrás da poltrona de Holland, bebendo um copo de gim puro. Ela olhou para a nuca dele e disse numa voz baixa, mas inequivocamente beligerante: — Não sei quem é o senhor, mas acho que isso tudo é besteira pura.

Ele se virou e olhou para ela; concluiu que estava bêbada, ignorou-a e continuou falando. Então, madame Jouvenon cochichou para Eunice que tinha de ir embora, e as duas foram até a porta onde estava Abdelmalek, a roupa esvoaçando ao vento.

— Quem é essa mulher extraordinária com miss Goode? — perguntou a dama inglesa. — Não me lembro de ter encontrado com ela antes. — Ninguém respondeu. — Nenhum de vocês conhece? — insistiu, agitada.

— Eu conheço — Daisy acabou dizendo. Ela hesitou um momento e, então, com a voz assumindo um vago tom misterioso: — Sei quem ela é.

Mas madame Jouvenon tinha saído depressa e Eunice já estava de volta, arrastando com ela uma cadeira que instalou o mais perto possível de Richard Holland e na qual se sentou repentina e pesadamente.

De quando em quando, Dyar fechava os olhos, e só abria de novo, depressa, quando sentia a sala deslizando para a frente debaixo dele. Olhando a multidão de sombras no teto, ele não achou que estivesse sentindo tanto o álcool. Mas passou a ser um esforço manter os olhos abertos por muito tempo de uma vez. Ouvia vozes discutindo em torno dele; pareciam excitadas e, no entanto, estavam falando sobre nada. Eram vozes altas e ao mesmo tempo pareciam distantes. Quando ele fixou uma parte específica da sombra monumental que se afastava para regiões mais escuras do teto, teve a súbita sensação de estar sentado ali cercado por pessoas mortas; ou talvez por vultos de um filme feito há muito tempo. Estavam falando, e ele ouvia suas vozes, mas a real enunciação das palavras tinha ocorrido havia muitos anos.

Não devia se deixar enganar na convicção de que podia se comunicar com elas. Ninguém o escutaria se tentasse falar. Sentia a borda fria do copo na perna onde o segurava; tinha molhado sua calça. Com um movimento espasmódico se pôs sentado e tomou um longo gole. Ao menos poderia haver alguém a quem pudesse dizer: "Vamos sair daqui." Mas estavam todos ali sentados num outro mundo, falando ardorosamente sobre nada, aprovando e protestando, todos deliciados com o som que as próprias ideias faziam quando transformadas em palavras. O álcool era como uma cortina cada vez mais grossa correndo por sua mente, isolando-a de todo o resto da sala. Bloqueava até mesmo seu próprio corpo, o qual, como os rostos em torno dele, a chama das velas e a música de dança, ficava cada vez mais remoto e desconectado. — Droga! — ele exclamou de repente. Daisy, atenta ao que dizia Richard Holland, estendeu a mão distraída e pegou na mão dele, apertando com força de forma que ele não podia retirá-la sem esforço. Ele deixou sua mão na dela; o contato ajudou-o a focalizar um pouco a atenção na conversa.

— Ah, não! — disse Holland. — A espécie não está absolutamente empenhada em destruir a si mesma. Isso é bobagem. Está empenhada em ser uma coisa que acaba inevitavelmente acarretando sua destruição, só isso.

Um homem, vindo do jardim, entrou e atravessou depressa a sala até onde estava Abdelmalek conversando com vários convidados. Dyar não estava alerta o suficiente para ver o rosto dele enquanto se deslocava pelos retalhos de luz no centro da sala, mas achou que a figura parecia familiar.

— Me dê um gole — disse Holland esticando a mão e pegando o copo da mão de sua mulher. — Não há nada de errado com o mundo a não ser que o homem se convenceu de que é um ser racional, quando na verdade é um ser moral. E moralidade tem de ter uma base religiosa, não racional. Senão é apenas representação.

A velha dama inglesa acendeu outro cigarro e atirou o fósforo ao chão para se juntar à grande pilha de cinzas que havia espalhada ali. — Está tudo muito bem — disse ela com um toque de petulância na voz rachada —, mas hoje em dia a religião e a racionalidade não são mutuamente exclusivas. Não estamos vivendo na idade das trevas.

Holland riu, insolente; seus olhos eram malignos. — Quer ver ficar em trevas? — disse. — Fique por aqui alguns anos. — E riu de novo. Ninguém falou nada. Ele devolveu o copo a Mrs. Holland. — Não acho que ninguém vai discordar se eu disser que a religião está praticamente morta em todo o mundo.

— *Eu* por certo discordaria — disse a dama inglesa com aspereza. — Mas não importa.

— Desculpe, mas em quase todas as partes do mundo, hoje, professar uma religião é meramente uma questão de política e não tem praticamente nada a ver com fé. Os hindus ocupam-se em se exibir andando de Cadillac em vez de se cobrirem de pasta de sândalo e se curvarem na frente do Ganpati. Os muçulmanos preferem perder todas as preces do que um novo filme de Disney. Os budistas acham que é mais importante dominar em nome de Stalin e do progresso do que meditar sobre as quatro tristezas básicas. E não é nem preciso mencionar o cristianismo e o judaísmo. Pelo menos, espero que não. Mas não existe absolutamente nada que se possa fazer a respeito. Ninguém pode *decidir* ser irracional. O homem é racional agora, e o homem racional está perdido.

— Eu suponho que o senhor — disse a dama inglesa, acidamente — vai nos dizer agora que não podemos mais escolher entre bem e mal? Parece que isso deve ser o próximo item de sua lista.

"Meus Deus, que homem pretensioso", Daisy estava pensando. E mais e mais entediada e inquieta, ela brincava com os dedos de Dyar. E para si mesmo Dyar dizia: "Não quero ouvir essa merda toda." Ele era daqueles que nunca acreditaram que uma discussão sobre abstrações pudesse levar a qualquer coisa senão a mais discussão. Ficou ouvindo, porém, talvez porque em seu profundo egoísmo sentisse que de alguma forma Holland estava falando sobre ele.

— Ah, isso! — disse Holland, fingindo infinita paciência. — Bem e mal são como branco e preto num pedaço de papel. Para distinguir os dois é preciso ao menos uma réstia de luz, senão não se vê nem o papel. E é assim agora. Ficou escuro demais para se distinguir. — Ele riu sem som. — Não venha falar de idade das trevas para *mim*. Neste exato momento, ninguém pode ter a pretensão de saber onde termina o branco e começa o preto. Sabemos que os dois estão aí, só isso.

— Bom, confesso que fico contente de ouvir que sabemos ao menos isso — a dama inglesa falou, irritada. — Eu estava a ponto de concluir que não havia absolutamente nenhuma esperança. — Ela riu, caçoando.

Holland bocejou. — Ah, isso vai se esgotar sozinho, com certeza. Até então, seria melhor não estar aqui. Mas, se sobrar alguém depois, vão consertar tudo irracionalmente e o mundo estará feliz de novo.

Daisy estava examinando a palma da mão de Dyar, mas a luz estava muito fraca. Ela soltou a mão e começou a arrumar o cabelo, preparando-se para levantar. — *Enfin*, nada disso parece muito esperançoso — observou, sorrindo.

— Não *é* muito esperançoso — ele disse, penalizado; ele gostava desse papel de diagnosticador das mazelas da civilização e chegava sempre a um prognóstico negativo. Ele continuaria alegremente a noite inteira com uma plateia atenta.

— Com licença. Preciso pegar outro drinque — disse Dyar, pondo-se de pé num salto. Deu alguns passos, virou-se parcialmente e sorriu para Daisy, para não parecer rude, e viu Mrs. Holland levantar-se de sua incômoda posição no chão para ocupar o lugar que ele acabara de deixar vago no divã. Ele então continuou, conseguiu passar pela porta e viu-se parado na varanda, ao vento úmido da noite. Parecia não haver nenhuma razão para não descer a ampla escadaria, de forma que desceu mansamente e seguiu o caminho no escuro até chegar a um muro. Havia um banco: sentou-se e ficou olhando as silhuetas de ramos e trepadeiras em movimento à sua frente. Ali não se ouvia música, nem vozes, nem mesmo as fontes. Mas havia outros ruídos próximos: as folhas das plantas roçavam umas nas outras, ramos e vagens endurecidos pelo inverno chocalhavam e batiam, e no alto de uma palmeira não distante o bater seco de um enorme ramo em forma de leque (que encobria e descobria certo grupo de estrelas ao balançar para a frente e para trás) era como o bater distante de uma velha porta de tela. Era difícil acreditar que uma palmeira ao vento pudesse fazer um barulho tão duro, vagamente mecânico.

Durante algum tempo ficou parado quieto no escuro, sem nada na cabeça a não ser a consciência dos sons naturais à sua volta; não se deu conta nem mesmo de que estava gostando desses sons que lhe chegavam, de que estava permitindo que lavassem a sensação de amarga futilidade que tomara conta dele durante as últimas duas horas. O vento frio girava em torno dos arbustos na base do muro; ele abraçou o próprio corpo, mas não se mexeu. Logo mais teria de se levantar e voltar para a luz, subir a escada, entrar na sala cujo caos era ainda mais claramente perceptível pelos gestos polidos das pessoas que a ocupavam. De momento, ficou sentado no frio. "Cá estou", disse a si mesmo mais uma vez, mas dessa vez a melodia, tão conhecida que seu significado desaparecera, foi tenuemente transformada pelo fantasma de uma nova harmonia por baixo dela, mal perceptível, e que, ao mesmo tempo, só por estar ali, sugeria uma direção a ser tomada, o que transformava essas duas palavras não pronunciadas em mais que uma reiteração sem sentido. Ele podia estar dizendo a si mesmo: "Cá estou e alguma coisa vai acontecer." A promessa infinitesimal de uma mudança possível impulsionou-o ao movimento físico: ele desenrolou os braços do corpo e acendeu um cigarro.

XII

De volta à sala, Eunice Goode, a caminho de ficar um pouco mais bêbada que o normal (a presença de muitas pessoas em torno sempre a levava a esses excessos), estava num estado de nervos. Um convidado recém-chegado, um rapaz que ela não conhecia e que, apesar da indumentária europeia, era obviamente árabe, fora até Hadija quando ela e Eunice estavam paradas juntas diante do fonógrafo e a cumprimentara familiarmente em árabe. Felizmente, Hadija tivera a presença de espírito de responder: — O que você fala? — antes de virar as costas para ele, mas isso não encerrou o incidente. Um momento depois, quando Eunice estava do outro lado da sala reabastecendo seu copo, os dois de alguma forma haviam começado a dançar. Quando ela voltou e viu o casal, sentiu uma vontade terrível de avançar e separá-los, mas claro que não podia de jeito nenhum fazer uma coisa dessas sem algum tipo de desculpa. "Vou armar uma cena tremenda se começar", disse a si mesma, e então ficou pairando à margem da pista de dança, apoiando-se de vez em quando na mobília. Pelo menos enquanto ela estivesse perto de Hadija não era provável que a menina falasse árabe. Esse era o principal perigo.

Hadija estava desesperada. Ela não queria dançar (na verdade, achava que seus dias de civilidade forçada com homens estranhos, e acima de tudo homens muçulmanos, tinha chegado a um triunfante final), mas ele a havia literalmente agarrado. O rapaz, que a apertava contra si com tanta força que era difícil respirar, recusava-se a falar qualquer coisa além de árabe com ela, muito embora ela mantivesse o rosto duro numa máscara intransigente de altivez e incompreensão. — Todo mundo conhece você em Tanjauia — ele falou. Mas ela lutou contra o medo que suas palavras provocavam. Só os seus dois protetores, Eunice e o cavalheiro americano, sabiam. Várias vezes ela tentou empurrá-lo e parar de dançar, mas ele apenas a prendia com maior firmeza, e ela compreendeu, infeliz, que qualquer esforço mais veemente de sua parte atrairia a atenção dos outros dançarinos, que não passavam de dois casais agora. De vez em quando, ela dizia em voz alta: — O.k. — ou — Ah, sim! — para tranquilizar Eunice, que ela via a observá-la, desesperada.

— *Ch'andek?* O que acontece com você? O que você está tentando fazer? — o rapaz dizia, indignado. — Tem vergonha de ser muçulmana? É muito ruim o que você está fazendo. Acha que não me lembro de você no Bar Lucifer? Ha! *Hamqat, entina! Hamqat!* — Seu hálito tinha um forte cheiro do conhaque que ele bebera o dia inteiro.

Hadija estava violentamente indignada. — *Ana hamqat?* — começou a dizer e se deu conta, tarde demais, de que havia se entregado. O rapaz riu, deliciado, e tentou fazer com que ela continuasse, mas ela congelou em um silêncio absoluto. Por fim, ela exclamou em árabe: — Está me machucando! — E escapando do abraço dele correu para o lado de Eunice, onde ficou esfregando o ombro. — Que filhadaputa! — ela disse baixinho para Eunice, que tinha visto sua indiscrição linguística e entendera que, no tocante ao rapaz, o jogo acabara.

— Cale a boca! — Agarrou o braço de Hadija e puxou-a para um canto vazio.

— Eu quero uma Coca-Cola — Hadija protestou. — Muito calor. Esse sujeito horrível não dança bem.

— Quem é ele, afinal?

— Homem mouro que mora em Tânger.

— Eu sei, mas quem é? O que ele está fazendo no palácio Beidaoui?

— Está muito bêbado.

Eunice pensou um momento e soltou o braço de Hadija. Com toda a dignidade de que era capaz, atravessou a sala na direção de Hassan Beidaoui, que, ao vê-la se aproximar, virou-se e conseguiu estar envolvido numa conversa animada com madame Werth quando ela chegou a seu lado. A manobra mostrou-se bem inútil, claro, porque o penetrante "Nossa!" de Eunice começou quando estava ainda a três metros de distância. Ela bateu no braço de Hassan, e ele olhou para ela pacientemente, preparado para ouvir mais uma série de reminiscências incompreensíveis sobre o príncipe da coroa Rupprecht.

— Nossa! — Ela indicou o par de Hadija na dança. — Nossa, não é o filho mais velho do pachá de Fez? Tenho certeza de que me lembro dele em Paris.

— Não — disse Hassan, baixo. — Aquele é meu irmão Thami. Gostaria de conhecê-lo? (Essa sugestão foi provocada menos por amabilidade com Eunice Goode do que por raiva de Thami, cuja aparição inesperada tanto Hassan como Abdelmalek consideravam um ultraje. Tinham sugerido que ele deveria ir embora, mas como estava um pouco bêbado ele apenas dera risada. Se alguém ali presente podia precipitar a saída dele, pensou Hassan, seria sem dúvida aquela mulher americana do outro mundo.) — Vem comigo? — Ele ofereceu o braço. Eunice pensou depressa e disse que adoraria.

Não ficou surpresa ao descobrir que Thami era exatamente o tipo de árabe de que mais desgostava e que tinha o hábito de atacar: externamente europeizado, mas por dentro consciente de que a metamorfose desejada seria para sempre inatingível, e era, portanto, desafiador, na ofensiva para esconder sua derrota, irresponsável e insolente. De sua parte, Thami se comportava de modo particularmente odioso. Estava de péssimo humor, não tendo obtido sucesso nem ao tentar tirar dos irmãos o dinheiro para o barco, nem em convencê-los a vender a casa no Marshan.

E, além do mais, aquela odiosa mulher era a própria ideia que fazia da típica turista que só admirava sua raça na medida em que seus membros eram pitorescos.

— Vocês todos querem que sejamos encantadores de serpentes e comedores de escorpião — ele vociferou, a certo ponto da conversa, que ele inevitavelmente manobrou na direção que lhe permitisse fazer suas acusações favoritas.

— Naturalmente — Eunice replicou à sua maneira mais provocadora. — Seria muito preferível ser uma nação de vendedores de tapete pseudocivilizados de décima classe. — Ela sorriu, venenosa, e depois arrotou na cara dele.

Nesse momento, Dyar entrou. A luz das velas pareceu-lhe intensa e ele piscou. Ao ver Thami no centro da sala pareceu surpreso por um instante, depois foi até ele e cumprimentou-o calorosamente. Sem parecer notar Eunice, pegou-o pelo braço e puxou-o de lado. — Quero acertar a minha pequena dívida com você, daquela noite.

— Ah, tudo bem — disse Thami, olhando para ele cheio de expectativa. E quando o dinheiro trocou de mãos, Thami disse: — Ela está aqui. Você viu?

— Vi, claro.

— Você que trouxe?

— Não. Miss Goode está aqui. — Dyar apontou com o queixo na direção dela, e Thami ficou pensando.

De onde estava, Eunice vigiava os dois, viu Dyar enfiar umas notas na mão de Thami e adivinhou corretamente que ele era o amigo que emprestara a Dyar o dinheiro para pagar Hadija no Bar Lucifer. Era a concretização dos seus piores medos, e em seu estado de desequilíbrio atual ela transformou isso em um gigantesco pesadelo. Os dois homens tinham nas mãos toda a sua felicidade futura. Se alguém observasse seu rosto de perto naquele momento iria sem hesitar dizer que ela era louca e depressa se afastaria. De repente, ocorreu-lhe, num relâmpago, a consciência de como havia sido extremamente feliz naquela noite nos Beidaoui — ao menos, assim lhe parecia agora. Hadija lhe pertencia completamente, tinha sido aceita, estava até fazendo um pequeno sucesso no momento, como miss Kumari, conversando em monossílabos com o dr. Waterman num canto. Mas os pés de miss Kumari estavam plantados na beira de um precipício, e bastava um mero empurrão de qualquer dos dois homens ali (ela cerrou os punhos) para fazê-la cair pela borda. O americano era mais perigoso, porém, e ela já havia posto em movimento o aparato destinado a se livrar dele. "Não pode falhar", pensou, desesperada. Mas claro que podia falhar. Não havia nenhuma razão especial para acreditar que ele compareceria ao compromisso tão desajeitadamente marcado por madame Jouvenon para amanhã, nem se havia qualquer base para confiar na capacidade dela de fazer as coisas marcharem como deveriam. Ela abriu bem a boca e, depois de alguma dificuldade, arrotou de novo. A sala estava fugindo dela; ela sentiu que se escoava na escuridão. Com um tremendo esforço conseguiu não cair de lado no chão e deu alguns passos à frente, talvez com a intenção de falar com Dyar. Mas o esforço era grande demais. O que restava de sua energia foi usado em chegar a uma poltrona vazia ali perto; deslizou para ela e perdeu a consciência.

Daisy juntou-se a Dyar, sem, porém, prestar nenhuma atenção a Thami, que discretamente se afastou. — Meu Deus! — exclamou ao ver o colapso de Eunice. — Que coisa linda. Não pretendo ser convocada para levar aquilo para casa, porém, que é exatamente o que vai acontecer a menos que eu vá embora. — Ela fez uma pausa e pareceu mudar de ideia. — Não! A amiguinha grega dela pode muito bem chamar um táxi e os criados a jogam para dentro. Eu é que não vou servir de motorista para Tio Goode e também não vou para casa só para não ter de fazer isso. Hassan... eles não são um doce, os irmãos? Não adorou os dois?... — Dyar assentiu. — ... Ele se ofereceu para nos mostrar o salão, e isso não acontece todo dia. Eu só vi uma vez e estou querendo ver de novo. Então não vai haver nenhuma vítima aqui, transformando o carro numa ambulância da Cruz Vermelha e entrando naquela maldita ruazinha estreita até o Metropole. Meu Deus! — Ela fez uma pausa e prosseguiu. — Ainda não estão prontos para nos levar. Querem esperar até que mais algumas pessoas tenham ido embora. Mas tenho de falar com você antes que você desapareça outra vez. Vi você fugir para fora, querido. Tem de parar de agir como se fosse um pária. Venha e sente-se aqui. Quero falar duas coisas com você, as duas importantes e não muito agradáveis.

— Como assim?

— Me deixe falar e apenas escute. — Sentaram-se no mesmo divã em que estavam sentados meia hora antes. O ar fresco fizera com que se sentisse melhor, e ele decidira não tomar mais uísque. Ela pôs a mão em seu braço; os diamantes da pulseira brilhavam à luz das velas. — Tenho quase certeza de que Jack Wilcox está a ponto de se envolver em confusão. Parece *muito* suspeito o fato de ele manter você fora da agência. No momento em que você me contou isso, entendi que alguma coisa estranha estava acontecendo. Ele sempre foi um burro nos negócios e não melhorou nada agora. Por burro eu quero dizer absolutamente descuidado. Meu Deus, os idiotas e malandros em que ele confiou! Sabe, todo mundo por aqui tem algum pecadilho que espera esconder. Sabe, *ça va sans dire*. Todo mundo tem de ganhar a vida e aqui ninguém faz perguntas. Mas Jack praticamente *anuncia* suas indiscrições nos negócios. Não consegue dar um passo sem que toda a escória da Zona fique sabendo. O que não teria problema se houvesse alguma proteção, que obviamente não pode haver nesses casos. Você simplesmente tem de arriscar.

Dyar estava ouvindo, mas ao mesmo tempo observava sem cessar a outra extremidade da sala, onde tinha visto Hadija e Thami envolvidos no que parecia ser uma conversa intensa e muito particular. — *Do que* você está falando? — ele perguntou rudemente, virando de repente para olhar para ela.

Daisy entendeu errado a pergunta. — Meu querido, sem dúvida só um imbecil pensaria em tentar pedir a ajuda da polícia num casso desses. Eu adoro Jack; acho que ele é um encanto. Mas acho mesmo que você devia ser alertado. Não se envolva em nenhum dos esquemas de dinheiro fácil dele. Sempre dão errado. Existem muitas maneiras de ganhar a vida aqui, e com a mesma facilidade, sem se arriscar a levar uma facada ou um tiro.

Agora, Dyar estava olhando diretamente para ela e riu.

— Eu sei que estou bêbada — ela disse. — Mas sei também o que estou dizendo. Estou vendo que você vai dar ainda mais risada da outra coisa que tenho para dizer. — Dyar voltou um olhar preocupado para Hadija e Thami, atrás dele.

A voz de Daisy de repente estava ligeiramente áspera. — Ah, pare de torcer o pescoço. Ele não vai fugir com a sua namorada.

Dyar virou a cabeça depressa e olhou para ela, a boca meio aberta de perplexidade. — O quê?

Ela riu. — Por que está tão surpreso? Eu disse para você que aqui todo mundo sabe de tudo. Por que você acha que eu tenho binóculos Zeiss no meu quarto, querido? Não sabia que eu tinha? Bom, eu tenho, e eles foram usados hoje. De um canto do quarto dá para enxergar um pedacinho da praia. Mas não era isso que eu ia dizer a você — ela prosseguiu, enquanto Dyar, tentando imaginar quais incidentes de sua excursão ela poderia ter visto, sentia a cara esquentar. "Queria dar um soco nessa cara convencida dela", ele pensou, mas ela captou a frase não dita. — Está com raiva de mim, querido, não está? — Ele não disse nada. — Tem toda razão. Foi uma coisa baixa, mas estou compensando agora com um conselho *muito* valioso. — Ela começou a falar mais devagar e enfática. — Madame Jouvenon, aquela mulherzinha horrenda com quem você saiu da sala, é uma agente russa. Uma espiã, se você prefere essa palavra. — Ela se recostou e olhou para ele com os olhos apertados, como para medir o efeito daquela informação.

Parecia tê-lo colocado num humor melhor, porque ele riu, pegou a mão dela e alisou seus dedos devagar; ela não fez nenhum esforço para retirar a mão. — Pelo menos — ela continuou — foi o que eu soube de duas fontes diferentes, e não tenho por que desconfiar de nenhuma das duas. Claro, é um jeito perfeitamente honrado de ganhar a vida, e nós todos temos os nossos agentes por aí, acho até que ela não é nem especialmente eficiente, mas é isso. Então esses são meus dois pequenos alertas de hoje, meu querido jovem, e você pode aceitar ou esquecer, o que preferir. — Ela retirou a mão para ajeitar o cabelo. — Na verdade, eu não devia ter contado. Sabe Deus que língua de trapo você pode ser. Mas se disser que fui eu que disse, vou desmentir cada palavra.

— *Aposto* que sim — disse ele. — E a mesma coisa vale para o quarto em Marrakech, certo?

Ela pegou a ponta de um dedo dele entre o polegar, o indicador, apertou com força e olhou para ele séria por um momento antes de dizer: — Você deve ter achado que aquilo foi imoral.

A companhia estava rareando; as pessoas estavam indo embora em grupos agora. Abdelmalek e Hassan Beidaoui estavam parados um de cada lado da porta, curvando-se e sorrindo. Não restavam mais que dez convidados agora, incluindo os Holland, que tinham encontrado um velho disco de *swing* na pilha e estavam dançando um sério *jitterbug* na pista, sozinhos. Um dos dois cavalheiros árabes estava parado olhando para eles, com uma expressão satisfeita no rosto, como se finalmente estivesse vendo o que tinha vindo ver ali.

Thami e Hadija ainda conversavam, mas os pontos importantes da conversa deles tinham todos sido tocados, e disso resultava que agora Thami desconfiava de que o dinheiro para seu barco poderia talvez ser doado por Eunice Goode. Muitos membros do estrato inferior da sociedade de Tânger naturalmente sabiam com perfeição quem era Hadija, mas não havia praticamente nenhum contato entre esse mundo de roupas de segunda mão, conhaque de cinco pesetas e cafés onde os clientes sentavam em esteiras fumando kif e jogando ronda, e este outro mundo mais inocente aqui em cima no qual havia sempre apenas um passo entre querer uma coisa e obtê-la. Ele, porém, conhecia ambos os mundos; ele era o ponto de contato. Era uma posição privilegiada, e sentia que podia ser muito útil. Nada disso fora dito a Hadija; estimulada por ele, ela havia revelado todos os fatos importantes. Nenhum árabe é tolo a ponto de deixar outro árabe saber que ambos estão de olho na mesma presa; afinal de contas, havia só uma determinada quantidade de carne em qualquer carcaça. E se, por um lado, o máximo pretendido por Thami seria apenas o preço que o barco acabasse custando, por outro, ele sabia que Hadija iria considerar sua devida propriedade cada peseta que fosse para a mão dele. Como a maioria das moças de sua profissão, basicamente Hadija pensava apenas em termos de bens entregues e pagamento recebido; não lhe ocorria que, muitas vezes, as maiores somas em dinheiro iam para aqueles que concordassem em não fazer nada além de não se atravessarem no caminho. Isso não queria dizer que ela não soubesse da posição que gozava com Thami na atual situação. — Não vai dizer nem uma palavra? — ela sussurrou, ansiosa.

— Nós somos amigos. Mais que amigos — ele garantiu, olhando firme em seus olhos. — Como irmão e irmã. E muçulmanos. Como eu poderia trair minha irmã?

Ela ficou satisfeita. Mas ele continuou. — E hoje à noite, o que você vai fazer? — Ela sabia o que ele queria dizer. Se tivesse de ser, não haveria como evitar, e hoje à noite seria talvez o melhor momento, com Eunice naquele estado. Hadija deu uma olhada ao corpo imenso caído lá na poltrona.

— Chame um táxi — Thami continuou. — Peça para os criados ajudarem a fazer ela subir. Leve-a para casa e ponha na cama. Encontre-me na frente da Confeitaria Wedad, na parte escura, no pé da escadaria que dá para o jardim. Eu vou chegar antes de você, então você não vai ter de esperar.

— *Uakha* — ela concordou. Não ia ganhar nada com aquilo, mas tinha de ser feito. Para continuar sendo miss Kumari, tinha de voltar a ser a Hadija do quarto rosa atrás do Bar Lucifer. Olhou para ele sem dissimular seu ódio. Ele percebeu e riu; isso a tornava ainda mais desejável.

— Irmãzinha — ele murmurou, os lábios próximos do lóbulo da orelha dela, que tocaram levemente ao pronunciar a palavra.

Ela se levantou. A não ser por Eunice, estavam sozinhos na sala. Os outros hóspedes tinham saído todos, levados através do salão azul, do salão jasmim, do pavilhão de mármore, até o vasto e parcialmente destruído salão de baile onde diversos sultões tinham jantado. Mas Hadija estava perturbada demais para notar que não tinha sido convidada para fazer a excursão junto com os outros.

— Você chame um táxi. O telefone fica ali dentro. — Ele apontou a pequena biblioteca. — Eu cuido dela. — Thami saiu para o saguão e trouxe dois guardas que entraram e carregaram Eunice até o portão, onde a deitaram numa esteira em um dos nichos até chegar o táxi. Ele sentou-se na frente com o motorista e foi até Bou Arakía, onde desceu e, depois de dizer alguma palavras para Hadija pela janela, afastou-se no escuro, na direção do Zoco de Fuera.

Os convidados europeus não foram levados de volta à ala europeia; Abdelmalek e Hassan os levaram diretamente para o portão na rua, despediram-se graciosamente e entraram pelo grande portão que foi fechado e ruidosamente trancado. Era um pouco parecido com a expulsão do Éden, Daisy pensou, virou-se e sorriu para os Holland.

— Posso levar vocês para o hotel? — ofereceu.

Eles protestaram que era perto, mas Daisy deu um ronco de impaciência. Sabia que ia levá-los para casa e queria ir logo.

— Entrem — disse, rudemente. — É mais de um quilômetro até a Pension Acacias.

Os boas-noites finais foram trocados com os outros convidados que iam embora.

— Mas fica contramão para você — protestou Richard Holland.

— Bobagem, besteira! Entrem! Como vocês sabem para onde eu vou? Tenho de encontrar com Luis mais ou menos naquele bairro.

— Sh! O que foi isso? — Mrs. Holland levantou um dedo silenciador. De algum lugar no escuro do outro lado da rua vinha um débil coro de agudos e penetrantes miados.

— Ah, meu Deus! Uma família de gatinhos abandonados — Daisy gemeu. — Os mouros sempre fazem isso. Quando nascem, eles simplesmente embrulham e jogam na rua, como lixo.

— Coitadinhos! — exclamou Mrs. Holland, atravessando a rua na direção do som.

— Volte aqui! — gritou o marido. — Aonde pensa que vai?

Ela hesitou. Daisy entrou no carro e sentou à direção.

— Acho que não adianta, querida — disse a Mrs. Holland.

— Venha *cá*! — Holland gritou. Relutante, ela voltou e entrou no carro. Quando estava ao lado dele no banco de trás, ele disse: — O que você pensou que ia fazer?

Ela pareceu vaga. — Não sei. Pensei que podíamos levar os gatinhos para algum lugar e dar um pouco de leite a eles. — O carro partiu, seguindo junto ao muro durante um momento, depois virou, atravessando um parque com altos eucaliptos.

Dyar, sentado na frente ao lado de Daisy, e infinitamente agradecido por escapar da residência Beidaoui, sentia-se agradavelmente relaxado. Estava escutando a pequena cena com distanciado interesse, mais como se fosse um programa de rádio, e esperava ouvir agora uma objeção da parte de Holland, argumentada em termos de praticalidade. Em vez disso, ouviu-o dizer: — Por que diabos tentar manter vivos esses bichos? Eles vão morrer de qualquer jeito, mais cedo ou mais tarde.

Dyar virou a cabeça de lado e gritou contra as árvores que passavam: — Você também, Holland. Mas, enquanto isso, você come, não come?

Não houve resposta. No banco de trás, desprotegidos ao vento do mar, os Holland estavam tremendo.

XIII

A manhã seguinte estava nublada e escura; o vento fatal soprava em rajadas do leste. No porto, alguns cargueiros ancorados oscilavam preguiçosamente acima das cristas espumosas e as ondas violentas rolavam pela vasta praia num caos de ruído e espuma. Dyar levantou-se cedo e tomou uma ducha. Vestiu-se diante da janela, olhando a baía agitada e os montes cinzentos além dela, e se deu conta, com um ligeiro choque, de que não tinha ido buscar sua correspondência nem uma vez desde que chegara. Era difícil de acreditar, mas simplesmente não lhe ocorrera. Em sua cabeça, o rompimento com o passado tinha sido completo e definitivo a esse ponto.

Na recepção no térreo perguntou como poderia chegar à Delegação Americana e partiu para a praia a pé. Depois de uns dez minutos de luta contra o vento, parou num pequeno café para tomar o desjejum. Ao sentar-se à mesinha oscilante, notou que sua roupa estava pegajosa e úmida com o borrifo de sal do ar.

Encontrou a Delegação sem dificuldade; ficava logo à entrada da cidade nativa, atravessando um arco cortado na velha muralha. Na sala de espera, um rapaz empenhado, de óculos, pediu que assinasse o registro de visitante, e depois recebeu uma carta. Era de sua mãe. Ele vagou um pouco pelas ruas curvas, abrindo caminho nas multidões de crianças a gritar, procurando vagamente um lugar para sentar e ler sua carta. De um labirinto de ruas, saiu no passeio principal para pedestres e seguiu por ele encosta abaixo. Chegou então a um largo terraço plano contornado por bancos de concreto, que dava para as docas. Sentou-se, indiferente aos árabes que olharam para ele com sua eterna curiosidade insolente e, já naquele estado de espírito peculiarmente irreal que pode ser induzido no viajante pela chegada de uma carta de casa, rasgou o envelope e tirou as folhas pequenas, cobertas de escrita.

Querido Nelson,

fui vergonhosamente negligente com você. Desde terça-feira, por uma razão ou outra deixei para escrever mais tarde, e cá estamos, no sábado. De alguma forma, depois que você saiu fiquei muito sem iniciativa durante alguns dias! Ficava sentada e lia ou costurava, e fazia o trabalho leve da casa que conseguia sem me cansar muito. Tive também uma daquelas dores de cabeça de arrebentar que me apagou durante 24 horas. Mas estou bem agora, e já faz vários dias. Quero dizer que foi um momento terrível quando eles ergueram aquela plataforma de embarque! Espero de verdade que você não tenha tido nenhuma experiência desagradável com seus colegas de cabine durante a viagem. Eles não me pareceram muito bons. Seu pai e eu achamos que você talvez tivesse problemas, pelo aspecto deles.

Estamos pensando em ir de carro até Wilmington para o aniversário de tia Ida. Seu pai anda muito ocupado estes dias e volta cansado para casa, então acho que uma viagem vai bastar para ele este verão. Não quero que ele fique doente de novo.

Achei que você teria interesse no recorte anexo. Aquela moça da família Williams não perdeu tempo para encontrar outro noivo, não é? Bem, parece que praticamente todos os seus velhos amigos estão casados e assentados agora.

Fomos até a casa dos Mott (dr.) ontem à noite, depois de uma sessão de cinema que terminou cedo. Ele está de cama com problema no rim, e fomos lá visitá-lo várias vezes. Seu pai fez uma breve visita a ele no andar de cima, está com dois enfermeiros e é um homem muito doente. Louise, que eu acho que você não encontra há vinte anos, veio inesperadamente para ver como estavam as coisas. Ela é uma moça muito bonita, com dois filhos agora. Estava muito interessada no que você anda fazendo. Diz que uma vez ela passou uma tarde em Tânger num cruzeiro pelo Mediterrâneo quando estava na faculdade. Não achou grande coisa a cidade. Ela lembrou-se do quanto vocês todos se divertiam e perguntou se eu ainda faço aqueles bolinhos de coco que eu fazia sempre. Diz que nunca se esquece deles e dos biscoitos. Naturalmente, eu tinha esquecido.

Bem, vou pôr esta carta no correio hoje.

Por favor, cuide da saúde, mesmo que só por minha causa. Lembre-se de que se perder a saúde perde tudo. Andei lendo sobre o Marrocos na enciclopédia e devo dizer que não me pareceu muito bom. Parece que têm aí todo tipo de doenças. Se você se deixar abater por qualquer coisa aí, vai estar procurando problemas. Não creio que os médicos por aí sejam bons também e as condições dos hospitais devem ser muito primitivas.

Vou ficar louca de ansiedade até ter notícias suas. Por favor, transmita meus melhores votos a Jack Wilcox. Espero que ele tenha sucesso com os negócios. Com todas as dificuldades que colocam às viagens hoje em dia, seu pai e eu temos muitas dúvidas a respeito. Porém, ele deve saber se está ganhando dinheiro ou não. Não vejo como.

May e Wesley Godfrey estiveram aqui anteontem à noite, contamos para eles toda a sua aventura. Eles disseram que lhe desejam muita sorte, que você provavelmente vai precisar mesmo. Seu pai e eu nos juntamos a eles no desejo de que tudo corra conforme você esperava.

Bem, aqui termina a folha de papel, e vou terminando.

Com o amor de sua
Mãe

P.S.: Parece que foi na Argélia que Louise Mott esteve, não em Tânger. Ela nunca esteve na última. Seu pai me disse agora, quando veio almoçar. Ele ficou bravo comigo. Disse que eu sempre confundo as coisas!

Meu amor de novo.

Ao terminar de ler, ele dobrou a carta devagar e pôs de novo dentro do envelope. Levantou a cabeça e olhou em torno. Um menininho árabe, o rosto devastado por uma doença de pele virulenta, estava parado perto, estudando-o em silêncio: os sapatos, a capa, o rosto. Um homem vestindo um casaco de mulher antiquado e esfarrapado, de cintura alta, com ombreiras e mangas bufantes, passou e parou perto do menino, olhando também. Levava numa das mãos uma galinha viva segurada pelas asas; o animal protestava ruidosamente. Incomodado pelos cacarejos, Dyar se levantou e voltou pela rua. Ler a carta o deixara emocionalmente numa terra de ninguém. A rua parecia uma loucura com a arquitetura de bazar barato, os anúncios de Coca-Cola em árabe, a variedade anárquica de gente com roupas úmidas andando para cima e para baixo. Tinha começado uma chuva leve. Ele pôs as mãos nos bolsos da capa e seguiu em frente olhando o chão, subindo devagar o morro. Tinha uma ideia na cabeça, algo que tencionara fazer de manhã, mas agora, depois de ler a carta da mãe, não tinha energia para parar e tentar lembrar o que era. Também não tinha certeza se iria ou não comparecer ao almoço que marcara com a mulher desagradável que conhecera na noite anterior. Não sentia nenhuma obrigação de comparecer; ela não lhe dera chance de aceitar ou recusar, tinha meramente ordenado que ele comparecesse ao Empire às duas horas. Ele poderia ir ou não ir quando chegasse a hora. Ele não acreditava de fato na história fantástica de Daisy de que a mulher era uma agente russa; para falar a verdade, até esperava que ela acabasse sendo alguma coisa assim, alguma coisa um pouco mais séria que o resto dos personagens disparatados que encontrara até agora, e uma espiã do governo soviético certamente o seria.

Debaixo das árvores do Zoco de Fuera, as fogueiras dos vendedores de castanhas faziam uma névoa de fumaça pesada, rica. De quando em quando, uma áspera rajada de vento baixava e recolhia a camada superior para o ar acima das árvores, onde ela se dissolvia. Ele olhou desconfiado os objetos oferecidos à venda, espalhados lado a lado ou em montes nas pedras do chão do mercado. Havia pequenos tubos de bambu truncados cheios de kohl, uma infinita variedade de raízes, resinas e pós, chifres de carneiro e peles de porco-espinho, pesadas de espinhos e uma impressionante variedade de garras, ossos, bicos e penas. Quando a chuva começou a cair com mais determinação, as mulheres que não tinham seus produtos protegidos por guarda-chuvas começaram a recolhê-los se preparando para mudar para locais mais abrigados. Ele ainda se sentia esvaziado; não era ninguém e estava ali parado no meio de país nenhum. O lugar era uma simulação, uma sala de espera entre destinos, uma transição de um modo de ser para outro, que no momento não era nem um nem outro, sem modos. Os árabes trotavam por ali com seus sapatos europeus reabilitados que impediam que andassem de maneira natural, se chocavam com ele, olhavam para ele, tentavam falar com ele, mas ele não prestava atenção. Os novos ônibus municipais entravam na praça, descarregavam, carregavam, iam embora, a caminho dos limites da cidade. Um pouco adiante dos limites da cidade ficava a fronteira da Zona Internacional, e além dela as montanhas. Ele disse a si mesmo que era como um prisioneiro que tinha quebrado a primeira barra de sua cela, mas ainda estava dentro. E a liberdade não estava à venda por trezentos e noventa dólares.

Resolveu que não faria mal nenhum parar e ver Wilcox. Uma semana e pouco ele tinha dito, e aquele era o sétimo dia. Aproximou-se da entrada do edifício com uma sensação de apreensão que aumentava depressa, embora um momento antes não tivesse nenhuma consciência dela. De repente, viu-se dentro da confeitaria, sentado à mesa, pedindo café. Depois, perguntou a si mesmo o que o preocupava. Não tanto o fato de Wilcox ficar aborrecido por vê-lo voltar sem esperar o telefonema, mas porque sabia que tinha chegado a hora de tocar no assunto do dinheiro. E ele sabia que Wilcox sabia disso, estaria esperando por isso e, portanto, se preocupava. Acendeu um cigarro para acompanhar o café; o líquido quente reforçava o sabor da fumaça. Quando terminou o café, deu um tapa no joelho e levantou-se com determinação. "Temos de pôr as cartas na mesa", pensou. Mas o Serviço Turístico Europa-África podia muito bem ser um consultório de dentista pela relutância com que ele subiu a escada e aproximou-se da porta.

Bateu. — *Si!* — Wilcox gritou. Ele virou a maçaneta; a porta estava trancada. — *Quien?* — Wilcox falou, com um toque de irritação ou nervosismo na voz. Dyar hesitou e estava a ponto de dizer "Jack?" quando a porta se abriu.

Quando Dyar olhou o rosto de Wilcox, viu a expressão de seus olhos mudar depressa para aborrecimento. Mas a primeira emoção que captara ali havia sido de genuíno medo. Involuntariamente, Wilcox estalou ruidosamente a língua em exasperação. Depois, recuou um pouco.

— Entre.

Ficaram em pé na antessala, de cada lado da mesa de centro.

— O que você quer?

— Já li aquele material todo que você me deu, quase tudo. Pensei em dar uma passada e dizer alô.

— Sei. — Wilcox fez uma pausa. — Achei que nós tínhamos combinado que eu ligaria para você. Achei que tinha entendido isso.

— Eu entendi, mas você não ligou.

— Alguma objeção em esperar alguns dias? Tenho ainda uma porção de coisas aqui para arrumar. Não tem espaço para você aqui agora.

Dyar riu; Wilcox interrompeu sua risada, a voz um pouco alta demais. — Eu não *quero* você aqui. Não consegue botar isso na cabeça? Tenho razões especiais para isso.

Dyar respirou fundo. — Eu tenho razões especiais para vir aqui. Preciso de algum dinheiro.

Wilcox apertou os olhos. — O que aconteceu com todos aqueles cheques de viagem que você tinha a semana passada? Que droga, eu disse que você estava trabalhando para mim. Tenho de assinar um contrato? Devo uma semana de pagamento, certo? Bom, eu planejava pagar por mês, mas, se quiser, posso pagar duas vezes por mês. Sei que está sem dinheiro. É incômodo para mim, mas posso fazer assim se você quiser.

— Meu Deus do céu, eu preciso agora.

— Sei, mas não posso dar nada agora. Não tenho.

— Como assim não tem? Não é tanto. — Dyar olhou um pouco de lado ao dizer isso.

— Escute, Nelson — Wilcox começou com o rosto assumindo um ar de sofredor ("Falso", pensou Dyar) —, estou falando a verdade. Não tenho dinheiro para dar a você. Tenho uma conta atrasada no Atlantide capaz de afundar um navio. O que entrar agora vai embora. Se não for assim, eu vou para a rua. Você pode ver por si mesmo quanto negócio estou fazendo aqui.

Ouviram-se passos no corredor. Wilcox foi até a porta e verificou; estava trancada, mas um vestígio de alarme passou de relance por seu rosto. Dyar não disse nada.

— Olhe — ele continuou —, não quero que você pense que estou pulando fora nem nada disso. Você está trabalhando para mim. Pode ser loucura minha, mas acho mesmo que as coisas vão melhorar logo, e quero que você esteja aqui, pronto para o grande dia, quando chegar.

— Não disse que você estava pulando fora. Só disse que preciso de dinheiro. Mas se você não tem o pagamento nem de uma semana agora, como acha que vai ter o dobro disso na semana que vem?

— Esse é o risco que nós dois temos de assumir.

— Nós dois?! — Ele olhou para Wilcox, irônico.

— A menos que você seja mais idiota do que eu penso que é, ainda deve ter alguns cheques de viagem capazes de durar até a semana que vem.

— Não tem nada a ver com isso. Estou tentando economizar esses cheques para uma emergência.

— Bom, esta é a sua emergência.

— Isso é o que você pensa. — Dyar virou para a porta, abriu e saiu para o corredor.

— Venha cá — Wilcox falou, indo depressa atrás dele. Parou na porta e estendeu uma nota de quinhentas pesetas. — Você entendeu tudo errado. Meu Deus! Não existe ninguém mais teimoso! Acha mesmo que estou querendo passar a perna em você, não é? — Ele olhou, nervoso, para um lado e outro do corredor.

— Não acho nada — disse Dyar. Estava tentando resolver se pegava ou não o dinheiro; seu primeiro impulso tinha sido recusar, mas depois esse gesto pareceu petulância infantil. Pegou o dinheiro e disse: — Obrigado. — Imediatamente depois ficou furioso consigo mesmo. Essa raiva não se aplacou com as palavras seguintes de Wilcox.

— E agora, pelo amor de Deus, fique longe daqui até eu chamar você, certo? *Por favor!* — As últimas duas palavras foram mais um grito de alívio do que um pedido.

Mais uma vez, olhou preocupado o corredor e, voltando para dentro do escritório, fechou a porta.

Dyar desceu devagar a escada, ainda furioso consigo mesmo pela asneira que cometera. O dinheiro lhe tinha sido dado como se ele fosse um chantagista pedindo mais que o valor de sempre. Agora seria mais difícil que nunca colocar as coisas em uma base normal de negócios.

Ao sair para a rua, deu-se conta de que a chuva estava caindo pesada. As calçadas estavam vazias; todo mundo tinha se abrigado debaixo de toldos, portais e arcadas. Só um ou outro árabe passava chapinhando, aparentemente indiferente à tempestade. A confeitaria estava cheia de gente olhando a rua, a maioria parada na porta de forma que se fosse abordada por uma garçonete pudesse sair. Ele abriu caminho entre as pessoas, sentou-se de novo e pediu mais um café. Só então começou a pensar sobre o aspecto do comportamento de Wilcox que não era referente a ele: o fato muito mais interessante de que ele parecia estar esperando uma chegada iminente nada bem-vinda. "Pode ser que Daisy tenha razão", pensou. Jack devia ter incorrido no desgosto de algum valentão local e estava esperando uma represália. Ou isso ou estava tentando evitar um ou dois credores. Porém nenhuma das duas suposições explicava de fato a relutância dele a que Dyar visitasse o escritório.

"Sem dinheiro!", ele pensou, furioso. "Então por que ele fica no Atlantide?" Mas sabia a resposta. Mesmo que fosse verdade que Wilcox estava quebrado, o que parecia improvável, ele se sentiria obrigado e teria conseguido continuar no melhor hotel porque a cidade havia concordado com sua decisão de ser um dos mandachuvas, um daqueles que conseguia automaticamente o melhor, pudesse ou não pagar por isso. Mas por quê? Todos os dias formavam-se em Tânger novas companhias, a maioria delas com a intenção de escapar das leis de um ou outro país, e todos os dias aproximadamente o mesmo número fracassava. E as razões para o fracasso ou o sucesso tinham muito pouco a ver com a capacidade de negócios daqueles a elas vinculados. Se o sujeito era um vencedor de verdade, achava um jeito de interceptar a correspondência do concorrente, até seus telegramas; convencia os empregados do correio francês a deixarem dar uma olhada primeiro nas cartas que estava interessado em ver, e era assim que conseguia listas de endereços; contratava árabes para invadirem escritórios de outras companhias e roubarem seus papéis timbrados e exemplos de assinaturas dos diretores; e quando mandava suas respostas forjadas lamentando sua incapacidade de fornecer as mercadorias, prudentemente ia até Tetuan na Zona Espanhola para enviá-las de lá; só que nenhum funcionário da alfândega na fronteira arrancava as cartas de um sujeito desses porque, assim, não tinha de tirar a roupa como os outros, e as costuras de sua roupa não eram abertas. Não que ele pagasse propinas para não ser molestado — mas porque todo mundo reconhece um vencedor só de olhar; ele era um cidadão respeitável da Zona Internacional. Se não fosse um vencedor, seria uma vítima, e parecia não haver como mudar isso. Qualquer desculpa valia de nada. Não era questão de parecer ou agir como um vencedor — isso sempre se podia arranjar, embora ninguém se deixasse enganar —, era uma questão de convicção, de sentir-se como um deles, de saber que pertencia à casta, de reconhecer e ter certeza do próprio gênio. Durante um longo tempo ele refletiu confusamente sobre essas coisas; depois pagou, levantou-se e saiu na chuva, que agora caía menos pesada.

*

— Eu sabia que você viria — disse madame Jouvenon. Era a sua maneira de dizer que não tinha a menor certeza de que ele iria.

Dyar foi mais sincero. — *Eu* não tinha — disse, com um sorriso. E ao dizer isso se perguntou por quê, de fato, tinha vindo. Em parte, por cortesia, talvez, embora ele não quisesse admitir isso. Tinha se visto na porta do restaurante três vezes durante o fim da manhã, mas era cedo demais para o encontro. Porém, tinha visto os lindos arranjos de entradas na vitrine e provavelmente isso, mais que qualquer outra coisa, o induziu finalmente a comparecer ao encontro. Era o tipo de lugar onde ele nunca teria pensado em ir comer sozinho.

Madame Jouvenon estava muito mais calma hoje, até bastante agradável, ele achou, e com toda certeza ela não era nada boba. Conservava com firmeza as rédeas da conversa na mão, mas a dirigia com delicadeza de forma que não havia nenhuma sensação de tensão. Quando chegaram à salada, com toda a naturalidade deste mundo, ela começou a discutir o assunto que a interessava, e ele achou difícil ver qualquer coisa ofensiva no que ela dizia ou no modo como o dizia. Ele devia entender, ela pensava, que a maior parte das pessoas em Tânger tinha de viver da melhor forma possível, fazendo uma coisa ou outra, e, precisamente porque havia tantos governos representados na Administração, havia uma grande necessidade de um sistema prático de conferência e contraconferência entre cada poder e os outros. Oficialmente, isso deveria ter sido resolvido previamente, mas não tinha sido, e a velha fórmula de controle privado ainda era dominante. Ele assentiu gravemente com a cabeça, sorrindo para si mesmo, se perguntando quanto tempo levaria para ela fazer sua oferta, e sob qual disfarce viria.

Ele devia saber, ela disse, que praticamente todos os ingleses na Zona Internacional, mesmo os que tinham títulos de nobreza, eram forçados por seu governo a fornecer todas as informações que pudessem recolher e que, longe de ser uma coisa vergonhosa, muito pelo contrário, essa atividade era considerada altamente honrosa.

— Mais do que outras que se podem encontrar aqui, eu acredito — Dyar riu.

Ela não sabia como era com os ingleses, disse, mas muita gente que ela conhecia conseguia tornar a coisa lucrativa fornecendo dados a dois ou mais departamentos simultaneamente. Nesse momento o governo dela (ela não especificou qual era) não tinha representação na Junta Administrativa, o que tornava relatórios adequados ainda mais necessários. Na medida em que era conhecimento comum que os Estados Unidos constituíam o poder invisível por trás da Administração, era particularmente em relação às atividades americanas que o governo dela queria ser documentado. A dificuldade estava no aspecto peculiarmente hermético do ambiente americano em Tânger, sem nenhuma tendência a se misturar com outros grupos diplomáticos. E então os americanos, é claro, eram muito pouco suscetíveis a ofertas financeiras, simplesmente porque era difícil pôr um preço alto o bastante no esforço da maioria deles.

"Mas ela faz a proposta para mim", ele pensou, sombrio, "porque eu não sou nenhum chefão".

E a proposição foi feita. Ela estava autorizada a oferecer a ele quinhentos dólares por mês, começando com um mês adiantado imediatamente, em troca de pequenas informações que ele podia recolher de conversas com seus amigos americanos mais um ou dois fatos específicos sobre a instalação da Voz da América em Sidi Kacem, coisas que Dyar não precisava nem entender pessoalmente, ela se apressou em garantir, uma vez que seu marido era um engenheiro elétrico muito bom e não teria dificuldade em interpretá-las.

— Mas eu não conheço nada nem ninguém em Tânger!

Eles forneceriam até apresentações (indiretamente, claro) às pessoas necessárias, ela explicou. Como americano, ele tinha *entrée* em certos lugares (como a Voz da América, por exemplo), dos quais outras nacionalidades eram excluídas.

— R-r-realmente, nós pedimos muito pouco — ela sorriu. — O senhor não deve formar ideias r-r-românticas sobre a espionagem. Não há nada para espionar em Tânger. Tânger não tem interesse para ninguém. Diplomaticamente, talvez, sim. Militarmente, não.

— Durante quantos meses vão querer meus serviços?

— Ah! Como vamos saber o quanto será bom para nós? — Ela olhou maliciosamente para ele do outro lado da mesa. — Talvez a infor-r-mação que o senhor nos der não seja acur-r-rada. Não continuaremos com o senhor.

— E se eu não conseguir nada para vocês?

— Ah, eu não estou pr-r-reocupada com isso.

Da bolsa ela tirou um cheque dobrado e entregou a ele. Era um cheque do Banco Salvador Hassan e Hijos, e estava já cuidadosamente preenchido em nome de Nelson Dyar, assinado em bela caligrafia por Nadia Jouvenon. Ele ficou chocado em ver seu nome escrito certo ali naquele pedaço de papel, obra daquela intensa mulherzinha de cabelo azul; era ridículo que ela soubesse seu nome, mas ele não estava surpreso de fato, nem ousava perguntar como ela havia descoberto.

Pediram café. — Amanhã à noite o senhor vem jantar em nossa casa — disse ela. — Meu mar-r-rido vai adorar conhecer o senhor.

Um garçom chegou e chamou madame Jouvenon, disse que havia um telefonema para ela. Ela pediu licença e saiu por uma porta estreita nos fundos do bar. Dyar ficou sentado sozinho, brincando com a colher de café, sufocado por uma opressiva sensação de irrealidade. Tinha posto o cheque no bolso, mas naquele momento sentiu um forte impulso de tirá-lo e tocar um fogo nele no cinzeiro à sua frente, de forma que quando ela reaparecesse o cheque não existisse mais. Os dois sairiam para a rua e ele estaria livre dela. Distraído, tomou um gole de café e olhou em torno da sala. Na mesa ao lado, quatro pessoas conversavam em espanhol: um casal jovem, uma mulher mais velha que era evidentemente mãe da moça e um menino pequeno que estava afundado na cadeira, fazendo um bico, se recusando a comer. A moça, pesadamente maquiada e engalanada com o que pareciam vários quilos de joias, ficava olhando sub-repticiamente em sua direção, olhando sempre rapidamente para a mãe e para o marido, primeiro para ter certeza de que estavam ocupados. Isso devia estar acontecendo desde que o grupo familiar se sentara, mas só agora ele notara. Observou a moça, sem tirar os olhos do rosto dela; não havia dúvida: ela estava batendo os olhos para ele. Dyar tentou ver que cara tinha o marido, mas ele estava virado para o outro lado. Era gordo; só dava para perceber isso.

Quando madame Jouvenon voltou à mesa, ela parecia fora do eixo por alguma razão. Pediu a conta e se ocupou em despir as luvas de pelica, justas como uma segunda pele.

O telefonema era de Eunice Goode, que, embora não tivesse mencionado esse fato a madame Jouvenon, havia acordado cedo e, ao descobrir que Hadija não estava, desconfiara imediatamente de que estava com Dyar. Por isso desejava saber primeiro se Dyar tinha mantido o compromisso, ao que madame Jouvenon respondera brevemente que sim e deu mostras de encerrar a conversa. Mas Eunice não se satisfez; queria saber mais: se tinham chegado a um acordo. Madame Jouvenon observou que agradecia o interesse, mas que não sentia nenhuma obrigação de fornecer a mademoiselle Goode um relatório sobre o resultado do almoço. A voz de Eunice subira perigosamente. — *Ecoutez, madame!* Aconselho a me contar! — gritara. — *Je dois absolument savoir!* — Madame Jouvenon informou-a de que não tinha a intenção de ser intimidada por ninguém, mas então lhe ocorreu que, como, afinal de contas, Eunice é que tinha feito a apresentação a Mr. Dyar, seria melhor conservar a boa vontade dela, ao menos por um breve momento. Então, ela riu frouxamente e contou que sim, tinham chegado a um entendimento. — Mas ele aceitou dinheiro? — Eunice insistiu. — *Mais enfin!* — exclamou, exasperada, madame Jouvenon. — A senhora é incrível! Sim! Ele aceitou dinheiro! Sim! Sim! Nos vemos dentro de alguns dias. *Oui! C'est ça! Au revoir!* — E acrescentou algumas palavras em russo, bem baixinho, enquanto desligava o telefone.

A família espanhola se pôs de pé, raspando muito as cadeiras no chão de ladrilhos. Enquanto pegava o casaco e sua pele, a jovem esposa conseguiu dar um último olhar desesperado na direção de Dyar. "Ela não é só ninfo, como é louca", ele disse a si mesmo, incomodado porque não acharia ruim passar com ela uma hora num quarto de hotel, e isso era claramente impossível. Ficou olhando quando saíram para a porta, a moça empurrando o filhinho impacientemente à frente dela. — Típicos novos-ricos espanhóis — disse madame Jouvenon com repulsa. — Do tipo que Fr-r-ranco pôs para contr-r-rolar o país.

Pararam na porta, salpicados pela chuva que caía forte.

— Bom, obrigado por um ótimo almoço — disse Dyar. Ele esperava nunca mais ter de vê-la outra vez.

— Está vendo aquele prédio alto ali? — Ela apontou para o final da rua curta à frente. Ele viu um grande e moderno prédio branco de apartamentos. — Vizinho daquele, à dir-r-reita, fica um prédio pequeno, cinza, de quatro andar-r-res. É a minha casa. Último andar, númer-r-ro quarenta e cinco. Esperamos o senhor amanhã à noite, às oito. Agora vou cor-rr-rer para não ficar muito molhada. Até logo.

Apertaram-se as mãos e ela atravessou a rua depressa. Ele ficou olhando um momento enquanto ela andava rapidamente entre a fileira de prédios inacabados e a fileira de pequenas palmeiras transplantadas que nunca ficariam maiores. Ele suspirou então e virou ladeira abaixo, para o Boulevard; dava no Hotel de la Playa. Não havia praticamente ninguém nas ruas chuvosas, e as lojas estava fechadas porque ainda não eram quatro horas. Mas no caminho ele passou pelo Banco Salvador Hassan e Hijos. Estava aberto. Ele entrou. No vestíbulo, um árabe sentado num pufe de couro cumprimentou-o ao passar. O lugar era novo, brilhando com mármores e cromados. Estava também vazio e parecia pouco utilizado. Um jovem estava atrás de um balcão, escrevendo. Dyar foi até ele e entregou o cheque, dizendo: — Quero abrir uma conta. — O rapaz deu uma olhada no cheque e, sem olhar para ele, deu-lhe uma caneta-tinteiro.

— Assine, por favor — disse. Dyar endossou o cheque e disse que gostaria de retirar cem dólares em dinheiro.

— Sente, por favor — disse o rapaz. Apertou um botão e um segundo depois uma enorme série de luzes fluorescentes no centro do teto piscou e acendeu. Levou cinco minutos para preencher os papéis necessários. Depois o rapaz o chamou ao balcão, entregou-lhe um talão de cheques, cinco mil e duzentas pesetas e mostrou um cartão com seu saldo anotado. Dyar leu em voz alta, a voz ecoando na grande sala nua. — Trezentos e noventa e nove dólares e setenta e cinco centavos. Por que o desconto de vinte e cinco centavos?

— O talão de cheques — disse o jovem, imperturbável, ainda sem olhar para ele.

— Obrigado. — Ele foi para a porta e pediu ao árabe para chamar um táxi. Sentado dentro dele, olhando as ruas vazias e molhadas passarem, ele pensou que se sentia um pouco melhor, mas não tinha certeza. Pelo menos não estava na chuva.

Quando chegou ao hotel, pediu na recepção que mandassem um drinque para seu quarto, mas ficou sabendo que o barman só chegava às seis da tarde. Subiu para o quarto úmido e ficou um pouco à janela, mexendo na cortina suja, olhando a fria praia deserta tão molhada que espelhava o céu. Pegou o dinheiro e olhou para ele; parecia muito, e cinco mil e duzentas pesetas com certeza podiam comprar bem mais do que cem dólares. A sensação de irrealidade era muito forte dentro dele, em toda a sua volta. Aguda como uma dor de dentes, penetrante como o cheiro de amônia, no entanto, impalpável, impossível de localizar, um grande borrão na lente de sua consciência. E as percepções borradas que dela resultavam produziam uma sensação de vertigem. Sentou-se na poltrona e acendeu um cigarro. O gosto dele o deixou nauseado; atirou-o num canto e ficou olhando a fumaça subir devagar pela parede até chegar à frente da vidraça, quando era soprada para dentro pela brisa.

Não estava pensando, mas lhe vieram palavras à mente; elas todas formavam perguntas: "O que estou fazendo aqui? Aonde vou chegar? O que significa tudo isto? Por que estou fazendo isto? De que adianta? O que vai acontecer?" A última pergunta o deteve e, sem pensar, começou a acender outro cigarro, deixando-o, um momento depois, porém, sem acender, no braço da poltrona. "O que vai acontecer?" Alguma coisa com certeza iria acontecer. Era impossível que tudo continuasse exatamente como estava. Aquilo tudo era muito improvável, tinha o mesmo peso sem sentido, indefinível das coisas num sonho, o tipo de sonho em que cada simples objeto, cada movimento, mesmo a luz no céu, é carregado de significados silenciosos. Tinha ocorrido um rompimento; algum ar entrara. Mas as coisas não acontecem, ele disse a si mesmo. Você tem de fazer as coisas acontecerem. Era aí que estava preso. Não estava nele fazer as coisas acontecerem; nunca fora assim. No entanto, quando chegou àquele ponto, ele se deu conta de que no momento pelo menos aquilo era o fundo; dali o caminho subia imperceptivelmente. Havia ali uma minúscula e distante pontada de esperança. Ele tinha de tatear para descobrir de onde vinha. Triunfante, ele a puxou para fora e examinou: era simplesmente a convicção cega e nada razoável de que, quando o momento chegasse, se nada acontecesse, alguma parte dele se encarregaria de fazer alguma coisa acontecer. Pareceu-lhe bastante sem sentido quando ele pensou a respeito; simplesmente se apagou, ficou mais fraca, e então para preservá-la ele a guardou de novo no escuro. Não podia acreditar naquilo, mas gostava de ter aquilo ali. Levantou-se e começou a andar incansavelmente pelo quarto. Atirou-se na cama e, deitado, imóvel, tentou dormir. Um minuto depois, lutou com os sapatos, com a calça e puxou a coberta sobre o corpo. Mas seus pensamentos voaram para Hadija, para seu rostinho perfeito e seu corpo flexível como uma gata nova.

— Foi ontem apenas — pensou, incrédulo. — Nossa, só no domingo? — Seis dias de espera. Só havia um jeito de se encontrar com ela, e mesmo esse poderia não ser possível. Ele iria procurar a mulher gorda, miss Goode, no Metropole, e ver se ela sabia o endereço da moça. Depois de algum tempo, ficou mais calmo. Ondas, Hadija, gaivotas. Quando acordou, estava escuro.

XIV

Eunice Goodman tinha a obsessão de que restava muito pouco tempo no mundo, de que qualquer coisa que quisesse fazer era melhor fazer depressa, senão seria tarde demais. Seu conceito desse segmento de eternidade que lhe cabia conhecer foi expresso de forma um tanto desconcertante numa frase que ela escreveu em seu caderno logo depois de chegar a Tânger: "Entre o estalo que corta o ar e a luz mesma do raio que cai em cima da gente, existe uma fração de segundo que parece sem fim e durante a qual se tem consciência de que chegou o fim. Essa fração de segundo é agora." No entanto, o fato de sua mente voltar constantemente a essa ideia fixa (como um pedaço de madeira flutuando no poço de uma cachoeira volta repetidas vezes a afundar abaixo da superfície ao passar pela queda-d'água), em vez de incitá-la a algum tipo de ação, normalmente servia para paralisar suas faculdades. Talvez uma parte do problema se devesse apenas ao seu tamanho; assim como a maioria das coisas volumosas, ela era posta em movimento com dificuldade. Mas quando começava a se mover, ganhava impulso. Sua associação com Hadija a havia empurrado em determinada direção, que era a posse completa da moça, e até ter a ilusão de obter isso ela iria em frente sem olhar para a direita nem para a esquerda.

Quando terminou o telefonema para madame Jouvenon, ela escreveu um recado para Hadija: *Espérame aquí. Vuelvo antes de las cinco.* E o deixou pendurado torto na beira da mesa de centro, preso por um vaso de crisântemos. Hadija podia pedir a Lola, a camareira, que lesse para ela.

Eunice não havia chorado ao acordar e ver que estava sozinha no quarto. A coisa era séria demais, ela sentia, para esse tipo de comportamento autoindulgente. Já era bem horrível se encontrar sozinha na cama, sem nem sinal de que Hadija tivesse sequer estado no quarto durante a noite, mas o verdadeiro sofrimento começara quando ela foi dando forma a suas conjecturas, uma depois da outra, sobre o que podia ter acontecido. Mesmo Dyar tendo aparecido no Empire para almoçar com madame Jouvenon, ainda era perfeitamente possível que a moça tivesse passado a noite com ele. Ela quase esperava que fosse esse o caso; quereria dizer que o perigo estava todo num único ponto, um ponto que ela sentia ter, pelo menos parcialmente, sob controle. "O grande idiota está apaixonado por ela", disse a si mesma, e não era grande consolação pensar que era pouco provável que Hadija se apaixonasse por ele. Mas nunca se podia contar com a maneira como uma moça reagiria a um homem. Homens tinham um magnetismo extra e misterioso que no mais das vezes funcionava. Ela batia a roupa com raiva ao se vestir. Não tinha tomado desjejum, só uns copinhos de gim. Então foi até o armário alto e pegou da estante uma metade de bolo esponja seco que estava ali em cima havia dias. Comeu tudo, amassou ferozmente o papel que o embrulhava e jogou a bolinha do outro lado do quarto, mirando o cesto de papel. Entrou; seus lábios carnudos moveram-se muito ligeiramente na sombra de um triste sorrisinho de satisfação passageira.

Era difícil saber como se vestir essa tarde. Ela se sentia bem usando apenas dois tipos de uniforme: calça e camisa ou vestido de noite, ambos fora de questão. Por fim, decidiu por um conjunto preto com uma capa que parecia vagamente militar debaixo de uma boa dose de alamares dourados. Esperando aparentar o mais burguesa e adequada possível, ela pegou uma gargantilha de contas douradas que pôs em torno do pescoço. Deu-se até o trabalho de procurar um par de meias de seda, e acabou se apertando nuns sapatos com quase cinco centímetros de salto. Olhando no espelho com extremo desprazer, ela empoou o rosto de qualquer jeito e não pôde evitar salpicar o pó liberalmente no peito da roupa, depois aplicou um mínimo de batom de tom neutro. A imagem de seu rosto assim disfarçado a deixava nauseada; desviou os olhos do espelho e começou a escovar o pó da capa de flanela preta. A coisa toda era uma horrenda chatice e ela abominava sair sozinha na rua molhada até o centro da cidade. Mas não havia sentido em fazer a coisa pela metade. Tinha de ir até o fim. Ela gostava de lembrar que era de origem pioneira; sua avó usava uma expressão que ela sempre adorou ouvir: "Chegaram as ordens de marcha", o que para ela significava que se uma coisa tinha de ser feita era melhor fazer sem questionar, sem pensar se gostava ou não da ideia. Felizmente sua vida era tal que muito raramente alguma coisa tinha realmente de ser feita, de forma que quando uma ocasião dessas surgia ela fazia seu papel até o fim e tirava o máximo disso.

*

Eunice saiu da Delegação Americana por volta das quatro horas. Tinham sido muito civilizados, ela refletiu. (Ela estava sempre esperando interceptar olhares de gozação.) Ouviram o que tinha a dizer, feito algumas anotações e agradecido gravemente. Ela, por sua parte, achava que tinha feito muito: não contara muito, apenas o suficiente para despertar o interesse deles. "Claro, estou passando a vocês essa informação pela importância que possa ter", disse, modestamente. "Não faço ideia de quanta verdade existe nela. Mas tenho a nítida sensação de que vocês vão concluir que vale a pena seguir essa pista." (Quando ela terminou, Mr. Doan, o vice-cônsul, deu um suspiro exagerado, observando com voz neutra: "Oh, Morte, onde está teu aguilhão?", e a secretária tinha dado uma risada admirada para ele.)

Na recepção do Metropole, o gerente entregou a Eunice um envelope que ela abriu subindo a escada. Era uma nota muito curta, escrita em francês no papel timbrado do hotel, sugerindo que ela fosse encontrar o remetente sozinha na sala de leitura do hotel às sete horas dessa noite. Acrescentava a esperança de que ela concordasse em aceitar os mais sinceros sentimentos do signatário, cujo nome, quando ela viu, deu-lhe um susto agradável. — Thami Beidaoui — leu em voz alta, com satisfação. No momento, lembrava-se apenas dos dois irmãos que moravam no palácio; a entrada do terceiro irmão tinha ocorrido tarde demais na noite para deixar nela qualquer impressão duradoura. De fato, no momento ela nem sequer suspeitava de sua existência. Se não estivesse tão completamente preocupada com Hadija, teria ficado deliciada com a mensagem.

Quando abriu a porta do quarto, a primeira coisa que notou foi que a nota que deixara havia desaparecido e o vaso de crisântemos fora deslocado para o centro da mesa. Então ouviu ruído de água na banheira e a oscilante linha vocal do canto que normalmente acompanhava as abluções de Hadija. "Graças a Deus", ela suspirou. Ao menos aquele estágio da provação tinha terminado. Restavam ainda a extração da admissão de culpa e a cena. Porque haveria uma cena, claro, Eunice cuidaria que houvesse. Só que era bem difícil fazer uma cena *com* Hadija; ela tendia a sentar e observar como espectadora, em vez de participar.

Eunice sentou para esperar, se acalmar e tentar preparar um método de operações. Mas quando Hadija emergiu numa pequena nuvem de vapor, envolta no *négligé* de cetim e mink, foi ela quem conduziu o ataque. Gritando em espanhol, acusou

Eunice de pensar só nela mesma, de levá-la ao palácio Beidaoui e envergonhá-la diante de uma porção de gente ao desmaiar, abandonando-a não apenas para escapar de uma situação inacreditavelmente humilhante, mas também de cuidar da remoção do corpo prostrado de Eunice da melhor maneira. Eunice não tentou responder. Era tudo absolutamente verdadeiro, só que não tinha pensado nisso até então. Porém, admitir uma coisa dessas era pôr lenha na fogueira de Hadija. Ela estava curiosa para ver como Hadija tinha conseguido sair daquele lugar e chegar em casa, mas não perguntou.

— Que desgraça para nós! — Hadija gritou. — Como você nos envergonhou! Como podemos encarar os *señores* Beidaoui depois disso?

Apesar do bálsamo que era para sua alma o uso do pronome plural, Eunice foi tomada de repente pela terrível ideia de que talvez o recado que acabara de receber tivesse alguma coisa a ver com seu comportamento no palácio Beidaoui; um dos irmãos tinha vindo informá-la discretamente de que a hospitalidade de sua casa doravante não se estenderia mais a ela e sua amiga, miss Kumari.

Com voz muito rala, disse, finalmente: — Onde você passou a noite?

— Tenho a sorte de me sobrarem ainda alguns amigos — disse Hadija. — Fui dormir com uma amiga. Não queria ter nada a ver com essa confusão. — Ela usou a expressão *ese lio* com suprema repulsa. Então não tinha sido ela que cuidara de sua volta ao hotel. Mas Eunice estava aborrecida demais para entrar nisso; estava tendo uma visão de si mesma no ato de se portar mal de alguma forma espetacular: quebrando móveis, vomitando no meio da pista de dança, insultando convidados com obscenidades...

— Mas o que foi que eu *fiz*? — gritou, lamentavelmente.

— *Bastante!* — disse a outra, olhando para ela significativamente.

A conversa se arrastou pela luz que baixava até Hadija, sentindo que estava definitivamente no comando da situação, acender as velas no aparador e parar diante do espelho, onde ficou um tempo, se admirando no *négligé*.

— Fico bonita com isto aqui? — arriscou.

— Fica, fica — Eunice respondeu cansada e acrescentou: — Me passe essa garrafa e o copinho que está ao lado.

Antes de atender o pedido, Hadija estava decidida a chegar até o fim do que a preocupava. — Posso ficar para mim?

— Hadija! Não me importa a mínima o que você faz com ele. Por que se dá o trabalho de me perguntar? Sabe o que eu disse sobre as minhas coisas.

Hadija sabia, de fato, mas queria que ela repetisse em relação àquela roupa em particular, só para a eventualidade de um possível desentendimento posterior.

— Aha! — Ela apertou mais o *néglígé* no corpo e, ainda olhando seu reflexo por cima do ombro, levou para Eunice a garrafa de Gordon's Dry e o copinho.

— Eu muito contente — Hadija confessou, mudando para o inglês porque era a língua da intimidade delas.

— É, aposto que sim — falou Eunice, secamente. Ela resolveu ficar como estava para receber monsieur Beidaoui. Sete horas era cedo; não havia necessidade de se vestir formalmente.

Para evitar qualquer possibilidade de Hadija vê-lo no Metropole, Thami fizera com que ela prometesse encontrá-lo às sete horas no saguão do Cine Mauretania, que ficava a uma boa meia hora de caminhada do hotel. Ela recusara de início, mas ele ainda tinha as rédeas na mão.

— Ela vai querer ir junto — Hadija reclamara. — Não vai me deixar ir sozinha.

— É muito importante — ele alertou. — Se tentar com vontade, você acha um jeito.

Agora, Hadija tinha de contar para Eunice e abominava a perspectiva. Mas estranhamente, quando anunciou que ia sair para dar uma volta antes do jantar e voltaria em torno das oito horas, Eunice simplesmente pareceu surpresa por um instante e disse: — Então espero você às oito. Não se atrase. — A aquiescência de Eunice nessa questão tinha uma dupla origem: sentia-se castigada pela ideia de seu comportamento na noite anterior e já estava vagamente preocupada com um jeito de manter Hadija longe da iminente entrevista com monsieur Beidaoui. Parecia pouco inteligente dar a ele a oportunidade de examiná-la muito de perto.

Escondido entre os fumantes de kif, bebedores de chá e jogadores de cartas do pequeno café árabe na frente da entrada do Metropole, Thami viu Hadija sair pela porta e passar pela rua na direção do Zoco Chico. Quinze minutos depois o telefone de Eunice tocou. Um certo monsieur Beidaoui queria falar com mademoiselle Goode; ele ia esperar na sala de leitura.

— *Je déscends tout de suite* — disse Eunice, nervosa. Engoliu mais um copinho de gim e, apreensiva, desceu para encontrar monsieur Beidaoui.

Quando entrou na penumbra da sala, com a decoração falsa mourisca, não viu ninguém a não ser um rapaz espanhol sentado num canto distante, fumando um cigarro. Estava para se virar e ir até a recepção quando ele se levantou e veio até ela, dizendo, em inglês: — Boa noite.

Antes que qualquer outra coisa cruzasse sua cabeça, ela teve uma rápida e desagradável intuição de que conhecia o rapaz e de que não queria falar com ele. Porém, ali estava ele, pegando sua mão, dizendo: — Como vai? — E como ela parecia cada vez mais confusa, ele disse: — Eu sou Thami Beidaoui. Sabe...

Sem lembrar-se dele de fato, ela entendeu num relâmpago que não só aquele era o irmão que nunca dava certo dos Beidaoui, como também que tinha armado uma cena desagradável com ele na festa. Certos detalhes do rosto dele pareciam familiares: as sobrancelhas estranhas que subiam loucamente e a expressão divertida, gozadora, dos olhos debaixo delas. Evidentemente, agora que o via mais de perto, se dava conta de que nenhum espanhol podia ter um rosto daqueles. Mas não era a figura, séria e vestida de branco, que ela esperava encontrar. Ficou aliviada, perplexa e apreensiva. — Como vai? — disse friamente. — Sente-se.

Thami não era homem de rodear o assunto; além disso, tinha certeza de que só a penumbra havia impedido Eunice de reconhecê-lo imediatamente, de que agora ela se lembrava de todos os detalhes de sua troca de insultos e havia até mais ou menos adivinhado a razão de sua visita.

— Divertiu-se na casa de meus irmãos ontem?

— Claro. Foi muito agradável — ela disse, altiva, imaginando de que horrores de mau comportamento ele se lembrava no momento.

— Meus irmãos gostam de miss Kumari, sua amiga. Acham que é uma moça muito boa.

Ela olhou para ele. — É, ela é, sim.

— É. Eles acham. — Ela registrou a ligeira ênfase na palavra *acham*, mas não se deu conta de que era intencional. Ele continuou: — Na festa, madame Vanderdonk me perguntou: quem é aquela moça? (Madame Vanderdonk era mulher do ministro holandês.) Disse que ela parece uma moça mourisca. (Eunice sentiu um aperto no coração.) Eu disse que isso era por ela ser grega.

— Cipriota — corrigiu Eunice, neutra. Ele ficou olhando um instante, sem entender. Depois acendeu um cigarro e continuou. — Eu sei quem é essa moça e a senhora também sabe. Mas meus irmãos não sabem. Eles acham que é uma boa moça. Querem convidar vocês duas para jantar na semana que vem, um jantar em estilo árabe com o ministro britânico, o dr. Waterman, a madame de Saint Sauveur e uma porção de gente mais, só que eu acho má ideia.

— Disse isso a eles? — Eunice perguntou, prendendo a respiração.

— Claro que não! — disse ele, indignado. (Ainda em segurança!, ela pensou; estava pronta para partir dali para qualquer lado, a qualquer custo, a qualquer risco.) — Não seria gentil com a senhora. Eu não faria isso. — Agora a voz dele estava cheia de suave reprovação.

— Claro que não faria — disse ela. Sentia-se tão melhor que deu a ele um sorriso oblíquo.

Ele tinha estado no porto essa tarde e conseguira baixar o preço do barco para cinco mil e setecentas pesetas. Quando chegasse a hora de pagar, esperava ainda ser capaz de eliminar as setecentas, simplesmente se recusando a entregá-las.

Havia grandes gargalhadas na sala ao lado, que era o bar.

— O senhor vai estar no jantar? — disse Eunice, não porque estivesse especialmente interessada em saber.

— Eu vou viajar, acho — disse ele. — Quero ir a Ceuta no meu barco, tratar de uns pequenos negócios.

— Negócios? O senhor tem um barco?

— Não. Quero comprar um. Amanhã. Custa muito dinheiro. Eu quero ir embora. — Fez uma horrenda careta de repulsa, típica dos árabes de classe baixa; com certeza não tinha aprendido aquilo no palácio Beidaoui. — Tânger não vale nada. Mas o barco custa muito dinheiro.

Houve um silêncio.

— Quanto? — Eunice perguntou.

Ele contou.

Pouco mais de cem dólares, ela calculou. Sem dúvida, valia a pena, mesmo que ele não deixasse Tânger, probabilidade de que ela muito duvidava. — Gostaria de ajudar o senhor — disse ela.

— Muita gentileza sua. Não era minha intenção. — Ele estava sorrindo.

— Eu sei. Mas gostaria de ajudar. Posso lhe dar um cheque. — Ela queria encerrar o assunto e se livrar dele.

No bar, alguém começou a tocar músicas populares ao piano, execravelmente. Vários marinheiros britânicos, que bebiam lá, espiaram para dentro da sala de leitura com indisfarçada curiosidade, um depois do outro, como crianças.

— Vou fazer um cheque. Com licença. Volto já. — Ela se levantou e saiu para o foyer. Com esse monstro nativo sob controle, e o idiota americano fora do caminho, disse a si mesma, a vida poderia começar a ser suportável. Trouxe o talão de cheques para baixo e fez o cheque na presença dele, perguntando como se escrevia seu nome.

— Vamos dizer que eu faça de seis mil — disse ela. Era melhor ser generosa.

— Muita gentileza sua. Obrigado — disse Thami.

— De nada. Espero que faça boa viagem. — Ela se levantou e foi na direção do bar. Antes que chegasse à porta, fez uma pausa e disse alto para ele: — Não se afogue.

— Boa noite, miss Goode — ele disse, respeitosamente, a ironia dela tinha passado longe.

Ela entrou no bar e pediu um gim fizz: o episódio todo fora muito desagradável. "Que gente suja eles são!", ela disse para si mesma, achando mais satisfatório xingar a tribo do que o mero indivíduo. Os marinheiros se afastaram um pouco de cada lado dela quando pediu seu drinque.

Do outro lado da rua, Thami estava de volta ao café, onde pretendia ficar escondido até ver Hadija voltar de sua missão infrutífera no Cine Mauretania; ele queria ter certeza de não encontrar com ela por acaso na rua. Com a ansiedade de um menino, ele esperava a manhã seguinte, quando iria ao banco, pegaria o dinheiro e correria para o porto para começar a pechinchar pelo barco outra vez. Observando a entrada do Metropole, de repente avistou o americano, Dyar, entrando no hotel. Ali estava um *nesrani* de quem ele gostava. Não tinha razão para gostar dele, mas gostava. Com uma animação nascida da onda de vitória, levantou e correu para a rua estreita, chamando: — Ei! Ei!

Dyar voltou-se e o viu sem entusiasmo. — Oi — disse. Apertaram-se as mãos, mas ele não se deixou atrair para o café pelas gentilezas do outro. — Tenho de ir — explicou.

— Quer ver miss Goode? — Thami adivinhou. Dyar se aborreceu. — É — disse, seco. Thami não era pessoa a quem confiaria seu negócio: a imagem dele e Hadija conversando tão intensamente e durante tanto tempo na festa ainda estava muito fresca em sua memória. Tinha decidido então que Thami estava tentando seduzi-la.

— Vai ficar muito tempo no hotel?

— Não, só alguns minutos.

— Eu espero você. Quando sair você entra naquele café ali. Vai me ver.

— Tudo bem — disse Dyar, relutante. A caminho, havia comprado uma pulseira para Hadija; ele balançava a caixa num dedo pela pequena alça que o vendedor tinha feito no barbante. — Eu procuro você.

Era um velho hotel de aspecto absurdo, um vestígio espalhafatoso dos dias em que a Inglaterra era o poder importante em Tânger. Mesmo assim, era forçado a admitir, era muito mais confortável e agradável dos que os hotéis novos como o seu Hotel de la Playa. Na recepção disseram que ele encontraria miss Goode no bar. Era uma sorte: não teria de vê-la sozinha em seu quarto. Podiam tomar um drinque e ele seguiria seu caminho. Quando entrou no bar lotado, um dos marinheiros estava martelando *Oh, Suzanna!*. A sala estava cheia de marinheiros, mas lá estava Eunice Goode no meio deles, um monumento de solidão, sentada num banco alto, olhando direto em frente.

— Boa noite — ele disse.

Foi como se tivesse dado uma bofetada em seu rosto. Ela jogou a cabeça para trás e olhou para ele. Primeiro o mouro e agora aquele ali. Ela estava horrorizada; em sua imaginação, ele já estava fora do caminho, sumido. E ali estava ele, de volta dos mortos, sem nenhuma consciência de que era um fantasma.

— Ah — disse ela, afinal. — Olá.

"Bêbada de novo", ele pensou.

— O que está fazendo aqui? — ela perguntou. Desceu do banquinho e encostou-se no bar.

— Pensei em dar uma passada e dizer alô.

— Ah. Bom, o que vai beber? Uísque?

— O que a *senhora* está bebendo? Tome um comigo, por favor.

— De jeito nenhum! Barman! Um uísque e soda! — Ela bateu imperiosamente no balcão. — Eu já estava subindo — explicou ela. — Vou tomar só esse drinque. — Ela sentia que seria capaz de saltar fora da própria pele se tivesse de ficar e conversar com ele mais um minuto.

Dyar estava um pouco irritado. — Bom, espere até meu drinque chegar, não? Eu queria perguntar uma coisa. — O barman trouxe seu drinque.

— O que é? — ela perguntou, neutra. Estava certa de que tinha alguma coisa a ver com Hadija e olhou para ele, à espera, desafiando-o mentalmente a falar disso.

— Sabe onde posso encontrar Hadija, como posso entrar em contato com ela? Sei que ela vem aqui de vez em quando para ver a senhora. Tem o endereço dela ou algo assim?

Era demais. O rosto dela ficou mais vermelho que o normal e ele permaneceu absolutamente imóvel, mal movendo os lábios ao falar.

— Não sei! Não sei onde ela mora e não quero saber! Por que não procura por ela no puteiro onde se conheceram? O que você veio xeretar aqui, atrás dela? Acha que eu sou a madame dela? Bom, não sou! *Eu* não alugo a moça por hora!

Dyar não podia acreditar no que ouvia. — Ora, espere um pouco — ele disse, sentindo esquentar o corpo todo. — Não precisa falar dela desse jeito. Basta dizer que não, que não sabe o endereço dela. Foi só o que eu perguntei. Não perguntei mais nada. Não estou interessado no que tem a dizer dela. Arrisco todo o meu dinheiro na ideia de que ela é uma boa moça.

Eunice deu um ronco. — Todo o seu dinheiro, isso mesmo! Muito certo! A putinha é capaz de dormir com um cavalo garanhão se você pagar direito. E acho que dormiu mesmo, por sinal. Uma apresentação especial para turistas. Eles adoram. — Ela estava começando a se divertir ao ver a raiva se espalhar no rosto dele. — Não me importa a ingenuidade — ela prosseguiu —, mas quando chega a esse ponto... Não vai terminar seu drinque? — Ele tinha virado as costas.

— Engula — ele disse, e se afastou.

Considerando o número de pessoas na rua, ele achou que era possível passar pelo café sem ser visto por Thami, mas foi uma vã esperança. Ouviu-o chamar quando estava diante da entrada. Resignadamente, entrou e sentou-se de pernas cruzadas na esteira ao lado de Thami, que tinha fumado uns cachimbos de kif com amigos e se sentia muito bem. Conversaram um pouco, Dyar recusou o cachimbo que lhe passaram. Thami mantinha os olhos na rua, à espera de Hadija. Quando a viu andando depressa e furiosa na garoa, chamou a atenção de Dyar para uma grande cromolitografia na parede a seu lado.

— Sabe o que é isso? — perguntou. Dyar olhou, viu um desenho representando uma cidade de minaretes, cúpulas e balaustradas. — Não — disse.

— É Meca.

Ele viu os outros observando-o, esperando seu comentário. — Muito bonita.

Com o rabo dos olhos, Thami viu Hadija desaparecer no Metropole. — Vamos — ele disse. — Tudo bem. — Dyar concordou. Saíram para a umidade e vagaram até o Zoco Chico. Apesar do tempo, as ruas estavam cheias de árabes parados em grupos, conversando ou passeando sem rumo para cima e para baixo.

— Quer ver umas moças bonitas? — Thami perguntou de repente.

— Você poderia parar de tentar vender esta cidade para mim? — Dyar pediu. — Não quero ver nada. Já estou arranjado com uma moça bonita e basta. — Não acrescentou que muito daria para conseguir encontrá-la.

— O que tem aí dentro? — Thami apontou o pacote que continha a pulseira.

— Uma lâmina nova.

— De que tipo?

— Hollywood — disse Dyar, inventando na hora.

Thami aprovou. — Muito boa lâmina. — Mas estava com a cabeça em outras coisas. — Você gosta daquela moça? Só daquela? Hadija?

— Isso mesmo.

— Você só quer aquela? Conheço uma outra muito boa moça.

— Bom, fique para você, amigo.

— Mas que diferença faz ser aquela ou outra?

— Tudo bem — disse Dyar. — Você não entende. Mas eu entendo. E digo que estou satisfeito.

O problema era que Thami, ainda palpitando com as lembranças da noite anterior, entendia, sim. Ficou momentaneamente pensativo. Para ele fazia todo sentido que ele, um muçulmano, quisesse Hadija para si. Era seu direito. Ele queria todas as moças que pudesse conseguir, todas para ele. Mas não fazia nenhum sentido que um *nesrani*, um cristão, pegasse e escolhesse. Um cristão se satisfazia com qualquer coisa; um cristão não via diferença entre uma moça e outra, contanto que as duas fossem bonitas; ele pegava a que sobrava dos muçulmanos, sem saber, e sem nunca pensar se era toda dele ou não. Eram assim os cristãos. Mas não aquele ali, que obviamente não só queria Hadija para si, como também não estava interessado em encontrar mais ninguém.

Dyar interrompeu suas reflexões: — Acha que ela poderia estar naquele lugar daquela noite em que a gente encontrou com ela? — Ele pensou que podia até admitir que gostaria de vê-la.

— Claro que não... — Thami começou a falar, detendo-se quando lhe ocorreu que, se Dyar não sabia que ela estava morando com Eunice Goode, não seria ele quem iria contar. — É muito cedo — disse.

"Tanto melhor", Dyar pensou. — Bom, vamos até lá de qualquer jeito, tomar um drinque.

Thami ficou deliciado. — Ótimo!

Dessa vez, Dyar estava decidido a memorizar as esquinas e os degraus, para poder encontrar seu rumo sozinho depois do jantar. Atravessar uma alameda curta e lotada, virar à esquerda numa íngreme ruazinha ladeada de barracas de mercearia, sair para uma praça triangular com um grande arco verde e branco do lado oposto, seguir em frente, virar à direita na rua escura e plana, primeira à esquerda de novo numa viela muito estreita que se transforma num túnel e que sobe, íngreme, lá no alto virar à direita de novo, seguir reto sem prestar atenção às saliências e às viradas porque não há ruas saindo dali, descer a encosta até uma praça grande com um gordo hidrante no centro e cafés a toda volta (só que eles estariam fechados mais tarde, e com as fachadas tapadas com tábuas se pareceriam com qualquer outra loja), atravessar a praça, pegar a viela sem luz de postes, no final virar à esquerda numa rua escura como breu... Ele começou a ficar confuso. Havia muitos detalhes para lembrar, e agora estavam subindo um lance infinito de degraus de pedra no escuro.

No Bar Lucifer, madame Papaconstante apoiava seu peso no bar, palitando os dentes voluptuosamente. — Olá, rapazes — ela disse. Tinha aplicado hena no cabelo. O local fedia a tinta fresca. Era uma noite de folga. Claro que era muito cedo. Tomaram dois drinques, e Dyar pagou, dizendo que queria ir para o seu hotel. Thami estava falando sobre a mesquinharia de seus irmãos, que não lhe davam nenhum dinheiro, nem mesmo o que era dele. — Mas amanhã eu compro aquele barco! — ele encerrou, triunfante. Dyar não perguntou onde ele havia arrumado o dinheiro. Estava ligeiramente surpreso de saber que o outro tinha nascido e sido criado no palácio Beidaoui; não sabia se pensava mais ou menos dele agora que sabia de sua origem. Quando saíram, Thami se debruçou sobre o balcão, agarrou a cabeça berrante de madame Papaconstante e beijou violentamente cada face em chamas. — *Ay, hombre!* — ela exclamou, rindo, deliciada, fingindo arrumar o cabelo intocado.

Na rua, Dyar tentou refazer o fio rompido do itinerário, mas parecia que estavam voltando por outra rota, uma vez que ele não reconhecia absolutamente nenhum ponto de referência, até que de repente estavam à vista do enfumaçado Zoco de Fuera.

— Sabe, Dare... (Dyar o corrigiu) ... uma noite dessas levo você para minha casa e lhe dou um verdadeiro jantar mourisco. Cuscuz, bastila, tudo. Que tal?

— Seria ótimo, Thami.

— Não esqueça — Thami alertou-o, como se já tivessem marcado a ocasião.

— Não esqueço.

Bem no portão principal que dava para a praça Thami parou e apontou um café nativo, bastante grande e mais pretensioso que a maioria, dentro do qual rugia um rádio barulhento.

— Eu vou lá — disse ele. — Sempre que quiser me ver, pode me encontrar aqui. Daqui a alguns dias vamos dar uma volta no meu barco. Adeus.

Dyar ficou sozinho na praça movimentada. Da extremidade, do meio das árvores, vinha o som de tambores, batendo um complicado e mole ritmo berbere lá do alto das montanhas. Ele encontrou um pequeno restaurante italiano numa rua que saía do Zoco e fez uma refeição indiferente. Apesar da impaciência para voltar às ruas e procurar o Bar Lucifer, relaxou com um café expresso e fumou dois cigarros antes de se levantar para sair. Não havia por que chegar lá cedo demais.

Seguiu devagar encosta abaixo até chegar a uma rua que achou que devia levar na direção correta. Garotas passavam em grupos, agarradas umas às outras como por proteção, olhando para ele, mas fingindo não olhar. Era fácil distinguir as moças judias das espanholas, embora as duas se parecessem e se vestissem parecido: as primeiras trotavam, se desviavam, mancavam, praticamente caíam pela rua, como se não tivessem nenhum controle e sem uma imitação de elegância sequer. E as mulheres árabes avançavam como grandes trouxas brancas de roupa lavada, um olho espiando ali de cima. À frente dele, debaixo da luz do poste, uma multidão de homens e meninos estava se juntando em torno de dois rapazes furiosos, os dois segurando o outro pela lapela à distância de um braço. A pose era tão formal como um trecho de coreografia congelado. Os dois se fuzilavam com o olhar, gritavam insultos, rugiam e faziam gestos ameaçadores com as mãos esquerdas livres. Ele ficou olhando um pouco; não foi dado nenhum golpe, e enquanto a breve conversa geral que se seguiu estava ainda em curso, do nada surgiu um policial: o procedimento clássico. O agente da lei afastou a multidão e passou na frente de Dyar, tocando braços e ombros muito delicadamente com seu cassetete branco. Dyar estudou-o: usava uniforme de GI americano e um capacete de metal pintado de branco. Numa cartucheira de couro branco levava um revólver, cuidadosamente embrulhado em papel de seda, como um presente de Natal. Como se fosse um fazendeiro tocando seus cavalos de arado, ele murmurava baixinho para a multidão: — Eh. Eh. Eh. Eh. — E a multidão devagar se dispersou, os dois antagonistas já perdidos no meio dela.

Devagar ele avançou no que lhe pareceu a direção correta. Só precisava era de um ponto de referência e saberia se localizar. Incenso de templo, adocicado, emanava das lojas de seda hindus, uma família berbere inteira agachada à sombra de uma pequena montanha de laranjas, mecanicamente anunciando o preço do quilo. E então, de repente, começaram as ruas escuras, as poucas barracas que continuavam abertas eram minúsculas e iluminadas por lampiões de carbureto ou velas. A certo ponto, ele parou um homem de roupa europeia e perguntou: — Bar Lucifer? — Era uma chance remota, e ele não esperava de fato uma resposta útil. O homem grunhiu e apontou na direção de onde Dyar tinha acabado de vir. Ele agradeceu e continuou. Era bem divertido estar perdido daquele jeito; dava-lhe uma estranha sensação de segurança, a sensação de que naquele instante preciso ninguém no mundo seria possivelmente capaz de encontrá-lo. Nem sua família, nem Wilcox, nem Daisy de Valverde, nem Thami, nem Eunice Goode, nem madame Jouvenon, nem, pensou finalmente, a Delegação Americana. A ideia dessas duas últimas abateram um pouco seu ânimo. No momento, ele estava mais longe de ser livre do que estava ontem a essa hora. A ideia o horrorizou; era inaceitável. Ontem a essa hora ele estava saindo do palácio Beidaoui, de bom humor. Ocorrera o episódio dos gatinhos que, pensando bem agora, não tivera nada a ver com aquele bom humor. Era uma loucura, mas era verdade. Ao continuar andando, prestando cada vez menos atenção aonde estava, ele levou mais longe suas lembranças de ontem, como um filme que corre para trás. Quando chegou ao jardim frio com o banco de pedra onde se sentara ao vento, ele entendeu que tinha encontrado a cena. Tinha acontecido quando estava sentado ali. O que Holland dissera o pusera em movimento, sentindo mais do que pensando, Holland porém não tinha dito o bastante, não tinha dado seguimento. "Aqui estou eu, e alguma coisa vai acontecer." Nenhuma ligação. Ele disse a Holland: "Você vai morrer também, mas enquanto isso você come." Nenhuma ligação, absolutamente, e, no entanto, estava tudo ligado. Era tudo parte de uma mesma coisa.

A chuva fina caía, fria e com cheiro fresco. Então foi ficando mais pesada e mais decidida. Ele estava de capa. Se chovesse muito forte, ficaria encharcado, mas não fazia diferença. Fazia já um bom tempo que as ruas estavam quase vazias. "Os barracos", ele pensou. "Gente pobre vai para a cama cedo." Os lugares por onde passava eram como os tortuosos corredores dos sonhos. Era impossível pensar neles como ruas, ou mesmo vielas. Havia espaços aqui e ali, entre os prédios, mas isso era tudo, e algumas abriam para outros espaços, outras, não. Se encontrasse a série correta de conexões, conseguiria ir de um lugar para outro, mas só se atravessasse os próprios prédios. E os prédios pareciam ter vindo à luz como plantas, caóticos, sem frente, desequilibrados, um crescendo em cima do outro. Às vezes, escutava passos ecoando quando alguém atravessava um dos túneis iguais a câmaras, e muitas vezes o som desaparecia sem que ele avistasse a pessoa. Havia montes de lixo e detritos por toda parte, os gatos cujos gritos enchiam o ar, e aquele sempre presente cheiro ácido de urina. Ele ficou parado um momento. De longe, através da chuva que caía, flutuou o toque de horas. Era o relógio do campanário da igreja católica na Siaghines, dando o quarto de hora. Mais adiante, havia o tênue rugir do mar quebrando contra os recifes lá embaixo das muralhas. E parado ali uma vez mais ele se viu fazendo as mesmas perguntas que tinha feito antes nesse dia: "O que estou fazendo aqui? O que vai acontecer?" Ele nem estava mais procurando o Bar Lucifer; tinha desistido. Estava tentando se perder. O que queria dizer, ele entendeu, que seu grande problema agora era escapar da jaula, descobrir a saída da armadilha, tocar aquela corda dentro dele que iria liberar aquelas qualidades capazes de transformá-lo de vítima em vencedor.

"Está tudo errado", ele sussurrou para si mesmo. Se estava tão fora de si quando saiu para procurar Hadija que, em vez de fazer todo esforço para localizar o lugar, se permitiu vagar durante uma hora e tanto no escuro por fétidos corredores como aquele em que estava no momento, então já era hora de retomar as rédeas de si mesmo. Como exatamente? Era uma ideia reconfortante, dizer que retomaria as próprias rédeas. Preconizava a possibilidade de forçar uma mudança. Mas entre dizer e fazer havia um abismo em que nem todo conhecimento, toda força e toda coragem podem impedir que se despenque. Por exemplo, amanhã à noite, a essa hora, ele estaria ainda mais fortemente prisioneiro, sentado no apartamento dos Jouvenon depois do jantar, esperando algum mesquinho planozinho de ação preparado para ele. A cada momento a sua situação lhe parecia mais absurda e insustentável. Ele não tinha nenhuma vontade de fazer aquele tipo de trabalho e não tinha nenhum interesse em ajudar madame Jouvenon ou sua causa.

Mas era bom ter dinheiro; era confortável poder tomar um táxi quando estava chovendo, e ele estava cansado, querendo voltar para casa; era agradável entrar num restaurante e olhar a lista do lado esquerdo do menu primeiro; era divertido entrar numa loja e comprar um presente para Hadija. (A caixa com a pulseira fazia um volume no bolso da capa.) Era preciso fazer uma escolha. Mas a escolha já estava feita, e ele sentia que não era ele que a tinha feito. Por causa disso, era difícil acreditar que estava moralmente envolvido. Claro, ele podia não aparecer amanhã à noite, mas não adiantaria nada. Eles o encontrariam, pediriam explicações, ameaçariam provavelmente. Ele podia até devolver o dinheiro, sacando cheques de viagem, depositando os cem dólares de volta na conta e fazendo um cheque de quinhentos para madame Jouvenon. Ainda não era tarde demais para isso. Ou talvez fosse: bastava ela recusar. O cheque dela tinha sido sacado; isso continuava sendo um fato, parte do registro do banco.

De repente, ocorreu-lhe que ele poderia neutralizar até certo ponto o mal que havia feito, denunciando o fato à Delegação Americana. Riu baixinho. Então ele teria problemas e também não haveria mais dinheiro nenhum. Sabia que essa era a atitude de uma vítima. Era típico: uma vítima sempre se entrega se teve a ousadia de sonhar mudar de status. No entanto, naquela hora essa perspectiva era atraente.

De imediato, ele queria escapar daquele monte de lixo e ir direto para a cama. Se fosse na direção do ruído do mar, desconfiava de que chegaria em alguma espécie de via que seguiria para dentro das muralhas. Isso o levaria ao porto. A coisa acabou se mostrando mais complicada do que pensara, mas acabou conseguindo sair para ruas mais largas. Ali havia homens andando; sempre dispostos a indicar o caminho para fora do bairro árabe, mesmo na chuva torrencial e muitas vezes sem que ele perguntasse. Sua hostilidade fundamental por não muçulmanos aparecia claramente nessa situação. "Saída por ali", as crianças gritavam na língua que soubessem. Era um refrão. Ou se você estivesse forçando a passagem "Não dá para passar por aí", diziam.

Ele saiu na rua principal diante da grande mesquita. Um pouco adiante, encarapitado em cima das muralhas, ficava o Castle Club (Aberto a noite inteira. Melhores vinhos e destilados. Famosas atrações. Banda Havaiana de Swing do Ernesto), de cujas janelas abertas se despejava o som de um tenor alto com seus queixumes ao microfone.

Dali em diante, o caminho era uma linha reta e aberto ao vento do mar. Vinte minutos depois, ele estava xingando na porta do Hotel de la Playa, tocando a campainha e esmurrando a porta de vidro trancada numa tentativa de acordar o árabe que dormia numa espreguiçadeira do outro lado. Quando o homem finalmente o deixou entrar, olhou para ele reprovadoramente, dizendo: — *Sí, sí, sí.* — Em sua caixa de correio, junto com a chave, havia um recado. Ele foi para seu quarto, despiu a roupa molhada e foi para o canto para tomar uma ducha quente. Não havia água quente. Ele se esfregou com uma toalha e enfiou-se no roupão. Sentado na cama, abriu o recado. *Onde você se meteu*, dizia. *Será amanhã às nove da manhã. Jack.*

Deixou o pedaço de papel na mesa de cabeceira e deitou na cama, deixando a janela fechada. Pelo som dava para saber que estava chovendo forte demais para abrir.

LIVRO TRÊS
A era dos monstros

XV

Durante a noite, o vento virou e o tempo mudou, trazendo um céu luminoso e uma lua brilhante. Em sua cama no Atlantide, Wilcox pôs a culpa da insônia na indigestão. Seus sonhos foram turbulentos e fragmentados; tinha de passar por uma porta para sair à rua, cheia de gente que fingia não prestar atenção nele, mas sabia que entre os transeuntes estavam escondidos os homens que esperavam por ele. Iriam pegá-lo por trás e empurrá-lo para uma viela escura, e lá não haveria ninguém para ajudá-lo. Cada vez que acordava, se via deitado de costas, respirando com dificuldade, o coração batendo irregularmente. Por fim, acendeu a luz e fumou. Ao se pôr meio sentado na cama, olhando em torno do quarto que parecia iluminado demais, ele se tranquilizou, dizendo que ninguém tinha visto Dyar no escritório e que assim ninguém saberia, quando ele saísse da loja de Ramlal, que estava levando dinheiro. Para ver com clareza a situação, ele se forçou a admitir que a gangue de Larbi tinha, sim, meios de descobrir. Desde que descobrira que o detestado El Kebir estava de volta depois de sua breve estada na cadeia em Port Lyautey (ele o vira na rua na mesma tarde em que deixara Dyar sozinho na agência, razão pela qual tinha telefonado depressa e mandado Dyar ir para casa), o medo de que a gangue pudesse, de alguma forma, descobrir a ligação de Dyar com ele estava em primeiro lugar em sua cabeça. Mas, dessa vez, ele havia sido realmente cauteloso; não achava que soubessem de nada. Só que a operação tinha de ser feita imediatamente. A cada hora que passava, era mais provável vazar o projeto. Ele se perguntou se tinha sido conveniente ter ido ao Hotel de la Playa para deixar o recado, se não teria sido melhor simplesmente ficar telefonando a noite inteira até encontrar Dyar. Perguntou a si mesmo se, de alguma forma, teria despertado as suspeitas dos britânicos. Começou a se perguntar todo tipo de coisas, sentindo a todo momento menos e menos sono. "Aquele maldito zabaglione", pensou. "Pesado demais." E levantou-se para tomar bicarbonato. Quando estava na frente do armário de remédios pegou do tubo um comprimido de gardenal também, mas pensou que aquilo poderia fazê-lo dormir demais e não confiava no pessoal da recepção para acordá-lo. Eles falhavam de vez em quando e era imperativo que estivesse de pé às oito horas. Voltou para a cama e começou a ler o editorial do *Paris Herald.*

*

Foi por volta dessa hora que Daisy de Valverde acordou sentindo-se nervosa sem razão. Luis tinha ido a Casablanca a negócios por alguns dias e, embora a casa estivesse cheia de criados, ela nunca dormia bem quando estava sozinha. Ficou ouvindo, pensando se teria sido um barulho súbito que a tirara do sono: ouviu apenas o som infinito do mar contra as pedras, tão lá embaixo que era como uma concha encostada ao ouvido. Abriu os olhos. O quarto estava banhado em luar brilhante. Vinha do oeste, mas por todo lado podia ver o fulgor do céu claro da noite sobre a água. Deslizou para fora da cama, foi verificar a porta do corredor, só para ter certeza de que estava trancada. Estava, e ela voltou para a cama, pôs um cobertor a mais, torturando-se com a fantasia de que se a porta estivesse destrancada e tivesse se aberto apenas um pouquinho quando ela testou, teria visto, parado ali do lado de fora, um grande mouro esfarrapado com uma barba, olhando para ela com maldade nos olhos apertados. Ela teria batido a porta e descoberto que ele pusera um pé imenso na abertura. Ela teria empurrado com toda a força, mas...

"Será que nunca vou crescer?", pensou. A gente nunca chega a um estágio em que se tenha completo controle de si mesmo, de forma que só se pensa o que se quer, só se sente o que se quer sentir?

*

Thami tinha ido tarde para casa. O número considerável de cachimbos de kif que fumara com seus amigos no café ao longo de toda a noite o deixara um pouco descuidado, de forma que ele fez bastante barulho no processo de tirar a roupa. O bebê acordou e começou a chorar, e o kif, em vez de jogá-lo no sono através de breve região das visões, o deixara alerta e ofegante. Durante a madrugada, ele ouviu cada chamado às preces do minarete da mesquita Emsallah, ali perto, assim como, a cada meia hora, os cânticos de garantia de que tudo estava bem com os fiéis; a cada vez que a voz penetrante ressoava no ar parado, havia uma saraivada de cantos de corvos. Por fim, as aves se recusaram a dormir, e seu ruído passou a ser contínuo, lá no alto do telhado das casas. Instintivamente, quando se deitou, Thami pôs o cheque de Eunice debaixo do travesseiro. Ao amanhecer, dormiu durante uma hora. Quando abriu os olhos, sua esposa estava andando pelo quarto descalça, e o bebê estava gritando outra vez. Ele olhou o relógio e gritou: — Café! — Queria chegar ao banco antes que abrisse.

*

Dyar dormiu agitado durante algum tempo, a cabeça pesada de meios pensamentos. Por volta das quatro, sentou na cama, sentindo-se plenamente acordado, e notou a luminosidade lá fora. O ar do quarto estava abafado. Foi até a janela, abriu-a, debruçou-se para fora, estudando os detalhes enluarados dos morros do outro lado do porto: uma fileira de ciprestes negros, uma casa que era um minúsculo cubo branco luminoso a meio caminho entre a praia estreita e o céu, no meio da massa marrom e macia da encosta. Era tudo pintado com meticuloso cuidado. Voltou para a cama e se pôs debaixo das cobertas quentes. "Não adianta nada", disse a si mesmo, pensando que, se era para se sentir assim, preferia continuar sendo sempre a vítima. Pelo menos se sentiria mais como ele mesmo, enquanto no momento tinha excessiva consciência da pressão daquela presença estranha, gritando para ser liberada. "Não adianta. Não adianta." Aflito, virou-se. Logo o ar fresco que entrava pela janela o pôs para dormir. Quando abriu os olhos outra vez, o quarto estava pulsando, ensolarado. O sol tinha saído, grande e claro no céu da manhã, e sua luz, aumentada pela água, projetada contra o teto, movia-se como fogo. Pôs-se de pé num salto, parou à janela, espreguiçou-se, coçou-se, bocejou e sorriu. Se a pessoa levantava bem cedo, pensou, embarcava no dia e viajava com facilidade, do contrário o dia tomava a dianteira e a pessoa tinha de ir empurrando com a barriga. Mas, de qualquer jeito, a gente e o dia tornavam sempre a se encontrar na noite, sempre, sempre. Começou a fazer uns exercícios abdominais diante da janela aberta. Havia anos que ele seguia sem ser notado, sem notar a si mesmo, acompanhando os dias mecanicamente, exagerando no cansaço e no tédio do dia para que lhe desse sono à noite, e usando o sono para fornecer energia para encarar o dia seguinte. Não era costume se dar o trabalho de dizer a si mesmo: "Não há nada além disso; o que faz valer a pena continuar?", porque sentia que não tinha como responder à pergunta. Mas no momento parecia-lhe que havia encontrado uma resposta simples: a satisfação de ser capaz de viver o dia. Olhando de um jeito, essa satisfação não era nada, mas se olhasse de outro jeito, era tudo. Ao menos, era assim que se sentia essa manhã; era tão fora do comum que ele se deslumbrou com a solução.

A claridade do ar e a força do sol o fizeram assobiar no chuveiro, o fizeram notar, enquanto se barbeava, que estava com muita fome. Wilcox chegou às cinco para as nove, bateu forte na porta e sentou, ofegante, na cadeira junto à janela.

— Bom, hoje é o grande dia — disse ele, tentando parecer ao mesmo tempo casual e animado. — Sinto fazer você levantar tão cedo. Mas esse tipo de coisa é melhor fazer o mais depressa possível.

— Que coisa? — perguntou Dyar, enxugando o rosto com a toalha.

— O dinheiro de Ashcombe-Danvers chegou. Você vai levar do Ramlal para o Crédit Foncier. Lembra?

— Ah! — Mais uma complicação, e nada bem-vinda, para aquele dia. Ele não parecia satisfeito e Wilcox percebeu.

— O que foi? O trabalho está interferindo em sua vida pessoal?

— Não, não. Não é nada — disse Dyar penteando o cabelo na frente do espelho. — Só estou me perguntando por que você me pegou para mensageiro.

— Como assim? — Wilcox se endireitou na cadeira. — Está combinado há dez dias que você vai tirar essa tarefa das minhas mãos. Você estava me infernizando para começar a trabalhar. É a primeira coisa concreta que tem de fazer e você se pergunta por que dei a você! Pedi que você fizesse isso porque seria uma grande ajuda para mim, por isso!

— Tudo bem, tudo bem, tudo bem. Eu não fiz nenhuma objeção, fiz?

Wilcox pareceu mais calmo. — Mas, nossa!, sua atitude é bem estranha com a coisa toda.

— Você acha? — Dyar parou ao sol, olhando para ele, ainda penteando o cabelo. — Pode ser que a coisa toda seja um pouco estranha.

Wilcox ia falar. Mas, pensando melhor, resolveu deixar Dyar continuar. Porém, alguma coisa em seu rosto alertara Dyar, porque este último, em vez de continuar a levantar a questão das restrições ao dinheiro inglês como tencionava, só para que Wilcox soubesse que por "estranha" ele queria dizer "ilegal" (mas como Wilcox parecia achar que ele ignorava totalmente até mesmo esse detalhe), disse apenas: — Bom, não deve demorar muito, de qualquer forma.

— Cinco minutos — disse Wilcox se pondo em pé. — Já tomou café? — Dyar sacudiu a cabeça. — Então vamos.

— Meu Deus, que sol! — Dyar exclamou quando saíram do hotel. Era a primeira manhã de céu limpo que via, abria todo um mundo novo à sua volta, era como emergir para a luz do dia depois de uma noite sem fim. — Sinta o cheiro do ar — ele disse, e parou, apoiou a mão no tronco de uma palmeira, olhou a praia, aspirou com ruído.

— Pelo amor de Deus, vamos embora! — Wilcox exclamou, fazendo questão de continuar andando o mais depressa possível. Estava se deixando dominar pela impaciência. Dyar alcançou-o e olhou para ele curioso: não sabia que Wilcox era tão nervoso. E em sua insistência em dar grandes passadas Wilcox pisou numas fezes de cachorro e escorregou, caindo estendido na calçada. Ao se levantar, antes mesmo de se pôr em pé, rosnou para Dyar: — Vamos lá, ria, desgraçado! Ria! — Mas Dyar meramente pareceu preocupado. Não havia como rir numa situação daquelas. (A súbita visão de um homem privado de sua dignidade não lhe parecia basicamente nada mais ridícula e absurda do que o esforço constante exigido pela manutenção dessa dignidade, ou do que o estado em si de ser humano no que parecia um mundo inegavelmente não humano.) Mas essa manhã, para ser agradável, ele sorriu enquanto ajudava a bater a poeira do paletó de Wilcox. — Me sujei? — Wilcox quis saber.

— Não.

— Então vamos, que droga.

Pararam para tomar café no lugar onde Dyar tinha tomado café no dia anterior, mas Wilcox não quis sentar.

— Nós não temos tempo.

— Nós? Aonde você vai?

— De volta ao Atlantide assim que eu souber que você está realmente a caminho do Ramlal e não na praia tomando banho de sol.

— Eu estou indo. Não se preocupe comigo.

Foram até a porta. — Então vou embora — disse Wilcox. — Sabe tudo direitinho?

— Não se *preocupe* comigo.

— Venha ao hotel quando terminar. Podemos tomar um café da manhã de verdade.

— Ótimo.

Wilcox subiu a ladeira sentindo-se exausto. Quando chegou ao Atlantide tirou a roupa e voltou para a cama. Teria tempo para um breve cochilo antes de Dyar chegar.

Dyar seguiu pela avenida de España, ao longo da praia, até a parte velha da cidade, e brincou com a ideia de ir à Delegação Americana, despejar toda a história de madame Jouvenon para eles. Mas quem seriam "eles"? Algum indivíduo de cara lisa, saído do Registro Social que mal escutaria o que dizia no começo, depois começaria a olhar para ele com olhos inimigos, faria uma série de perguntas com voz fria, anotando as respostas. Ele imaginou entrar no escritório impecável, receber um cordial aperto de mão, ser convidado a sentar na cadeira na frente da mesa.

"Bom dia. O que posso fazer pelo senhor?"

A longa hesitação. "Bom, é meio difícil. Não sei bem o que dizer. Acho que eu me envolvi em alguma confusão."

O cônsul ou vice-cônsul olharia para ele investigativamente. "O senhor *acha*?" Uma pausa. "Talvez seja melhor eu começar dizendo meu nome." E passaria a não apenas dar seu nome, mas a contar toda a estúpida história do que havia acontecido na hora do almoço ontem no Empire. O homem pareceria interessado, limparia a garganta, apoiaria a mão na mesa, diria: "Em primeiro lugar, vamos ver esse cheque."

"Não tenho mais. Depositei no banco."

"Isso foi brilhante!" (furioso). "Dez vezes mais trabalho para nós."

"Bom, eu precisava de dinheiro."

A voz do homem ficaria desagradável. "Ah, precisava de dinheiro, é? O senhor abriu uma conta e fez uma retirada, é isso?"

"Isso mesmo."

O que ele diria então? "Agora perdeu a coragem e quer ter certeza de que não vai se meter em confusão."

Dyar imaginou o próprio rosto ficando quente de vergonha ao dizer: "Bom, o fato de eu ter vindo aqui contar para os senhores deve provar que eu quero fazer o que é certo."

O outro diria: "Mr. Dyar, o senhor me faz rir."

Aonde uma entrevista dessa poderia levar? Além de fazer dele um objeto de suspeita para o resto do tempo que passasse na Zona Internacional, o que conseguiria indo até a Delegação?

Quando começou a subir a rampa que dava para o ponto de táxi ao pé do Castle Club passou por uma porta onde um cachorro e um gato, ambos já adultos, estavam deitados ao sol, brincando preguiçosamente juntos. Parou e ficou olhando um momento, ao lado de diversos transeuntes, todos com o mesmo sorriso satisfeito de semidescrença. Era como se, involuntariamente, o espetáculo servisse como prova de que a inimizade não era a lei inescapável que governava a existência, que a cessação de hostilidades era ao menos cogitável. Seguiu pela rua ao quente sol matinal, percorreu o Zoco Chico até a loja de Ramlal. A porta estava trancada. Ele voltou ao Zoco, entrou no Café Central e telefonou para Wilcox, parado no balcão ao lado da máquina de café, colidindo com todos os garçons.

— Não abriu ainda! — Wilcox exclamou e fez uma pausa. — Bom — disse, afinal —, fique por aí até abrir. É só isso que você pode fazer. — Fez outra pausa. — Mas pelo amor de Deus, não fique na frente da loja! Só passe na frente a cada quinze ou vinte minutos e dê uma olhada rápida.

— Certo. Certo. — Dyar desligou, pagou ao barman pelo telefonema e foi até a praça. Eram vinte para as dez. Se Ramlal não estava aberto agora, por que seria mais provável que estaria aberto às dez e meia ou onze? "Que inferno", pensou, começando a voltar mais uma vez na direção da loja.

Ainda estava fechada. Para ele, isso encerrava o assunto. Ele iria um pouco à praia e deitaria ao sol. Wilcox é que pusera essa ideia em sua cabeça. Tudo o que tinha a fazer era voltar ali um pouco antes de meio-dia e meia, que era a hora em que fechava o Crédit Foncier. Primeiro, parou e tomou café com várias fatias de torrada, manteiga e geleia de morango.

A praia era plana, ampla e branca, e fazia uma curva num perfeito semicírculo até o cabo ao longe. Ele foi andando pela faixa de areia dura que a maré baixa havia exposto; era um espelho molhado e chato refletindo o céu, intensificando seu brilho. Quando tinha deixado a uns oitocentos metros para trás as cabines de banho de madeira, tirou os sapatos e as meias e enrolou a calça. Até então, a praia estava completamente vazia, mas, lá adiante, duas figuras e um burro vinham se aproximando. Quando se aproximaram, ele viu que eram duas mulheres berberes muito velhas, vestidas como se estivessem num clima de zero grau, com lã listrada de vermelho e branco. Não prestaram atenção nele. Lá longe, onde nenhuma montanha acompanhava a linha do litoral, havia um ventinho duro para refrescar qualquer superfície que não estivesse ao sol. Ele via agora à sua frente vários barquinhos de pesca enfileirados na praia. Foi até eles. Tinham sido abandonados havia muito: a madeira estava apodrecida, e os cascos, cheios de areia. Não havia sinal de seres humanos em nenhuma direção. As duas mulheres com o burrico haviam deixado a praia, ido para o interior, pelas dunas, e desapareceram. Ele tirou a roupa e entrou num barco que estava semienterrado. A areia enchia o bojo e baixava para o centro do barco, fazendo um sofá perfeito de frente para o sol.

Do lado de fora o vento soprava, mas ali dentro só havia o calor do sol batendo na pele. Ele ficou deitado um pouco, intensamente consciente do calor bem-vindo, num estado de autoinduzida voluptuosidade. Quando olhava o sol, os olhos quase apertados, via teias de fogo cristalino deslizando pelo espaço estreito entre as pálpebras próximas, e seus cílios faziam os raios felpudos de luz se esticarem, recuarem, se esticarem. Fazia muito tempo que não ficava nu ao sol. Lembrou-se de que, se uma pessoa ficasse assim bastante tempo, os raios removeriam todo pensamento da cabeça dela. Era isso que ele queria, ser cozido até ficar seco, duro, sentir as preocupações vaporosas se evolando uma a uma, para ter certeza de que finalmente todas aquelas pequenas dúvidas e hesitações úmidas que cobriam o piso do seu ser estavam encrespando e expirando na grande fornalha do sol. No momento, esqueceu tudo isso, seus músculos relaxaram e ele cochilou ligeiramente, despertando de vez em quando para levantar a cabeça acima da amurada corroída e espiar a praia de um lado e outro. Não havia ninguém. Por fim, parou de fazer até isso. A certo momento, virou e ficou deitado de barriga para baixo na areia endurecida, sentindo o lençol ardente do sol cobrir suas costas. O rolar de címbalo, macio, regular das ondas era como a respiração distante da manhã; o som se infiltrava pela miríade de compartimento do ar e chegava a seus ouvidos muito depois. Quando ele se virou de novo e olhou direto para o céu, pareceu-lhe mais distante do que jamais tinha visto. No entanto, sentia-se muito próximo de si mesmo, talvez porque, para sentir-se vivo, um homem precise primeiro parar de pensar em si mesmo *em movimento*. Tem de haver uma parada total, todos os objetivos esquecidos. Uma voz diz "Espere", mas ele geralmente não escuta, porque se esperar ele vai se atrasar. Então, se ele realmente esperar, ele pode descobrir que quando começar a se mover outra vez será em outra direção, e isso também é uma ideia assustadora. Porque a vida não é um movimento em direção a ou para longe de alguma coisa; nem mesmo do passado para o futuro, nem da juventude para a velhice, nem do nascimento para a morte. A totalidade da vida não é igual à soma de suas partes; não existe soma. O homem adulto não está envolvido na vida com mais profundidade do que um recém-nascido; sua única vantagem é que de vez em quando pode lhe ser dada a consciência da substância dessa vida e, a menos que seja um tolo, ele não procurará por razões nem explicações. A vida não precisa de esclarecimento, de justificação. De qualquer lado que seja abordada, o resultado é o mesmo: a vida pela vida, o fato transcendente do indivíduo vivente. Enquanto isso, você come. E então ele, ali deitado ao sol e sentindo-se próximo de si mesmo, entendeu que estava ali, e se rejubilou com essa consciência. Ele podia fingir, se necessário, que era um americano chamado Nelson Dyar, com quatro mil pesetas no bolso do paletó que estava ali em cima do banco da popa do barco, mas ele saberia que isso era uma parte remota e pouco importante da verdade inteira. Antes de mais nada, ele era um homem deitado na areia que cobria o fundo de um barco arruinado, um homem cuja mão esquerda se estendia a dois centímetros de seu casco aquecido pelo sol, cujo corpo deslocava uma dada quantidade de ar da manhã aquecido. Tudo o que ele havia pensado ou feito tinha sido pensado ou feito não por ele, mas por um *membro* da grande massa de seres que agiam como agiam só porque achavam que estavam no rumo do nascimento para a morte. Ele não era mais um membro: tendo se comprometido, ele não podia esperar nenhuma ajuda de ninguém. Se um homem não estava mais em seu rumo, se a vida era alguma outra coisa, inteiramente diferente, se a vida era uma questão de ser, por um longo instante contínuo que era todo um, então a melhor coisa para ele fazer seria sentar e ser, e, acontecesse o que acontecesse, ele ainda seria. Tudo o que um homem pensasse, dissesse ou fizesse, o fato de seu ser continuaria imutável. E a morte? Ele sentia que algum dia, se pensasse bem adiante, ele descobriria que a morte também não mudava nada.

O agradável banho de ideias vagas no qual sua mente mergulhara não bastava mais para mantê-lo inteiramente adormecido. Fazendo um esforço, ele levantou um pouco a cabeça e girou o pulso para ver as horas. Faltavam dez minutos para o meio-dia. Pôs-se de pé, vestiu a roupa depressa, menos as meias e os sapatos, e partiu ao longo da praia ainda deserta. Mesmo andando tão depressa a ponto de ficar dolorosamente sem fôlego, quando chegou aos primeiros prédios já eram quinze para uma. O Crédit Foncier estaria fechado; ele teria de fazer o trabalho depois do almoço. Chegou diante do Hotel de la Playa, atravessou a praia, subiu os degraus para a rua e entrou descalço. O rapaz na recepção entregou-lhe uma mensagem. "Jack ficou telefonando; deve estar ficando louco", pensou, ao olhar o papel. Mas dizia assim: "*Mr. Doan, 25-16. Imediatamente.*" Ainda achando que aquilo provavelmente era Wilcox, tentando freneticamente entrar em contato com ele, talvez da agência ou da casa de alguém, ele deu ao menino o número do telefone e ficou batucando com os dedos no balcão até a comunicação ser estabelecida.

Pegou o telefone e ouviu uma voz de homem dizer: — Delegação Americana. — Desligou delicadamente e sem explicar nada para o rapaz foi e sentou num canto, onde calçou meias e sapatos. Depois que amarrou o segundo cadarço cuidadosamente, reclinou-se e fechou os olhos. Debaixo dos dedos de ambas as mãos sentiu a madeira entalhada, lisa, dos braços da poltrona. Um caminhão passou devagar, o escapamento estourando. O saguão tinha um leve odor de água sanitária. Durante os primeiros minutos ele não sentiu calma, nem perturbação; estava paralisado. Então, quando abriu os olhos, pensou, quase triunfante: "Então é assim." E imediatamente depois, teve consciência, pela segunda vez nesse dia, de estar extremamente esfaimado. Não tinha nenhum plano de ação; ele queria comer, queria acabar com o negócio de Ramlal e informar Wilcox que estava terminado. Depois disso, dependendo de como se sentisse, ligaria para Mr. Doan da Delegação para ver o que ele queria. (Consolava-o pensar que não era certeza de que o telefonema tivesse a ver com a bobagem da Jouvenon; na realidade, por momentos ele tinha quase certeza de que não teria nada a ver com isso.) Mas quanto ao jantar no apartamento de madame Jouvenon...

Deu um pulo e gritou para o rapaz, escondido pelo balcão. — Táxi! — gritou, apontando o telefone. Foi até a porta e ficou olhando a avenida, tentando se tranquilizar pensando que, se fossem conduzir a coisa brutalmente, não teriam começado com um telefonema. Mas então lembrou-se de uma coisa que Daisy tinha lhe dito: que a Zona era tão pequena que no geral era possível para a polícia pôr o dedo em cima de qualquer um em poucas horas. A Delegação podia se permitir ir devagar e ser polida, pelo menos enquanto soubesse como ele pretendia se conduzir.

O táxi veio vindo pela rua lateral lá da cidade acima, parou diante da entrada. Ele entrou depressa e, inclinando-se do banco de trás para a frente, mandou que seguisse a avenida de España até o começo da cidade árabe.

*

O dia passava; a cidade fervia no ar quente e luminoso. Por volta do meio-dia, no alto do morro, no jardim de rosas da Villa Hesperides, Daisy de Valverde fez um pouco de jardinagem. Então, quando o esforço ficou demasiado, ela mandou colocar um colchão de borracha ao lado da piscina e deitou nele em seu traje de banho. Havia muito poucos dias como aquele em Tânger no inverno. Quando Luis voltasse de Casablanca ela teria de conversar seriamente com ele sobre o Egito. Todo ano, desde a guerra, eles passavam parte do inverno no Cairo, em Luxor ou Wadi Halfa, mas este ano, por uma razão ou outra, não tinham conseguido energia para ir. Ela então tentara, no último minuto, conseguir um quarto no Mamounia, em Marrakech e, descobrindo que isso era impossível, chegara à ideia de se apropriar da reserva de madame Werth, argumentando que, em todo caso, essa senhora, sempre adoentada, possivelmente não teria condições de fazer uso dela quando chegasse a hora. Mas esse planozinho havia, claro, se frustrado pelo comportamento enfurecedor de Jack Wilcox.

"Na verdade, ele é um encanto", ela disse a si mesma, pensando não em Wilcox, mas em Dyar. Logo se levantou, caminhou até a casa e tocou para Mario. — Me ligue com o Hotel de la Playa — disse.

*

Wilcox tinha ido ao Atlantide, tirado a roupa e ido para a cama. Ali, apesar da ansiedade sobre a transferência de libras de Ashcombe-Danvers, caíra num sono profundo, exausto, afinal, pela noite sem dormir. Acordou à uma e vinte e cinco (no momento em que Dyar estava entrando na loja de Ramlal), olhou as horas e numa fúria ligou para baixo para saber o que tinha acontecido. Quando alguma coisa dava errado, geralmente era culpa de algum funcionário da recepção.

— Algum telefonema para mim? — perguntou. O rapaz não sabia; tinha acabado de entrar, à uma hora.

— Bom, veja na minha caixa! — Wilcox gritou. O rapaz ficou abalado. Ele começou a ler as mensagens da pessoa do quarto do andar de baixo. — Ah, meu bom Jesus Cristo Todo-Poderoso! — Wilcox gritou e se vestiu, desceu até a recepção para ver ele mesmo. A caixa estava vazia. Não podia fazer nada, então passou uma descompostura no rapaz da recepção e foi até o bar para sentar lugubremente diante de um uísque e grunhir brevemente de vez em quando, respondendo à conversa esporádica do barman, pensando até que ponto seria possível que Dyar tivesse vindo, se anunciado na recepção e ouvido dizer que Mr. Wilcox estava fora.

XVI

Transpirando um pouco depois da rápida subida do porto, Dyar passou do brilho amarelo da rua para o escuro da loja. Ramlal filho estava lendo um jornal; sentado com as pernas balançando numa mesa alta que era a única mobília da sala minúscula. Quando levantou os olhos, não apareceu nenhuma expressão de reconhecimento nos traços de seu rosto liso, mas ele saltou para o chão e disse: — Bom dia. Esperava que viesse mais cedo.

— Bom, passei aqui duas vezes, mas estava fechado.

— Ah, cedo *demais*. Aceita um cigarro?

— Obrigado.

O indiano jogou o isqueiro em cima da mesa e continuou: — Estava esperando você. Sabe, eu não podia deixar o pacote aqui e não queria levar comigo quando fosse almoçar. Se você não viesse, eu teria esperado. Então, como vê, estou contente de ver você. — Ele sorriu.

— Ah! — disse Dyar. — Desculpe se fiz você esperar.

— Não é nada, nada. — Contente de ter arrancado um pedido de desculpas, Ramlal pegou uma chave no bolso da calça e abriu uma gaveta da mesa. De dentro dela tirou uma caixa grande de papelão rotulada *Cônsul. Vinte Latas de Cinquenta. Uma Mistura dos Melhores Tabacos Maturados da Virgínia.* — Não aconselharia você a contar aqui — disse ele. — Mas aqui está. — Abriu a caixa, e Dyar viu as pilhas de fino papel branco. Depois, fechou-a depressa, como se essa rápida exposição ao ar e à luz pudesse estragar o conteúdo delicado. Mantendo uma mão fina e escura aberta protetoramente sobre a caixa, Ramlal prosseguiu: — Claro que meu pai contou em Gibraltar e eu recontei ontem à noite. Portanto, garanto a você que a caixa tem mil e oitocentas notas de cinco libras. Se quiser conferir agora, tudo bem. Mas... — Ele gesticulou expressivamente para a multidão que passava na rua a poucos metros e sorriu. — Nunca se sabe, sabe?

— Que diabo, não importa. — Dyar tentou parecer amigável. — Aceito a sua palavra. Se houver algum erro, sabemos onde encontrar você, acho.

O outro, parecendo ligeiramente ofendido ao ouvir a última frase, virou-se e pegou uma grande folha de papel de embrulho brilhante, branco e azul, com as palavras *Galeries Lafayette* impressas a intervalos regulares. Com destreza profissional, fez um belo embrulho e amarrou com um pedaço de barbante imaculadamente branco.

— Aí está — disse, dando um passo atrás e curvando-se ligeiramente. — E quando escrever para Mr. Ashcombe-Danvers, por favor, não deixe de enviar a saudação de meu pai e os meus respeitos.

Dyar agradeceu e saiu à rua segurando apertado o pacote. Quase terminado, pensou. Depois que comesse alguma coisa, o Crédit Foncier estaria aberto. Passeou pelo Zoco de Fuera até o restaurante italiano onde havia jantado na noite anterior. Os pacotes de grandes notas brancas manchadas não pareciam nada com dinheiro; a cor do dinheiro era verde e notas de verdade eram pequenas e jeitosas. Não era uma sensação nova para ele ter em mãos uma grande soma de dinheiro que não lhe pertencia, de forma que a ideia de sua responsabilidade não causava nenhum nervosismo indevido. No restaurante, ele colocou o pacote no chão, junto a seus pés, e deu umas olhadas para baixo durante a refeição. Hoje principalmente, pensou, gostaria de estar livre, de alugar um pequeno conversível, talvez, e rodar pelo campo com Hadija, ou, ainda melhor, subir num trem e simplesmente descer para dentro da África, até o fim da linha. (E depois? A África era um lugar grande e daria suas próprias sugestões.) Ele até se satisfaria com uma outra peregrinação à praia, e dessa vez entraria na água e faria um pouco de exercício. Em vez disso, a melhor parte da tarde estaria ocupada pelas visitas ao Crédit Foncier e ao Hotel Atlantide, e Wilcox acharia defeitos e gritaria com ele, assim que soubesse que o dinheiro estava a salvo no banco. Ele resolveu dizer a ele que tinha ido a Ramlal e encontrado a loja fechada três vezes, em vez de duas.

Poucos minutos depois das duas horas ele se levantou, pegou o pacote e pagou a conta ao atarracado *patronne* parado atrás do balcão, junto à porta. Ao sair para o sol brilhante, sentiu certa pena de si mesmo por suas obrigações numa tarde daquela. Quando chegou ao Crédit Foncier, as portas estavam abertas, e ele entrou para a triste penumbra de sala pública. Por trás das grades de ferro dos guichês viam-se os contadores, sentados em bancos altos a suas caóticas mesas. Ele começou a subir a escada de mármore lascado; um árabe de uniforme o chamou de volta. — Sr. Benzekri — ele disse. O árabe deixou que continuasse, mas ficou olhando para ele com desconfiança.

As paredes revestidas de couro do pequeno escritório estavam desfiguradas por manchas ferruginosas que se espalhavam monstruosamente do teto ao chão. O sr. Benzekri estava sentado em uma imensa cadeira negra, parecendo ainda mais triste do que quando o encontrara no Café España. Balançou a cabeça muito devagar para cima e para baixo enquanto desembrulhava a caixa, como se estivesse dizendo: "Ah, sim. Mais papel sujo para contar e cuidar." Mas quando viu os maços cuidadosamente amarrados ali dentro, olhou firme para Dyar.

— Notas de cinco libras? Essas não podemos aceitar.

— O quê? — O volume da própria voz assustou Dyar. — Não pode aceitar? — Viu-se envolvido numa série de viagens entre o irascível Wilcox e o sorridente Ramlal. Porém, o sr. Benzekri estava muito calmo.

— Notas de cinco libras são ilegais aqui, como o senhor sabe. — Dyar estava a ponto de interromper, de protestar ignorância, mas o sr. Benzekri, já embrulhando o papel azul e branco na caixa, prosseguiu: — Chocron vai trocar isto aqui para o senhor. Ele vai lhe dar pesetas, e nós compramos as pesetas como libras. Claro que Mr. Ashcombe-Danvers quer pesetas em suas contas. Ele vai perder duas vezes na troca, mas eu sinto muito. Estas notas são ilegais em Tânger.

Dyar ainda estava confuso. — Mas o que leva o senhor a pensar que esse homem... — ele hesitou.

— Chocron?

— ... Por que o senhor acha que *ele* vai comprar moeda ilegal?

Um leve e breve sorriso tocou os lábios melancólicos do sr. Benzekri. — Ele vai aceitar — disse, baixo. E encostou-se na cadeira, olhando à frente, como se Dyar já tivesse saído. Mas então, ao pegar o pacote muito benfeito outra vez, ele disse: — Espere. — Inclinou-se e escreveu algumas palavras num bloco, arrancou a folha e entregou a ele. — Dê isto aqui ao Chocron. Volte antes das quatro. Nós fechamos às quatro. O endereço está no alto desse papel. — "Que bom para mim", Dyar pensou. Agradeceu ao sr. Benzekri e desceu, saiu para o Zoco Chico, onde o toldo listrado sobre o terraço do Café Central estava sendo baixado para proteger os clientes do quente sol da tarde. Ali se aproximou de um policial nativo, parado com muita pose no centro da praça, e perguntou como chegar à calle Sinagoga. Era perto: seguir a rua principal, virar à esquerda, pelo que pôde entender dos gestos do homem. Toda esperança de ir à praia desaparecera. O próximo dia ensolarado como aquele podia levar mais duas semanas para acontecer; não havia como dizer. Em silêncio, amaldiçoou Ramlal, Wilcox, Ashcombe-Danvers.

O escritório de Chocron ficava no alto de um lance de escada, numa salinha atulhada que se projetava sobre a rua estreita lá embaixo, e Chocron, com sua barba grisalha, que parecia distinto com sua longa túnica preta e solidéu usados pelos judeus mais velhos da comunidade, sorriu quando leu a nota de Benzekri. Seu inglês, porém, era praticamente inexistente. — Mostre — ele disse, apontando a caixa, que Dyar abriu. — Sente — sugeriu Chocron, depois removeu os pacotes da caixa e começou a contar as notas rapidamente, umedecendo o dedo na língua de quando em quando. "Este aqui e Benzekri provavelmente são escroques", Dyar pensou, inquieto. Porém o valor da libra em pesetas era marcado em quadros negros a cada poucos metros na rua; a taxa não poderia ser muito diferente. Ou talvez pudesse, se as libras eram ilegais. Mesmo que as próprias notas fossem válidas, sua mera presença ali devia-se a uma desobediência à lei; não havia nenhuma possibilidade de recurso a nenhuma autoridade, fosse qual fosse a taxa que Chocron e Benzekri resolvessem cobrar. Lá embaixo, na rua, os gritos compridos de um vendedor de doces que passava devagar soavam como um cântico religioso. Os dedos hábeis do sr. Chocron continuavam a manipular os cantos das notas. De vez em quando, ele levantava uma contra a luz que entrava pela janela e a examinava de perto. Quando terminava um maço, amarrava-o de novo meticulosamente, sem nunca olhar na direção de Dyar. Por fim, colocou todos os maços de volta na caixa, pegou o pedaço de papel que o sr. Benzekri havia lhe mandado e escreveu do outro lado: 138 pesetas. Empurrou o papel para Dyar e ficou olhando para ele. Era um pouquinho acima da cotação da rua, que variava entre 133 e 136 por libra. Ainda desconfiado, fazendo caretas e gestos, Dyar disse: — O que o senhor faz com esse tipo de dinheiro? — Chocron parecia entender inglês mais do que falava. — Palestina — respondeu laconicamente, apontando a janela. Dyar começou a multiplicar 138 por 9.000 só para se divertir. Depois, escreveu os algarismos 1 4 2 e passou o papel de volta para o outro, para ver qual seria a reação. Chocron ficou muito falante em espanhol e era fácil perceber que ele não tinha nenhuma intenção de chegar até valor tão alto. Em algum ponto no fluxo de palavras Dyar ouviu o nome de Benzekri; isso, e a ideia de que cento e quarenta e duas eram pesetas demais para pagar por uma libra, foi tudo o que captou do monólogo. Porém, ele estava esquentando o jogo. Se ficasse sentado, quieto, Chocron subiria a oferta. Levou algum tempo. Chocron puxou um caderno de uma gaveta e começou a fazer uma série de exercícios aritméticos. A certo ponto, pegou um pequeno estojo de prata e inalou um pouco de rapé em cada narina. Pôs o estojo de lado decididamente e continuou seu trabalho. Dyar batia a ponta do pé direito no chão de ladrilhos vermelhos, em ritmo de marcha, esperando. Pode-se mudar o preço de qualquer coisa aqui, Wilcox havia insistido, se você souber como, e as virtudes primordiais nessa área eram paciência e uma aparente indiferença. (Ele se lembrou da anedota que Wilcox contara do árabe no correio, que tentou durante cinco minutos comprar um selo de setenta e cinco cêntimos por cinquenta cêntimos e acabou indo embora ofendido quando o balconista se recusou a barganhar com ele.) Neste caso, a indiferença era mais que fingida; ele não tinha interesse em economizar alguns milhares de pesetas para Ashcombe-Danvers. Era um jogo, mais nada. Tentou imaginar como se sentiria no momento se o dinheiro fosse seu. Provavelmente, nem teria tido a coragem de tentar barganhar. Havia uma diferença em jogar com dinheiro que não era real e dinheiro que era. Mas, àquela altura, nada era real. A salinha lotada de móveis velhos, o homem barbudo vestido de preto à sua frente, anotando números mecanicamente no caderno, a luz dourada da tarde que se escoava, os intrincados sons da rua do outro lado da janela, todas essas coisas estavam impregnadas de uma inexplicável imprecisão que roubava delas a sensação familiar de tranquilização contida na ideia de realidade. Acima de tudo, ele tinha consciência do absurdo de sua própria situação. Agora não havia dúvida em sua cabeça de que o telefonema da Delegação Americana tinha a ver com um possível questionamento sobre o assunto de madame Jouvenon. Se ele negligenciasse tanto o telefonema como o compromisso para jantar, amanhã estaria sendo pressionado de ambos os lados.

A cada dia que passava Dyar sentia-se um pouquinho mais longe do mundo; era inevitável que em algum ponto tivesse de fazer um esforço voluntário para se pôr de volta no meio do mundo. Para acreditar inteiramente na realidade das circunstâncias em que um homem se encontra, ele precisa sentir que elas têm alguma relação, mesmo distante, com outras situações que conheceu. Se não consegue encontrar essa conexão, ele é isolado do exterior. Mas como o seu senso interno de orientação depende, para sua eficácia, do devido funcionamento, pelo menos aos seus olhos, do mundo exterior, ele fará qualquer reajuste, conscientemente ou não, para restaurar o senso de equilíbrio. Ele é um instrumento que luta para se adaptar ao novo exterior; ele tem de pôr esses contornos não familiares mais ou menos em foco outra vez. E agora o exterior estava muito distante. Tão distante que a perna da mesa de Chocron poderia ser alguma coisa vista através de um telescópio de um observatório. Ele tinha a sensação de que, se fizesse um terrível esforço, conseguiria produzir uma mudança: ou a perna da mesa desapareceria ou, se permanecesse, ele seria capaz de entender o que significava a sua presença. Prendeu a respiração. Na tontura que resultou disso, ouviu a voz de Chocron dizendo alguma coisa que não fazia sentido. — *Cientocuarenta. Mire.* — Estava segurando um pedaço de papel para ele olhar. Com a sensação de levantar um peso tremendo, Dyar levantou os olhos e viu números ali escritos, ao mesmo tempo consciente de que dentro dele um vasto e irresistível torvelinho estava ocorrendo. — Ahn? — disse. Chocron tinha escrito “140”.

— Tudo bem.

— Um minuto — disse Chocron; levantou-se, pegou a caixa de dinheiro e foi para outra sala, fechando a porta ao passar.

Dyar não se mexeu. Ficou olhando pela janela a parede do prédio em frente. O terremoto estava se aquietando; os estratos principais tinham mudado de posição, e suas novas colocações pareciam mais confortáveis. Era como se alguma coisa que estava em seu campo de visão tivesse sido removida, alguma coisa que havia sido um obstáculo à descoberta de como mudar o cenário externo. Mas ele desconfiava dessa série toda de experiências privadas que tinham se imposto a ele desde que chegara ali. Estava acostumado a longos períodos de intolerável tédio com pequenas crises de fastio; essas violentas perturbações dentro dele pareciam não fazer parte de sua vida. Eram muito mais uma parte daquele lugar sem sentido onde estava. Porém, se era desse jeito que o lugar ia afetá-lo, era melhor se acostumar com os efeitos e aprender a lidar com isso.

Quando Chocron voltou, trazia a caixa com ele, mas dessa vez as notas eram menores, marrom-esverdeadas, roxas, e havia menos notas. Ele pôs a caixa na mesa e, ainda de pé, escreveu em seu caderno para mostrar a Dyar: 1.260 por 1.000p.
— Conte — disse ele.

Levou um longo tempo, mesmo com notas novas e firmes como a maioria delas.

"Bom, está ótimo", ele pensou, ao terminar. "Vinte e cinco mil e duzentos dólares ou quase isso e ninguém para impedir você. Você simplesmente sai andando." Olhou para o rosto de Chocron curiosamente um segundo. Ninguém a não ser Wilcox. Era verdade. E Wilcox apenas, não Wilcox e a polícia. Por Deus, que situação, ele pensou. Quase vale a pena jogar, só pelo prazer da coisa.

Não prestou muita atenção ao aperto de mão de Chocron e à escada íngreme que levava à rua. Caminhando devagar, empurrado por aguadeiros e velhas judias de xales franjados, mantinha os olhos no chão, sem pensar. Mas sentia o papel lustroso em volta da caixa e sabia que Chocron a havia embrulhado cuidadosamente, que era outra vez um pacote das Galeries Lafayette. Foi para baixo de um arco alto onde árabes apregoavam bananas e objetos de vidro grosso; à esquerda, reconheceu o café de Thami.

Quando olhou para dentro da porta, o rádio não estava tocando. Estava escuro dentro do café e ele teve a impressão de que o lugar se encontrava praticamente vazio.

— *Quiere algo?* — perguntou o *qauaji*.

— Não, não. — O ar tinha aroma de fumaça de kif. Uma mão agarrou seu braço, apertou de leve. Ele virou.

— Olá — disse Thami.

— Oi! — Era quase como encontrar um velho amigo; ele não sabia por que, só que tinha ficado sozinho durante um dia que parecia sem fim. — Achei que não estaria aqui.

— Eu disse que estou sempre aqui.

— Para que você tem casa?

Thami fez uma careta e cuspiu. — Para dormir quando não tem outro lugar.

— E uma esposa? Para que você tem uma esposa?

— Mesma coisa. Sente. Tome um copo de chá bom.

— Não posso. Tenho de ir embora. — Olhou o relógio: eram quinze para as quatro. — Tenho de ir depressa. — A caminhada até o Crédit Foncier levava só três minutos, mas ele queria ter certeza de chegar lá antes que fechassem a grade de ferro.

— Vai para lá ou para cá?

— Para o Zoco Chico.

— Vou com você.

— Tudo bem. — Ele não queria que Thami fosse junto, mas não havia como escapar e, de qualquer forma, pensou que podia tomar um drinque depois.

Enquanto caminhavam, Thami olhou depreciativamente a própria calça, que estava muito amassada e manchada de graxa.

— Minha roupa velha — observou, apontando. — Muito velha. Para trabalhar no barco.

— Ah, você comprou o barco?

— Claro que comprei. Contei para você que ia comprar. — Ele sorriu. — Agora tenho barco. Mr. Thami Beidaoui, *proprietário* de uma lancha velha. Uma lancha muito velha, mas que é muito rápida.

— Muito rápida? — Dyar repetiu, sem prestar atenção.

— Não sei qual a velocidade, mas mais depressa que os barcos de pesca daqui. Sabe, é uma lancha velha. Não pode ser tão rápida como um nova.

— Não. Claro.

Passaram pela loja de Ramlal. Estava fechada. Ramlal havia acrescentado seis baterias para rádios portáteis à variedade de canetas, brinquedos de celuloide e relógios de pulso. Passaram pela El Gran Paris, as vitrines um caos de capas de chuva. Era sempre difícil navegar pelo Zoco Chico com seus grupos de gente conversando, paradas como rochas no mar, em torno dos quais a multidão se movia em todas as direções. Ao chegar àquilo que Dyar pensava ser a entrada do Crédit Foncier, no alto de alguns degraus entre dois cafés, ele viu que mesmo o caminho para o pátio externo estava impedido por altos portões fechados.

— Não é aqui — disse, olhando inquieto de um lado e outro da praça.

— O que você quer? — Thami perguntou, talvez ligeiramente incomodado porque Dyar não havia lhe dito exatamente onde estava indo e o que ia fazer. Dyar não respondeu; seu coração parou, porque viu que aquele era, sim, o Crédit Foncier, e estava fechado. Subiu a escada e sacudiu o portão, bateu forte, se perguntando se o som seria ouvido no imenso burburinho de vozes que flutuava do Zoco.

Thami subiu a escada devagar, testa franzida. — Por que você quer entrar? Quer ir ao banco?

— Não são nem cinco para as quatro ainda. Não devia estar fechado.

Thami sorriu, penalizado. — Ha! Você pensa que isto aqui é a América, as pessoas olhando no relógio toda hora até verem que são exatamente quatro horas, ou exatamente dez horas? Hoje eles podem ficar abertos até quatro e vinte, amanhã fechar a porta dez minutos antes das quatro. Do jeito que sentirem vontade. Você sabe. Às vezes, tem um monte de trabalho. Outras vezes, não tanto.

— Que droga, eu tenho de entrar! — Dyar bateu mais um pouco no portão e gritou: — Ei!

Thami estava acostumado com essa urgência da parte de estrangeiros. Sorriu. — Pode entrar amanhã cedo.

— Amanhã cedo o diabo. *Tenho* de entrar agora.

Thami bocejou e se espreguiçou. — Bom, eu gostaria de ajudar, mas não posso fazer nada.

Bater e gritar parecia bastante inútil, mas Dyar continuou fazendo as duas coisas, até um árabe muito magro, com uma vassoura na mão, aparecer num canto do pátio e parar olhando pelas barras.

— *Ili firmi!* — ele disse, indignado.

— O senhor Benzekri! Preciso falar com ele!

— *Ili firmi, m'sio.* — E para Thami: — *Qullu rhadda f's sbah.* — Mas Thami não se dignou a notar o varredor; desceu de novo a escada até o Zoco e gritou para Dyar: — Venha! — Vendo que o outro permanecia no portão tentando argumentar com o homem, ele se sentou numa cadeira na calçada e esperou que terminasse. Dyar acabou descendo para se juntar a ele, resmungando baixinho.

— O filho da puta não quis nem chamar o senhor Benzekri para mim.

Thami riu. — Sente aí. Tome um drinque. Eu convido. — Um garçom se aproximou. Dyar jogou-se numa cadeira. — Me dê um White Horse. Sem água — disse.

Thami fez o pedido. Depois olhou para Dyar e riu outra vez. Estendeu a mão e deu um tapa no joelho de Dyar. — Não fique tão sério. Ninguém vai morrer porque você não pôde entrar no banco hoje em vez de amanhã. Pode ir amanhã.

— É — disse Dyar. Já ao dizer isso, estava pensando: legalmente, o dinheiro pertence a quem está com ele. E eu estou com ele.

— Precisa de dinheiro? — Thami perguntou de repente. — Quanto? Eu te dou um dinheiro. Quanto?

— Não, obrigado, Thami. Agradeço. Você é um bom sujeito. Deixe eu pensar. Eu só quero pensar um minuto.

Thami ficou quieto até trazerem o uísque. Depois começou a falar de novo, sobre um inglês que conhecera um dia. O inglês o convidou para ir com ele a Chauen, mas por alguma razão houve dificuldades na fronteira. Nunca muito perceptivo, ele não notou que Dyar ainda estava mergulhado em si mesmo, formulando, rejeitando possibilidades.

— *A votre santé, monsieur* — disse Thami, levantando o copo em expectativa.

— É — disse Dyar. — É. — E levantando a cabeça de repente: — Certo. *Prosit.* — Esvaziou o copo. Estava pensando: se Ramlal tivesse o dinheiro ontem de manhã em vez de ontem à noite, eu estaria livre. Nenhuma preocupação de quando ligar para a Delegação. Nem para madame Jouvenon. Maldita madame Jouvenon. Ele não se dava conta de como seu raciocínio era ilógico naquela altura, como inextricavelmente amarrado com sua atual decisão era o seu envolvimento com aquela senhora.

— Vamos embora daqui. — Pôs-se de pé. Tão repentina foi a observação e o tom em que foi feita que Thami olhou para cima, admirado com ele.

Na rua, descendo para o porto, ele começou a falar confidencialmente, mantendo a boca perto do ouvido de Thami.

— Dá para sair de barco?

— Bom...

— Você não sabe pilotar o barco. Tudo bem. Conhece alguém que saiba? Que tal o sujeito de quem você comprou? Ele não vai estragar a lancha, não é? Onde ele está agora?

— Onde ele está?

— É. Agora.

— Ele mora em Dradeb.

— O que é isso?

— Sabe — Thami respondeu, atencioso —, você pega o Zoco de Fuera, vai até Boa Arakia. Passa o cemitério mouro e chega a Cuatro Caminos...

— Dá para ir de táxi?

— Táxi? A gente não precisa de táxi. Dá para ir a pé. O táxi custa quinze pesetas.

— Mas dá para chegar lá de táxi?

Thami, parecendo cada vez mais surpreso, disse que dava.

— Vamos! — Dyar correu na frente, na direção do ponto de táxi ao pé das muralhas. Rindo e protestando, Thami foi atrás. Pelo menos o americano estava se comportando como um americano. Chegaram ao pé do morro. Dyar olhou o relógio. Quatro e dez. Estou contente de ter pensado *nisso*, disse para si mesmo. — Hotel de la Playa — disse ao motorista. Se Wilcox por acaso estivesse no hotel à sua espera, ele poderia ainda ter um álibi. Chocron o detivera durante tanto tempo que o Crédit Foncier estava fechado quando chegou lá, de forma que tinha voltado imediatamente para trancar o dinheiro até amanhã. Wilcox podia levar o dinheiro com ele ou deixar, como quisesse. Mas se ele voltasse ao hotel ainda mais tarde que isso e lá encontrasse Wilcox, não haveria como explicar o tempo que se passara entre as quatro e fosse qual fosse a hora que chegasse. "Se a gente faz cada coisa quando aparece e mantém a calma, consegue se dar bem. Se se agita, se ferra de uma vez", ele disse a si mesmo.

O sol tinha ido para trás dos altos prédios do morro, mas ainda iluminava os cargueiros ancorados no porto; toda a sua pintura branca estava ficando ligeiramente alaranjada com a luz. Além deles, em cima de seu rochedo ficava a torre caiada do farol de Malabata.

No hotel, ele deixou Thami esperando no táxi. Com seu pacote, ele saltou e entrou no saguão. Nem sinal de Wilcox. Tudo bem, mas o momento mais perigoso seria quando voltasse para baixo. Mesmo então ele poderia dizer que tinha pensado em trancar o dinheiro dentro de uma de suas malas, depois decidira dar para a gerência guardar no cofre do hotel. O rapaz lhe deu a chave e uma mensagem telefônica, que ele enfiou no bolso sem ler. Correu para cima. O ar de seu quarto estava morto, vários graus mais frio do que o ar lá de fora. Ele pôs a pasta em cima da cama, depressa jogou dentro o barbeador, o creme de barbear, lâminas, escova de dentes, pasta de dentes, pente e quatro lenços. Depois, desembrulhou a caixa e arrumou os maços de notas entre os artigos de toalete. Ainda havia espaço para uma cueca. A porta estava trancada; se Wilcox batesse naquele momento, ele teria tempo de tirar o dinheiro e jogar a pasta dentro do armário. Apalpou os bolsos para ver se seu passaporte, sua carteira e seus cheques de viagem estavam todos ali. Enfiou um cachecol de lã e um par de luvas no bolso do sobretudo e pendurou no braço, fechou a pasta, girou a trava Sesamee para três zeros, e olhou outra vez em torno do quarto. Então, com uma cautela que sentia ser absurda no momento mesmo em que a exercia, destrancou a porta e abriu. O corredor estava vazio. Pela janela no fim do corredor, viu as dunas distantes atrás da praia; a sombra delas se estendia pela areia plana na direção do porto. Um rádio no andar de cima tocava música flamenca, mas não havia nenhum som nos corredores nem na escada.

— Vamos — ele sussurrou e desceu tranquilamente a escada. Wilcox não estava no saguão. O táxi lá fora não tinha saído do lugar. Ele entregou a chave ao rapaz e saiu. — Adeus Playa — disse baixinho.

— Agora dê o endereço ao motorista.

— Do jilali? — Thami estava aturdido, mas sabendo que havia alguma coisa no ar, tinha toda a intenção de participar do jogo até satisfazer sua curiosidade, tanto quanto sobre o que Dyar estava fazendo como sobre o dinheiro que poderia haver para ele naquilo. Inclinou-se para a frente e começou a passar complicadas instruções ao motorista.

— Vamos! Mande ele dar a partida! — Dyar exclamou, olhando ansiosamente a avenida de España. — Pode fazer isso no caminho.

O carro deu ré e virou na rua que subia o morro. Agora o sol que se punha brilhava diretamente em seus rostos; Dyar pôs óculos escuros e virou para Thami. — Quanto pagou pelo barco?

Thami engoliu em seco e hesitou, dizendo: — Quem? Eu? — que é o que qualquer árabe diria numa situação dessas; depois, lembrando-se de que uma resposta dessas enfureceria qualquer americano, depressa contou a ele o único preço que foi capaz de pensar, o preço real.

— Que tal o seguinte? — disse Dyar. — Você me aluga o barco por esta noite por duas mil e quinhentas pesetas e eu te dou mais duas mil e quinhentas para você vir junto e garantir que eu chegue onde eu quero chegar. Você fica com o barco e com as cinco mil pesetas.

As emoções geradas em Thami pela situação desconhecida fizeram com que abandonasse seus hábitos de pensamentos europeus. A boa sorte, como a má sorte, vem diretamente de Alá para o beneficiado; o intermediário é de pouca importância, a não ser como alavanca que ajuda a garantir a extração da máxima bênção. — Não tenho dinheiro para a *gasolina* — Thami protestou.

Quando atingiram a movimentada rua principal do subúrbio que era Dradeb, tinham chegado a um acordo sobre todos os pontos principais das finanças; o jilali continuava um fato incerto, mas Thami estava otimista. — Vou falar para ele setecentas e cinquenta, aí podemos subir para mil, se for preciso — disse ele, pensando numa divisão de cinquenta por cento (que podia não ser tão fácil de conseguir, refletiu, considerando que com as cinco mil pesetas o jilali não estava precisando de dinheiro imediatamente).

O táxi aproximou-se da calçada e estacionou na frente de uma mercearia. Thami saltou, desapareceu numa das vielas penumbrosas, voltou para se informar na mercearia e correu pela rua principal. O motorista desceu e caminhou na direção oposta.

Sozinho no táxi, ignorando os olhares curiosos dos transeuntes, Dyar relaxou voluptuosamente, saboreando as pequenas delícias do triunfo. Já era uma coisa bem agradável Thami estar correndo lá fora, empenhado em ajudá-lo.

Então lembrou-se da mensagem que o rapaz do hotel tinha lhe entregado. Tirou-a do bolso e acendeu a luz do teto. "*Llame Vd. al 28-01*" dizia, e ele sabia que era o número de Daisy de Valverde. Com a pasta na mão, desceu e entrou na mercearia. Nessa hora, já estava bem escuro na rua e ali havia apenas uma vela para se somar à luz diurna azulada e declinante que ainda entrava pela porta. Dyar viu o telefone num caixote atrás de uma geladeira de Coca-Cola quebrada. Era um telefone de disco: ele agradeceu por isso. Teve de riscar um fósforo para enxergar os números.

Surpreendentemente, a própria Daisy atendeu. — Seu malvado — ela disse. — Acabou de pegar meu recado? Liguei há horas. Você *poderia* vir jantar? Tudo muito informal, tudo muito *privado*, eu diria. Luis está em Casa. Eu estou na cama. Não doente de verdade. A ciática apenas. Só você e eu, e eu adoraria que viesse. Por volta das sete? Para a gente conversar? Vai ser maravilhoso ver você, querido.

Ele pôs o dinheiro do telefonema no balcão; o *sussi* balançou a cabeça uma vez. Quando chegou ao táxi, o motorista estava de volta à direção, abrindo um maço de cigarros. Ele entrou, bateu a porta e sentou, esperando. Parecia uma solução perfeita para o problema do jantar; ia mantê-lo completamente fora das ruas, fora da cidade.

Então viu Thami vindo na direção do táxi. Estava com alguém. Ele chegou, abriu a porta e inclinou-se para dentro. — Encontrei — anunciou, satisfeito com o arranjo financeiro que tinha acabado de fazer, depois de sair da casa do jilali.

— Ótimo. Agora vamos para a sua casa — disse Dyar. — Enfie esse homem aí na frente e vamos.

O nome do jilali era Zaki; era um homem de trinta e cinco anos (o que quer dizer que parecia cinquenta), desleixado com as roupas e precisando muito se barbear, de tal forma que para Dyar sua aparência sugeria um figurante num filme de pirata.

— Ele entende um pouco de inglês? — perguntou a Thami.

— Este homem? Ha! Ele não entende nem espanhol! — Thami soava triunfante. — *Verdad, amigo?* — gritou para o outro, na frente.

— *Chnu?* — perguntou o jilali, sem se voltar.

A rua onde Thami morava foi ficando cada vez mais irregular e cheia de poças cuja profundidade era impossível de avaliar: o motorista de repente parou o carro e anunciou que não dava para continuar. Seguiu-se uma discussão que prometia ser demorada. Dyar desceu e avaliou a rua, desgostoso. As casas estavam em péssimo estado, algumas com o segundo andar ainda em construção, e as portas davam diretamente para a viela lamacenta, sem deixar nenhum espaço para a futura construção de calçadas. Impaciente, ele chamou Thami. — Mande ele esperar aqui então. Depressa! — O motorista, porém, depois de trancar o carro, insistiu em ir com eles. — Diz ele que já devemos sessenta e cinco pesetas — Thami revelou. Dyar deu um grunhido.

Thami entrou na frente, para tirar a esposa do caminho, enquanto os outros esperavam lá fora, no escuro.

— Você fica aqui — Dyar disse ao motorista que pareceu satisfeito depois de ver em que casa iam entrar.

Logo Thami chegou na porta e fez sinal para entrarem, seguindo na frente por um pátio sem iluminação até uma sala estreita onde um rádio estava tocando. O colchão junto à parede estava coberto com um brocado verde e amarelo barato; acima dele, penduradas na parede, diversas fotografias grandes, em molduras douradas, mostrando homens vestindo gandura e fez. Três despertadores, todos funcionando, em cima de um armário pendurado no canto do quarto, mas cada um mostrando uma hora diferente. Enfileirados ao longo de uma prateleira abaixo deles havia uma sucessão de copos de papel empoeirados, mas não usados, que tinham sido arrumados cuidadosamente para se alternar com outras tantas figurinhas vermelhas de gesso, representando Papai Noel; abaixo e de ambos os lados a parede era empapelada com várias dezenas de capas de brochura coloridas, todas idênticas, cada uma com a fotografia de uma enorme escova de dentes com o cabo de plástico azul vivo. *DENTOLINE, LA BROSSE A DENTS PER EXCELLENCE* diziam, repetindo e repetindo. O rádio no chão, num canto, estava ligado a todo volume; Om Kalsum cantava um lamento torturado e por trás de sua voz uma orquestra gaguejava e chorava.

— Sente! — Thami gritou para Dyar. Ele se ajoelhou e reduziu um pouco o volume da música. Quando Dyar pisou no colchão, a lâmpada elétrica na ponta de um longo fio elétrico que pendia do centro do teto bateu em sua testa. — Desculpe — disse, enquanto a luz balançava loucamente para a frente e para trás. O jilali tinha tirado os sapatos na porta e já estava sentado na outra ponta do colchão, as pernas dobradas embaixo do corpo, oscilando um pouco de um lado para outro com a música.

Dyar gritou para Thami: — Ei! Desligue esse funeral! Você se importa? Temos muita coisa para conversar, e não muito tempo.

No silêncio que se seguiu veio o som do bebê chorando no quarto ao lado. Dyar começou a falar.

XVII

O que queria dizer, Daisy pensou, ser o que seus amigos chamavam de uma mulher forte? Embora tivessem a intenção de fazer o epíteto soar lisonjeiro, não conseguiam. Era uma crítica negativa. Se você dizia que uma mulher era forte, queria dizer que ela conseguia o que queria de forma muito direta, que ela não era suficientemente mulher, que não era sutil, que se impunha. Era quase tão ofensivo quanto dizer que um homem tinha um caráter fraco. No entanto, até seus amigos mais chegados tinham o costume de usar a palavra abertamente para descrevê-la; "na minha frente mesmo", pensou, com uma mistura de ressentimento e satisfação. Era como se, ao aceitar a falácia contemporânea de que a mulher tinha de ter os mesmos objetivos e capacidades do homem, eles concluíssem que qualquer qualidade que fosse uma virtude num homem era igualmente desejável numa mulher. Mas quando ela ouvia a palavra "forte" usada a seu respeito, mesmo sabendo que era perfeitamente verdadeira e não tinha nenhuma intenção pejorativa, ela se sentia imediatamente como um ingrato animal predatório, e a sensação não a agradava. Havia desvantagens concretas em ser classificada assim: em qualquer situação em que seria natural esperar uma expressão de preocupação por seu bem-estar da parte dos homens do grupo, era sempre com as outras mulheres do grupo que se inquietavam. A opinião geral, muitas vezes manifestada em voz alta, era que Daisy era capaz de cuidar de si mesma. E quantos outros maridos viajavam e deixavam suas mulheres durante cinco ou seis dias sozinhas nas casas com os criados? Não que ela achasse ruim ficar sozinha; ao contrário, era um descanso para ela, uma vez que ela nunca recebia quando Luis estava fora. Mas o fato de ele tomar a tal ponto por uma coisa natural que ela não se importasse, por alguma razão isso a exasperava, embora ela não conseguisse encontrar uma explicação lógica para seu aborrecimento. "Creio que ninguém pode fazer o bolo e comê-lo", ela dizia para si mesma pelo menos uma vez durante cada ausência dele. Quem passou a infância em cima de um cavalo, galopando com os quatro irmãos por cinquenta mil acres de uma estância, naturalmente se tornaria o tipo de mulher que ela se tornou, e dificilmente se poderia esperar que os homens fossem protetores com ela. Na realidade, muitas vezes era exatamente o contrário: ela às vezes via seus amigos homens procurando por seu apoio moral, e ela sempre o dava, sem hesitar, mesmo consciente, ao fazê-lo, de que a cada momento estava se afastando mais da posição privilegiada que se esperava que a mulher moderna ocupasse em relação a seus conhecidos homens.

A maioria dos amigos de Daisy era de homens; os homens gostavam dela, e Daisy tinha orgulho de saber manejá-los. Porém, seus dois primeiros maridos tinham morrido, o primeiro deixando-lhe uma filha e o outro uma considerável fortuna. A menininha ela havia mais ou menos abandonado aos cuidados da família do marido em Buenos Aires; a fortuna, porém, tinha conservado. Solta em Londres e por falta de coisa melhor para fazer, ela resolveu partir para uma viagem tranquila ao redor do mundo. A viagem durou três anos; acabou no sul da França durante o outono de 1938, onde alugou uma casinha em Saint Paul du Var, intensamente consciente de sua solidão e com a sensação de que, de alguma forma, sua vida ainda não havia começado.

Foi em Palm Beach, em Cannes, que ela conheceu Luis, um espanhol magro e dramaticamente moreno que usava uma capa de ópera e a manuseava com a arrogância de um matador com sua *muleta*, que era rude com todo mundo sem ser realmente ofensivo, que usava linguagem incrivelmente obscena e conseguia permanecer inteiramente cavalheiro. Era dono de vastas propriedades na Andaluzia que tinha muito pouca esperança de recuperar, mesmo supondo que Franco fosse capaz de pôr um fim à resistência republicana. — São todos idiotas! — ele berrava para todo o cassino. — Todos os espanhóis podem comer merda! — Pouco a pouco, Daisy foi se descobrindo a pensar com admiração nesse homem estranho que se gabava de nunca ter lido um livro e era incapaz de escrever algo além de sua assinatura. Ele controlava cavalos tão bem como o mais maduro gaúcho, era tão bom atirador quanto ela e não havia nem um traço de sentimentalidade ou condescendência em seu caráter. Era tão seco, duro e impessoal como uma pedra, e ela uma vez lhe disse que ele lhe lembrava certas paisagens andaluzas. Estava malpreparada, porém, para a reação dele, que veio imediatamente e com força assombrosa. Virando-se para ela com a violência de alguém que tinha acabado de ser insultado, ele gritou: — Isso é uma declaração de amor! — Tomou-a nos braços e começou a acariciá-la com tamanha brutalidade que ela gritou e o esbofeteou. O incidente havia ocorrido no bar do Carlton, na frente de várias pessoas, e depois de alguns momentos de vergonha e fúria no banheiro feminino, ao qual se recolhera quando ele a soltou, ela saíra e pedira desculpas por seu comportamento, esperando que ele, naturalmente, fosse fazer a mesma coisa. Mas ele dera risada, pagara o barman e fora embora.

Depois, cada vez que se encontravam (uma vez que encontros eram inevitáveis em Cannes), ele perguntava se ela ainda admirava a paisagem andaluza como sempre. Teria sido uma violação ao código dela fazer qualquer outra coisa senão admitir que sim. Suas respostas davam a ele imensa satisfação. — Ahh! — ele gritava, deliciado. — *Ya ves?* — porque eles tinham adquirido o hábito de falar espanhol um com o outro. Ele possuía uma pequena vila em Le Cannet, cheia de móveis e pinturas que conseguira tirar da Espanha, e ela costumava sair de carro às vezes no fim da tarde e ir visitá-lo. Como era bem sabido que ele vendia um quadro de quando em quando para continuar vivendo, ela não hesitou, quando um dia viu um Goya que admirava particularmente e perguntou o preço. O Marquês de Valverde irrompeu numa rara fúria. — A Andaluzia não está à venda! — berrou. — Não seja absurdo — disse Daisy. — Pago um bom preço por ele. Você precisa de dinheiro. — Mas seu anfitrião continuou xingando, dizendo que preferia meter o pé no Goya do que vender a ela, fosse qual fosse o valor que ela estivesse disposta a pagar. Daisy entendeu que toda aquela veemência, embora perfeitamente sincera, era apenas parte do orgulho anormalmente desenvolvido que governa o comportamento do espanhol, camponês ou aristocrata, e fez uma sugestão audaciosa. — Eu gosto desse quadro — disse — e se você não quer me vender, tem de me dar de presente. — O Marquês sorriu deliciado. — Tudo na minha casa é seu, basta pedir — ele respondeu. A amizade deles começou nesse momento. O homem era magnífico, ela concluiu, e não foi surpresa que de amigos inseparáveis logo se transformassem em amantes apaixonados. Daisy tinha pouco mais de trinta anos, o rosto radiante de uma beleza saudável, gritante, que combinava perfeitamente com seu corpo escultural. Era inevitável que um homem como Luis se apaixonasse por ela, que ao fazê-lo ele percebesse muito mais coisas em seu caráter do que suspeitava, e assim decidisse casar com ela, para possuí-la mais completamente. Era inevitável também que assim que a tivesse acrescentado à sua lista de posses ele deixasse de amá-la, mas Daisy já sabia disso, e não se importava, porque sabia também que nunca deixaria de admirá-lo, fizesse o que fizesse, e tinha certeza de que seria capaz de conservá-lo, coisa que para ela, uma mulher eminentemente prática, era, afinal, a consideração principal.

E então, para Daisy, não houve nada de surpreendente nas primeiras infidelidades de Luis. Depois de um casamento muito discreto na igreja de Saint Paul du Var, os dois fecharam suas respectivas casas, despacharam os pertences mais valiosos de Luis para o Rio, a conselho do banqueiro de Daisy. — Banqueiros judeus sempre sabem quando vai haver uma guerra — dissera Daisy. — Pode confiar neles sem restrições. — Partiram para o Brasil, veio a guerra, e eles ficaram lá até que acabasse. Luis havia começado com uma dançarina de boate, continuara com camareiras e acabara mudando para uma das amigas da própria Daisy, uma Sra. da Cunha, e Daisy nunca dissera uma palavra para mostrar que sabia. Luis era suficientemente perceptivo para se dar conta de que não havia como ela não saber de suas indiscrições, mas, ela se importasse ou não, ele continuaria com elas, e ambos sabiam disso, de forma que o assunto nunca foi mencionado, como se por acordo mútuo. Por algum tempo, quando chegaram a Tânger, no fim da guerra, não houvera ninguém. Daisy sabia que aquilo era apenas um intervalo sossegado; logo acabaria. Quando começaram suas viagens de negócios a Casablanca, ela entendeu. Nem mesmo agora ela fazia ideia de quem fosse, nem se importava muito, estava sempre dizendo a si mesma. Porém, de alguma forma, ela sempre se via fazendo um esforço para descobrir quem era a mulher e, se possível, conhecê-la, porque sentia a cada vez saber que isso lhe dava a chave para mais uma câmara da personalidade misteriosa de Luis. Quanto mais ela soubesse de suas amantes, mais ela saberia sobre ele. Criada num mundo de latinos, Daisy acreditava que a promiscuidade era tão própria dos homens como imprópria para mulheres. Ela consideraria chocante a simples ideia de ter um amante. Para uma mulher decente não havia nenhuma possibilidade de existir ninguém, a não ser o marido, e como ela estava tão firmemente decidida a respeito, permitia-se seguir um padrão de comportamento que para mulheres de caráter menos resoluto parecia sempre altamente questionável. Sua reputação entre os membros femininos da colônia britânica não era bem o que poderia ser, exatamente porque ela conhecia sua posição e podia se permitir liberdades que seriam desastrosas no caso da maioria das outras. Conhecendo a si mesma, ela respeitava a si mesma; conhecendo as outras, não tinha nenhum respeito por elas e, portanto, era de pouca importância para ela o que diziam a seu respeito. Ela se perguntava o que elas poderiam pensar, senão o pior, ao saberem que havia convidado aquele jovem americano para ir à Villa Hesperides na ausência de Luis. E agora, deitada na cama, procurando metodicamente desenterrar seus motivos, ela sentiu um pequeno arrepio de apreensão. Estava completamente segura de si mesma quanto a esse rapaz? *Ele* era bastante inofensivo. (Ela sorriu ao lembrar-se da ingenuidade dele, de sua aparente inocência do mundo e da impressão que ela tivera de seu absoluto desamparo diante disso.) Mas mesmo o mais inócuo elemento em si podia se mostrar perigoso em seu contato com um elemento diferente. Ela pensou a respeito e sentiu pequenas dúvidas surgindo. "Ou será que estou realmente esperando que aconteça alguma coisa e esse é apenas o meu jeito de castigar a mim mesma?" Era difícil dizer. Ela procurou o botão na parede que ficava no meio da confusão de frascos de perfumes e remédios em cima da mesa e apertou. Uma criada bateu na porta. — Mande Hugo subir — ela disse à moça.

— Ah, Hugo — disse, quando ele apareceu. — Se o telefone tocar hoje à noite enquanto o senhor Dyar estiver aqui, diga que saí para jantar você não sabe onde, nem a que horas eu volto. — Depois que ele fechou a porta, ela saiu da cama, um pouco encolhida, mais antecipando a dor do que sentindo, e atravessou o quarto até a janela. Passava um pouco das seis e estava quase escuro, a água lá embaixo estava negra e agitada, e o céu esmaecido, sem cor, fazia com que parecesse fria. A Espanha havia desaparecido, havia apenas as rochas e o mar, e logo haveria menos que isso: apenas o rugir das ondas no escuro. Ela puxou cuidadosamente as cortinas em todas as janelas e ligou o aquecedor elétrico junto à penteadeira. Os pequenos refletores se acenderam. Sentou-se na frente do espelho e passou a trabalhar em seu rosto. Hoje ia ser mais rápido que o normal porque sabia exatamente em que luz estaria durante toda a noite. Enquanto trabalhava, se viu pensando o que exatamente esse bastante estranho Mr. Dyar pensava dela. "Uma velha ninfomaníaca, provavelmente", ela imaginou, decidida a ser o mais realista e impiedosa possível consigo mesma. Mas então se perguntou por que estava sendo tão violenta; só podia ser para matar qualquer esperança que pudesse estar à espreita dentro dela; esperança de que, de alguma forma, ele pudesse achá-la atraente. "Mas isso é bobagem", objetou. "O que eu quero com um homem imaturo, sem graça como esse? Ele é definitivamente um chato." Porém não se convenceu. Ele não a chateava; ele era como uma charada não resolvida, uma pintura vista na penumbra, seu assunto apenas adivinhado, que poderia revelar-se algo completamente diferente quando vista à plena luz. Quando ela lembrou a si mesma que era impossível ele se revelar algo que valesse a pena ou fosse interessante, ainda que ela conseguisse mesmo entendê-lo, restava o fato de que ele era misterioso, e isso, para ela, era o que importava a respeito dele. Mas por que ela haveria de ver algum mistério numa pessoa como aquela? Mais uma vez experimentou um sentimento de apreensão, um prazeroso estremecimento de medo. "Ele eu controlo", disse para o rosto semipronto no espelho cegante, "mas será que controlo *você*?".

Os sons múltiplos e distantes da atividade doméstica atravessavam as grossas paredes da casa, uma série de baques abafados, mal audíveis mais do que ruídos efetivamente distinguíveis uns dos outros: ela, porém, ao longo dos anos tinha aprendido a interpretá-los. A porta da despensa fechando, o giro noturno de Mario no andar de baixo, fechando as venezianas e puxando as cortinas, Inez subindo a escada, Paco indo ao canil com o jantar dos cachorros, ela sabia, sem perguntar, quando cada coisa estava acontecendo, do mesmo jeito que o lanterninha do teatro sabe pelo diálogo exatamente como está o palco em determinado momento, sem precisar olhar. Por cima desses sons abafados apareceu então um outro, vindo da janela: um carro subiu a rua principal, virou na entrada, parou em algum lugar entre o portão e a porta da casa. Inconscientemente ela esperou para ouvir a continuação, ouvir as portas do carro baterem, o toque abafado da campainha na cozinha e Hugo chegar até a porta da frente. Mas nada aconteceu. O silêncio lá fora continuou durante tanto tempo que ela começou a duvidar de que tivesse realmente ouvido algum carro subir pela entrada; ele devia ter continuado a subir o morro.

Quando terminou, apagou os refletores, vestiu um *négligé* branco e preto novo que Balenciaga havia feito para ela em Madri, ajeitou os travesseiros e voltou para a cama, pensando que talvez tivesse sido afinal uma péssima ideia convidar Mr. Dyar sozinho para jantar. Ele podia facilmente se intimidar pela ausência de outros convidados, e principalmente pelo fato de Luis não estar lá. "Se ele ficar quieto, em nome de Deus, do que vou falar com ele?", pensou. Com drinques suficientes talvez ele ficasse mais à vontade, mas havia o perigo maior de ele beber demais. Levada pelo nervosismo da especulação de desastre ela começou a desejar não ter sido tão rapidamente impulsiva ao convidá-lo. Mas ele podia chegar a qualquer momento agora. Ela fechou os olhos e tentou relaxar do jeito que um iogue de Benares havia lhe ensinado. Só conseguiu em parte; mesmo assim, o esforço fez o tempo passar.

De repente, bateram na porta. Hugo entrou e anunciou Mr. Dyar.

XVIII

Com esforço, Daisy se pôs sentada, um pouco ressentida por ter sido pega desprevenida. Dyar estava com uma pasta na mão; parecia mais alerta do que ela lembrava. Ela se perguntou, num relance, por que Hugo não pegara a pasta dele junto com o casaco, e ainda mais fugazmente se perguntou por que não tinha ouvido o táxi chegar, mas ele estava avançando para a cama, e Hugo estava saindo e fechando a porta.

— Oi! — ele disse, sacudindo vigorosamente a mão dela. — Espero que esteja mais doente do que parece, porque está ótima. — Ele se inclinou e empurrou a pasta para debaixo da mesa ao lado da cama.

— Na verdade, não estou nada doente. É só uma pontada da ciática que aparece de vez em quando. Não é nada, querido. Mas eu sou um bebê chorão e detesto tanto a dor que simplesmente me permito esse mimo. E aqui estou. Sente. — Ela apontou os pés da cama.

Dyar obedeceu, e ela olhou atentamente para ele. Pareceu-lhe que os olhos de Dyar estavam mais brilhantes que sempre, que todo o seu rosto emitia uma desusada luminosidade física. Ao mesmo tempo, ele lhe parecia nervoso e preocupado. Mas nada dessas coisas combinava com o que ela lembrava dele; ele estivera inquieto na festa dos Beidaoui, mas era uma inquietação que vinha do tédio ou da apatia, enquanto no momento parecia inquieto, intenso, quase apreensivo. Conversaram um pouco: o que ele dizia não era o tipo de coisa que ela esperava; nem mais inteligente, nem mais idiota, suas observações pareciam mesmo assim vir de outra pessoa. "Mas como sabe como ele é? Mal conhece o rapaz", ela refletiu.

— É gostoso entrar num lugar aquecido — ele disse. — Está frio lá fora.

— Claro que seu táxi não era aquecido. Só se o carro tivesse sido entregue na semana passada ainda não estaria quebrado. Os árabes são absolutamente geniais para quebrar coisas. Se quiser se livrar de alguma coisa, entregue na mão de um árabe e a coisa cai aos pedaços quando ele devolver. São fantásticos! *Que* povo destrutivo! Nossa! Os drinques devem chegar num minuto.

Enquanto isso, me fale de você. — Ela se reclinou mais no monte de travesseiros às suas costas e olhou para ele com a expressão de alguém que esperava ouvir uma longa história.

Dyar olhou firme para ela. — Falar de mim? — disse ele, desviando os olhos. — Não tem muito o que dizer. Tudo a mesma coisa. Acho que sabe a maior parte. — Agora que estava tudo combinado, com Thami esperando nos arbustos de mimosa abaixo do jardim e o jilali despachado para buscar o barco e levá-lo à praia em Oued el Ihud ao pé dos rochedos, ele estava ansioso para ir embora, temendo que algum acontecimento imprevisto pudesse atrapalhar seus planos. A chegada de Wilcox, por exemplo, para fazer uma visita inesperada depois do jantar: essa era uma ideia cujas infinitas possibilidades de calamidade o paralisavam; ele fez um esforço para pensar em outra coisa.

— Encontrou com o nosso bobo Jack desde anteontem à noite? — Daisy perguntou de repente, como se estivesse dentro da cabeça de Dyar. Ele sentiu um alarme tão agudo que fez um grande esforço para virar a cabeça devagar e olhar para ela com uma expressão preocupada cuidadosamente fingida se transformando em interesse casual. — Estou preocupada com ele — ela estava dizendo. — E claro que não fiquei nada tranquila com sua pequena descrição do comportamento dele.

Mas ele pensou: "Anteontem à noite? Por que anteontem à noite? O que aconteceu nessa noite?" Em sua cabeça, a festa no palácio Beidaoui tinha sido semanas atrás; não lhe ocorreu que ela estivesse se referindo a isso. — Não, não estive com Jack — disse ele, esquecendo até mesmo que tinha tomado café com ele naquela mesma manhã. Hugo entrou, empurrando um carrinho coberto de copos e garrafas. — Aprendi uma coisa na vida, uma coisa ao menos — disse Daisy. — Que é o seguinte: é absolutamente inútil dar conselhos. Senão, eu pediria para Luis ter uma conversa com ele. Luis talvez conseguisse arrancar dele alguma coisa. Porque eu tenho a nítida impressão de que ele está aprontando alguma coisa e, seja o que for, não vai conseguir se safar. Aposto dez libras que ele não consegue. Dez libras! Por que trouxe poucas pedras de gelo? Traga um balde inteiro — ela disse a Hugo quando ele já estava fechando a porta ao sair.

— Não sei — disse Dyar. "Não sei o quê?", ele pensou, contendo o provocante desejo de rir alto. — Ele é bem cuidadoso. Ninguém faz Jack de bobo, sabe. De alguma forma, não consigo imaginar Jack metido em nenhuma confusão séria. — Ele sentiu que tinha de pôr um fim àquela conversa senão lhe atrairia má sorte. O simples fato de que, no momento, estava em posição de ficar indiferente ao assunto, mesmo que essa indiferença fosse forçada, parecia indicar uma provável desgraça. "Orgulho antes da queda", ele pensou. Era um momento para humildade, um momento para bater na madeira. A expressão *conseguir se safar* o incomodou. — Não sei — repetiu.

— Dez libras! — Daisy reiterou, entregando-lhe um uísque e soda. Ele bebeu devagar, dizendo a si mesmo que, acima de todas as coisas, não podia ficar bêbado. Ao fim de dez minutos, ela notou que ele não estava bebendo.

— Alguma coisa errada com seu drinque! — ela exclamou. — O que foi que eu fiz? Me dê aqui. O que está faltando? — ela estendeu a mão para pegar o copo.

— Não, não, não! — ele protestou, segurando a bebida. — Eu só não estou com vontade de beber. Não sei por quê.

— Aha! — ela exclamou, como se tivesse feito uma grande descoberta. — Sei! Seu estômago está hiperácido, querido. É hora de comer um pouco de *majun*. Eu também não estou muito a fim de uísque hoje. — Ela abriu espaço para seu copo entre as garrafas e vidros da mesinha, abriu uma gaveta e tirou uma caixinha de prata que entregou a ele.

— Coma um pedaço — disse. — Só não conte para ninguém. Todo o pessoalzinho de Tânger ficaria escandalizado, a não ser os árabes, claro. Eles comem isso o tempo todo. É a única coisa permitida ao coitados, com a proibição do álcool. Mas um europeu, um cristão? Chocante! Imperdoável! Mergulho na depravação! Tânger, o antro da iniquidade, como dizem seus jornalistas americanos. "Nosso correspondente recolheu de fonte confiável que certos membros da colônia britânica começam o jantar com um prato de *majun*, também conhecido por haxixe." Meu Deus!

Ele estava olhando com interesse os seis cubos de doce preto-esverdeado que enchiam perfeitamente a caixa. — O que é isso? — perguntou.

— *Majun*, querido. *Majun*. — Ela estendeu a mão, pegou um quadrado e mordeu na metade. — Pegue um pedaço. Não é muito gostoso, mas é o melhor de Tânger. Meu querido e velho Ali é que consegue para mim. — Ela tocou a campainha.

O doce era arenoso, o sabor uma combinação de figo, gengibre, canela e alcaçuz; havia também um sabor de erva acre que ele não conseguiu identificar. — Que efeito tem isto aqui? — perguntou, curioso.

Ela pôs a caixa de volta à sua prateleira. — Os criados ficariam horrorizados. Não é monstruoso viver com medo dos próprios domésticos? Mas nunca vi um lugar como Tânger para as línguas venenosas. Nossa! Este lugar é incrível. — Ela fez uma pausa e olhou para ele. — Que efeito tem? — perguntou. — É milagroso. É tudo o que nós esperamos estes anos todos. Se você nunca comeu, não tem como entender. Mas eu digo que é a chave para um jeito proibido de pensar. — Ela se inclinou e deu-lhe tapinhas no braço. — Não estou ficando mística com você, querido, se bem que poderia facilmente, se me deixasse levar. *J'ai de quoi*, bem sabe Deus. Não tem nada de místico no *majun*. É bem pés no chão e real. — Uma criada bateu na porta. Daisy falou com ela brevemente em espanhol. — Pedi chá — explicou, quando a moça levou o carrinho de bebidas.

— Chá!

Ela riu alegremente. — É absolutamente essencial.

Para Dyar, que tinha afastado o punho esquerdo para poder dar uma espiada sub-reptícia no relógio de vez em quando, o tempo estava passando com incrível lentidão. Daisy falou de magia negra, de demonstrações de hataioga que tinha visto em Travancora, da impossibilidade de entender o procedimento legal do Marrocos, a menos que se aceitasse como natural o uso diário de encantamentos e passes. Por fim, veio o chá e cada um deles tomou três xícaras. Dyar ouvia apaticamente; aquilo tudo soava como decoração, como os pequineses, os queimadores de incenso e os xales espanhóis com que certas mulheres ociosas enchiam seus apartamentos em Nova Iorque. Ele deixou que Daisy falasse um pouco. Depois, disse: — Mas qual a história desse doce? O que é isso? Algum tipo de droga, é? Acho que enganaram você. Eu não estou sentindo nada.

Ela sorriu. — É, eu sei. Todo mundo diz isso. Mas é muito sutil. Precisa saber onde procurar o efeito. Se está esperando ficar bêbado, está procurando do lado errado, leva o dobro do tempo e você perde metade do prazer.

— Mas *qual* é o prazer? *Você* está sentindo alguma coisa agora?

Ela fechou os olhos e ficou em silêncio um momento, uma expressão ligeiramente beatífica baixando sobre o rosto voltado para cima. — Estou — respondeu afinal. — Com certeza.

— Está? — A incredulidade da voz dele a fez abrir os olhos e olhar para ele um instante, reprovadora. — Não acredita em mim? Não estou imaginando coisas. Mas já comi antes e sei exatamente o que esperar. Querido, você não está confortável aí nos pés da cama. Puxe aquela poltrona grande e relaxe.

Quando ele se espalhou na poltrona diante da cama, disse a ela: — Bom, então, vamos dizer que você tente me contar como é. Eu posso até aproveitar um pouco isso aí, mesmo em segunda mão.

— Ah, neste momento não é nada muito estimulante. Só um ligeiro zunido no ouvido e a pulsação acelerada.

— Parece divertido — ele riu. Durante alguns minutos ele esqueceu que esta noite ele esperava acima de tudo o tempo passar. Então, virou um pouco o braço, para ver o relógio: eram oito e vinte. Não tinha marcado uma hora definida para encontrar-se com Thami, sem saber exatamente quando conseguiria se livrar, mas tinha garantido a ele que não seria depois da meia-noite. O combinado era que o jilali voltaria à cidade, até o porto, e traria a lancha para a pequena praia logo a oeste de Oued el Ihud, também não depois da meia-noite. Enquanto isso, Thami devia sentar e esperar, um pouco abaixo do extremo do jardim, de forma que quando Dyar saísse da casa ele pudesse levá-lo pela encosta da montanha, diretamente à praia. Thami insistira que não ia se entediar de esperar tanto: tinha seu jantar e o cachimbo de kif com ele.

— É — Daisy estava dizendo —, se eu deixar passar muito tempo, não vou conseguir contar nada. A certo ponto a pessoa fica tão loucamente desarticulada. Nem sempre, mas pode acontecer. A pessoa acha que está fazendo sentido e até está, eu diria, mas num mundo de pensamento completamente diferente.

Ele achou que o vento lá fora estava aumentando um pouco, ou que uma janela fora aberta um minuto antes e deixava o som entrar. Virou a cabeça; as cortinas fechadas não tinham saído do lugar. — O que está olhando? — ela perguntou. Ele não respondeu. Ao mesmo tempo, tinha uma vontade sem sentido de virar a cabeça para o outro lado e olhar a outra parede, porque pensou que tivesse visto um ligeiro movimento daquele lado do quarto. Em vez disso, ele tirou o maço de cigarros e ofereceu um a ela.

— Não, obrigada, querido. Eu não conseguiria. Você tem uma casa. Entende?

— O quê? — ele olhou para ela.

— Estou explicando, querido, ou ao menos tentando explicar. Você tem uma casa. No meio de um terreno modesto, onde está acostumado a passear. — Ela esperou, aparentemente para ter certeza de que ele estava acompanhando seu argumento. Como ele não disse nada, ela continuou. — Você sempre pode ver a casa. Ao menos, de quase todas as partes da propriedade, mas de qualquer forma, sabe que ela está lá. É o centro do seu domínio. Pode chamar isso de ideia objetiva de si mesmo.

Brincando com o maço de cigarros, ele tirou um e acendeu, com a testa franzida.

— Digamos que é a ideia pela qual você mede o que é real. Você tem de manter aquilo direito na cabeça, manter em ordem, funcionando. Como uma bússola.

Ele estava fazendo um esforço para acompanhar o sentido do que ela dizia, mas tudo o que conseguia era acompanhar as palavras. — Como uma bússola — repetiu, como se achasse que podia ajudar.

— Então, você conhece cada caminho, cada planta, cada pedra do terreno. Mas um dia, enquanto você está andando, de repente avista o que parece um caminho num lugar que nunca tinha notado, nem desconfiado antes. — Aos poucos, a voz dela estava assumindo um fervor dramático. — A entrada talvez estivesse meio escondida por um arbusto. Você vai, olha e descobre que realmente existe um caminho ali. Você empurra o arbusto, dá alguns passos no caminho e vê na sua frente um grupo de árvores que nunca soube que existia. Você fica perplexo! Atravessa o bosque tocando os troncos das árvores, para ter certeza de que estão realmente ali, porque não consegue acreditar...

Dessa vez, ele virou depressa a cabeça para a esquerda, para captar qualquer coisa que estivesse junto à janela, e ficou olhando incrédulo o espaço vazio até as cortinas brancas imóveis. "Relaxe", disse a si mesmo, ao se voltar para ver se ela havia notado; parecia que não. "Relaxe e tome cuidado. Tome cuidado." Por que acrescentara a segunda advertência ele não sabia, a não ser que estava consciente de uma sensação de inquietude cada vez mais forte, como se uma gigantesca figura hostil se erguesse acima dele, inclinada sobre seu ombro, e ele achou que o único jeito de combater a sensação era ficar bem calmo para poder controlar seus movimentos.

— ... então, no meio das árvores você vê que o caminho leva montanha acima. "Mas não tem montanha nenhuma!", você exclama, provavelmente em voz alta dessa vez, tão excitado e confuso você está. Então, mais depressa, sobe a montanha, que é bem alta, e quando chega no alto você vê o campo, perfeitamente conhecido, para todos os lados. Pode identificar cada detalhe. E lá está sua casa, lá embaixo, exatamente onde deveria estar. Não há nada errado. Não é um sonho e você não ficou louco. Se não visse a casa, claro, você saberia que tinha ficado louco. Mas lá está ela. Está tudo certo. — Ela deu um profundo suspiro, como de alívio. — É simplesmente perturbador encontrar aquele grupo de árvores e aquela montanha estranha no meio da sua terra. Porque não pode estar ali, e no entanto está. Você é forçado a aceitar. Mas é o jeito como você aceita que forma o que eu chamo de modo de pensar proibido. Proibido, claro, por sua própria mente, até o momento em que você aceita o fato da montanha. Isso é o *majun*. Você descobre lugares absolutamente novos dentro de você, lugares que você sente que simplesmente não poderiam ser parte de você, e, no entanto, ali estão. O que eu falei faz algum sentido ou eu estou só tagarelando como uma maluca?

— Ah, não. De jeito nenhum. — Ele pôs todo o seu esforço em dar um tom sincero às palavras. Seguiu-se um silêncio intenso, que sentiu ser produzido também por ele ao pronunciar as palavras, só que demorava um tempo sem fim, como fios de telégrafo atravessando quilômetros de terra deserta. Um poste, um poste, um poste, um poste, os fios esticados entre eles, o horizonte se estendendo além de onde os olhos podem alcançar.

Então alguém disse: — De jeito nenhum — outra vez, e foi ele quem falou.

"Que diabo é isso?", perguntou a si mesmo num arroubo súbito. Ele tinha prometido que não ia ficar bêbado; era a coisa mais importante a lembrar enquanto estivesse na Villa Hesperides essa noite. "Não estou bêbado", pensou, triunfante, e se viu de pé, espreguiçando-se. — Está abafado aqui — observou, imaginando se ela ia achá-lo rude.

Ela riu. — Vamos lá, querido. Admita que está sentindo o *majun* afinal.

— Por quê? Porque eu disse que está abafado? Não. Eu devo estar maluco se estou sentindo alguma coisa. — Não estava sendo teimoso; já tinha esquecido a pequena viagem paralela que sua mente fizera um momento antes. Agora que estava de pé, o ar no quarto não parecia tão fechado. Foi até a janela, puxou de lado a cortina pesada e espiou o escuro lá fora.

— Não se importa de ficar sozinha à noite? — perguntou.

— Às vezes — ela respondeu, vagamente, imaginando se depois dessa pergunta viriam outras. "Pare de pensar assim", ela disse a si mesma, aborrecida.

Ele ainda estava à janela. — Aqui é bem alto.

— Uns cento e oitenta metros.

— Já foi até o fundo?

— Naquelas rochas? Deus me livre, não! Acha que eu sou uma cabra?

Ele começou a andar pelo quarto devagar, as mãos ao lado do corpo, passando de uma pele de zebra para a outra como se fossem pedras num riacho. Não havia dúvida de que se sentia estranho, mas não era nada parecido com o que ele esperava sentir, então atribuiu aquilo à sua própria perturbação. A noite ia ser um tormento de longa. "Eu gostaria de estar me despedindo agora", pensou. Tudo o que ele se dava o trabalho de olhar com cuidado parecia estar eriçado de um intenso, mas indecifrável, significado: o rosto de Daisy com seu halo de travesseiros brancos, a luz que se despejava sobre o arranjo de frascos na mesa, o piso negro brilhante e as listas brancas e pretas irregulares das peles a seus pés, as partes mais escuras e distantes do quarto junto às janelas, onde as cortinas imóveis quase tocavam o chão.

Cada coisa emitia uma mensagem sem palavras, mas vital, que era uma chave, um símbolo, mas não havia esperança de captá-las ou entender. E dentro dele, agora que tomava consciência, dentro de seu peito mais que em qualquer outro lugar, havia uma tremenda pressão trêmula, como se estivesse a ponto de explodir. Respirou de várias maneiras para ver se conseguia mudar aquilo e, então, se deu conta de que o coração estava batendo depressa demais. — Ah, que droga — disse em voz alta, porque tinha se apavorado de repente.

— Venha e sente, querido. O que houve com você? Está mais inquieto que um gato. Está com fome? Ou o *majun* pegou você?

— Não — disse, brevemente. — Nada me pegou. — Pensou que aquilo soava absurdo. "Se eu for e sentar", pensou, "vou levantar de novo e ela vai saber que alguma coisa aconteceu". Sentiu que tinha de fazer todos os esforços para impedir que Daisy soubesse o que estava acontecendo dentro dele. Os objetos do quarto, as paredes e os móveis, o ar em torno de sua cabeça, a ideia de que estava no quarto, de que ia jantar, de que os rochedos e o mar estavam lá embaixo, todas essas coisas tocavam uma música imensa, inaudível, que a cada segundo subia para um clímax que ele sabia que seria intolerável quando fosse atingido. "Vai ficar pior."

Engoliu com dificuldade. "Alguma coisa vai ter de acontecer dentro de um minuto. Alguma coisa tem de acontecer." Chegou à poltrona e parou atrás dela, as mãos no encosto. Daisy olhou para ele, absorta. Estava pensando: "Por que nunca tive coragem de falar do *majun* para Luis?" Sabia que ele não ia aprovar, mesmo que só por se tratar de um preparado nativo. Mas não era por isso que ela ficara quieta. Nunca tinha falado com *ninguém* a respeito; tomar o *majun* era um ritual supremamente privado. A experiência era tão pessoal que ela nunca quisera repartir com outra pessoa. E ali estava, vivendo a experiência com alguém que mal conhecia. De repente, sentiu vontade de contar a ele, para ele saber que era o primeiro a ser convidado a essa câmara íntima de sua vida. Respirou fundo e, em vez disso, falou, petulante: — Pelo amor de Deus, sente-se. Você parece um pregador calvinista falando do inferno aos paroquianos.

Ele riu e sentou na poltrona. Debaixo da mesa, à sombra, viu sua pasta. A sensação trêmula dentro dele de repente expressou um grande entusiasmo; ainda era a mesma sensação, mas tinha mudado de cor. O alívio fez com que desse risada outra vez.

— Realmente! — Daisy exclamou. — Você devia é admitir que está sentindo o *majun*. Porque eu sei muito bem que está. Pelo menos admita para si mesmo. Vai ser mais divertido. Você está brigando com ele faz dez minutos. Não é o jeito de tratar o *majun*. Simplesmente relaxe e deixe o *majun* assumir o controle. Está dentro de você e não dá para você se livrar dele, então, é melhor aproveitar.

— E você? — Ele não admitia.

— Eu já disse faz tempo que estava sentindo. Neste momento, estou a ponto de partir numa viagem sem escalas até Arcturus.

— É mesmo, é? — A voz dele era inamistosa. — Pessoalmente, eu acho que esse negócio é uma farsa. Não estou dizendo que não faz nenhum efeito, mas não acho que ficar nervoso e com o coração batendo no dobro da velocidade, eu não acho isso um barato, para mim.

Ela riu, comiserada. — Devia ter bebido seu uísque, querido. Teria ficado mais à vontade com ele. *Mais enfin*... — Pôs-se sentada na cama e tocou a campainha. — Creio que a cozinha deve estar num torvelinho, porque nós estamos demorando muito com o chá.

XIX

Daisy falou sem parar durante todo o jantar; muitas vezes, Dyar se viu respondendo com monossílabos, não porque não estivesse interessado, embora de vez em quando ele não fizesse mesmo ideia do que ela estava falando, mas porque metade do tempo ele estava viajando num mundo próprio. Não sabia sobre o que estava pensando, mas seu cérebro tinha um enxame de começos de ideias atados a começos de outras ideias. Receber tantos assim exigia toda a sua atenção; mesmo que não fossem incomunicáveis, ele não teria vontade de comunicá-las a Daisy. Era como se sua mente tivesse se retirado para um canto remoto e escuro do seu ser. Depois, voltaria à luz de novo, e ele se descobriria efetivamente acreditando que sentara para jantar numa mesinha num quarto tranquilo enquanto uma mulher, deitada na cama próxima, comia a mesma comida numa bandeja.

— Você está horrivelmente calado — Daisy disse. — Eu nunca teria dado *majun* para você se soubesse que ia se transformar numa estátua.

Sentiu-se incomodado com as palavras dela. — Ah! — disse. E depois do que pareceu um longo tempo: — Eu estou bem.

— É, creio que está. Mas ficou uma companhia de jantar absolutamente insatisfatória.

Então, se pôs inteiramente presente e começou a gaguejar desculpas mais floridas do que a ocasião exigia.

— Estou me sentindo tão mal — ele disse afinal —, como se tivesse batido em você. Não sei o que está acontecendo. Deve ter sido esse negócio que fez alguma coisa maluca comigo.

— A culpa é minha. Não pense mais nisso, coitadinho.

Ele não ia aceitar que as coisas ficassem assim. — Não, não, não — disse. — Não tem desculpa. — E num acesso de contrição levantou-se e foi sentar pesadamente na cama ao lado dela. A bandeja balançou perigosamente.

— Cuidado, querido! — ela exclamou. — Vou acabar com ervilhas e vinho em cima de mim. — Mas ele já havia pegado sua mão e coberto de beijos rápidos. Estava flutuando no ar, impelido por um vento quente, seco, que o envolvia e acariciava voluptuosamente. Pelo espaço de duas respiradas ela ficou silenciosa, e ele escutou a própria respiração, que confundiu com o som do vento que soprava sobre ele, sobre o vale vasto, nu, ensolarado. A pele do braço dela era lisa; a carne, macia. Ele a puxou para mais perto, por cima da bandeja oscilante.

— Cuidado! — ela exclamou outra vez, alarmada, quando a bandeja oscilou na direção dele. — Não, não!

O copo de vinho caiu primeiro; a mancha gelada em sua coxa o fez dar um salto convulso. Depois, ele teve a impressão de que muito devagar o prato escorregou e caiu em cima dele quando a bandeja virou e cobriu a parte inferior de seu corpo com uma confusão de louça, vidro e comida morna. — Ah! — ela exclamou. Mas ele a segurou mais forte com um braço, empurrando a bandeja e alguns pratos para o chão com o outro. E ele fez um esforço para ficar mais completamente perto dela, de forma que havia agora só a espessura de pano molhado, um garfo e uma ou duas colheres entre eles, e depois de alguma luta com pedaços de pano insistentes, nada senão uns poucos cogumelos com creme.

— Pelo amor de Deus, não! Assim não! — Ela estava a ponto de gritar, mas, como sentisse como era tênue o impulso que o movia, Daisy pensou: "Neste exato momento você está desejando desesperadamente que não aconteça nada para impedir isto. Então, você queria mesmo que acontecesse. Por que não admite? Por que não pode ser franca? Você queria; deixe acontecer, mesmo desse jeito. Mesmo desse jeito." E, então, ela não disse nada, estendeu o braço e apagou o abajur ao lado da cama. Uma palavra, ela disse a si mesma, seria capaz de partir o fio que o suspendia do céu; ele cairia ao chão com estrépito, um jovem furiosamente envergonhado, sem desculpa para seu comportamento, sem saída para sua dificuldade, sem consolo para seu orgulho ferido. "Ele é um encanto. E um pouco louco. Tão compacto. Nem um pouco parecido com Luis. Mas será que eu conseguiria realmente amar um homem que não respeito? Não tenho nenhum respeito por ele. Como posso respeitar uma coisa impessoal? Ele mal parece humano. Não tem nenhuma consciência de mim enquanto eu. Como uma força da natureza, talvez, isso mesmo. Mas não basta. Não conseguiria nunca sentir amor por ele. Mas ele é um encanto. Deus sabe que é um encanto."

A macia terra sem fim espalhou-se debaixo dele, rebrilhando ao sol, intocada pelo tempo, desabitada, pertencente inteiramente a ele. A que distância estava lá embaixo ele não sabia dizer, deslizando silenciosamente pelo ar puro e luminoso que não admitia possibilidade de distância ou dimensão. No entanto, podia tocar seus lisos contornos flexíveis, sentir seu cheiro de sol e mesmo sentir o sal deixado em seus poros pelo mar em alguma era imemorável. E esse voo... sempre soubera que teria de ser feito e que ele o faria. Aquele era um canto da existência que ele soubera que estava ali, mas até agora não havia sido capaz de atingir; no momento, depois de descobri-lo, sabia também que seria capaz de encontrar o caminho de volta outra vez. Alguma coisa estava se completando; haveria menos espaço para medo. A ideia encheu-o de uma inefável felicidade. — Ah, meu Deus! — ele murmurou em voz alta, sem saber que o tinha feito.

Além das cortinas, o vento que aumentava soprou entre os ciprestes, trazendo junto, ocasionalmente, o som mais profundo do mar lá embaixo. Com regularidade, as cortinas brancas de um lado do quarto se iluminavam quando o facho do farol passava por elas. Daisy tossiu.

"Você é uma vagabunda", ela disse a si mesma. "Como pôde permitir que isso acontecesse? Mas é um horror! A porta não está trancada. Um criado pode bater a qualquer minuto. Controle-se e faça alguma coisa. Faça alguma coisa!"

Ela tossiu de novo.

— Querido, que horror — ela disse baixinho, sorrindo no escuro, tentando manter a voz livre de qualquer censura. Ele não respondeu; parecia morto. — Querido — ela repetiu, hesitante. Ele não deu sinal de ouvi-la. Durante um momento, ela se perdeu em seus pensamentos. Se desse para se abandonar, mesmo que só por alguns segundos, se fosse possível deixar de se preocupar com tudo, mas tudo mesmo, que coisa maravilhosa seria. Só que provavelmente isso seria a morte. A vida quer dizer se preocupar, é uma longa luta para impedir que se despedace. Se você se permite uma diversão de verdade, sua saúde vai embora, e quando a saúde se vai, sua beleza se vai. A parte horrível é que no fim, por mais que você tenha feito, por mais que você tenha tomado cuidado, tudo cai aos pedaços, tudo. A desintegração simplesmente vem, mais cedo ou mais tarde, depende de você. Cair aos pedaços é inevitável e não sobram nem pedaços para mostrar quando termina. "Por que isso tem de ser uma ideia deprimente?", ela se perguntou. "É a coisa mais óbvia e fundamental que existe. *Man muss nur sterben*. Mas isso quer dizer uma coisa bem diferente. Isso quer dizer que nós devemos ter livre-arbítrio..."

À distância, sobre o Atlântico, ela ouviu o tênue ronco de um avião no momento em que as montanhas escuras e a Villa Hesperides entravam brevemente no raio do som. Para o norte até Lisboa, para o sul até Casablanca. Mais uma hora e Luis estaria ouvindo esse mesmo motor circulando sobre o aeroporto.

— Querido, *por favor*! — Ela fez um pequeno esforço para se soltar do abraço dele. Ele ainda a prendia, ela se debateu violentamente e conseguiu sentar-se, banhada em suor, vinho e gordura. O ar do cômodo de repente pareceu muito frio. Ela passou a mão na barriga e a retirou, com repulsa. Saiu depressa da cama, trancou a porta do corredor, enrolou o penhoar no corpo e desapareceu no banheiro sem acender nenhuma luz.

Ficou no chuveiro bem mais que o necessário, esperando que ao voltar ele tivesse se sentado, se vestido e talvez limpado parte da sujeira em volta da cama. Depois, ela tocaria a campainha, diria: — Houve um pequeno acidente — e o café seria servido. Quando abriu a porta do banheiro, o quarto ainda estava escuro. Ela foi até a mesa de cabeceira e acendeu o abajur. Ele estava dormindo, parcialmente coberto pelo lençol.

"Mas isso é o *fim*!", disse a si mesma. E com um traço de aborrecimento na voz: — Querido, desculpe. Você *tem* de se vestir, imediatamente. — Ele não se mexeu; ela pegou seu ombro e sacudiu com impaciência. — Vamos! De pé! Esta pequena orgia já durou o bastante...

Ele ouviu as palavras dela com perfeita clareza, entendeu o que queriam dizer, mas eram como um desenho pintado numa parede, absolutamente sem nenhuma relação com ele. Ficou imóvel. O mais importante no mundo era prolongar aquele momento de acariciante vazio no meio do qual estava vivendo.

Ela pegou o lençol e puxou violentamente para os pés da cama. Então curvou-se e gritou no ouvido dele: — Você está completamente nu! — Ele se sentou imediatamente, tateando inutilmente em volta dos pés, em busca da coberta que sumira. Ela se virou e voltou para o banheiro, dizendo por cima do ombro: — Se vista imediatamente, querido. — Olhando no espelho, arrumando o cabelo, ela disse a si mesma: "Bom, está satisfeita ou insatisfeita com o episódio?", e descobriu que não sabia responder, detendo-se no fato bem milagroso de Hugo não ter entrado e surpreendido os dois; a possibilidade de ele ter feito isso parecia agora mais horrenda a cada minuto. "Eu devia estar completamente fora de mim." Fechou os olhos um instante e estremeceu.

Dyar tinha se vestido mecanicamente, sem plena consciência do que estava fazendo. Porém, quando chegou a hora de pôr a gravata, sua mente estava funcionando. Ele também parou diante de um espelho, sorrindo um pouco triunfante ao fazer os gestos *staccato* com a fita de seda. Penteou o cabelo e ajoelhou-se junto à cama, onde começou a pegar os restos de comida do chão e colocar na bandeja. Daisy saiu do banheiro: — Você é um anjo! — ela exclamou. — Eu ia mesmo pergantar se não se importaria em pôr um pouco de ordem nesse caos. — Reclinou-se numa *chaise longue* no meio do quarto e puxou uma coberta de pele em torno do corpo, e já ia dizer: "Desculpe não ser possível você também tomar uma ducha", quando pensou: "Acima de tudo, você não pode fazer o rapaz ficar envergonhado." Resolveu não mencionar o que tinha acontecido. — Seja um encanto e toque a campainha, por favor, vamos tomar café. Estou exausta.

Mas aparentemente ele não estava pouco à vontade de jeito nenhum; fez o que ela sugeriu e depois sentou-se de pernas cruzadas no chão, ao lado dela. "Tenho de ir embora", disse a si mesmo, e não estava nem preocupado com a ideia de como abordar o assunto de sua partida; depois do café ele simplesmente levantaria, diria até logo e sairia. Tinha sido uma aventura, mas Daisy tivera muito pouco a ver com isso, além de ser um fator detonador; quase tudo ocorrera dentro dele. Porém, como não dava para negar que ele conseguira o que queria com ela, devia se comportar de maneira um pouco mais íntima, com um toque de condescendência.

— Está agasalhada assim? — Ele tocou o braço dela.

— Não. Este quarto está glacial. Glacial. Nossa! Não sei por que não mandei fazer uma lareira aqui quando estavam construindo a casa.

Hugo bateu na porta. Durante uns dez minutos, o quarto encheu-se de atividade: Inez e uma outra moça trocaram os lençóis, Mario limpou a comida no chão, Paco removeu as manchas de gordura do tapete ao lado da cama, Hugo serviu o café. Daisy ficou estudando o rosto de Dyar enquanto tomava o café, notou, com um ligeiro ressentimento, que, longe de se sentir envergonhado, ele, ao contrário, dava sinais de se sentir um pouco mais à vontade com ela do que no começo da noite. "Mas o que eu esperava?", pensou, e diante disso teve de admitir para si mesma que gostaria que ele ficasse um pouco mais impressionado com o que acontecera entre eles. Ele saíra da situação intocado;

Daisy tinha a inquietante impressão de que mesmo a paixão dele tinha sido sem objeto, automática.

— O que está passando pela sua cabeça? — ele perguntou quando os criados foram todos embora e o quarto voltara à tranquilidade.

Até mesmo isso a incomodou. Ela considerava insolente a pergunta. Presumia uma intimidade que poderia ter existido entre eles, mas que por alguma razão não existia. "Mas *por que* não?", ela pensou, olhando atenta a expressão satisfeita e séria dele. A resposta veio pronta e absurda de seu subconsciente; parecia um tanto canhestra. "Não existe porque não existe." Era ridículo, sem dúvida, mas soava bem perto da verdade. "Irreal. O que significa uma pessoa ser irreal? E por que eu sentiria que ele é irreal?" Ela riu então e disse: — Meu Deus! Claro! Você quer sentir que está vivo!

Ele deixou o pires e a xícara no chão e disse: — Ahn?

— Não foi isso que você me disse na primeira noite que veio aqui, quando perguntei o que mais queria na vida?

— Eu disse?

— Com toda certeza. Disse essas mesmas palavras. E, claro, sabe, você tinha toda razão. Porque você *não* está vivo de fato, de alguma estranha maneira. Você está morto. — Com estas duas últimas palavras pareceu que a voz dela ficou um pouco amarga.

Ele olhou depressa para ela; Daisy achou que parecia magoado.

"Por que estou tentando atazanar esse pobre homem?", ela pensou. "Ele não fez nada de mal." Era irracional, idiota; no entanto, o desejo ali estava, e muito forte.

— Por que morto? — A voz dele era serena; ela imaginou que a inflexão era hostil.

— Ah, não morto! — ela disse, impaciente. — Apenas não vivo. Não de fato. Mas estamos todos assim hoje em dia, acho. Talvez não tão ostensivamente como você, talvez, mas mesmo assim...

— Ah! — Ele estava pensando: "Tenho de ir embora daqui. Tenho de ir."

— Somos todos monstros — Daisy disse com entusiasmo. — É a *Era* dos Monstros. Por que a história da mulher e dos lobos é tão terrível? Conhece a história da mulher com um trenó cheio de filhos, atravessando a tundra e os lobos atrás dela? Ela vai jogando um filho atrás do outro para aplacar as feras. Todo mundo achava horrível há cem anos. Mas hoje é muito mais terrível. Muito. Porque naquela época era uma coisa remota e improvável, e agora entrou no domínio do possível. É uma história terrível não porque a mulher seja um monstro. Absolutamente. Mas porque o que ela fez para se salvar é exatamente o que todos nós faríamos. É terrível por ser tão desesperadamente verdadeira. Eu faria isso, você faria isso, todo mundo que eu conheço faria isso. Não é mesmo?

Na amplitude do chão brilhante, debaixo de uma poça de luz amarela, ele viu sua pasta esperando. A imagem dela ali depositada reforçou sua urgência de ir embora. Mas era imperativo que a saída fosse casual. Se ele mencionasse isso vagamente agora, se sugerisse, seria mais fácil de colocar em prática dentro de cinco minutos. Então já seriam onze e meia.

— Bom — ele começou, respirando fundo e se espreguiçando, como se fosse levantar.

— Conhece alguém que não faria isso? — De repente, ele se deu conta de que ela estava falando sério qualquer que fosse o assunto. Havia alguma coisa errada com ela; ela deveria ter ficado deitada, satisfeita, talvez segurando sua mão, desmanchando seu cabelo e dizendo uma palavra baixinho de vez em quando. Em vez disso, ela estava tensa e inquieta, falando ansiosamente sobre lobos e monstros, querendo pôr ou tirar alguma coisa da cabeça dele; ele não sabia qual.

— *Conhece*? — ela insistiu, as palavras continham um desafio desesperador. Era como se, ao responder "sim", o som da palavra dele pudesse fornecer a ela alguma paz. Ele podia dizer: "Conheço alguém, sim", ou mesmo "Essa pessoa existe, sim", e ela talvez se sentisse consolada. O mundo, aquele lugar distante, teria se tornado habitável e possível outra vez. Mas ele não disse nada. Ela pegou a mão dele, inclinou o rosto com coqueteria.

— Por falar em monstros, agora que falei da sua primeira noite aqui, eu me lembro. Nossa! Você era o maior monstro de todos. Claro! Com aquele grande vazio na mão. Mas meu Deus! Você não se lembra? Não se lembra do que eu disse para você?

— Não me lembro de muita coisa — ele falou, aborrecido por sua chance de escapar ter sido afastada. — Não dou muita importância para esse tipo de coisa, sabe.

— Não dá importância! — Ela bufou. — Todo mundo sabe que é perfeitamente verdadeiro e comprovado cientificamente. Mas, de qualquer modo, se você dá importância ou não... que expressão!... Não se esqueça, você pode fazer o que quiser. Se souber o que quer! — ela acrescentou, um tanto áspera. — Você está de mãos vazias, e o vazio tem a tendência de se encher. Cuidado com o que põe dentro de sua vida.

— Vou tomar cuidado — ele disse, levantando. — Acho que tenho de ir. Está ficando tarde.

— Não é tarde, querido — ela disse, mas não fez nenhum esforço para convencê-lo a ficar mais. — Chame um táxi. — Ela apontou o telefone. — É 24-80.

Ele não havia pensado nessa complicação. — Vou a pé — disse. — Preciso fazer exercício.

— Bobagem! São quase oito quilômetros. Não pode.

— Posso, sim — ele disse, sorrindo.

— Vai se perder. Você é louco. — Ela estava pensando: "Ele provavelmente quer economizar. Será que devo dizer para ele pôr na minha conta?" Ela concluiu que não. — Faça como quiser — disse, dando de ombros.

Quando ele pegou a pasta, ela disse: — Vou com você até a porta. — E, apesar dos protestos dele seguiu na frente na escada até o hall, onde as velas ainda estavam acesas. A casa estava muito quieta.

— Os criados devem ter ido todos dormir, acho — disse ele.

— Claro que não! Ainda não dispensei Hugo. — Ela abriu a porta. O vento soprou para dentro, agitando seu penhoar.

— Melhor voltar para a cama. Pode pegar um resfriado.

Ele apertou a mão que ela estendeu. — Foi uma noite maravilhosa — ele declarou.

— Luis deve voltar dentro de alguns dias. Você tem de vir jantar quando ele estiver aqui. Eu telefono para você, querido.

— Certo. — Ele se afastou alguns passos no caminho de cascalho.

— Vire à esquerda naquela moita de bambu. O portão está aberto.

— Boa noite.

— Boa noite.

Ao virar na moita de bambu ele ficou esperando ela fechar a porta. Em vez disso, ouviu quando ela disse: — Ah, Hugo. Você está aí! Pode trancar o portão quando Mr. Dyar sair.

"Tenho de fazer alguma coisa a respeito", ele pensou, caminhando depressa para a direita, pela lateral da casa, até o terraço onde a piscina refletia as estrelas na água negra. Era um risco a correr, porque ela provavelmente estaria observando-o sair pelo portão. Mas ela podia achar que ele já havia passado quando fosse olhar; se assim não fosse, seria muito ruim. A ideia de como poderia ser ruim lhe ocorreu plenamente quando hesitou junto à piscina, e, ao descer depressa a escada para o jardim inferior, ele entendeu que tinha cometido um importante erro tático. "Mas eu ficaria trancado fora do jardim, droga", pensou. "Não podia fazer nada."

Tinha saído da sombra da casa para o luar aberto. À sua frente, uma coisa que parecia parte da vegetação do caminho lentamente se levantou e veio até ele. — Vamos — disse Thami.

— Cale a boca — Dyar sussurrou, furioso. No momento, eles estavam plenamente visíveis para a casa.

E enquanto ela batalhava para identificar a segunda pessoa, a ponto de abrir uma das portas e sair silenciosamente ao terraço para espiar no luar que tudo deformava, os dois homens seguiram depressa o caminho que levava até o alto do rochedo e logo sumiram de seu campo de visão.

LIVRO QUATRO
Outro tipo de silêncio

XX

Dyar deitou-se de costas no banco da popa da lancha, as mãos debaixo da cabeça, olhando as estrelas, desejando vagamente em algum momento ter aprendido um pouco de astronomia. O bote a remo que tinham trazido para embarcar e desembarcar pulava em cima das ondas escuras alguns metros atrás dele, amarrado com um cabo de reboque desfiado que era curto demais. Ele começara reclamando do cabo lá em Oued el Ihud, quando estavam balouçando a trinta metros dos rochedos, tentando amarrar um barco no outro, mas depois resolvera economizar palavras para outras coisas mais importantes. E, de qualquer jeito, agora que o jilali estava longe da terra ele não prestava atenção ao que ele dizia, sentindo, sem dúvida, que estava no comando da situação imediata, e podia se permitir ignorar sugestões dadas por dois marinheiros de água doce como Thami e aquele louco cavalheiro cristão junto com ele. O momento de maior perigo com a polícia tinha sido quando o jilali estava contornando o quebra-mar, antes de os outros terem embarcado. Agora estavam a uns bons dois quilômetros da costa; era pouco provável que fossem avistados.

De quando em quando, a lancha passava por águas agitadas, onde a corrente mais quente do Mediterrâneo se chocava com as ondas vindas do Atlântico. Pequenas cristas brancas se quebravam, chiando no escuro, e o barco, erguido para o alto, permanecia pousado ali um instante, estremecendo quando a hélice saía da água, depois mergulhando de cabeça como um golfinho feliz. À direita, recortadas a navalha, as montanhas negras da África espreitavam o céu claro atrás delas. "Essa porcaria de motor ainda vai nos dar trabalho", Dyar pensou, pois o cheiro de gasolina era muito forte. Uma hora atrás, o principal era embarcar; agora, era desembarcar. Quando sentissem a terra da Zona Espanhola debaixo dos pés, ele achava que saberia exatamente qual seria o passo seguinte; não havia por que planejar, a menos que soubesse quais seriam as possibilidades. Ele relaxou o corpo o máximo possível sem correr o risco de ser jogado ao chão. — Cigarro? — Thami perguntou.

— Já disse que não! — Dyar gritou, sentando furioso, gesticulando. — Nem cigarro, nem fósforo no barco. Qual é o seu problema?

— Ele quer um — Thami explicou, no momento em que o jilali, que estava ao leme, riscou o fósforo e tentou proteger a chama do vento. A tentativa não foi bem-sucedida e Thami conseguiu convencê-lo a não acender outro. — Diga que ele é um idiota total — Dyar gritou, esperando assim puxar Thami para o seu lado, mas Thami não disse nada e continuou acocorado no chão ao lado do motor.

Não dava nem para pensar em dormir; ele estava alerta demais para isso, mas deitado ali, num estado de inatividade forçada, pensando em nada, viu-se entrando numa região da memória que, agora que a revia, achava ter perdido para sempre. Começou com uma música, trazida, talvez, pelo movimento do barco, e era a única música que jamais o deixara realmente feliz: *Go. To sleep. My little pickaninny. Mammy's goin' to slap you if you don't. Hushabye. Rockabye. Mammy's little baby. Mammy's little Alabama coon.** Não podia ser esta a letra, mas era a letra de que se lembrava agora. Coberto com uma colcha de retalhos, que estava sendo bem presa de ambos os lados, com os dedos dava para sentir as costuras que ligavam os retalhos, e sua cabeça estava deitada no travesseiro que sua avó havia feito para ele, o travesseiro mais macio que ele já tivera. E assim como o céu, sua mãe estava espalhada em cima dele; não o rosto dela, porque ele não queria ver seus olhos nesses momentos porque ela era apenas uma pessoa como qualquer outra, e ele mantinha os olhos fechados para que ela se transformasse em alguma coisa muito mais poderosa. Se ele abrisse os olhos, lá estavam os olhos dela olhando para ele, e isso o apavorava. Com os olhos fechados, não havia

* Versão aproximada de uma canção folclórica norte-americana anônima, do século XIX: "Vá. Pra cama. Meu negrinho. Mamãe vai lhe dar um tapa se você não for. Bem quietinho. Nana-nanando. Bebezinho da mamãe. Racunzinho do Alabama da mamãe". (N. do T.)

nada além de sua cama e da presença dela. Sua voz acima dele e ela a toda a volta; assim não havia perigo possível no mundo.

"Como eu podia pensar uma coisa dessas?", ele se perguntou, olhando para trás ao levantar, para ver se as luzes de Tânger já haviam sido encobertas pelo cabo Malabata. Elas ainda estavam lá, mas as rochas pretas recortadas avançavam devagar, encobrindo-as com a escuridão da costa deserta. No alto do rochedo, o farol brilhava e brilhava, automaticamente, acabando por se tornar uma coisa que não se notava mais. Esfregou os dedos, aborrecido: de alguma forma tinha sujado os dedos com resina, que não queria sair.

E quando a pequena lancha passou com mais certeza para uma região de sombreada segurança, mais distante das luzes e da possibilidade de ser descoberto, ele se viu pensando na água ali como um local de solidão. O barco parecia estar fazendo menos barulho agora. Mentalmente passou a se perguntar que tipo de homem era aquele que se sentava junto dele no chão, sem dizer nada. Ele havia conversado com Thami, sentado e bebido com ele, mas durante todos os momentos que passaram um na companhia do outro nunca lhe ocorrera perguntar a si mesmo que ideias se passavam atrás daqueles traços inexpressivos. Olhou para Thami: seus braços estavam dobrados em torno dos joelhos muito encolhidos, e a cabeça, jogada para trás, repousava contra a amurada. Ele parecia estar olhando o céu, mas Dyar tinha certeza de que estava de olhos fechados. Podia até estar dormindo. "Por que não?", pensou, um pouco amargo. "Ele não tem nada a perder. Não está arriscando nada." Dinheiro fácil para Thami, provavelmente o mais fácil que conseguiria com o barquinho. "Ele não liga a mínima se vou chegar lá ou não. Claro que pode dormir. Eu devia ter vindo sozinho." Assim ele fumegava em silêncio, sem entender que a única razão de ele se ressentir desse sono hipotético era que não teria ninguém com quem conversar, e se sentiria mais solitário ali debaixo do céu de inverno.

O jilali, parado ao leme, começou a cantar, uma canção ridícula que aos ouvidos de Dyar soava como um gemido prolongado e estridente. O ruído que fazia não tinha relação com nada: nem com a noite, nem com o barco, nem com o estado de espírito de Dyar. De repente, ele teve um lampejo repugnantemente lúcido de toda a improvável situação e riu, nervoso.

Sacolejar numa velha lancha caindo aos pedaços às três da manhã no estreito de Gibraltar com um par de bárbaros idiotas, a caminho sabe Deus de onde, com uma pasta cheia de dinheiro: não fazia o menor sentido. Quer dizer, ele não conseguia achar um jeito de acreditar naquilo. E como não conseguia acreditar, ele não tinha realmente nenhum papel naquilo; portanto, não conseguia ficar muito profundamente preocupado com qualquer resultado que a situação pudesse apresentar. Era a mesma velha sensação de não estar envolvido, de ser deixado de fora, de estar à margem da realidade mais do que dentro dela. Levantou-se e quase caiu para a frente. — Cale a boca! — rugiu, e o jilali parou de cantar e gritou alguma coisa num tom interrogativo. Depois retomou a canção. Mas quando Dyar se sentou de novo, ele se deu conta de que o momento perigoso havia passado: a visão da ausência de sentido de sua situação se desvanecera, e ele não conseguia lembrar exatamente por que parecera absurda. "*Eu* quis fazer isto", disse a si mesmo. Tinha sido escolha sua. Ele era responsável pelo fato de estar onde estava nesse momento e não poder estar em nenhum outro lugar. Havia até um violento prazer em refletir que não podia fazer nada além de seguir em frente e ver o que aconteceria, e que essa impossibilidade de encontrar qualquer outra solução era resultado direto de sua própria decisão. Aspirou o ar úmido e disse a si mesmo que finalmente estava vivendo, que, fosse qual fosse a razão de sua dúvida um momento atrás, o espasmo que o havia abalado tinha sido apenas uma volta de momento a seu velho estado de espírito, quando era anônimo, uma vítima. Disse a si mesmo, embora não com todas as letras, que essa nova e genuína condição era uma condição que lhe permitia acreditar com facilidade na realidade das coisas que seus sentidos percebiam; participar de suas existências, isto é, uma vez que acreditar é participar. E ele esperava agora conduzir o cortejo de sua vida, como a locomotiva lidera o trem, não mais ser um desamparado incidental em algum ponto no meio da linha de acontecimentos, empurrado para um lado e outro, sem a possibilidade ou mesmo a necessidade de saber a direção que está seguindo.

Essas certezas que ele ponderava explicavam o fato de cerca de uma hora mais tarde, quando ele não conseguia mais suportar a ideia de que Thami não tinha mudado de posição nem uma vez, Dyar ter-se posto de pé, ido até ele e chutado de leve suas costelas. Thami gemeu e murmurou alguma coisa em árabe.

— O que é isso? Você pode dormir depois.

Thami gemeu de novo e disse: — O que você quer? — Mas as palavras ficaram encobertas pela sequência constante de explosões do motor. Dyar inclinou-se e gritou: — Já vai clarear, pelo amor de Deus! Sente e fique de olho aberto. Onde nós estamos, droga?

Thami apontou preguiçosamente o jilali. — Ele sabe. Não se preocupe. — Mas ele se levantou e foi sentar na proa. Dyar acocorou-se entre o motor e a amurada, mais ou menos onde Thami estava sentado. Estava mais quente ali, longe do vento, mas o cheiro de gasolina era muito forte. E ele sentia um agudo vazio no estômago; não sabia dizer se era fome ou náusea, porque oscilava entre essas duas sensações. Depois de alguns minutos, levantou-se e caminhou incerto para se juntar a Thami. O jilali gesticulou para os dois irem sentar à popa. Quando Dyar protestou, porque o ar era mais puro ali junto à roda de leme, Thami disse: — Pesado demais. Não vai depressa desse jeito. — E eles cambalearam até a popa para sentar lado a lado ali nas almofadas de lona molhadas. Muito tempo antes, a lua havia sumido atrás de um bloco de nuvens densas e altas a oeste. No alto, havia estrelas, e adiante o céu assumiu um aspecto descolorido, a água abaixo se dissolvendo como fumaça, a subir para misturar-se momentaneamente ao ar pálido. A cabeça com turbante do jilali assumiu uma forma, ficou nítida e negra contra o começo de luz no oriente.

— Tem certeza de que sabe para onde estamos indo? — Dyar perguntou afinal.

Thami riu. — Tenho, sim. Tenho certeza.

— Pode ser que eu queira ficar um bom tempo por lá, sabe?

Thami não disse nada por um momento. — Pode ficar sua vida inteira se quiser — disse, sombrio, deixando claro que ele não gostava nada da ideia de ficar.

— E você? O que você acha?

— Eu? O que eu acho de quê?

— De ficar.

— Tenho de ir para Tânger com ele. — Thami apontou o jilali.

Dyar voltou-se para encará-lo, furioso. — Não vai voltar nada. Vai ficar comigo. Como você acha que eu vou fazer para comer lá completamente sozinho, droga?

Ainda não estava claro o suficiente para ver os contornos do rosto de Thami, mas Dyar teve a sensação de que ele estava genuinamente surpreso. — Ficar com você? — ele repetiu devagar. — Mas por quanto tempo? Ficar lá? — Depois, com mais segurança: — Não posso fazer isso. Tenho de trabalhar. Vou perder dinheiro. Você está me pagando pelo barco e para ir com você e mostrar a casa, só isso.

"Ele sabe que eu tenho dinheiro aqui", Dyar pensou, enfurecido. "Maldito seja."

— Acha que não estou pagando o suficiente? — Ouviu um tremor na própria voz.

Thami estava obstinado. — Você só falou do barco. Se não trabalhar, eu perco dinheiro. — E acrescentou com vivacidade: — Por que acha que comprei este barco? Para não ganhar dinheiro? Se eu ficar com você em Agla, não ganho nada. Ele leva o barco para Tânger, está tudo em Tânger. Meu barco, minha casa, minha família. Eu sento em Agla e converso com você. É bom, mas eu não ganho dinheiro.

Dyar pensou: "Por que ele não me pergunta por que eu quero ficar lá? Porque ele sabe. Chantagem pura e simples. Uma guerra de nervos. Nem morto eu vou dar dinheiro para ele." Mas, no momento mesmo em que formava estas palavras mentalmente, sabia que o que Thami estava dizendo tinha lógica.

— Então, o que você espera que eu faça? — disse devagar, avançando com cautela. — Que pague por dia para você ficar lá?

Thami encolheu os ombros. — Não adianta nada ficar em Agla mesmo. Não é bom lá. O que você quer lá? É frio e tem lama por todo lado. Eu tenho de voltar.

"Então, eu tenho de fazer uma oferta", pensou, duro. "Por que não me pergunta quanto eu tenho aqui na pasta?" Em voz alta, disse: — Bom, você pode ficar uns dias pelo menos. Eu garanto que não vai perder nada. — Thami pareceu satisfeito. Mas Dyar estava pouco à vontade. Era impossível dizer o quanto ele sabia, até mesmo o quanto ele estava interessado em saber, ou fazer alguma ideia do que ele pensava da coisa toda. Se ele fizesse ao menos uma pergunta explícita, o jeito que construísse a frase ajudaria a determinar o quanto sabia, e a resposta seria construída de acordo. Como ele não disse nada, continuou um mistério. A certo ponto, depois de estarem calados durante alguns minutos, Dyar perguntou de repente: — No que você está pensando? — E na luz branca do amanhecer o rosto liso dele parecia infantilmente inocente quando respondeu: — Eu? Pensando? Por que eu haveria de pensar? Estou feliz. Não preciso pensar. — Mesmo assim, para Dyar a resposta pareceu esquiva e falsa, e ele disse a si mesmo: "O filho da puta está planejando alguma coisa."

Com a chegada da luz do dia, o ar e a água ficaram mais calmos. Do lado espanhol do estreito viram um grande cargueiro se deslocando devagar para o oeste, como uma estátua, imperturbável. O avanço da lancha era tão barulhento e agitado em seu deslocamento que Dyar achou que o cargueiro devia estar avançando em silêncio absoluto. Olhou em todas as direções, inquieto, observando a costa africana com particular atenção. As montanhas se precipitavam diretamente para dentro do mar espumoso, mas em alguns pontos pensava ver uma pequena faixa de areia numa angra.

— Como é a Zona Espanhola? — ele perguntou.

Thami bocejou. — Como todo lugar. Como a América.

Dyar ficou impaciente. — Como assim, como a América? As casas têm luz elétrica? Eles têm telefones?

— Algumas.

— Têm? — Dyar perguntou, incrédulo. Em Tânger, tinha ouvido dizer, vagamente, que a Zona Espanhola era um lugar primitivo, e a imaginava como um sertão onde os poucos habitantes viviam em cavernas e falavam em grunhidos ou linguagem de sinais. — Mas no campo — insistiu — eles não têm telefones, têm?

Thami olhou para ele, como se estivesse ligeiramente surpreso com sua insistência em continuar conversa tão infantil. — Claro que têm. O que você acha? Como é que eles vão governar sem telefone? Acha que é como o Senegal? — O Senegal era a ideia que Thami fazia de um país realmente não civilizado.

— Você só fala merda — Dyar disse, seco. Ele não conseguia acreditar. Mesmo assim, examinou o litoral próximo mais ansiosamente, dizendo a si mesmo, ao fazê-lo, que era bobagem se preocupar. Os telefonemas deviam começar durante o dia; certamente, não tinham começado ainda. Quem podia dar o alarme? Wilcox não podia, pelo menos não através da polícia. Quanto à Delegação Americana, era provável que levassem vários dias para começar uma busca por ele, se começassem. Uma vez concluído que ele havia deixado a Zona Internacional, a Delegação iria provavelmente arquivar toda a questão Jouvenon, para esperar um possível retorno, mesmo presumindo que teriam lhe telefonado por causa disso. Depois, quem havia que pudesse preocupar? Evidentemente, apenas Wilcox, mas um Wilcox amarrado por sua impossibilidade de pedir ajuda oficial. Aliviado mentalmente no momento, ele deu uma olhada para Thami, que o observava fixamente como um homem que assiste a um filme, como se estivesse acompanhando todo o panorama de pensamentos à medida que passavam pela cabeça de Dyar. "Não posso nem pensar na frente dele", disse a si mesmo. Tinha de tomar cuidado era com ele, não com Wilcox, nem com ninguém que Wilcox pudesse contratar. Dyar retribuiu o olhar dele, desafiador. "*Você* é o perigo", fez os seus olhos dizerem, como um desafio. "Estou de olho em você", pensou, enquanto os olhos falavam. "Só quero que saiba disso." Mas Thami retribuiu seu olhar mansamente, piscou como um gato, olhou o céu cinzento e disse, com satisfação: — Hoje não chove.

Ele estava errado; em menos de meia hora veio um vento soprando do lado da costa do Mediterrâneo, passando os flancos rochosos de Djbele Musa, trazendo com ele uma chuva fria e fina.

Dyar vestiu o sobretudo, com a pasta no colo para que ficasse protegida da chuva. Thami abrigou-se na proa, ao lado do jilali, que cobriu a cabeça com o capuz de sua *djellaba*. A lancha começou a fazer uma curva ampla sobre as ondas, logo virando quase na direção de onde tinha vindo. Estavam a barlavento de uma longa ponta que se estendia mar adentro da base de uma montanha rochosa. Os íngremes penhascos subiam e se perdiam nas nuvens baixas. Não havia sinal de outra embarcação, mas era impossível enxergar muito longe através da cortina de chuva. Dyar endireitou o corpo. O som do motor parecia mais alto que nunca; qualquer pessoa num raio de três quilômetros podia com certeza escutá-lo. Ele desejou encontrar algum jeito de desligar o motor e ir remando até a costa. Thami e o jilali estavam conversando animadamente ao leme. A chuva ficou mais forte, e de vez em quando o vento sacudia o ar, petulante. Dyar ficou um tempo sentado olhando seu casaco, vendo riozinhos se formarem em vales de gabardine. Logo o barco repousava em água que era mais tranquila. Ele achou que tinham entrado em algum tipo de baía, mas quando levantou a cabeça ainda havia apenas rochas visíveis à direita. Agora que elas estavam mais próximas e ele podia ver a água escura batendo e redemoinhando em torno delas, ficou desagradavelmente consciente de seu grande tamanho e de sua dureza. "Quanto mais depressa passarmos, melhor", pensou, contente de não ter chamado o jilali e armado uma cena mandando desligar o motor. Ao olhar para trás, teve a impressão de que a qualquer momento outro barco ia emergir daquele cinza e silenciosamente alcançá-los. O que podia acontecer como resultado não o preocupava; apenas a ideia de ser seguido e capturado em fuga é que era perturbadora. Ficou sentado ali, se esforçando para enxergar mais longe do que era possível enxergar, e sentiu que o barulho monótono do motor era a corda que podia içá-lo para a segurança. Mas a qualquer momento ela podia se partir e haveria apenas o som macio das ondas tocando o barco. Quando sentiu uma gota de água fria deslizar pelo pescoço, não teve certeza se era chuva ou suor. "Por que todo esse nervosismo?", perguntou a si mesmo, incomodado.

O jilali foi depressa ao motor e o desligou; o motor morreu com um espirro engasgado, como se nunca mais fosse pegar. Ele voltou para a roda de leme, que Thami ficara segurando. A lancha ainda avançava. Dyar se pôs de pé. — Chegamos? — Nenhum dos dois respondeu. Então o jilali foi de novo até o centro do barco e começou desesperadamente a forçar para baixo um pesado disco preto que era o volante. A cada impulso havia outro chiado, mas o motor não pegava. Furioso por dentro, Dyar sentou-se de novo. Durante uns bons cinco minutos o jilali continuou em seus esforços, enquanto o barco flutuava indolentemente para as rochas. Por fim, o motor respondeu, o jilali passou para metade da velocidade e seguiram lentamente adiante na chuva.

XXI

Havia uma pequena praia íngreme na baía, circundada por grandes rochas semidestruídas. As paredes da montanha começavam imediatamente atrás delas, subiam e desapareciam no céu cheio de chuva. Saltaram do barco a remo e ficaram um momento sem falar na faixa de areia deserta. A lancha dançava ali perto, na água profunda.

— Vamos — disse Dyar. Esse também era um momento perigoso. — Diga para ele que você escreve quando quiser que ele venha buscar você.

Thami e o jilali entraram numa longa conversa que logo degenerou de discussão para altercação. Dyar ficou olhando, viu que os dois não iam chegar a nenhum entendimento e ficou impaciente. — Vá embora daqui, por favor — gritou. — Tem o endereço dele?

— Espere um pouco — disse Thami, e retomou a altercação. Mas, lembrando aquilo que ele considerava a mais notável excentricidade de Dyar (sua peculiar inabilidade em esperar enquanto as coisas tomavam seu curso natural), ele se virou e disse: — Ele quer dinheiro. — O que, embora verdade, não era de jeito nenhum o tópico principal da conversa. Thami detestava ver seu barco, já pago, voltar para Tânger nas mãos do antigo dono, e estava febrilmente tentando inventar alguma medida protetora pela qual pudesse ter razoável certeza de que tanto o jilali como o barco não iam desaparecer.

— Quanto? — Dyar perguntou, pondo a mão no bolso por baixo do sobretudo, enquanto segurava a pasta entre os joelhos. Estava com o colarinho ensopado; a chuva descia por suas costas.

Thami havia combinado com o jilali o preço de quatrocentas pesetas por seus serviços; tencionava dizer oitocentas a Dyar e pagar o jilali com parte disso. Agora, sentindo que as coisas estavam se voltando contra ele de todos os lados, exclamou: — Ele quer demais! Em Dradeb ele falou setecentos e cinquenta. Agora falou mil. — Então, quando Dyar tirou uma nota do bolso, ele se deu conta de que tinha cometido um grave erro. — Não dê para ele! — gritou, súplice, estendendo a mão, como se quisesse cobrir a visão da nota. — Ele é um ladrão! Não dê para ele!

Dyar empurrou-o de lado rudemente. — Fique fora disto — disse. Entregou a nota de mil pesetas ao ansioso jilali. — Acha que eu quero ficar aqui o dia inteiro? — Virou-se para o jilali, que estava parado segurando a nota na mão, confuso, e perguntou: — Está satisfeito?

Thami, decidido a não deixar escapar a oportunidade, imediatamente traduziu a última frase para o árabe como um pedido de troco. O jilali sacudiu a cabeça devagar, declarou que não tinha troco e estendeu a nota para Dyar pegar de volta. — Ele disse que não é suficiente — disse Thami. Mas Dyar não reagiu como ele esperava. — Ele sabe muito bem que é suficiente — resmungou, virando as costas. — Tem o endereço dele? — Thami ficou imóvel, torturado pela indecisão. E escolheu a atitude errada. Estendeu a mão e tentou arrancar a nota da mão do jilali. Este último, tendo concluído que o cavalheiro cristão estava sendo excepcionalmente generoso, comportou-se de maneira natural, girando para correr até o barco, que empurrou para a água ao subir. Thami pulava de raiva na beira da água enquanto o outro remava, fora de alcance, rindo.

— Meu barco! — ele gritou, virando um rosto suplicante a Dyar. — Está vendo o ladrão que ele é! Está levando o meu barco!

Dyar olhou para ele com antipatia. "Quantos dias vou ter de aguentar isso?", pensou. "O sujeito não é nem um débil mental." O jilali continuou remando embora, na direção da lancha. Gritou, então, várias frases tranquilizadoras e acenou. Thami sacudiu o punho e gritou de volta ameaças e maldições com uma voz soluçante, olhando o jilali subir à lancha, amarrar o bote a remo na popa e finalmente conseguir dar partida ao motor. Então, inconsolável, voltou-se para Dyar. — Ele foi embora. Meu barco se foi. Tudo.

— Cale a boca — disse Dyar, sem olhar para ele. Sentia-se fisicamente repugnado e queria sair da praia o mais depressa possível, principalmente agora que o motor fora ligado outra vez.

Indolentemente, Thami foi mostrando o caminho pela praia até a ponta oeste, onde caminharam juntos entre as rochas altas que subiam, verticais. Contornando a base da montanha, seguiram uma trilha quase invisível que subia por um grande banco de barro marrom, pontilhado com uma ou outra pedra. Era uma subida que ia ficando cada vez mais íngreme. A chuva caía com maior intensidade, em gotas maiores. Não havia árvores, nem arbustos, nem mesmo pequenas plantas. Os rochedos subiam de ambos os lados, e o caminho se transformou num sulco com um riacho de água cor de ferrugem correndo contra eles. A certo ponto, Dyar escorregou e caiu de costas na lama. Ouviu-se um som de ventosa quando Thami ajudou-o a se levantar; ele não agradeceu. Estavam ambos ofegantes e de humor muito desagradável para conversar. Mas, de qualquer forma, nenhum dos dois esperava que o outro dissesse alguma coisa. Era uma questão de observar onde se punha cada pé ao subir, nada mais. As paredes de pedra de ambos os lados eram como biombos, impedindo que os olhos se desviassem, e à frente havia mais pedras, mais lama, mais poças e fios de água marrom-avermelhada. Com o progresso da manhã, o céu ficou mais escuro. Dyar olhava o relógio de vez em quando. "Às nove e meia eu vou me sentar, não importa onde a gente esteja", pensou. Quando chegou o momento, porém, ele esperou um pouco até encontrar uma pedra confortável antes de se sentar e acender um cigarro que, apesar das precauções, a chuva conseguiu apagar depois de poucas tragadas. Thami fingiu não notá-lo e continuou a caminhar. Dyar deixou que ele fosse, não chamou para que esperasse. Tinha apenas meio maço de cigarros e se esquecera de comprar mais. "Sem cigarros por quanto tempo?" A paisagem não o surpreendia; era exatamente o que esperava, mas por alguma razão não havia imaginado que poderia chover, vendo-a em sua visão mental sempre varrida pelo vento, desolada e queimando ao sol forte.

As peças de sua roupa que ainda não estavam molhadas de chuva estavam encharcadas de suor, porque a subida constante fora árdua e ele estava com calor. Mas não podia tirar o sobretudo, porque debaixo de seu braço, coberta pelo casaco, estava a pasta, e ele estava decidido a mantê-la ali, o mais possível protegida da chuva.

Ficava pensando que Thami, quando chegasse a uma distância que considerasse digna, iria parar e esperar por ele, mas tinha se enganado com a causa da depressão de seu companheiro, imaginando que era em grande parte ressentimento por sua derrota nas mãos do jilali, quando na verdade era uma convicção genuína de que tudo estava perdido, que por ora sua alma estava em trevas, sem a bênção de Alá. Isso queria dizer que tudo o que tinha a ver com a viagem estava previamente condenado a dar errado para ele. Não estava zangado com Dyar, que considerava um mero enviado da má sorte; sua emoção era a mais geral de desalento.

Thami não parou; seguiu seu rumo até que uma ligeira mudança na direção do sulco removeu-o do campo de visão de Dyar. "Filho da puta!", Dyar gritou, dando um salto repentino e começando a correr pelo cânion, ainda segurando o cigarro molhado na mão. Quando chegou ao lugar em que a passagem virava, Thami continuava lá adiante, avançando mecanicamente de cabeça baixa. "Ele quer que eu grite para esperar", Dyar pensou. "Ele que vá para o inferno."

Passou-se mais meia hora antes de chegar ao campo de audição de Thami, mas não falou, contentando-se em caminhar no mesmo ritmo atrás dele. Pelo que podia dizer, Thami nem havia notado seu breve desaparecimento. Thami subia, e mais nada.

E assim continuaram. Por volta do meio-dia estavam no interior, não mais ao alcance do som ou do cheiro do mar. Mas Dyar ainda sentia que, se não fosse pelos quilômetros de ar chuvoso atrás deles, o mar ainda estaria em algum lugar espalhado abaixo deles, visível mesmo agora. O céu continuava cinza e fechado, a chuva continuava caindo, o vento ainda vinha do leste, e eles subiam devagar, através de um vasto mundo de rochas, água e lama.

Um sanduíche de presunto, Dyar se viu pensando. Podia ter comprado tudo o que quisesse na véspera enquanto esperava para falar com Ramlal. Em vez disso, tinha ido se deitar na praia. A hora e pouco de banho de sol parecia impossivelmente distante agora, um vislumbre passageiro num sonho, ou a lembrança de um momento em que era outra pessoa. Só quando ponderou que era inconcebível que tivesse comprado comida, então, para esta excursão, uma vez que de forma alguma desconfiava de que ia fazê-la, foi que entendeu como realmente remoto estava o dia de ontem, o quanto o mundo havia mudado desde que entrara no abafado escritoriozinho de Chocron e começara a observar a contagem do dinheiro.

Saindo da chuva de repente, na direção deles ravina abaixo, apareceu uma figura. Era um pequeno burro cinzento descendo devagar, os cestos vazios, gotas de chuva pendendo do pelame das patas e orelhas. Thami saiu de lado para o animal passar, o rosto não demonstrando nenhuma expressão de surpresa. — Devemos estar chegando perto — disse Dyar. Ele pretendia ficar quieto, deixar que Thami rompesse o silêncio entre eles, mas falara sem pensar.

— Um pouco mais — disse Thami, impassível. Um velho vestido com uma roupa de lã esfarrapada apareceu numa curva, levando uma vara e fazendo sons guturais ocasionais para o burro lá na frente. "Um pouco mais", Dyar pensou, começando a sentir a cabeça leve. — Quanto mais? — perguntou. Mas Thami, com a noção de espaço e tempo imprecisa da sua gente, não sabia dizer. A questão não tinha nenhum sentido para ele. — Não muito — replicou.

O caminho ficara nitidamente mais íngreme; continuar exigia toda atenção e todo esforço, a fim de não escorregar para trás nas pedras soltas. O vento aumentara e soprava o que parecia uma grossa serpentina sem fim de nuvens dos penhascos lá de cima para o caminho. No momento, eles estavam no meio delas. O mundo estava mais escuro. "Isto aqui não tem graça", Dyar se viu pensando, e riu porque era absurdo que uma simples mudança de luz pudesse afetar tão profundamente seu estado de espírito. "Falta de comida", disse a si mesmo. De vez em quando, ele se chocava com Thami de propósito ao subirem. Se ficassem muito separados, não conseguiriam se ver. — Espero que você tenha alguma coisa de comer nessa sua cabana — disse ele.

— Não se preocupe. — A voz de Thami era um pouco desagradável. — Você vai comer esta noite. Eu consigo comida. Trago para você. Não se preocupe.

— Quer dizer que não tem comida na casa? Onde diabos você vai conseguir comida?

— Eles não deixam nada de comer na casa porque ninguém mora lá faz muito tempo. Mas não fica longe da casa da família da minha mulher. Eu consigo o que você quiser lá. Eles não vão contar nada. São gente boa.

"Ele acha que tem de me manter escondido", Dyar disse a si mesmo. "Está tendo outra ideia." Depois, ao subir em silêncio: "Mas por quê? Por que ele quer me manter escondido?" E, então, a pergunta se reduziu mais uma vez à sua forma básica: "O quanto ele sabe?" Resolveu perguntar a ele, direto, quando estivessem sentados sossegados, cara a cara, e pudesse observar qualquer mudança que ocorresse na expressão de Thami. "O que você quis dizer quando falou que a família de sua mulher não contaria nada?"

Com o aumento da inclinação, a subida se transformou numa batalha exaustiva para não escorregar para trás. A neblina pesada era como fumaça soprada pelo vento; a cada poucos segundos eles eram revelados um para o outro e mesmo uma parede lateral de rocha adiante podia aparecer. Depois, num mergulho, a substância do ar mudava, o ar ficava branco e visível, e se enrolava nos rostos e corpos deles, apagando tudo. Continuaram e continuaram. Era a tarde; para Dyar, parecia que era a tarde para sempre. De repente, um pouco acima dele, Thami gemeu de satisfação e emitiu um longo "Aaah!". Tinha se sentado. Dyar arrastou-se mais um momento e o viu. Ele havia pegado seu cachimbo, que estava enchendo com o kif que tirava de um longo *mottui* de couro desenrolado sobre os joelhos. — Agora é fácil — disse ele, afastando-se um pouco na pedra para dar lugar a Dyar. — Agora nós descemos. A cidade é lá. — Ele apontou para baixo. — A casa é lá. — Apontou ligeiramente mais para baixo, mais para a esquerda. Dyar sentou-se, aceitou o cachimbo. Entre tragadas, cheirou o ar, que tinha ficado vivo, tinha um ligeiro aroma de pinheiros e pátios de fazenda. Quando terminou o cachimbo, o devolveu. O kif era forte; ele se sentiu agradavelmente tonto. Thami tornou a encher o cachimbo, olhando amorosamente o objeto. A haste era coberta com pequenos desenhos coloridos de peixes, jarros de água, pássaros e espadas. — Comprei este *sebsi* faz três anos. Em Marrakech — disse ele.

Ficaram sentados sozinhos na brancura. Dyar esperou que ele fumasse; o kif queimou-se em três longas e vigorosas baforadas. Thami soprou a bola de cinza incandescente do fornilho, enrolou as abas de couro em torno do *mottui* e, muito sério, guardou os objetos no bolso.

Levantaram-se e continuaram. O caminho era plano só por um instante, quase imediatamente se transformou em um íngreme declive. Eles haviam se sentado no alto da passagem. Depois de longas horas respirando o ar que tinha cheiro de chuva apenas, era agradavelmente perturbador poder distinguir sinais de vida vegetal e animal na névoa que subia do vale invisível lá embaixo. O avanço agora era mais rápido; eles corriam com movimentos bêbados de uma pedra para outra, às vezes aterrissando contra elas com mais força do que era confortável. Tinha parado de chover; Dyar tirou a pasta de baixo do casaco e a levava na mão esquerda, usando o braço direito para se equilibrar e como para-choques sempre que possível.

Logo estavam abaixo do nível das nuvens e, na triste luz que declinava, Dyar parou um momento olhando o panorama cinzento de montanhas, nuvens e profundezas sombreadas. Quase simultaneamente também, estavam fora do alcance do vento. O único som que subia lá de baixo era o som macio e invariável feito por um riacho que seguia seu curso sobre muitas rochas. Não conseguiam também distinguir nenhum sinal de habitação humana. — Onde está a casa? — ele perguntou, mal-humorado. Esse era o detalhe mais importante.

— Venha — Thami replicou. Continuaram o mergulho para baixo e chegaram a uma bifurcação da trilha. — Por aqui — disse Thami escolhendo o caminho que acompanhava a lateral da montanha, à direita, o abismo vertical, à esquerda, subindo, uma sucessão de rochedos e íngremes ravinas cheias do entulho dos deslizamentos de terra.

Então, Thami parou, uma sobrancelha levantada, a mão no ouvido. Ele agarrou o pulso de Dyar, puxou-o de volta alguns passos, para uma imensa placa de rocha que se projetava ligeiramente sobre o caminho, empurrou-o para uma posição agachada atrás da pedra e curvou-se ele também, espiando a trilha a cada poucos segundos. — Olhe — disse. Umas cinquenta cabras marrons e cinzentas vinham vindo pela trilha, os cascos fazendo uma confusão sonora entre as pedras. As primeiras pararam perto da rocha, os olhos âmbar interrogativos. Depois, a pressão das que vinham atrás as empurraram à frente, e elas passaram em desordem, as pedras que acidentalmente deslocavam saltando de rocha em rocha com um curioso som metálico. Um rapaz com um cajado, usando uma simples capa de lã jogada nos ombros, seguia o rebanho. Quando ele passou, Thami sussurrou: — Se ele vê você, meu amigo, seria muito ruim. Amanhã todo mundo em Agla estaria sabendo.

— Que diferença faz? — Dyar perguntou não tanto porque achasse que não tinha importância, mas porque estava curioso para saber exatamente qual era a sua situação ali.

— Os espanhóis. Eles iam chegar à casa.

— Bom, que venham. Que diferença faz? — Estava decidido a esclarecer a coisa e essa era uma boa oportunidade. — Eu não fiz nada. Por que se dariam o trabalho de vir me procurar? — Observou o rosto de Thami com atenção.

— Quem sabe eles não machuquem você quando mostrar que tem passaporte americano. — Thami falava alto agora. — Eu, eu ia para a cadeia na mesma hora. Tem de ter visto para entrar aqui, meu amigo. E aí eles iam dizer: Como você veio? Não se preocupe. Eles já iam saber que você veio de barco. E aí eles iam dizer: Onde está o barco? E de quem é o barco? E pior: Por que vieram de barco? Por que não vieram pela *frontera* como todo mundo? E eles falam no telefone com Tânger e tentam descobrir por que com a polícia de lá... — Ele fez uma pausa, olhando interrogativamente para Dyar, que disse: — E daí? — ainda estudando intensamente os olhos de Thami.

— E daí? — Thami repetiu, baixo, sorrindo. — Como é que eu vou saber e daí? Eu sei que você disse que me dava cinco mil pesetas para trazer você aqui e eu trouxe porque sei que os americanos cumprem a palavra. E, então, você quer muito vir para cá. Como é que eu vou saber por quê? — Ele sorriu de novo, um sorriso que achava sem dúvida irresistível, mas que para o modo de pensar de Dyar era a própria essência da dissimulação e astúcia orientais.

Dyar deu um grunhido e se levantou, pensando: "De agora em diante, vou vigiar cada passo seu." Quando Thami se levantou, ele ainda estava explicando sobre a polícia espanhola e sua insistência em obter toda informação possível sobre estrangeiros que visitavam o Protetorado. Suas palavras compreendiam um alerta para nunca ficar fora da casa durante o dia e nunca (nem era preciso dizer) pôr o pé na aldeia a qualquer hora do dia ou da noite. Enquanto prosseguiam, ele foi enfeitando as prováveis consequências de Dyar ser visto por qualquer pessoa, fazendo tudo parecer no fim tão absurdamente perigoso que uma onda de medo dominou seu ouvinte; não medo de que aquilo que Thami dizia pudesse ser verdade, porque ele não acreditava nem por um instante em todas essas variantes de catástrofe, mas um medo por ter perguntado a si mesmo apenas uma vez: "Por que ele está dizendo tudo isso? Por que está empenhado em que ninguém me veja?" Para ele, a resposta podia ser encontrada, claro, nos limites da infâmia de Thami. Era apenas questão de saber até que ponto o homem estava preparado a ir, ou melhor, como ele era um árabe, até que ponto ele era capaz de ir. E a resposta nesse ponto era, pensou Dyar: ele irá até onde eu deixar que vá. Então, não dou nenhuma chance a ele. A vigilância é bem fácil; a dificuldade está em disfarçá-la. O outro não podia desconfiar de que ele desconfiava. Thami já estava se fazendo de idiota; ele também se faria de ingênuo, encorajaria Thami a pensar que era inteligente, de forma que suas ações ficassem menos cautelosas, suas decisões, menos dissimuladas. Uma excelente medida protetora, pareceu-lhe, seria ir à aldeia e depois contar a Thami. Isso faria com que ele soubesse que não tinha medo de ser visto, privando assim Thami de uma vantagem que ele parecia achar que tinha. "E, então, ele vai pensar duas vezes antes de tentar qualquer coisa mais violenta, se souber que as pessoas sabem que estou aqui com ele", pensou.

— Bom — disse, relutante —, vai ser bom ficar aqui em cima. Dá para perceber. Você lá na cidade o tempo inteiro, e eu o tempo todo com o rabo sentado aqui na encosta da montanha.

— Como assim, o tempo todo? Quantos dias você quer ficar? Eu tenho de ir para Tânger. O meu barco. Aquele jilali não presta. Eu conheço ele. Vai vender o barco para outra pessoa. Você não liga. Não é o seu barco...

— Não comece de novo — disse Dyar. Mas Thami partiu para um longo monólogo que terminou onde tinha de terminar: na questão de quantas pesetas ele estava disposto a lhe pagar por sua presença em Agla.

"Talvez eu queira que ele fique aqui e talvez não", pensou Dyar. Dependeria do que ia encontrar e descobrir na cidade. Tinha de planejar as coisas cuidadosamente, e esses planos podiam facilmente compreender a necessidade de conservar Thami com ele para levá-lo para algum outro lugar. "Mas, quanto mais depressa eu me livrar dele, melhor." Isso era certo.

Será que aquela conversa, bem genuína na aparência, era apenas parte do jogo, destinada a encobrir qualquer suspeita que ele pudesse ter, substituindo-a com uma sensação de segurança que o faria descuidar? Ele não sabia; achava que sim. De qualquer modo, tinha de dar a impressão de que estava levando a sério.

— Acha que eu sou feito de dinheiro? — perguntou com simulado mau humor, mas com um tom que deixasse Thami pensar que o dinheiro acabaria vindo. O outro não respondeu.

Havia um pomar de oliveiras cobrindo a íngreme encosta, que era preciso atravessar, um ribeirão a cruzar e um ligeiro aclive a escalar antes de chegar à casa. Ela era construída sobre uma plataforma plana de rocha cuja base se curvava para baixo até descansar na encosta da montanha muito lá embaixo.

— É essa a casa — disse Thami.

"É uma fortaleza", Dyar pensou, vendo a pequena construção acocorada ali em cima de seu louco pilar. As grossas paredes de barro tinham sido um dia caiadas em parte, e a cobertura íngreme, em terraços, parecia um saiote de palha rodado. A trilha subia, contornava e chegava ao promontório onde o solo era nu, a não ser por alguns arbustos descuidados. Não existiam janelas, mas havia uma porta de retalhos com uma fechadura feita em casa, para a qual Thami tirou do bolso uma chave pesada, do tamanho de sua mão.

— Isto aqui é um bom ponto de partida — disse Dyar pisando na beirada e espiando para baixo. Lá no fundo, o vale havia se preparado para a noite. Ele tinha a sensação de que nenhuma luz podia penetrar o escuro profundo em que a parte baixa da montanha se enterrava, nenhum som podia mudar o murmúrio distante e impassível da água que, embora mal audível, de alguma forma conseguia preencher todo o ar. Depois de lutar um momento com a fechadura, Thami conseguiu abrir a porta. Quando Dyar se encaminhou para a casa, notou os sulcos profundos que a chuva fizera na terra ao cair dos beirais acima;

gotejava ainda, aqui e ali, um som íntimo no meio da solidão circundante, quase um eco de boas-vindas, como se a mera existência da casa oferecesse a possibilidade de alívio para a vasta melancolia cinzenta da tarde que caía.

Pelo menos, pensou ele ao entrar na sala escura que tinha cheiro de palheiro, isto me dá a chance de recuperar o fôlego. Podia ser por apenas um dia ou dois, mas era um lugar onde repousar.

Thami abriu uma porta do outro lado da sala e a luz entrou, vinda de um pátio minúsculo, cheio de engradados quebrados e refugos. — Tem outro quarto ali — ele disse, com ar de satisfação. — E uma cozinha também.

Surpreendentemente, o piso de terra batida estava seco. Não havia móveis, mas uma esteira de palha limpa cobria quase metade do espaço. Dyar jogou-se no chão e deitou com a cabeça apoiada na parede. — Não me fale de cozinha, a menos que tenha alguma coisa nela. O que nós vamos comer? É só isso que eu quero saber.

Thami riu. — Quer dormir? Vou agora até a casa da família da minha mulher, pegar velas e comida. Você dorme.

— Pro inferno com as velas, camarada. Arrume comida.

Thami pareceu ligeiramente escandalizado. — Ah, não — disse com grande seriedade e um ar de ligeira censura. — Não pode comer sem velas. Não é bom.

— Traga água, se quiser. — Sentia que estava caindo no sono já ao dizer isso. — Só traga comida também. — Ele enfiou os dedos pela alça da pasta e colocou-a deitada sobre o peito. Thami saiu, fechou a porta e a trancou. Ouviu-se o som de passos e depois apenas o gotejar ocasional da água do telhado lá fora. Depois, não se ouviu mais nada.

XXII

Mesmo quando já estava plenamente consciente de que Thami tinha voltado e estava se deslocando pela casa com um certo nível de ruído, que uma vela tinha sido acesa e brilhava em seu rosto, seu despertar parecia incompleto. Ele se levantou da esteira, disse "Oi!" e se espreguiçou, mas continuava pesado de sono. Nem se lembrava de que estava com fome; embora o vazio estivesse ali dentro dele, mais marcado do que antes de dormir, parecia ter se transformado em uma simples incapacidade de pensar ou sentir. Deu alguns passos até o centro da sala, gemendo e bocejando violentamente, e imediatamente quis se deitar de novo. Com a sensação de estar meio morto, ele cambaleou para cá e para lá no espaço, tropeçando num grande cobertor que Thami trouxera ostensivamente da outra casa e do qual tirava comida e pratos. Então, voltou à esteira e sentou-se. Triunfante, Thami ergueu uma chaleira bem-usada. — Trouxe tudo — anunciou. — Até hortelã para pôr no chá. Quer dormir de novo? Vá. Durma. — Houve um estalo e um crepitar no pátio quando o carvão do braseiro pegou fogo. Dyar ainda não disse nada; custaria um esforço muito grande.

Observando Thami ocupado com os preparativos, tinha consciência de um elemento de absurdo na situação. Se fosse Hadija preparando seu jantar, talvez achasse mais natural. Agora, achava que devia se oferecer para ajudar. Mas disse a si mesmo: "Estou pagando esse filho da puta", não se mexeu e ficou acompanhando as idas e vindas de Thami, sem sentir nada além daquele vazio devorador por dentro, o qual, agora que estava finalmente acordando devagar, se fazia inequivocamente sentir como fome.

— Meu Deus, vamos comer! — exclamou, então.

Thami riu. — Espere. Espere — disse. — Ainda tem de esperar um bom tempo. — Tirou seu cachimbo de kif, encheu, acendeu e passou para Dyar, que deu uma tragada profunda, enchendo os pulmões com fumaça ardente, como se pudesse assim adquirir ao menos um pouco da nutrição que tão intensamente desejava no momento. Ao final da segunda carga do cachimbo, sentiu zumbir o ouvido, ficou tonto e uma ideia extraordinária havia tomado conta dele: a certeza de que em algum lugar, sutilmente misturado à comida que Thami ia lhe dar, haveria veneno escondido. Viu a si mesmo acordando no escuro da noite, uma dor cada vez maior se espalhando pelo corpo, viu Thami acendendo um fósforo e depois uma vela, o rosto e os lábios expressando simpatia e consternação, viu a si mesmo rastejando até a porta, abrindo, confrontado com a absoluta impossibilidade de obter socorro, mas saindo mesmo assim, para escapar da casa. A detalhada clareza das visões, sua aparente realidade, o eletrizaram; sentiu uma grande necessidade de revelá-las imediatamente. Em vez disso, devolveu o cachimbo a Thami, os gestos incertos e, fechando os olhos, encostou-se à parede e só saiu dessa posição quando Thami chutou várias vezes a sola de seu sapato perguntando: — Quer comer?

Ele comeu, de fato, e em grande quantidade; não só a sopa de aletria e os tomates e as cebolas fatiados, mas também a carne picada e os ovos nadando em óleo de oliva verde intenso, fervente, que, imitando Thami, ele raspou com pedaços de pão. Depois, tomaram dois copos cada um de chá de hortelã adoçado.

— Bom, é isso — disse afinal, se acomodando. — Thami, tiro o chapéu para você.

— Chapéu? — Thami não entendeu.

— O chapéu que eu não tenho. — Estava se sentindo expansivo no momento. Thami, parecendo polidamente confuso, ofereceu-lhe o cachimbo que tinha acabado de acender, mas Dyar recusou. — Vou me recolher — disse. Se possível, queria conservar aquela sensação de bem-estar e levá-la junto para o sono, de forma a ficar com ele a noite inteira. Um cachimbo de kif e ele podia facilmente ser atacado por pesadelos.

Sub-repticiamente, olhou a pasta, sobre a esteira no canto perto dele. Apesar do fato de tê-la levado dentro do casaco sempre que chovia, chamando assim ao menos alguma atenção para ela, ele achou que na cabeça de Thami isso podia decorrer do fato de ser nova; ele entenderia que Dyar não queria manchar o couro de vaca claro e os fechos niquelados brilhantes. Então, resolveu agora não prestar atenção à pasta, deixá-la relaxadamente por perto quando jogasse a escova de dentes de volta dentro dela, no chão, ao alcance do braço. Colocá-la debaixo da cabeça ou segurar na mão sem dúvida despertaria a curiosidade de Thami, pensou. Assim que a luz se apagasse, podia pegá-la e trazer para mais perto da esteira.

Thami tirou uma velha *djellaba* do cobertor em que havia trazido a comida, vestiu e entregou o cobertor para Dyar. Depois, arrastou uma esteira parcialmente enrolada do quarto para o pátio e estendeu-a na parede oposta, onde continuou a fumar seu cachimbo. Várias vezes, Dyar deslizou para o sono, mas como sabia que o outro estava ali bem-acordado, com a vela acesa, o despertador que tinha armado dentro de si mesmo o trazia de volta, ele abria bem os olhos de repente e via na penumbra o teto de palha e a miríade de teias de aranha flutuando suavemente ali em cima. Por fim, virou a cabeça e olhou para o outro lado da sala. Thami havia posto o cachimbo no chão e parecia estar dormindo. Ficou olhando a chama durante o que lhe pareceu meia hora. No teto, havia eventuais batidas de chuva e, quando uma rajada de vento passou, a porta matraqueou ligeiramente, mas de um jeito peremptório, como se alguém estivesse tentando apressadamente entrar. Mesmo assim, não viu a vela acabar; quando abriu os olhos de novo, estava profundamente escuro e ele teve a impressão de que assim estava havia muito tempo. Ficou deitado quieto, descontente, com a súbita consciência de que não sentia nenhum sono. O chamado indistinto de água veio de longe, lá de baixo, de um lugar impossivelmente distante. No vento irregular, a porta bateu discretamente, depois sacudiu com ruidosa impaciência. Ele xingou em silêncio e resolveu prendê-la melhor para a noite seguinte. Bem-acordado, ele se permitiu mesmo assim sonhar um pouco, vendo-se a caminhar (ou a dirigir um carro, não sabia dizer qual) por uma estreita estrada na montanha, com um íngreme precipício à direita. A terra ficava tão longe lá embaixo que não havia nada para ver a não ser o céu quando ele olhava o precipício. A estrada ficou mais estreita. "Tenho de continuar", pensou. Claro, mas não bastava simplesmente seguir em frente. A estrada podia continuar, o tempo podia continuar, mas ele não era nem tempo, nem estrada. Ele era um elemento extra entre os dois, sua precária existência importante apenas para ele próprio, conhecida apenas por ele mesmo, porém mais importante que todo o resto. O problema era ele se manter ali, agarrar firmemente com sua consciência toda a estrutura da realidade à sua volta e planejar seu avanço de acordo. A estrutura e a consciência ali estavam, e também a ideia do que tinha de fazer. Mas o esforço exigido para saltar o vazio entre saber e agir, esse ele não conseguia fazer. "Controle-se. Controle-se", disse a si mesmo, sentindo os músculos se contraírem mesmo ali deitado em sua divagação. Então, a porta o despertou um pouco, ele sorriu no escuro de sua própria tolice. Já havia subido a estrada na montanha, disse a si mesmo, insistindo em tomar literalmente sua fantasia; isso era passado, e agora estava ali na cabana. Essa era toda a realidade no momento e tudo o que ele tinha de levar em conta. Estendeu o braço no escuro na direção da sala e encontrou a mão de Thami quente e relaxada, bem em cima da pasta.

Se tivesse tocado as juntas peludas de uma tarântula, não teria tirado a mão mais depressa ou aberto mais os olhos no escuro. "Peguei Thami com a mão na massa", pensou com certa desesperada satisfação, sentindo todo o corpo ficar tenso como se por vontade própria estivesse se preparando para uma luta na qual ele ainda não havia pensado. Depois, ponderou a sensação da mão. Thami tinha rolado no sono e sua mão caíra ali, só isso. Mas Dyar não tinha certeza. Ele teria de rolar bastante e parecia um pouco fortuito demais que a pasta estivesse exatamente no ponto onde a mão dele iria cair. A questão agora era se devia fazer alguma coisa ou não. Ficou imóvel no escuro um momento, consciente do cheiro forte de palha mofada ali na sala, e decidiu que, a menos que tomasse a iniciativa e alterasse a situação, não ia mais conseguir dormir; tinha de tirar a pasta de baixo da mão de Thami. Tossiu, fingiu fungar um pouco, mexeu-se um momento como se procurasse um lenço, estendeu a mão e puxou a pasta pela alça. Parcialmente sentado, riscou um fósforo para girar a combinação da trava e, antes que a chama se apagasse, olhou para o centro da sala. Thami estava deitado em sua esteira, mas em algum momento a havia puxado para longe da parede; sua mão ainda caída virada para cima, os dedos curvados no tocante desamparo do sono. Dyar soprou o fósforo, pegou um lenço na pasta e assoou o nariz com energia. Depois, tateou o interior da pasta: as notas estavam ali. Um a um, retirou os pacotes e enfiou-os dentro da camiseta de baixo. Sem o sobretudo, ele talvez parecesse um pouco mais gordo na cintura, mas duvidava de que Thami fosse tão observador. Deitou-se de costas e escutou os caprichos do vento brincando na porta, detestando cada som, não tanto porque o impedia de dormir, como porque, em sua cabeça, uma porta solta era o equivalente a uma porta aberta. Um pedacinho de madeira, um martelo e um prego resolveriam tudo: a barreira entre ele e o mundo lá fora seria muito mais real. Dormiu mal.

Assim que clareou, Thami se levantou e fez uma fogueira de carvão no braseiro. — Vou até a casa da família de minha esposa — disse a Dyar, que o observava piscando, de sua esteira. Havia chá e um pouco de pão que sobrara, mas isso era tudo. Ao tomar o chá verde quente que Thami trouxera até sua esteira, ele notou que o outro puxara a esteira dele de volta para a parede oposta onde tinha estado no começo da noite. "Bom, então é isso", pensou. "Nenhuma explicação. Nada."

— Volto mais tarde — disse Thami, recolhendo o cobertor dos pés de Dyar. — Tenho de levar isto aqui para carregar as coisas. Você fique dentro da casa. Não saia. Lembre-se.

— Sei, sei — disse Dyar, chateado por ser deixado sozinho, por ter dormido mal, por ficar sem cobertor no caso de querer tentar dormir agora e, acima de tudo, pela situação de completa dependência de Thami em que se encontrava no momento.

Quando Thami saiu, a sensação de solidão que substituiu sua presença na casa, ao contrário de suas expectativas, mostrou-se agradável. Primeiro, Dyar se levantou e olhou a porta. Como havia pensado, uma lasquinha de madeira pregada ao batente resolveria o problema. Quando a porta estivesse fechada, era só empurrar o pedaço de madeira com firmeza, como uma trava. Depois pôs-se a explorar a cabana, em busca de um martelo e um prego. O terreno de exploração logo se esgotou, porque o lugar estava vazio. Não havia nada, nem mesmo o tradicional toco de vela, a lata de sardinhas vazia e os jornais velhos deixados por vagabundos nas casas abandonadas dos Estados Unidos. Ali era preciso comprar tudo, relembrou; nada era jogado fora, o que queria dizer que nada era abandonado. Uma lata velha, uma xícara quebrada, um frasco de remédio vazio, essas coisas eram postas à venda. Ele se lembrava de passar pelo Joetya em Tânger e ver milhares de coisas em exposição, objetos absolutamente inúteis, mas para os quais as pessoas deviam achar um uso. Sua única descoberta interessante foi feita num canto entre a esteira de Thami e a porta que dava para o pátio, onde, atrás de uma pilha de esteiras semiconsumidas por fungos, encontrou uma pequena lareira, vestígio dos dias em que a casa pertencera a alguém. "Podemos muito bem acender um fogo esta noite", pensou. Voltou à porta da entrada, abriu-a e ficou se encharcando de ar fresco e da sensação de liberdade que havia no vasto espaço à sua frente. Depois, se deu conta de que o céu estava límpido e azul. O sol ainda não havia subido o suficiente atrás das montanhas para tocar o vale, mas o dia dançava de luz. Imediatamente, uma excepcional felicidade tomou conta dele. Como se alguma parte dele já desconfiasse da chegada da ideia que, então, lhe ocorreu e que iria fazer com que aquele dia fosse muito longo, ele disse a si mesmo: "Graças a Deus!" quando viu o azul no alto. E lá embaixo, numa crista aqui, numa ravina ali, uma minúscula figura se movia, vestida com roupas da cor da própria terra rosada. Pareceu-lhe que até na tremenda calma ele podia escutar de vez em quando o tênue e frágil som de uma voz humana, chamando de um ponto distante a outro, mas era como o grito de minúsculos insetos, e o confuso pano de fundo de água caindo borrava as finas linhas do som, fazendo-o se perguntar um segundo depois se seus ouvidos não estavam brincando com ele.

Sentou-se na soleira da porta. Era absurda essa dependência de um idiota, e um idiota que havia, além disso, dado todos os sinais de não merecer confiança. Por exemplo, ele havia dito que ia à casa dos parentes. Mas o que o impedia de ir, em vez disso, à cidade e combinar com um grupo de bandidos lá que viesse depois do anoitecer? Ou mesmo durante o dia, por sinal? O que Thami não ousava fazer sozinho, ele podia conseguir outros para fazer por ele; depois faria a sua parte, pareceria apavorado, indignado, deixando que batessem nele uma ou duas vezes e o amarrassem... As cenas que Dyar inventou ali eram absurdamente parecidas com os filmes de faroeste que tinha visto em criança. Ele tinha consciência de distorcer as probabilidades, porém, levado por um imperativo desejo de fazer alguma coisa definida do que era agora equívoco (em outras palavras, assumir completo controle de si mesmo), ele permitiu que sua imaginação brincasse livre, criando versões exageradas do que o dia podia trazer. "Por que deixei que saísse da minha vista?", pensou, mas sabia muito bem que tinha sido inevitável. Sua estada ali dependia de Thami fazer viagens frequentes se não à aldeia, ao menos à morada da família. "Como um rato numa ratoeira", ele disse a si mesmo, olhando ansioso os picos mais distantes, que o sol agora inundava com sua primeira luz. Mas, então, entendeu que não seria assim, porque ia sair da ratoeira. Era uma dessas manhãs em que o próprio ar, ao se respirar, dá vida, e ali estava a trilha, as pedras ainda limpas e sem sombra porque ficavam na sombra maior dos rochedos acima. Ele tinha apenas de se levantar e começar a caminhar. Nenhum problema, a menos que perguntasse a si mesmo: para onde? E ele tomou o cuidado de não deixar esta pergunta lhe passar pela cabeça; queria acreditar que não devia hesitar. Porém, para ter certeza de que ia agir, e não pensar, levantou-se e foi para dentro, onde sabia que Thami havia deixado seus dois pequenos estojos de couro, um contendo as partes do cachimbo de kif desmontado e o outro com o próprio kif. Pegou os dois e pôs no bolso. Na hora em que resolveu sair da casa, ela passou a lhe parecer um local hostil, do qual deveria sair depressa. E então, pegando a pasta, com uma última aspirada reprovadora do ar mofado da sala, saiu para o espaço aberto.

Uma vez antes, dois dias atrás, ele havia se embriagado ao emergir para um mundo de sol e ar. Esta manhã o ar era ainda mais estranho. Quando ele o sentiu nos pulmões, teve a impressão de que voar seria fácil, meramente uma questão de técnica. Dois dias antes, comovera-se ao tocar os troncos das palmeiras diante do Hotel de la Playa, ao levantar a cabeça como um cachorro para a brisa que vinha do porto, ao rejubilar-se com o fato de estar vivo numa bela manhã. Mas, naquele momento, lembrou-se, ainda estava em sua gaiola de causa e efeito, a gaiola para a qual outros tinham a chave. Wilcox lá estava, a apressá-lo, parado entre ele e o sol no céu. Agora, neste momento, não havia ninguém. Era possível que ainda estivesse na gaiola, não tinha como saber disso, mas ao menos ninguém mais tinha a chave. Se havia alguma chave, ele próprio a tinha. Lentamente, os contornos dos vales lá embaixo mudaram à medida que ele avançava. Ele não prestou atenção ao caminho, a não ser para observar que não era mais o mesmo pelo qual tinham vindo ontem. Não encontrou ninguém, nada. Depois de uma hora e pouco, sentou-se e fumou dois cachimbos de kif. O sol ainda não havia subido o suficiente para atingir esse lado da montanha, mas havia elevações não muito abaixo que já captavam seus raios. Lá embaixo, no fundo, os vales eram cobras verdes de vegetação; aqueciam-se ao sol forte da manhã, as cabeças apontando para baixo, para o campo externo, os rabos se enrolando nos recessos profundos da rocha.

Ele continuou com menos energia, porque a fumaça havia tirado um pouco de seu fôlego e seu coração estava um pouco acelerado. Em compensação, porém, sentia um crescente bem-estar. Logo, ele não notava mais a respiração curta. Andar se transformou em uma série maravilhosamente encadeada de movimentos harmoniosos, cujos detalhes eram executados, todos, em perfeita concordância com a vasta e bela máquina da qual o ar e a encosta da montanha eram parte. Quando o sol atingiu um ponto do céu em que ele conseguia enxergá-lo, não tinha mais consciência de dar passos; a paisagem simplesmente se desenrolava silenciosamente diante de seus olhos. Ocorria-lhe insistentemente a ideia triunfante de que mais uma vez ele escapara de se tornar uma vítima. E então, sem saber como havia chegado ali, viu-se em outro tipo de campo. Em algum ponto, havia seguido por uma pequena crista e começara a descer imperceptivelmente, para estar agora nessas planícies altas e onduladas, tão diferentes da região que havia deixado. Havia muito tempo cessara de observar para onde estava indo. O sol estava alto no céu; fazia tanto calor que tirou o paletó. Dobrou-o e sentou-se em cima dele. Seu relógio informava meio-dia e meia. "Estou com fome", ele se permitiu pensar, mas apenas uma vez. Determinado, pegou as partes do cachimbo, encaixou-as e enterrou o pequeno fornilho de terracota na massa de kif fragrante e úmida que enchia o *mottui*. E aspirou violentamente o cachimbo, prendendo a fumaça até a cabeça girar e os olhos não serem capazes de se afastar da contemplação de um pequeno arbusto retorcido que crescia à sua frente. — Com isto, não preciso de comida — disse. Logo havia esquecido a fome; havia apenas os múltiplos detalhes da clara paisagem à sua volta. Estudou-os atentamente: a configuração da terra parecia ser a expressão de uma situação dramática oculta, cujo enigma era imperativo que ele entendesse. Era como a fotografia de uma cena de alguma peça em que as atitudes e expressões dos atores, embora bem normais à primeira vista, pareciam equívocas um momento depois. E quanto mais observava o misterioso conjunto, mais indecifrável o sentido do todo se tornava. Ele continuou a fumar e observar. "Tenho de entender isso direito", pensou. Se conseguisse captar o significado do que via diante de si naquele momento entenderia muito mais do que denotavam aqueles poucos arbustos e pedras. Sua cabeça estava límpida; mesmo assim, sentia-se particularmente inquieto. Era o velho medo de não ter certeza de estar realmente ali. Pegou uma pedra e de onde estava sentado atirou-a o mais longe possível. "Tudo bem", disse a si mesmo, "Você está aqui, e não lá. Não tem a menor importância. Esqueça. Não importa. Continue daí. Onde você chega?". Levantou-se de repente, pegou o paletó e começou a andar. Talvez a resposta estivesse em continuar em movimento. Certamente, os objetos naturais à sua volta continuariam atuando a sua pantomima silenciosa, propondo a sua fatídica charada; ele tinha consciência disso ao prosseguir. Mas, refletiu, ele se sentia estranho e irreal nesse momento, tinha boa razão para isso: estava cheio de kif. "Voando como uma pipa", riu. Era uma consolação, e se não fosse o suficiente, havia ainda a possibilidade de ele ter razão, de ser completamente sem importância estar ali ou não. Mas sem importância para quem? Começou a assobiar enquanto caminhava, envolveu-se nos sons que produzia, interrompeu seu jogo de paciência mental.

Pouco a pouco, a trilha incerta descia por regiões de rústicas pastagens e urzais rochosos. Foi com perplexidade que viu numa encosta um grupo de vacas pastando. Durante a manhã, ele se acostumara a pensar em si mesmo como a única criatura viva debaixo daquele céu particular. Se estivesse chegando a uma aldeia, tanto pior; continuaria de qualquer forma. Sua fome, que há muito havia assumido ciclópicas proporções, não se expressava mais como tal, mas sim como uma sensação de voracidade nervosa geral que ele sentia só poder ser aliviada com mais kif. E então sentou-se e fumou mais um pouco, sentindo a garganta chegar um pouco mais perto do ferro em que estava a ponto de se transformar. Se as vacas o haviam surpreendido, a visão agora de mais de uma dúzia de nativos trabalhando num campo remoto não era surpresa. Só sua dimensão diminuta o surpreendeu; a paisagem era muito maior do que parecia. Sentou-se numa pedra e olhou para cima. O céu parecia ter chegado a um paroxismo de brilho. Ele nunca soubera ser possível sentir prazer tão profundo diante da mera luminosidade. O prazer consistia simplesmente em deixar o olhar vagar pelas puras profundezas do céu, coisa que ele fez até o extremo da luz forçá-lo a desviar os olhos.

Ali, o terreno era um coro de vales vermelho-acinzentados, nus, descendo suavemente do horizonte alto. Os grupos de palmeiras espinhosas, verdes de perto, ficavam negros à distância. Mas era difícil dizer a que distância estava qualquer coisa naquela paisagem enganosa. O que parecia próximo estava distante; as manchinhas que eram o gado em primeiro plano comprovavam isso; e se o seu olho acompanhava os contornos da terra até seu ponto mais distante, a formação do terreno era tão rústica e em tamanha escala que parecia apenas a um passo dali.

Deixou pender a cabeça, sentindo o calor do sol na nuca, observou um besourinho preto caminhando laboriosamente pelo cascalho. Uma formiga, apressada na direção oposta, topou com ele; aparentemente, o encontro era indesejável, porque a formiga mudou de curso e correu, desorientada, com pressa ainda maior. "Ver o infinito num grão de areia." Veio-lhe este verso através dos anos vazios, lá de uma sala de aula, ao menos parecia-lhe lembrar este verso. Do lado de fora, havia a penumbra do inverno, a neve suja nos terrenos baldios; mais adiante, o tráfego seguia. E na sala abafada, superaquecida a ponto de explodir, todo mundo esperando tocar o sinal, precisamente para escapar da premonição de infinito que pairava tão agourenta no ar. A sensação que ele associava à palavra infinito era de horror físico. Se ao menos a existência pudesse se resumir ao aqui e agora, sem nenhum eco reverberando do passado, sem nenhum formigamento de expectativa do tempo que ainda não chegou! Olhou mais forte para o chão e perdeu o foco, de maneira que tudo o que via era um borrão brilhante. Mas, então, será que o momento, o piscar de um olho, assim como o grão de areia, não teria o peso imponderável do mesmo elemento paralisante? Tudo era parte da mesma coisa. Não havia nenhuma parte dele que não tivesse vindo da terra, nada que não fosse voltar para ela. Ele era uma extensão animada da própria terra queimada de sol. Mas isso não era bem verdade. Ele levantou a cabeça, atrapalhou-se, acendeu outro cachimbo. Havia uma diferença, disse a si mesmo ao soprar a fumaça numa longa coluna branca que logo se quebrou e dissolveu. Era uma pequena diferença, autoevidente e absurda, e, no entanto, porque era a única diferença que lhe vinha então, era também a única sugestão de sentido que conseguia encontrar para estar vivo. A terra não sabia que estava ali; simplesmente estava. Portanto, viver significava, em primeiro lugar, saber que se estava vivo, e a vida sem essa certeza era igual a nenhuma vida.

Que era, com certeza, a razão de ele continuar se perguntando: estou mesmo aqui? Era apenas natural querer essa garantia, precisar desesperadamente dela. A pedra de toque de qualquer vida era ser capaz, em todos os momentos, de responder sem hesitar: "Sim." Não podia haver nunca nenhum pingo de dúvida. Uma vida deveria ter todas as qualidades da terra de onde brota, mais a consciência de tê-las. Isso ele via com perfeita clareza numa exposição sem palavras: uma série de ideias que se desenrolava dentro de sua cabeça tão sem esforço como música, com a precisão da geometria. Em alguma câmara interna remota de si mesmo ele estava olhando sua vida pelo lado errado de um telescópio, vendo-a em detalhes íntimos, distante, mas com terrível clareza e, ao olhar, parecia-lhe que agora cada circunstância era vista em sua perspectiva final. Antes, ele sempre acreditara que, embora a infância tivesse ficado lá atrás, ainda viria, de alguma forma, algum dia, a oportunidade de encerrá-la em meio a suas próprias delícias angustiadas. Um dia ele despertara e descobrira que a infância tinha ido embora, tinha chegado ao fim quando ele não estava olhando, e seus elementos permaneciam indefiníveis, seu desenho nebuloso, suas harmonias não resolvidas. No entanto, ele ainda se sentira ligado a cada parte dela por dez mil cordões invisíveis; achou que tinha o poder de lembrá-la e alterá-la simplesmente tocando esses filamentos ocultos da memória.

Suas pálpebras fechadas filtravam a luz do sol, criando um mundo de ardente calor alaranjado; com isso veio um raio de entendimento correspondente que, como um holofote voltado de repente para uma direção inesperada, banhou o panorama conhecido com um transformador brilho de determinação. Os anos que havia passado no banco, parado na gaiola do caixa, tinham sido reais, afinal; não podia chamá-los de acidentais ou transitórios. Tinham passado e terminado, e agora ele os via como uma parte inalterável do padrão. Agora todas as indecisões distantes, os protelamentos e as questões não resolvidas estavam fora de alcance. Era tarde demais para tocar ou mudar qualquer coisa. Tinha sido sempre tarde demais, só que até agora ele não sabia disso. Sua vida não tinha sido a vida experimental que ele sentia vagamente que era: fora a única vida possível, a única concebível.

E assim tudo acabou por estar já completo, sua forma decidida e irrevogável. Uma sensação de profundo contentamento se espalhou por dentro dele. A sucessão de ideias evaporou, deixando-o apenas com o fulgor de bem-estar concomitante à sua passagem. Ele procurou o besouro no cascalho; tinha desaparecido pelo caminho. Mas agora ouvia vozes, próximas. Um grupo de berberes de turbante passou e olhando para ele sem surpresa prosseguiu, ainda conversando. Sua aparição serviu para trazê-lo de volta do lugar interno onde estivera. Separou o cachimbo em pedaços, guardou-o. Sentindo-se embriagado, com a cabeça leve, levantou-se e foi atrás deles a uma distância discreta. A trilha que eles escolheram subia uma montanha e descia depois; descia por uma selva de cactos, através de sombreados bosques de oliveiras (os troncos apodrecidos eram muitas vezes não mais que largas conchas retorcidas), por cascatas de rochas lisas, através de campos pontilhados de arbustos de loureiro-rosa, transformando-se afinal numa pista estreita margeada de ambos os lados por altos azevinhos. Ali a trilha fazia tantas curvas que ele perdeu os homens de vista várias vezes, e eles acabaram por desaparecer inteiramente. Quase no momento em que descobriu que tinham ido embora, chegou inesperadamente num mirante pontuado por rochedos, diretamente acima dos telhados, terraços e minaretes da cidade.

XXIII

Às vezes, às sextas-feiras de manhã, Hadj Mohammed Beidaoui mandava um de seus filhos mais velhos buscar o caçula, Thami, onde ele estivesse brincando no jardim, e o menino era trazido no colo, se retorcendo para evitar que o irmão cobrisse suas faces com ruidosos beijos durante o caminho. Ele era então colocado no colo do pai, seu rosto seria momentaneamente enterrado na barba branca e dura, e ele prenderia a respiração até o rosto de seu pai se erguer outra vez e o velho começar a beliscar as faces do menino e alisar seu cabelo. Ele se lembrava claramente da pele cor de marfim de seu pai e do rosto velho e suave que lhe parecia bonito e majestoso emoldurado pela *djellaba* de seda branca. Quando pensava nisso agora, talvez estivesse se referindo à lembrança de uma manhã específica, um dia radioso como só um dia de primavera da infância pode ser, em que seu pai, depois de borrifá-lo com água de flor de laranjeira até ele ficar bem-molhado e quase enjoado com o aroma doce, o pegou pela mão e levou pelas ruas e pelos parques de sol e flores até a mesquita de Marshan, abertamente pelas ruas, onde todo mundo que encontravam, os homens que beijavam a barra da manga de Hadj Mohammed e os que não beijavam, podiam ver que Thami era seu filho. E Abdelftah e Abdelmalek, Hassan e Abdallah tinham sido todos deixados em casa! Essa era a parte mais importante. A campanha consciente para procurar ganhar mais que a sua cota dos favores do pai datava dessa manhã; ele a levara a cabo incessantemente desde esse dia até a morte do velho. Então, claro, tudo se acabou. Os outros eram mais velhos que ele, naquele momento não gostavam dele, e ele retribuía essa antipatia. Começou a subornar os criados para deixarem que saísse de casa e por isso vários tiveram problemas com Abdelftah, senhor da casa na época, que tinha o pavio curto e se enfurecia cada vez que sabia que Thami havia escapado para a rua. Mas era a rua, com seus prazeres proibidos, que tentava o rapaz mais que qualquer outra coisa, uma vez que o mundo deixara de ser o lugar onde o maior bem era subir ao colo do pai e ouvir o fluxo de lendas e provérbios, de canções e poemas que ele queria que não terminassem nunca. Havia uma canção que ainda lembrava inteira. Era assim: *Ya uled al harrata, Al mallem Buzekri...* Seu pai tinha lhe dito que todos os meninos de Fez corriam pelas ruas cantando assim quando precisava chover. E havia um provérbio que ele associava intimamente à lembrança do rosto de seu pai e à sensação de ser carregado por ele, cercado pelas montanhas de almofadas cobertas de brocado, com as grandes lanternas e tapeçarias pendentes no alto, e mesmo que seu pai atendesse com frequência seus pedidos para repeti-lo, era sempre pleno de verdade mágica e misteriosa quando ele o ouvia.

— Conte do dia.

— O dia? — O velho Hadj Mohammed repetia, parecendo deliberadamente, maliciosamente, vago, repuxando o lábio inferior, rolando os olhos para o teto com expressão vazia. — O dia? Qual dia?

— O dia — Thami insistia.

— Aaah! — E o velho começava, e começava ao mesmo tempo o movimento de oração que acompanhava a pronúncia de qualquer palavra que não fosse improvisada. — A manhã é um menininho. — Ele arregalava muito os olhos. — Meio-dia é um homem. — Ele endireitava o corpo e parecia bravo. — O entardecer é um velho. — Ele relaxava e olhava o rosto de Thami com ternura. — O que eu faço? — Thami sabia, mas ficava em silêncio, esperando sem ar, fascinado, pelo momento em que participaria do ritual, os olhos absolutamente fixos no rosto de marfim.

— Eu sorrio para o primeiro. Admiro o segundo. Venero o último. — E quando ele terminava de dizer as palavras, Thami pegava a frágil mão branca, inclinava a testa e com paixão apertava os lábios no dorso dos dedos. Então, com renovado amor em seus olhos, o velho se inclinava e olhava o filho. Abdallah uma vez espionara esse jogo (dos irmãos, ele era o mais próximo da idade de Thami, apenas um ano mais velho); e depois, quando o pegou sozinho, sujeitara Thami a uma série de torturas que o menino suportara em silêncio, sem oferecer quase nenhuma resistência. Parecia-lhe um preço suficientemente baixo a pagar pelo favor do pai. — E se contar para o pai, eu conto para Abdelftah — Abdallah ameaçava. Abdelftah inventaria alguma coisa infinitamente pior, disso ambos tinham certeza, mas Thami ria, desdenhoso, por entre as lágrimas. Não tinha nenhuma intenção de contar; chamar a atenção de seu pai para o fato de que os outros sentiam ciúme de sua participação nesse jogo sagrado significaria correr o risco de perder seu privilégio de jogá-lo.

Depois eram as ruas, os cafés escondidos em Sidi Bouknadel que fechavam as portas deixando os rapazes dentro, sentados em esteiras a jogar ronda, fumar kif e beber conhaque até de manhã; era a praia onde jogavam futebol e, juntando o dinheiro de todos, alugavam uma casinha para a estação, que usavam para competições de bebida e para a realização de pequenas orgias particulares, cuja etiqueta exigia que os rapazes mais jovens ficassem à inteira disposição dos mais velhos. E acima de tudo havia os bordéis. Quando Thami completou dezoito anos, tinha estado com todas as moças de todos os estabelecimentos e muitas outras das ruas. Ele passou a ficar fora de casa vários dias de uma vez e quando voltava era num estado de desalinho que enfurecia os irmãos. Depois da sexta prisão por bebedeira, Abdelmalek, que era o chefe da família na época, com a mudança de Abdelftah para Casablanca, deu ordens para os guardas da casa impedirem a entrada dele a menos que estivesse em estado de completa sobriedade e devidamente vestido. Isso queria dizer, mais que qualquer outra coisa, que ele não receberia mais sua cota diária de dinheiro para gastos. — Isso vai transformar Thami — ele disse, confiante, a Hassan. — Logo mais você vai ver a diferença. — Mas Thami era mais teimoso e cheio de recursos do que eles desconfiavam. Encontrou meios de vida (quais meios ninguém nunca soube) sem precisar voltar para casa, sem precisar desistir da independência que lhe era tão necessária. E desde então não tinha voltado, a não ser de vez em quando para um momento de conversa com os irmãos na porta de entrada, geralmente para pedir um favor que eles raramente atendiam. Não havia nada basicamente antissocial em Thami; a hostilidade lhe era alheia. Ele simplesmente havia gastado toda a sua capacidade de respeito e devoção com seu pai, de forma que não podia dedicar a quantidade tradicional de nada disso a seus irmãos. Além do mais, ele não concordava em fingir. Não respeitava os irmãos e tinha tido muito contato com a cultura europeia para acreditar que cometia um pecado ao se recusar a fingir um respeito que o costume exigia, mas que ele não sentia.

Foi no *mussem* anual de Moulay Abdeslam, aonde vão os homens sérios, para o bem de suas almas, que Thami conheceu Kinza, entre as tendas, os burros e os peregrinos fanáticos. A situação era uma daquelas que pegam a tradição muçulmana totalmente desprezada. Rapazes e moças não podem se conhecer, e se por algum malfadado acaso eles conseguem se ver a sós por um minuto, a ideia é tão vergonhosa que todo mundo esquece imediatamente. Mas ir em frente, encontrar a moça de novo, sugerir casar com ela: seria difícil conceber conduta mais ultrajante. Thami fez todas essas coisas. Ele voltou para Agla no mesmo momento que ela, conseguiu conhecer a família, que naturalmente ficou muito impressionada com seus modos urbanos e sua erudição, e escreveu a Abdelmalek dizendo que estava a ponto de se casar e que achava que era hora de receber sua herança. A resposta do irmão foi um telegrama convidando-o a voltar a Tânger imediatamente para discutir o assunto. Foi então que os dois tiveram o seu desentendimento sério, uma vez que Abdelmalek se recusou terminantemente a permitir que tocasse seu dinheiro ou sua propriedade. — Eu vou ao Qadi — Thami ameaçou. Abdelmalek limitou-se a rir. — Vá — disse —, se acha que existe alguma coisa a seu respeito que ele já não saiba. — Por fim, depois de longas discussões com Hassan, que achava que o casamento, mesmo com uma moça camponesa vergonhosamente inferior, poderia talvez ser um jeito de mudar os modos de Thami, Abdelmalek lhe deu alguns milhares de pesetas. Ele trouxe toda a família dela de Agla e realizaram um casamento em Emsallah, o bairro mais humilde de Tânger, o qual, mesmo assim, pareceu magnífico para Kinza e sua tribo. No devido tempo, todos, menos a noiva, voltaram para a casa de fazenda na montanha acima de Agla, onde moravam trabalhando seus campos, colhendo frutas de suas árvores e mandando os filhos para pastorear as cabras nos picos acima.

Para eles, Thami era uma figura glamorosa e importante, e tinham ficado exultantes de vê-lo bater em sua porta na noite anterior. Não ficaram tão satisfeitos, porém, de saber que havia um cristão com ele, lá na outra casa, e embora na noite anterior ele tivesse conseguido se esquivar falando de outras coisas e saindo de repente, tinha certeza de que seu sogro não havia terminado de expressar seus pontos de vista sobre o assunto.

Na casa, disseram-lhe que os homens estavam no pomar. Ele seguiu a alta cerca de cactos até chegar a um portão de flandres. Quando bateu, o som foi muito forte, e com certa dose de branda apreensão ele esperou que viesse alguém. Um dos filhos o fez entrar. Um regato artificial passava pelo meio do pomar, parte de um sistema que irrigava o vale inteiro com a água de uma fonte que saía das rochas acima da cidade. O pai de Kinza estava molhando as roseiras. Corria para lá e para cá, a calça larga presa acima dos joelhos, curvando-se à beira do canal para encher uma velha lata de óleo que vazava água por todos os cantos, correndo todas as vezes para chegar antes que ela esvaziasse. Quando viu Thami, ele interrompeu o trabalho e juntos sentaram-se à sombra de uma imensa figueira. Quase imediatamente, ele puxou o assunto do cristão. Abrigá-lo na casa atrairia problemas, previa. Ninguém nunca tinha ouvido falar de um espanhol morando na mesma casa que um muçulmano e, além disso, qual o motivo, qual a razão para uma coisa dessas? — Por que ele não fica na *fonda* em Agla como todos os outros? — perguntou. Thami tentou explicar. — Ele não é espanhol — começou a dizer, mas já previa as dificuldades que teria de enfrentar para fazer o outro entender. — Ele é americano. — Melikan? — gritou o pai de Kinza. — E onde fica a Melika? Onde? Na Espanha! Ah! Está vendo? — O filho mais velho timidamente sugeriu que talvez o cristão fosse francês. Franceses não eram espanhóis, ele disse. — Não espanhóis? — gritou o pai. — E onde você pensa que fica a França, senão na Espanha? Chame de melikan, chame de francês, chame de inglês, chame do que quiser. Ele vai continuar espanhol, continuar cristão, e é ruim deixá-lo ficar na casa. — Tem razão — disse Thami, concluindo que concordar era o caminho mais fácil para escapar da conversa, porque seu único argumento naquela altura seria contar que Dyar estava lhe pagando pelo privilégio de ficar na casa, e esse era um detalhe que ele não queria que soubessem. O velho estava amolecendo; então: — Por que ele não fica na *fonda*? Diga-me isso — perguntou ele, desconfiado. Thami deu de ombros, disse que não sabia. — Ah! Está vendo? — o velho gritou em triunfo. — Ele tem um motivo, e é um motivo ruim. E só pode acontecer coisa ruim quando cristãos e muçulmanos se juntam.

Havia um filho débil mental que se sentou com eles; ficava balançando a cabeça sem parar, fascinado pela sabedoria dos pronunciamentos do pai. Os outros filhos olharam para Thami, ligeiramente embaraçados ao ouvirem essas ideias, que achavam que ele devia considerar ridiculamente antiquadas. Depois falaram de outras coisas e, então, o velho voltou a molhar as flores. Thami e os filhos retiraram-se para uma parte isolada do pomar, onde não podiam ser vistos por ele, e fumaram, pois Thami sentia que naquelas circunstâncias não podia simplesmente insultar a família voltando à casa da montanha apenas para levar comida ao cristão. Passaram o dia comendo, dormindo e jogando cartas, e já estava escurecendo quando se despediu, sem ousar sugerir que lhe dessem comida outra vez, nem juntar coragem para pedir para usar o cobertor. Mas não podia voltar à casa sem comida, pois Dyar já devia estar morrendo de fome, e isso queria dizer que tinha de ir até Agla e comprar suprimentos para o jantar. — *Yah latif, yah latif* — ele disse baixinho, seguindo a trilha que levava à cidade.

*

Ao cambalear pela estrada pavimentada que levava ao portão da cidade, na cabeça de Dyar não havia dúvida de que o lugar era Agla. Ele havia apenas descido por um desvio muito grande, circundando a parte de trás da montanha e depois voltando ao lado íngreme outra vez. Havia, portanto, uma real possibilidade de ele topar com Thami, que, ocorreu-lhe agora, devia estar achando que ele fugira para evitar o pagamento do que lhe devia. Ou não, pensou, nada disso. Se Thami estivesse preparando alguma coisa, um detalhe desses seria de pouca importância. Nesse caso, o encontro muito depressa levaria tudo a uma decisão. Os homens que ele tivesse escolhido para ajudar estariam por perto; com algum gesto casual enquanto estivessem andando na rua juntos, ele e Thami, plenamente visíveis para o populacho, o sinal seria dado. Ou eles poderiam até estar junto com ele. A única esperança seria defender a pasta como se toda a sua vida estivesse trancada ali dentro. Depois, quando ela fosse aberta, e vissem que estava vazia, talvez ele conseguisse já estar longe o suficiente para escapar.

As minúsculas ruas e casas eram pintadas com cal, que brilhava como se durante todo o dia tivessem absorvido a luz do sol e agora, ao anoitecer, lentamente a liberassem no ar que se apagava. Tudo parecia, pensou ele, ter sido feito por um confeiteiro, mas provavelmente sentisse assim apenas porque no momento não precisava de muita imaginação para as coisas parecerem comestíveis. Com infalível intuição, ele escolheu as ruas que levavam ao centro da cidade, e lá viu um pequeno restaurante nativo onde os alimentos eram preparados na entrada. O cozinheiro levantou a tampa de vários caldeirões de cobre para ele; olhou dentro deles e pediu sopa, grão-de-bico ensopado com pedaços de carneiro e fígado escaldado. Havia uma salinha escura atrás da cozinha, com duas mesas e, mais adiante, um nicho elevado, coberto com esteira, onde vários rústicos estavam sentados com enormes pedaços de pão que partiam e punham na sopa. Para Dyar, saciar seu apetite foi um ato voluptuoso; não terminava nunca. O que ele pedira de início mostrou-se absolutamente inadequado. Thami lhe dissera que o desejo por comida depois de fumar kif era diferente de qualquer outro apetite. Ele suspirou, apreensivo. Thami e seu kif. Como ele se sentiria quando percebesse que seu prisioneiro escapara, levando com ele até o próprio cachimbo e *mottui* de Thami? Ele se perguntou se talvez aquilo não seria considerado uma injúria suprema, um ato imperdoável. Não fazia ideia; não sabia nada daquele país, a não ser que seus habitantes se portavam como maníacos. Talvez não fossem as reações do próprio Thami que ele temia, refletiu; podia ser apenas o fato de Thami fazer parte do lugar e, portanto, ter a seu favor tudo o que o lugar oferecia, por assim dizer. Thami em Nova York (ele quase deu risada com a imagem que a ideia evocava) seria do tipo que ninguém se daria nem o trabalho de olhar na rua quando pedisse uma moeda. Ali, era outra história. Ele era o porta-voz do lugar; como Anteu, a força que ele tivesse vinha da terra, e seus pés estavam bem-plantados nela. "Então tem medo dele", observou para si mesmo, incomodado. Olhou a rua negra além da cozinha iluminada. "Medo de que ele entre por aquela porta." Ficou sentado, absolutamente imóvel, esperando de alguma forma que a ideia conjurasse a realidade. Em vez disso, um berbere gigantesco apareceu na porta, a *djellaba* pendurada solta num ombro, e pediu um copo de chá. Enquanto esperava os cinco minutos que sempre levava para preparar o chá (porque a água, embora quente, nunca estava fervendo, e as folhas de hortelã tinham de ser arrancadas do caule uma a uma), ele ficou olhando para Dyar de um jeito que o outro primeiro achou desconcertante, depois perturbador e, finalmente, começara a se perguntar qual a possível razão para aquele insolente escrutínio, francamente assustador. "Por que ele bloqueia a porta desse jeito?" Dyar pensou, o coração começando a bater muito depressa numa súbita onda de desesperadas conjecturas. No momento, só havia uma resposta: um dos parceiros de Thami havia chegado para vigiar e impedir que escapasse. Provavelmente, estavam postados em cada café e restaurante da cidade. Pela primeira vez lhe ocorreu que podiam fazer seu serviço com ele na ausência de Thami, com este convenientemente sentado em alguma casa respeitável, rindo, tomando chá, dedilhando um alaúde. E essa possibilidade parecia de certa forma pior, talvez porque não conseguia ver Thami no papel de um brutal torturador, sendo o entendimento tácito de sua própria imaginação que a coisa de alguma forma seria feita com relativa delicadeza, indolor. Ele examinou de novo a cabeça neandertalesa, as rugas fundas na testa inclinada e as sobrancelhas que formavam uma única linha áspera no rosto e concluiu que para um homem desses não havia meias medidas. Porém não conseguia ver nenhuma baixeza no rosto, nem mesmo qualquer malícia particular, meramente uma cegueira antiga, primal, a melancolia inefável, sem foco, dos grandes símios quando espiam entre as barras da jaula.

"Não quero nada disto", disse a si mesmo. Não se você tentava ser mais esperto que esses seres; simplesmente se ia embora, se possível. Ele se levantou e foi até o fogão. — Quanto? — perguntou em inglês. O homem entendeu, levantou as duas mãos, os dedos separados, depois levantou um dedo solitário. Virando as costas para o gigante na porta, para esconder o melhor possível os maços de notas que tirou do bolso, entregou ao cozinheiro uma nota de cem pesetas. O homem pareceu assustado, indicou que não tinha troco. Dyar procurou melhor, encontrou vinte e cinco pesetas. Desconfiado, o cozinheiro aceitou o dinheiro, passou pelo berbere na entrada e saiu à rua em busca de troco. "Mas meu Deus do céu", Dyar pensou, vendo a perspectiva de todo um novo horizonte de dificuldades se abrindo diante dele. Sem troco para cem pesetas. Então mil pesetas seria dez vezes mais difícil de usar. Mexeu um pouco o ombro, para sentir as mil, duzentas e sessenta notas de mil pesetas contra a pele, em volta da cintura. Ficou ali parado, consciente do olhar do berbere imenso, mas sem retribuir o olhar nem um instante, até o cozinheiro voltar e lhe entregar catorze pesetas. Quando saiu à rua, virou à direita, onde parecia haver um grande número de transeuntes, e se afastou depressa, olhando para trás apenas uma vez antes de se meter no meio de um grupo que andava devagar, e não foi surpresa ver o berbere sair do restaurante e partir lentamente na mesma direção. Mas Dyar estava indo depressa; quando olhou de novo, ficou contente de ver que ele o tinha perdido.

A rua de pedras caiadas estava cheia de transeuntes em *djellabas* caminhando em ambas as direções; os grupos se saudavam constantemente ao passar. Dyar seguiu seu caminho entre eles, o menos ostensivamente possível para um homem com pressa. Às vezes, a rua se transformava num longo e amplo lance de escada com uma loja não maior que uma barraca em cada degrau, e ele descia ligeiro até lá embaixo, calculando as distâncias com cuidado para ter certeza de não se chocar com um grupo de passantes, sem ousar levantar o rosto para ver o efeito de sua passagem no populacho. Quando chegou a um espaço aberto cercado de um lado por prédios europeus novos de um andar, ele parou, sem saber se continuava ou voltava. Havia ali um café com mesas e cadeiras numa estreita faixa de calçada, e às mesas sentavam-se espanhóis, alguns vestidos com as fardas brancas de oficiais do exército marroquino. Seu instinto lhe disse para ficar na sombra, para voltar à cidade árabe. A questão era: onde estaria mais seguro? Não havia dúvida de que o perigo maior era a possibilidade de ser detido e questionado pelos espanhóis. Porém o medo que sentia não era deles, mas do que poderia acontecer nas ruas de onde tinha vindo. E ali parado agora, agarrado à sua pasta, as pessoas o empurrando ao passar de ambos os lados, a cabeça ainda turva com o kif, ele viu com terror que estava desesperadamente confuso. Tinha imaginado que a cidade seria outra coisa, que haveria algum lugar onde pudesse entrar e pedir informações; contava com a cidade para ajudá-lo como um homem perturbado conta com um amigo para lhe dar conselho, sabendo de antemão que ele seguirá qualquer conselho que conseguir, porque o importante é fazer *alguma coisa*, ir em alguma direção, para fora de seu impasse. Assim que estivesse em Agla, pensara, ele saberia mais sobre sua situação. Mas não tinha entendido até agora que contava pesadamente com isso, em parte talvez porque o dia inteiro estivera pensando apenas em escapar de Thami. Porém, nesse momento, ele estava consciente de que os esteios que sustentavam seu futuro estavam em vias de ruir: nunca tivera nenhum plano de ação, não conseguia imaginar agora o que tencionava "encontrar" ali na cidade, que tipo de pessoa pensara que conseguiria ver a fim de conseguir sua informação, ou mesmo que tipo de informação pretendia obter. Por um instante, olhou o céu. As estrelas estavam lá; elas não lhe disseram o que fazer. Tinha virado, começado a andar, passara de volta pelo portão de entrada da cidade para a rua tortuosa, mas suas pernas estavam tremendo e só percebia indistintamente o que acontecia à sua volta. Dessa vez, como uma parte do mecanismo que mantinha seu ser íntegro parecia ter cedido, ele de alguma forma saiu da rua principal que subia, íngreme, e deixou suas pernas o levarem por uma rua menor, plana, que tinha poucas luzes e pouca gente, e nenhuma loja.

XXIV

Às vezes, havia o gotejar de fontes em suas bacias, às vezes apenas o som de água correndo depressa por baixo das pedras, por trás de muros. De vez em quando, um único pássaro noturno, grande, mergulhava para o chão perto de uma luz, sua louca sombra correndo depressa nas paredes brancas; Dyar se assustava com nervosismo todas as vezes, xingando a si mesmo em silêncio por não ser capaz de remover o medo de dentro dele. Caminhava devagar agora, sem ultrapassar ninguém. Adiante, quando o caminho era reto, avistava de quando em quando dois homens de roupa escura caminhando de mãos dadas. Cantavam uma canção com um refrão curto e vigoroso que se repetia a breves intervalos; entre um e outro havia uma preguiçosa variação do refrão que se seguia como uma resposta fraca, incerta, ao outro. Isso em si Dyar provavelmente não teria notado, não fosse o fato de que a cada vez que a parte ondulante começava só as primeiras notas, ele tinha a nítida impressão de que o som vinha de algum lugar atrás dele. No momento em que parou de escutar (seu interesse despertado não pela música, mas por seu próprio medo), os dois à frente já haviam começado de novo. Por fim, para ter certeza, ele ficou bem parado durante vários refrões, enquanto, pouco a pouco, as vozes dos dois à frente iam ficando mais fracas. Não havia mais nenhuma dúvida em sua cabeça; uma voz de queixoso falsete estava cantando a mesma música, vinda de trás dele. Dava para ouvir claramente agora, como uma sombra caçoando da música que soava à frente. Mas, devido aos espaços estratégicos que eram deixados pelos dois homens no desenho da melodia e do ritmo para que a voz solitária de trás os preenchesse, ele entendeu imediatamente que os dois tinham consciência da participação do outro na canção. Entrou num recesso entre as casas, onde havia um pequeno tanque quadrado com água vertendo para dentro dele e esperou que o dono da voz solitária passasse. De onde estava, não podia ouvir nada além do som surdo da água caindo na cisterna a seu lado, e fez um esforço, escutando, para ver se o outro, notando seu desaparecimento, tinha parado de cantar, mudado o som da voz ou, de alguma forma, enviado um sinal para os que iam à frente. Se tivesse ao menos uma lanterna de bom tamanho, pensou, ou uma chave inglesa, podia bater na nuca dele quando passasse, arrastá-lo para aquele escuro ali e voltar depressa na outra direção. Mas quando o vocalista solitário apareceu, estava acompanhado por um amigo. Eram dois rapazes adolescentes e cambaleavam com o jeito de não terem nada na cabeça, além da intenção de não perder o fio da canção que flutuava pela rua até eles. Dyar esperou que passassem, contou até vinte e espiou pelo canto da casa: ainda estavam caminhando com o mesmo passo descuidado e incerto. Quando desapareceram, ele se virou e voltou, ainda nada convencido de que, quando notassem sua ausência à frente, eles não fossem correndo conferenciar com o outro par e partir juntos em busca de Dyar.

Como o medo não tem nenhuma relação de fato com a realidade, cada vez que saía de um trecho iluminado de rua e entrava num escuro ele esperava que os cantores e seus amigos estivessem em algum lugar à espera, tendo tomado um atalho e chegado antes dele. Um braço de ferro iria sair de uma porta invisível e puxá-lo para dentro antes que ele entendesse o que estava acontecendo, um golpe terrível por trás o derrubaria, e ele voltaria a si em alguma viela deserta, caído num monte de lixo, sem dinheiro, sem passaporte, sem relógio nem roupa, sem ninguém para ajudá-lo fosse ali, em Tânger ou em qualquer outro lugar. Ninguém para cobrir sua nudez ou fornecer-lhe ao menos a refeição matinal de amanhã. Da cadeia onde o colocariam, ele telefonaria para a Delegação Americana e logo veria Tânger de novo, mil vezes mais vítima que nunca.

Seguindo por ruas e passagens laterais ele abria muito os olhos e olhava fixo, como se isso pudesse ajudá-lo a enxergar no escuro. De volta à rua principal, subindo longas escadas onde a luz das barracas se derramava sobre os degraus, ele se sentiu um pouco melhor, mesmo com as pernas ocas que pareciam não querer levá-lo aonde ele tentava conduzi-las. Havia algum conforto em estar de novo no meio de gente; tudo o que tinha de fazer ali era andar de cabeça baixa e não olhar no rosto dos outros. Quando estava quase de volta ao local onde tinha comido, ouviu tambores batendo um ritmo peculiar, agitado. Ali, a rua fazia várias curvas abruptas, transformando-se numa série de corredores que passavam por dentro dos prédios. Ele espiou uma janela de segundo andar que dava para a entrada de um desses túneis e viu, através da treliça de ferro, as nucas de uma fileira de cabeças com turbantes. No mesmo instante, uma voz peremptória chamou na rua, atrás dele: — *Hola, señor! Oiga!* — Ele virou a cabeça depressa e viu, a quinze metros, um nativo vestindo o que parecia farda e capacete de policial, e não havia dúvida de que o homem estava tentando chamar sua atenção. Ele mergulhou no escuro, virou na primeira esquina e, vendo uma porta semiaberta à direita, empurrou-a.

A luz vinha de cima. Uma escada íngreme levava ao segundo andar. Os tambores lá estavam, e também uma música aspirada, tênue. Ele ficou atrás da porta, ao pé da escada, sem fechá-la mais do que já estava. Esperou; nada aconteceu. Então apareceu um homem no alto da escada, estava a ponto de descer, viu Dyar, gesticulou para outro que entrou em seu campo de visão também. Juntos, ele o chamaram. — *Tlah. Tlah. Agi* — disseram. Como seus rostos eram inequivocamente amigáveis, ele começou a subir a escada devagar.

Era um pequeno café, muito lotado, com bancos ao longo das paredes. A luz mortiça vinha de uma lâmpada pendurada acima de um alto samovar de cobre que ficava numa estante, num canto. Todos os homens usavam turbantes brancos, e olharam com interesse quando Dyar entrou e abriram espaço para ele num canto do banco, junto aos tocadores de tambor, sentados em círculo no chão, no extremo da sala. Ali era muito escuro mesmo, e ele teve a impressão de que alguma coisa inexplicável estava acontecendo no chão, quase a seus pés. Através da fumaça, os homens olhavam para baixo, onde uma massa sem forma tremia, sacudia, convulsa e agitada, e embora a sala vibrasse com o bater dos tambores, era como se um outro tipo de silêncio pairasse no ar, um silêncio imperioso que emanava dos olhos dos homens, que observavam o objeto a se mexer a seus pés. Quando seus olhos se acostumaram à luz confusa, Dyar viu que era um homem, as mãos juntas com firmeza às costas como se acorrentadas. Até aquele momento, ele estivera se retorcendo e convulsionando no chão, mas agora lentamente se punha de joelhos, virava a cabeça desesperadamente de um lado para o outro, uma expressão de agonia no rosto torturado. Mesmo quando, cinco minutos depois, ele finalmente se pôs de pé, não alterou a posição das mãos, e sempre os espasmos que forçavam seu corpo para cá e para lá, perfeitamente ritmados pela crescente histeria dos tambores e a voz grave e rachada da flauta, pareciam vir de algum centro secreto lá no fundo dele. Dyar assistiu, impassível. Estava completamente escondido pelas fileiras de homens parados junto a ele, olhando o espetáculo, e outros mais continuavam a chegar; ele estava invisível da porta, e a consciência disso dava-lhe um momentâneo alívio. Alguém lhe passou um copo de chá lá da outra ponta da longa mesa. Segurando-o diante do nariz, a fumaça intensa da hortelã quente clareou sua cabeça e ele tomou consciência de um outro aroma no ar, um cheiro resinoso e condimentado que percebeu vir do braseiro atrás dos tocadores de tambor; uma coluna de fumaça adocicada subia constantemente. O homem começara a gritar, baixinho de início, depois furiosamente; os tocadores de tambor respondiam seus gritos com rítmicos brados de *Al-lah!* Dyar deu uma olhada no rosto dos espectadores em torno. A expressão que viu era a mesma por toda parte: absoluta atenção na dança, quase adoração pelo homem que a apresentava. Um cachimbo de kif aceso apareceu na sua frente. Ele pegou e fumou sem ver quem o havia oferecido. Seu coração, que batia violentamente ao entrar, tinha serenado; ele estava mais calmo agora.

Depois de um dia passado, em grande parte, na contemplação daquele lugar distante e improvável que era o interior de si mesmo, Dyar não achou difícil rejeitar totalmente agora a realidade do que estava vendo. Simplesmente sentou e assistiu, bastando-lhe a convicção de que o que via não estava ocorrendo no mundo que existia de fato. Estava muito além do âmbito do possível. Encheram várias vezes o cachimbo de kif para ele, e a fumaça, subindo-lhe à cabeça, ajudou-o a ficar ali sentado, assistindo a uma coisa em que não acreditava.

Os olhos de Dyar lhe disseram que o homem agora finalmente moveu as mãos, procurou dentro da roupa e tirou uma grande faca, que movimentou com gestos floreados. Ela brilhava ligeiramente na penumbra. Sem olhar para trás, um dos tocadores de tambor jogou por cima do ombro um punhado de alguma coisa e tornou a tocar, voltando com perfeição ao ritmo complexo: a fumaça subiu do braseiro em nuvens mais densas. As estrofes agora eram cantadas em refrão, com *Al-lah!* jogado para lá e para cá como uma pedra quente, de um lado do círculo para o outro. Ao mesmo tempo, era como se o som tivesse se transformado em dois altos muros entre os quais o dançarino girava e saltava, batendo a cabeça contra essas superfícies invisíveis, num vão esforço de escapar delas.

O homem levantou um braço nu. A lâmina cintilou e cortou numa batida do ritmo do tambor. E outra vez. E outra vez, até o braço e a mão estarem brilhando, negros. Ele então fez cortes no outro braço, o ritmo aumentado enquanto os corpos dos tocadores de tambor inclinavam-se para o centro do círculo. No brilho repentino de um fósforo riscado perto, Dyar viu o negro brilhante dos braços e das mãos mudar brevemente para vermelho, como se o homem tivesse mergulhado os braços em tinta vermelha brilhante; viu também o rosto em êxtase quando o homem ergueu o braço à boca, e a língua ágil começou a lamber o sangue no ritmo. Com o encurtamento da frase, a música se transformara num imenso ofegar. Mantinha intacto cada detalhe da síncopa, mesmo na atual alta velocidade, conseguindo assim destruir a sensação de tempo dos ouvintes, forçando suas mentes a aceitar o tempo arbitrário que impunha em seu lugar. Com esse recurso hipnótico, a música conquistava domínio total. Mas quanto ao dançarino, era difícil dizer se os tocadores é que o controlavam ou ele a eles. Ele se curvou e, com um grande gesto do braço, começou a cortar decididamente as pernas, e o volume da música subiu, acompanhando.

Dyar ali estava, quase sem respirar. Não se podia dizer que estivesse assistindo agora, porque, em sua cabeça, ele havia avançado da observação para uma espécie de participação. A cada gesto que o homem fazia nessa altura ele sentia um desejo solidário de gritar em triunfo. A mutilação era feita por ele, para ele; era o seu próprio sangue que salpicava os tambores e deixava o chão escorregadio. Num mundo que ainda não havia sido turvado pela descoberta do pensamento, havia aquela certeza, sólida como rocha, real como o bater de seu coração, de que o homem dançava para purificar todos os que assistiam. Quando o dançarino jogou-se ao chão com um grito desesperado, Dyar entendeu que na realidade era um grito de vitória, que o espírito havia triunfado; a expressão de satisfação nos rostos à sua volta confirmava isso. Os músicos hesitaram momentaneamente, mas a um sinal dos homens que se curvavam, solícitos, sobre o corpo convulso do dançarino, eles voltaram a tocar o mesmo número, lento como no começo. Dyar ficou sentado, imóvel, sem pensar em nada, saboreando as desusadas sensações que se liberavam dentro dele. Começaram a conversar; como ninguém lhe passou um cachimbo, ele tirou o de Thami e fumou. Logo o dançarino se levantou do chão, pôs-se de pé um pouco instável, foi de músico em músico, pegou a cabeça de cada um entre as mãos que ainda pingavam sangue e plantou um beijo solene na testa. Então abriu caminho na multidão, pagou seu chá e saiu.

Dyar ficou mais alguns minutos e, depois de beber o que restava do chá, que há muito ficara frio, deu ao *qauaj* a peseta que custava e desceu lentamente a escada. Diante da porta, hesitou; parecia-lhe estar tomando uma grave decisão ao se aventurar na rua outra vez. Mas o que quer que o esperasse lá fora tinha de ser enfrentado, disse a si mesmo, e tanto fazia agora como dentro de alguns minutos ou horas. Abriu a porta. A rua coberta estava vazia e negra, mas além do arco mais distante, onde seguia para o aberto, os muros e as pedras do calçamento brilhavam ao luar que se despejava sobre eles. Caminhou por uma ampla praça dominada por um alto minarete, sentindo apenas uma aguda surpresa ao descobrir que nada restava do medo. Havia sido todo liberado na hora passada no café; como, ele nunca entenderia, nem se importava. Mas, agora, qualquer circunstância que se apresentasse, encontraria um jeito de lidar com ela. A segurança que sentia aumentou com diversos cachimbos de kif que fumou então, sentado à beira de uma fonte no centro da praça.

A alguns metros, num café que dava para a mesma praça, Thami estava lamentando ter deixado seu cachimbo e *mottui* na casa. Teve de aceitar a generosidade do *qauaji,* e isso era embaraçoso para ele. Com a quantidade de pacotes que levava, era compreensível que relutasse em partir para a montanha e, além disso, tinha acabado de comer pesadamente. Queria muito comprar uma garrafa de bom conhaque Terry para beber essa noite, mas seu dinheiro era insuficiente para esse luxo. Em vez disso, comprara uma grande massa de *majun*, ao mesmo tempo que tomara a firme resolução de exigir suas cinco mil pesetas assim que voltasse à casa. O dinheiro extra que lhe havia sido prometido podia esperar, mas não o valor original. Dyar não teria nenhuma vontade de pagá-lo, Thami sabia, mas, afinal de contas, ele estava por cima na situação: simplesmente ameaçaria ir embora amanhã. Isso o convenceria.

Dyar ficou sentado, olhando o forte luar inundar a superfície branca da praça, e deixou sua mente ficar lúcida e dura como os objetos e suas sombras em torno dele. (Ao meio-dia, o kif tivera um efeito difusor, amaciando e dissolvendo seu pensamento, espalhando-o dentro dele, mas agora dera-lhe firmeza; ele se sentia alerta e em pleno contato com o mundo.) Como a situação era pior do que ele havia imaginado, em razão da patente impossibilidade de conseguir troco para as notas em qualquer lugar em Agla, a única coisa a fazer era gastar um pouco de dinheiro melhorando essa situação. Isso significaria revelar tudo a Thami, mas era simples, e se conseguisse instilar nele a ideia de que quando um homem concordava em ser cúmplice ele era tão culpado quanto seu parceiro, achava que o risco não seria tão grande. O fato de já ter descartado como infantil e neurótico o medo que o fizera sair da casa e vagar todo o dia pela montanha não lhe parecia suspeito nem digno de nenhuma avaliação especial. O importante, pensou, era atravessar a fronteira para o Marrocos francês, que era muito maior do que a Zona Espanhola, onde ele seria menos conspícuo (porque podia ser tomado por francês, mas dificilmente passaria por espanhol), e onde a polícia estava menos em busca de estranhos. Mas antes disso teriam de ter troco para as notas. Sentindo a necessidade de andar ao ter feito os planos, levantou-se e atravessou para o lado escuro da praça, onde pequenas árvores acompanhavam o passeio. Sem prestar atenção para onde ia, virou numa rua lateral.

Todos os dias, durante a próxima semana, ele mandaria Thami ali para Agla em busca de provisões, e cada vez daria a ele uma nota de mil pesetas para as compras. Tinha certeza de que Thami conseguiria troco. Desse jeito, no fim de semana eles teriam ao menos o suficiente para partir para o sul. Daria também a Thami quinhentas pesetas por dia até atravessarem a fronteira, e a promessa de um bônus de mais cinco mil quando estivessem em território francês, mais cem a cada nota de mil pesetas que Thami conseguisse lhe trocar por francos quando estivessem lá. Supondo que ele conseguisse trocar tudo, esse projeto teria lhe custado mais de dois mil dólares, mas era um preço pequeno para se livrar do perigo.

Adiante, soavam vozes acaloradas em furiosa disputa. Embora a praça ali estivesse vazia, a cidade não estava absolutamente toda adormecida. Virando uma esquina, ele saiu numa pracinha escurecida por treliças de trepadeiras no alto. Um grupo de homens agitados estava reunido em torno de dois meninos pequenos que aparentemente tinham brigado; eles haviam começado como espectadores e depois, inevitavelmente, tinham se altercado com a mesma paixão dos participantes originais. Os retângulos de luz amarela na calçada vinham das lojas que ainda estavam abertas; contrastando, as manchas de luar nos cantos escuros eram azuis. Ele não parou para assistir à briga: caminhar pela rua branca à luz precisa da lua levava a desdobrar planos. A comoção era tamanha que ninguém notou quando ele atravessou a praça sombreada. As lojas, que pareciam pertencer sobretudo a alfaiates e carpinteiros, estavam vazias no momento, desertadas à primeira indicação de uma diversão na rua. O caminho fazia uma certa curva; havia mais uma barraca aberta ali e, adiante, apenas o luar. Era uma carpintaria, e o homem estivera trabalhando na porta, construindo uma alta arca de madeira com a forma de um baú de navio. O martelo estava onde o havia deixado. Dyar viu sem ver; quando olhou mais atentamente, procurou involuntariamente os pregos. Estavam ali também, um pouco compridos, mas retos e novos, em cima de um banquinho quadrado. Só depois de ter passado de novo pelo grupo que gritava e se afastado tanto que não escutava mais os gritos ásperos o martelo e um prego grande pesando no bolso do casaco, foi que se deu conta de que, apesar de toda a sua clareza mental quando estava sentado junto à fonte fumando seu kif, ele havia sido incrivelmente burro. Para que serviam o martelo e o prego? Para consertar a porta. Qual porta? A porta da cabana, a porta que batia e não o deixava dormir. E onde era essa cabana, como ia chegar lá?

Parou, mais horrorizado pela revelação desse incrível lapso em seus processos mentais do que pelo fato em si de que não conseguia voltar à casa, de que não tinha onde dormir. O kif era uma coisa traiçoeira, pensou, seguindo em frente devagar.

De volta à praça deserta, sentou-se outra vez à beira da fonte e puxou o cachimbo. Traiçoeiro ou não, assim como o álcool, tornava suportável o momento presente. Enquanto fumava, viu uma figura emergir das sombras do lado escuro da praça e vir em sua direção. Quando ainda estava bem longe, mas perto o suficiente para ele ver que era um homem carregando um grande cesto, disse: *Salam*. Dyar deu um grunhido.

— *Andek es sebsi?*

Ele olhou, incrédulo. Era impossível. O kif era traiçoeiro, então não se mexeu, esperou.

O homem se aproximou, soltou uma exclamação. Então Dyar deu um pulo. — Seu filho da puta! — gritou, rindo de prazer, batendo várias vezes no ombro de Thami.

Thami também ficou deliciado. Dyar tinha comido, estava de bom humor. Não precisava mais temer a volta para casa com as furiosas censuras à sua espera. Podia abordar a questão do dinheiro. E havia também seu próprio cachimbo de kif, cuja ausência ele tanto lamentara, bem ali na mão de Dyar. Mas estava nervoso de ficar ali na praça.

— Vai ter problemas aqui — disse. — É muito ruim. Eu disse para você não sair. Se um *moqaddem* vê você, "*Oiga, señor*, venha até a *comisaría*, nós olhamos seus documentos, meu amigo". Vamos.

O luar era muito intenso quando deixaram para trás a cidade e estavam entre as oliveiras. A meio caminho da montanha, entre as rochas escarpadas, sentaram, e Thami tirou o *majun*.

— Sabe o que é isto? — perguntou.

— Claro que sei. Já comi.

— Isto não vai deixar você bêbado ainda por uma hora. Ou mais. Quando a gente chegar em casa, eu faço chá. Aí você vai ver o que é bêbado.

— Eu sei. Já comi uma vez, eu disse.

Thami olhou para ele, descrente, e dividiu o bolo em dois pedaços desiguais, deu o maior para Dyar.

— É macio — Dyar observou com certa surpresa. — O que eu comi era duro.

— É a mesma coisa — Thami disse com indiferença. — Este é melhor. — Dyar tendia a concordar com ele, quanto ao sabor. Ficaram sentados, comendo quietos, cada um consciente, à sua própria maneira, de que ao engolir a substância mágica estavam se entregando irrevogavelmente a forças invisíveis que dominariam suas vidas pelas próximas horas.

Não falavam nada, só ouviam a água descendo no golfo de luar e sombras que se abriam a seus pés.

XXV

— De volta ao lar! — Dyar disse, animado, ao entrar na casa, saudado pelo forte cheiro de mofo do qual se despedira pouco tempo antes. — Vamos acender esse fogo antes que a gente enlouqueça. — Jogou a pasta num canto, contente de se livrar dela.

Thami fechou a porta, trancou e olhou para ele, sem entender. — Você já está *hashish* — ele disse. — Dá para ver só de olhar para você. Do que está falando?

— O fogo. O fogo. Pegue lenha. Depressa!

— Tem muita lenha — Thami disse, imperturbável, apontando o pátio com seus engradados. Dyar saiu e começou a jogá-los como um louco para dentro da sala. — Vá quebrando! — gritou. — Quebre! Vai fazer um frio desgraçado aqui sem nenhum cobertor. Temos de manter o fogo aceso o máximo possível.

Thami obedeceu, admirado com a surpreendente transformação que um pouco de *majun* provocava num cristão. Nunca tinha visto Dyar tão bem-humorado. Quando havia juntado uma enorme pilha de ripas, empurrou-as de lado e estendeu as duas esteiras, uma em cima da outra, na frente da lareira. Depois, entrou na cozinha e se ocupou acendendo um fogo de carvão no braseiro de cerâmica, a fim de preparar o chá.

— Ah! — ouviu Dyar exclamar em triunfo no pátio. — Era isso mesmo que eu queria! — Tinha desencavado vários troncos pequenos num canto, que levou para dentro e jogou ao lado da lareira. Foi até Thami na cozinha. — Me dê um fósforo — disse. — Minha vela apagou. — Thami estava de cócoras ao lado do braseiro e levantou a cabeça, sorrindo. — Como você está agora? — perguntou.

— Estou ótimo. Por quê? Como você está?

Thami entregou-lhe a caixa de fósforos. — Estou bem — respondeu. Não tinha certeza de como começar. Talvez fosse melhor esperar até estarem deitados diante do fogo. Mas então o humor de Dyar podia já ter mudado. — Eu queria ter comprado uma grande garrafa de conhaque hoje, sabe. — Fez uma pausa.

— Bom, por que não comprou? Eu gostaria de um drinque agora.

Thami esfregou o indicador contra o polegar, para a frente e para trás, expressivamente.

— Ah! — disse Dyar, sóbrio. — Entendo. — Voltou para o outro quarto, enfiou um pouco de papel na lareira, pôs algumas madeiras dos engradados em cima, acendeu. Depois foi para o canto mais escuro do quarto e, de olho na porta do pátio, tirou cinco notas de dentro da camisa. "Isto aqui vai mostrar que eu estou jogando limpo com ele", disse a si mesmo. Voltou à cozinha, entregou o dinheiro a Thami, disse: — Tome.

— Obrigado — disse Thami. Levantou-se e deu-lhe palmadinhas de leve nas costas, três palmadinhas.

— Quando você entrar, a gente conversa sobre o resto. — Saiu para o pátio e ficou olhando o imenso globo da lua cheia; nunca a tinha visto tão perto, nem tão forte. Um pássaro noturno gritou brevemente no ar muito alto: um grito peculiar, frio, diferente de tudo o que tinha ouvido antes. Ele parou, ouvindo o som se repetir e ecoar em sua cabeça, uma longa cadeia de ecos interiores que desenhava uma escada invisível no céu negro. O estralejar do fogo lá dentro o despertou. Ele entrou e jogou dentro um tronco. Acocorou-se, olhando o fogo, acompanhando as formas das chamas com os olhos. A lareira puxava bem; não entrava nenhuma fumaça na sala.

Pisavam com cuidado as pedras quadradas do calçamento que levava pelo gramado até o jardim, mas era preciso pisar fora delas a certo ponto, pisar a grama encharcada para evitar a mangueira com o *sprinkler* que girava e girava, irregularmente.

A sra. Shields tinha fechado todas as venezianas da sala grande, porque o sol entrava e desbotava as cortinas, ela dissera. Com as janelas fechadas, a tempestade podia chegar a hora que quisesse; vinha ameaçando a tarde toda. Do outro lado do rio ficara muito escuro. Provavelmente, já estava chovendo lá, mas o rolar do trovão era mais distante. Lá longe, no vale, dos lados do precipício, ele rugia. O campo lá era bravio, e as pessoas não tinham a mesma cordialidade que tinham ali, onde a terra era boa. A sra. Shields deixara a mangueira manchar seu vestido. Era uma pena, ele pensou, olhando de perto o estampado *paisley*.

Não queria estar na casa quando eles fossem embora. Voltar aos quartos vazios onde o ar ainda se movia com as correntes postas em movimento pelas urgências de último minuto, sentir o assento da cadeira onde um deles se sentara, por causa disso um pouco mais quente que as outras, mas o calor ainda palpável depois de eles terem ido embora, ver o cordão de uma persiana ainda balançando quase imperceptivelmente, ele não podia suportar nenhuma dessas coisas. Era melhor ficar no jardim, despedir-se deles ali e esperar para entrar até a casa estar completamente morta. E a tempestade iria cair ou rugir pelo campo até a noite. As uvas estão amadurecendo, ela disse quando eles passaram debaixo do caramanchão. E os veleiros estarão voltando ao porto. Ele se encostou na cerejeira e ficou olhando as formigas subirem e descerem pela casca áspera do tronco, muito perto de seu rosto. Aquele verão ficava numa região perdida, e todas as estradas para ele tinham sido interrompidas.

Thami entrou, trazendo o braseiro aceso. Colocou-o no centro da sala, foi e pegou a chaleira e os copos. Enquanto esperava a água ferver, soprava de quando em quando os carvões em brasa, e Dyar contou-lhe seus planos. Mas quando chegou ao ponto de mencionar a soma que tinha, descobriu que não conseguia. Thami escutou, sacudiu a cabeça, cético, quando Dyar terminou. — Pesetas não valem nada na Zona Francesa — disse. — Não se consegue trocar. Teria de levar para os judeus trocarem.

— Bom, levamos para os judeus, então. Por que não?

Thami olhou para ele com pena. — Os judeus? — exclamou. — Eles não dão *nada*. Dão cinco francos por peseta. Talvez seis. — Dyar sabia que a taxa atual era pouco acima de oito. Suspirou. — Não sei. Vamos ter de esperar para ver. — Mas secretamente estava decidido a fazer daquele jeito, mesmo que conseguisse apenas cinco.

Thami serviu o chá fervente nos copos. — Sem hortelã dessa vez — disse.

— Não tem importância. É o calor que faz funcionar.

— É. — Ele soprou a vela, e ficaram sentados à luz das chamas. Dyar se acomodou, recostado à parede, mas Thami imediatamente objetou. — Vai ficar doente — explicou. — A parede é muito úmida. Noite passada eu mudei minha cama, de tão úmido que estava ali.

— Ah! — Dyar endireitou o corpo, puxou as pernas debaixo do corpo e continuou a tomar o chá. A mão em cima da pasta estava explicada para sempre? Por que não?, perguntou a si mesmo. Acreditar ou duvidar é uma questão de querer acreditar ou duvidar; no momento, ele sentia vontade de acreditar porque combinava com seu estado de espírito.

— Então, você está comigo? — perguntou.

— O quê?

— Ficamos uma semana, e você sai todo dia e troca mil pesetas?

— O que você mandar — disse Thami, pegando seu copo e servindo mais chá.

A sala estava ficando tensa e alerta à sua volta; Dyar lembrava a sensação da noite na Villa Hesperides. Mas não era igual dessa vez porque ele próprio estava muito diferente. O pássaro lá fora gritou de novo. Thami pareceu surpreso. — Não sei como você chama esse pássaro em inglês. Nós chamamos de *yuca*.

Dyar fechou os olhos. Um motor terrível tinha começado a pulsar na parte de trás de sua cabeça. Não era doloroso; era assustador. Com os olhos fechados, teve a impressão de que estava deitado de costas, que se abrisse os olhos veria o teto. Não era preciso abrir os olhos, podia ver de qualquer jeito, porque suas pálpebras tinham ficado transparentes. Era uma tela gigantesca contra a qual as imagens começavam a ser projetadas: minúsculos enxames de contas de vidro colorido se arranjavam, obedientes, em padrões, nadando juntas e separadas, formando mosaicos que se dissolviam assim que se formavam. Penas, cristais de neve, rendas e janelas de igreja se acumulavam consecutivamente na tela, e a luz projetora ficava cada vez mais poderosa. Logo as bordas da tela começariam a queimar, e o fogo estaria de ambos os lados de sua cabeça. — Nossa, isso vai me deixar cego — disse, de repente; abriu os olhos e se deu conta de que não tinha dito nada.

— Sabe com o que parece? — Thami perguntou.

— Com o que parece o quê?

— Os *yucas.*

— Não sei com o que nada parece. Não sei do que você está falando!

Thami pareceu ligeiramente ofendido. — Você está *hashish*, meu amigo. *Hashish bezef!*

Cada vez que Thami falava com ele, Dyar levantava a cabeça e sacudia ligeiramente, abria os olhos e dava uma resposta sem sentido. Thami começou a cantar com uma voz pequena, distante. Era um som que dava para andar em cima, um tapete macio que se estendia diante dele no deserto plano e ofuscante. *Ijbed selkha men rasu...* Mas ele topou com os muros de pedra de uma casa vazia ao lado de uma montanha. O fogo grassava atrás dela, queimando voraz e silenciosamente, a porta estava aberta e dentro estava escuro. Teias de aranha pendiam das paredes, soldados tinham estado ali e havia roupas íntimas femininas, de seda, espalhadas pelas salas vazias. Ele sabia que certo dia, em certo momento, a casa desmoronaria e nada restaria além de poeira e entulho, indistinguível da escarpa de cascalho abaixo dos rochedos. Aconteceria em silêncio absoluto, a queda da casa, como um filme que continua a rodar depois que o aparelho de som quebrou. *Bache idaui sebbatu...* O tapete havia pegado fogo também. Alguém ia pôr a culpa nele.

— Eu que me dane se pagar por isso — disse. Horários regulares, superiores sempre a lhe dar ordens, sem segurança, sem liberdade, sem liberdade, sem liberdade.

Thami disse: — *Hak.* Tome o seu chá.

Dyar estendeu a mão e nadou contra a corrente em direção ao copo estendido, brilhando na luz refletida do fogo. — Peguei. *Muchas gracias, amigo.* — Fez uma pausa, parecia estar escutando, então, com cuidado exagerado, pousou o copo na esteira a seu lado. — Vou pôr aqui porque está quente, está vendo? — (Mas Thami não estava prestando atenção; já estava de volta a seu próprio pavilhão do prazer observando seus quilômetros de jardins verdejantes, e a água corria límpida nos canais de esmalte azul. *Chta! Chta! Sebbatu aând al qadi!*)

— Thami, estou em outro mundo. Você entende? Pode me ouvir?

Thami não respondeu, olhos fechados, o corpo oscilando lentamente para a frente e para trás enquanto cantava. A perspectiva de sua torre ficou mais vasta, a água borbulhava saindo da terra por todos os lados. Ele havia comandado que aquilo existisse, muitos anos antes. (A noite é uma mulher vestida com um manto de estrelas ardentes...) *Ya, Leïla, lia...*

— Eu vejo você sentado aí — Dyar insistiu —, mas estou em outro mundo. — Começou a rir baixo, deliciado.

— Não sei — ele disse, reflexivamente. — Às vezes, acho o contrário. Acho que... — Falava muito devagar. — Nós... seria melhor... eu acho... se você pudesse atravessar... se pudesse atravessar... Por que ninguém consegue atravessar? — A voz dele ficou tão alta e firme que Thami abriu os olhos e parou de cantar.

— *Chkun entina?* — perguntou. — Meu amigo, eu estou tão *hashish* quanto você.

— A gente chega aqui, flutua embora, chega nesse lugar *maluco*! Ah, meu *Deus*! — Estava falando muito depressa e teve um pequeno espasmo de riso, depois se controlou. — *Eu não tenho* nada para rir. Não é engraçado. Com um grito, rolou no chão e abandonou-se a um longo ataque de alegria. Thami ficou ouvindo sem se mexer.

Depois de um longo tempo, o riso parou tão subitamente como havia começado; ele ficou bem quieto. A vozinha saiu de novo: — *Ijbed selkha men rasu...* — E repetiu e repetiu. De quando em quando, o fogo se agitava, uma brasa mudava de posição. Cada pequeno som era afiado como navalha, mas por dentro havia um sólido silêncio. Ele estava tentando não respirar, queria ficar absolutamente imóvel, porque sentia que o ar que se encaixava com tanta perfeição à sua volta era uma substância gelatinosa que tinha de ser moldada para combinar com infinita exatidão a cada contorno de sua pessoa. Se ele se mexesse um mínimo que fosse, ia sentir aquilo pressionar contra ele, e isso seria insuportável. O monstruoso inchar e desinflar de si mesmo que cada respirada ocasionava era um perigo real. Mas essa onda quebrou, recuou e ele se viu por um momento perdido numa paisagem de líquida luz vítrea, cor de ouro verde e cintilante. Brunida, rica e oleosa, depois mutável como fogo líquido. Olhe! Olhe! Beba com os olhos. É a única água que você jamais verá. Outra onda rolaria logo em seguida; elas vinham com mais frequência. *Ya Leïla, lia...* Durante um momento ele ficou bem lúcido. Deitado ali, confortável, ouvia a longa e melancólica linha melódica da canção, pensando: — Há quanto tempo eu estava rindo? — Talvez a coisa toda tivesse passado, o efeito já esgotado.

— Thami? — chamou. E se deu conta de que tinha sido quase impossível pronunciar a palavra, porque sua boca era de papelão. Ofegou um pouco e pensou em se mexer. "Tenho de me lembrar de dizer a mim mesmo para mexer a mão esquerda para poder me erguer sobre o cotovelo. Tenho de ir mais para trás para poder dobrar os joelhos. Mas não quero dobrar os joelhos. Só a mão. Para poder me apoiar no cotovelo. Se eu mexer os joelhos, posso sentar..."

Estava se sentando.

(Estou sentado.) *Era isso que eu queria? Por que eu queria sentar?*

Esperou.

(Eu não queria. Só queria me apoiar no cotovelo.) *Por quê?* (Queria deitar virado para o outro lado. Vai ficar mais confortável desse jeito.)

Estava deitando.

(... do golfo do infinito, Alá tudo olha com um olho de ouro...) *Alef leïlat u leïla, ya leïla, lia!*

Antes de o vento chegar, ele ouviu o vento chegando, furtivamente agitado entre os duros pináculos de rocha ali em cima, rolando ravinas abaixo, sussurrando ao deslizar pela superfície dos rochedos, indo se enrolar em torno da casa. Ele ficou deitado um ano, morto, ouvindo ele vir.

Houve uma explosão na sala. Thami jogara outro tronco no fogo. "Isso me deu desenhos. Vermelho, roxo", disse Dyar sem falar, sentando de novo. A sala era uma gruta vermelha, um teatro, um vasto estábulo com um balcão pairando sobre as sombras. Lá longe havia uma cidade de pequenos quartos, uma cidade dentro de um bolsão de escuro, mas havia janelas nas paredes que não se podiam ver, e além delas o sol brilhava numa cidade externa feita de gelo.

— Meu Deus, Thami, água! — ele gritou, pastoso. Thami estava em pé ao lado dele.

— Adeus — disse Thami. Sentou-se pesadamente, rolou de lado, não cantava mais.

"Água", ele tentou repetir em voz muito baixa e, tremendo, fez um supremo esforço para se pôr de pé. — Meu Deus, preciso beber água — sussurrou para si mesmo; era mais fácil sussurrar. Porque ele estava olhando os próprios pés de três mil metros de altura, tinha de tomar extremo cuidado para andar, mas passou por cima de Thami e saiu ao pátio, foi até o balde. Suspirando com o esforço de se ajoelhar, pôs o rosto no fogo da água fria e sugou para a garganta.

Quando terminou, levantou-se, jogou a cabeça para o alto e olhou a lua. O vento tinha chegado, mas já estava ali antes. Agora era preciso voltar à sala, atravessar o trajeto todo até a porta. Mas não devia respirar tão pesadamente. Abrir a porta e sair. Lá fora o vento estaria frio, mas ele tinha de ir mesmo assim.

A expedição pela sala mágica era arriscada. Havia um frágil silêncio que não podia ser abalado. O fogo, que banhava com sua vermelhidão a máscara do rosto de Thami, não podia saber que ele estava passando sorrateiramente. A cada passo, ele levantava muito o pé, como alguém que caminha num campo de relva alta e molhada. Ele viu a porta à frente, mas, de repente, entre ele e ela interpôs-se um corredor tortuoso feito de tempo puro. Ia levar horas infindas para chegar à outra ponta. E uma multidão de gente invisível estava alinhada contra as paredes, mas do outro lado das paredes, silenciosamente esperando que ele passasse, um coro impassível, silente e impiedoso. "Esperando por mim", ele pensou. Os lados de sua mente, indistinguíveis das paredes do corredor, eram debruados com palavras escritas em caligrafia árabe. O tempo todo, diretamente diante de seus olhos, estava a porta sem maçaneta, emitindo sua mensagem sussurrada. Não era segura, não merecia confiança. Se ela se abrisse quando ele não queria que se abrisse, por si mesma, todo o horror da existência podia se precipitar sobre ele. Estendeu a mão e tocou a grande chave fria. A chave explicava o peso no bolso de seu casaco. Enfiou a mão esquerda no bolso e sentiu o martelo e a cabeça e a ponta do prego. Era trabalho a ser feito, mas depois, quando voltasse. Girou a chave, empurrou a porta, sentiu o vento desorientador tocar seu rosto. — Fique longe do precipício — sussurrou ao sair. Em torno dele, estendia-se o sorriso sem forma da noite. A lua estava distante, sobre as regiões vazias agora. Aliviou-se contra a parede da casa e ouviu o vento ali em cima tentando encobrir a longa nota singular da água a descer para o vale. Dentro, junto ao fogo, o tempo estava se dissolvendo aos poucos, caindo aos pedaços. Mas, mesmo no fim da noite, ainda restaria uma brasa de tempo, de sabor sutil, amargo, delicada ao toque, brilhando no recesso das cinzas, antes de empalidecer e morrer, e o coração da noite antiga parar de bater.

Virou-se para a porta, os passos curtos e hesitantes como os de um velho. Seria preciso um tremendo esforço para voltar à esteira, mas como a única coisa que conseguia conceber naquele instante era cair nela e ficar deitado junto ao fogo, tinha certeza de que conseguia fazer o esforço. Quando fechou a porta ao passar, murmurou para ela: — Sabe que estou aqui, não sabe? — A ideia lhe era detestável, mas havia uma coisa que podia fazer. Que coisa era essa ele não conseguia lembrar, mas sabia que a situação não era desesperada; podia remediá-la depois.

Thami não tinha se mexido. Ao olhar, do alto de sua remota estatura, aquele corpo relaxado, uma inquietação familiar tomou conta dele, só que não conseguia ligá-la a nenhuma causa. Em parte, ele sabia que o que via à sua frente era Thami. A cabeça de Thami, o tronco, os braços e as pernas. Em parte, ele sabia que era um objeto não identificado caído ali, incomensuravelmente pesado, com sua própria falta de sentido, um vasto peso imponderável que nada conseguia aliviar. Enquanto ele estava ali parado em êxtase, contemplando a coisa, o vento empurrava a porta ligeiramente, produzindo uma pequena trepidação. Mas alguma coisa *podia* aliviar aquilo? Se o ar conseguisse entrar, o peso poderia escapar por vontade própria para as sombras da sala, para o escuro da noite. Devagar, ele olhou para trás. A porta estava silenciosa, olhando, maligna. "Você sabe que eu estou aqui, sim", ele pensou, "mas não vai saber por muito tempo". Ele tinha dado existência ao martelo e ao prego, e ali estavam em seu bolso. Pensando em seu peso, sentiu o corpo pender para o lado. Teve de mudar a posição do pé para manter o equilíbrio, para impedir de ser puxado para baixo por seu peso. A porta vibrou de novo, uma série de batidas fracas, impositivas e insinuantes. Mas, agora, vinham da esteira debaixo dele? "Se ela se abrir", pensou, olhando a massa inerte, sólida à sua frente, à luz moribunda do fogo, os olhos arregalados, recolhendo medo de dentro dele. "Se ela se abrir." Havia aquela coisa que ele tinha de fazer, e ele sabia o que era, mas não conseguia pensar no que era.

Uma massa de palavras tinha começado a fermentar dentro dele, e agora borbulharam para fora. "Muitas Mabel ai, ai. Molly boneca do papai. Lolly plantador. Dolly Dan menor", ele sussurrou, e depois riu. O martelo estava na mão direita, o prego, na esquerda. Ele se inclinou, cambaleou e caiu pesadamente de joelhos na esteira, ao lado da porta estendida. Ela não se mexeu. O vento da montanha soprou dentro de sua cabeça. Sua cabeça era uma concha única, cheia de grutas, as paredes rosadas infinitamente lisas, delicadas, finas como papel, captavam a luz das brasas quando ele se deslocava pelas galerias. "Melly mole martelo", ele disse, bem alto, enfiando a ponta do prego o mais fundo possível na orelha de Thami. Levantou o braço direito e bateu na cabeça do prego com toda a força. O objeto relaxou imperceptivelmente, como se alguém tivesse dito a ele: "Tudo bem." Ele largou o martelo e tocou a cabeça do prego, nivelada com o macio lóbulo da orelha. Havia dois sulcos nela; ele raspou a unha do polegar sobre as imperfeições do aço. O prego estava pregado com firmeza, como se estivesse enfiado num coco. "Rima Mabel rala." As crianças iam fazer um barulho quando saíssem para o recreio. O fogo estalava, a mesma música insistente que não podia ser calada, os mesmos foguetes que não tinham pressa para explodir. E o chão tinha caído em cima dele. A mão dobrada por baixo do corpo, ele podia sentir, queria se mexer. "Tenho de lembrar que eu existo", disse a si mesmo; isso era claro, como uma grande rocha subindo do mar em torno. "Tenho de lembrar que eu estou vivo."

Ele não sabia se estava deitado quieto ou se suas mãos e seus pés estavam tremendo dolorosamente com o esforço de se fazer acreditar que estava ali, e queria mexer a mão. Ele sabia que sua pele era mais macia do que a casca de uma ameixa madura demais; mesmo que tocasse muito de leve, ela ia se romper e sujá-lo com o viscoso de dentro. Alguém tinha fechado a gaveta de arquivo em que ele estava deitado e ido embora, esquecido dele. O grande langor. A grande lentidão. A noite tinha setores cheios de repouso, e havia lugares no tempo a serem visitados, rostos a esquecer, palavras a entender, silêncios a estudar.

O fogo se apagara; a noite desumana tinha entrado na sala. Mais uma vez ele queria água. "Eu voltei", pensou; a boca, a garganta, o estômago, doíam de tão secos. "Thami ficou para trás. Eu sou o único sobrevivente. Era assim que eu queria." Aquele cálido, úmido, perigoso criadouro de ideias tinha sido destruído. "Graças a Deus ele não voltou comigo", disse a si mesmo. "Nunca desejei que ele soubesse que eu estava vivo." Ele escapou de novo; a água estava muito longe.

Uma luz maníaca havia caído sobre a sala e estava saltando pelo espaço. Ele se sentou e franziu a testa. A orelha na cabeça ao lado dele. O pequeno disco de aço com fendas irregulares. Ele sabia que estaria ali. Suspirou, engatinhou contornando as pernas encolhidas, chegou ao pátio frio, ofuscante, e mergulhou o rosto no balde. Ele não era real, mas sabia que estava vivo. Quando levantou a cabeça, deixou-a cair até encostar na parede, e ali ficou um longo tempo, a luz matinal das montanhas pressionando brutalmente dentro de suas pálpebras.

Depois levantou-se, entrou na sala, arrastou Thami pelas pernas através do pátio até a cozinha e fechou a porta. Dominado pela fraqueza, deitou-se na esteira e ainda tremendo caiu num sono sem fundo. Com o correr do dia, o vento aumentou, o céu azul ficou branco, depois cinzento. A porta trepidava incessantemente, mas ele não ouvia nada.

XXVI

A porta já estava batendo por um longo tempo antes que ele, ao tomar consciência disso, começasse a escalar os lados escorregadios da bacia de sono onde se encontrava, numa frenética tentativa de escapar para a consciência. Quando finalmente abriu os olhos e estava de volta à sala, um estranho langor permaneceu, como uma grande e macia almofada debaixo dele; não queria se mexer. Mas o punho continuava a bater na porta insistentemente, parando de vez em quando, de forma que, quando começava de novo, era mais alto que antes, por causa do silêncio do intervalo.

Havia almofadas debaixo dele e almofadas em cima dele: não podia se mexer. Mas gritou: — Quem é? — várias vezes, conseguindo a cada vez pôr um pouco mais de força na voz descontrolada. As batidas cessaram. Logo ele sentiu uma ligeira curiosidade de saber quem era lá fora. Sentou-se, depois se levantou e foi até a porta, dizendo de novo, a boca junto à madeira: — Quem é? — Lá fora havia apenas o som do ocasional pingo de água dos beirais sobre a terra nua. "Então andou chovendo de novo", pensou, com uma raiva sem razão. — Quem é? — perguntou mais alto, assustando-se ao pôr a mão no rosto e encontrar ali a barba de três dias.

Destrancou a porta, abriu e olhou para fora. Era um dia escuro, e, conforme ele esperava, não havia ninguém à vista. Nem estava mais do que vagamente interessado em saber quem estava batendo. Não era indiferença; sabia que lhe dizia respeito, vitalmente, sabia que devia se preocupar muito em saber quem estivera diante da porta um momento antes. Hoje, era como um filme velho e gasto rodando: apagado, incerto, piscando, cheio de cortes e com uma trama que ele não conseguia captar. Era difícil prestar atenção.

Quando se virou para entrar de novo, porque estava com vontade de dormir de novo, uma voz falou: — *Hola!* — da direção do riacho. E embora estivesse com dificuldade para focalizar (o vale era uma obscura confusão cinzenta), viu um homem, que um segundo antes estava parado olhando a casa, virar-se e começar a caminhar na direção dela. Dyar não se mexeu; observou; no alto da cabeça, sentia de vez em quando as gotas frias que caíam do céu uma a uma, sem pressa.

O homem era um berbere com roupa de campo. Ao se aproximar da casa, começou a andar mais devagar e a olhar para trás na trilha. Logo parou e ficou evidentemente esperando alguém que vinha atrás dele. Do meio das pedras emergiram duas figuras que subiram, atravessando o riacho, contornando a trilha. Parado na porta, observando essa chegada inesperada, sentindo com certeza que significava alguma coisa de grande importância para ele, Dyar não conseguia reunir energia suficiente para conjecturar: ele observava. Quando os dois vultos chegaram ao ponto onde estava parado o solitário, pararam e conferenciaram com ele; ele apontou com o braço na direção da casa, depois sentou-se, enquanto os outros continuavam pelo caminho. Mas agora Dyar começara a olhar fixamente, pois um homem usava farda com culotes e botas, enquanto o outro, que parecia precisar de ajuda para subir, estava de capa e com um turbante cor de púrpura viva. Quando os dois chegaram na metade do caminho entre o berbere sentado e a casa, ele se deu conta, com um choque, de que a segunda pessoa era uma mulher de calça. E, um instante depois, sua boca se abriu ligeiramente quando reconheceu Daisy. Baixinho, ele disse: — Meu Deus!

Ao se aproximar e ver que ele estava olhando para ela, Daisy acenou, mas não disse nada. Dyar, comportando-se como uma criança pequena, ficou olhando-a se aproximar, nem mesmo retribuiu seu aceno.

— Ah! — ela exclamou, um pouco ofegante quando chegou ao terreno plano onde ficava a casa. Ela foi até a porta e estendeu a mão. Ele a pegou, ainda olhando para ela, sem acreditar. — Olá — ele disse.

— Olhe. Por favor, não pense que sou intrometida. Como vai você? — Ela soltou a mão dele e dirigiu um olhar penetrante a seu rosto; sem pensar, ele pôs a mão no queixo. — Tudo bem? — Sem esperar resposta, ela se virou para o homem com uniforme de chofer. — *Me puedes esperar ahí abajo.* — Ela apontou o nativo que esperava abaixo. O homem fez uma saudação indiferente e afastou-se.

— Ah! — Daisy repetiu, procurando um lugar para sentar e não vendo nada além da terra molhada. — Preciso me sentar. Acha que podemos entrar para o chão seco?

— Ah, claro. — Dyar voltou à vida. — Só estou surpreso de ver você. Entre. — Ela atravessou a sala e sentou-se na esteira diante da lareira. — O que está fazendo aqui? — ele perguntou, a voz sem expressão.

Ela dobrara os joelhos para um lado e pousara as mãos neles. — Evidentemente, eu vim atrás de você. — Ela olhou para ele. — Mas você quer saber *por quê,* claro. Se tiver paciência enquanto eu recupero o fôlego, eu conto. — Fez uma pausa e suspirou. — Vou apresentar o meu caso, e você pode fazer o que quiser. — Então, ela estendeu a mão e segurou no braço dele. — Querido — o tom de sua voz tinha mudado, ficado mais intenso. — Você tem de voltar. Sente. Não, aqui, ao meu lado. Você tem de voltar a Tânger. Por isso eu estou aqui. Para ajudar você a voltar.

Ela sentiu o corpo dele enrijecer quando virou a cabeça depressa a fim de olhar para ela. — Não fale nada — disse ela. — Deixe-me fazer o meu discursinho. É tarde, vai chover e nós temos de partir para Agla enquanto ainda é dia. São vinte e sete quilômetros de trilha antes de chegar à *carretera*. Você não sabe nada das estradas porque não veio por esse lado.

— Como você sabe como eu vim?

— Você acha *mesmo* que eu sou absolutamente boba, não é? — Ela ofereceu um cigarro de sua cigarreira, e fumaram durante um momento em silêncio. — Eu vi aquele negócio no jardim aquela noite e achei que tinha reconhecido aquele irmão bêbado dos Beidaoui. E não tinha razão para duvidar da palavra da mulher dele. Segundo ela, ele havia trazido você aqui. Então foi isso. Mas isso tudo não tem importância.

Ele estava pensando: "Como posso descobrir o quanto ela sabe?" A melhor ideia parecia simplesmente perguntar a ela; então, ele a interrompeu, perguntando: — O que contaram para você?

— Quem? — ela disse, secamente. — Jack Wilcox e Ronny Ashcombe-Danvers?

Ele não respondeu.

— Se está falando deles — ela continuou —, eles me contaram tudo, naturalmente. Vocês são todos uns completos idiotas, os três, mas você é o mais idiota de todos. *Em nome de Deus*, o que você achou que estava fazendo? Claro, não sei o que Jack estava pensando ao deixar você buscar o dinheiro de Ronny, e ele é tão reservado que eu não consegui descobrir nada da história boba que ele contou. Só quando encontrei com Ronny ontem no aeroporto foi que consegui alguma coisa que fizesse sentido. Ronny é um velho amigo meu, sabe, e posso garantir a você que ele ficou muito chateado com a história toda, como tem todo o direito de ficar.

— Sei — ele disse, completamente perdido quanto ao que dizer.

— Eu discuti com ele até ficar rouca, tentando convencer Ronny a me deixar vir aqui. Claro que ele preferia vir ele próprio com um bando de rufiões do porto para arriscar pegar o dinheiro de volta à força. Porque, evidentemente, ele não pode fazer isso por meios legais. Mas acho que agora ele entendeu como essa ideia era infantil. Eu consegui fazer ele entender o quanto seria melhor se eu conseguisse fazer você voltar por vontade própria.

Dyar pensou: "Então Ashcombe-Danvers é um velho amigo dela. Ele prometeu a ela uma porcentagem de tudo o que ela conseguir levar de volta para ele." E ele se lembrou da reserva de madame Werth no hotel de Marrakech; Daisy podia também estar dizendo a ele: "Volte e seja uma vítima de novo, por mim."

— Fora de questão — ele disse, breve.

— Ah, é? — ela gritou, os olhos ardentes. — Por que o pequeno Mr. Dyar assim decidiu, acredito.

Ele se zangou. — Tem toda razão.

Ela se inclinou para ele. — Por que acha que eu vim até aqui, seu maldito, maldito idiota, seu cretino convencido? Nossa!

— Não sei. Estou me perguntando — disse ele, e atirou o cigarro na lareira.

— Eu vim... — ela fez uma pausa. — Porque eu sou a maior idiota de todas, porque por algum horrendo defeito no meu caráter, eu... porque de alguma forma eu... me permiti gostar de você. Deus sabe por quê! *Deus* sabe por quê! Acha que eu viria até aqui *só* para Ronny conseguir de volta o dinheiro dele? ("Acho, sim", ele pensou.) Ele está mais equipado que eu para uma caçada humana, com seu bando de assassinos do Marsa. ("Ela não acredita em nada disso. Ela acha que é capaz de fazer melhor esse trabalho", ele disse a si mesmo.) Estou aqui porque ele é amigo meu, sim, e porque eu gostaria de ajudar Ronny a recuperar o que você roubou dele. (A voz dela tremeu um pouco na palavra *roubou*.) — Claro, claro. Isso tudo. E estou aqui também porque o que vai ajudar Ronny é, por acaso, a única coisa que vai ajudar você.

— Vai fazer bem para a minha alma. Entrar e confessar tudo.

— Sua alma! — ela reagiu, depressa. — Dane-se a sua alma! Eu disse ajudar você. Você está numa confusão. Sabe muito bem a confusão em que se meteu. E não vai consegui sair dela sem alguma ajuda. Eu quero muito ver você sair disso. E se quer que eu seja bem franca, não acho que mais ninguém consiga ou possa.

— Ah, eu sei — disse ele. — Não espero que ninguém vá fazer um abaixo-assinado por mim! Ninguém pode me ajudar. Ótimo. Como você poderia?

— Não sabe que Luis conhece algumas pessoas em Tânger? É uma questão de fazer você e seu dinheiro atravessarem a fronteira. De qualquer modo, eu peguei emprestado um carro diplomático. Com um CD na chapa, geralmente a gente passa direto. E mesmo que não passe, já está tudo providenciado. Você não corre risco nenhum.

— Risco nenhum! — ele repetiu, com uma breve risada. — E em Tânger?

— Ronny? O que ele pode fazer? Garanto que ele vai ficar tão contente de conseguir o dinheiro de volta que...

Ele interrompeu. — Isso não — disse ele. — Não estou preocupado com isso. Só estava pensando.

Ela pareceu confusa um instante. — Não está falando do cheque que aceitou daquela russa horrenda.

Ele se levantou. — Ah, nossa — gemeu. — Não tem nada que você não saiba?

— Em termos de intrigas de Tânger, não, querido. Mas todo mundo sabe disso. Ordenaram que ela fosse embora de Tânger. Talvez já tenha ido. A única coisa útil que Tio Goode fez desde que chegou a Tânger. Não sei qual seria a atitude oficial americana quanto ao seu comportamento idiota. Mas é um risco que você vai ter de correr. Acho que já conversamos o bastante, não?

— Acho que sim — disse ele. Era uma solução, ele pensou, mas não a solução certa, porque desbancaria tudo o que ele tinha feito. Tinha de ser assim, disse a si mesmo. Sabia qual seria o outro jeito.

— Acha que podemos tomar um chá antes de ir? — Daisy perguntou de repente. — Ajudaria. ("Ela não entende", ele pensou.)

— Eu não vou — disse.

— Ah, querido, não seja difícil. — Ele nunca tinha visto os olhos dela tão grandes e tão sérios. — É tarde. Você sabe muito bem que vai. Não tem mais nada a fazer. O problema é que você simplesmente não consegue resolver enfrentar Jack e Ronny. Vai *ter* de enfrentar os dois, só isso.

— Já disse que eu não vou.

— Besteira! Bobagem! Venha agora! Não me enoje com o seu medo. Não existe nada mais repulsivo do que um homem com medo.

Ele riu de um jeito desagradável.

— Venha comigo agora — ela disse com uma voz confortável, como se cada frase que dissera até então tivesse conseguido convencê-lo um pouco. — Faça um bom chá quente e nós tomamos um copo cada um. Depois voltamos. É só isso. — Quando uma nova ideia lhe ocorreu, ela olhou em torno da sala pela primeira vez. — Onde está aquele rapaz Beidaoui? Não que ele possa ir conosco; ele vai ter de voltar por conta própria, mas acredito que isso não seja nenhum problema.

Como o que acontecera durante a última meia hora havia sido num mundo tão absolutamente estranho ao mundo em que estivera vivendo (onde o vento da montanha soprava e sacudia a porta), aquele mundo ali de cima, como alguma coisa de sua própria invenção, havia recuado, se tornado improvável, momentaneamente se apagara. Ele recuperou o fôlego, não disse nada. Ao mesmo tempo, olhou depressa por cima do ombro dela para a porta da cozinha e sentiu o coração revirar dolorosamente no peito. Por um instante, seus olhos se abriram muito. Ele, então, olhou no rosto dela, a testa franzida, sem deixar que as pálpebras retomassem sua posição natural depressa demais. — Não sei — disse ele, esperando que sua expressão pudesse ser interpretada como nada mais que preocupação natural. Com o vento, a porta tinha aberto um pouco para fora e uma mão desamparada aparecia pela abertura. — Não vi Thami o dia inteiro. Ele saiu quando eu acordei.

O coração dele agora batia violentamente e o interior de sua cabeça pressionava o crânio como se fosse romper a parede frágil. Tentou jogar o velho jogo consigo mesmo. “Não é verdade. Ele não está caído lá.” Não funcionaria. Ele sabia definitivamente, mesmo sem olhar de novo; os jogos tinham acabado.

Sentou-se na sala, ele era o centro de uma situação da qual tinha consciência nos mínimos detalhes; a simples presença da mão lhe dava a inabalável certeza, a convicção de que sua existência, e tudo dentro dela, era real, sólido, inegável. Mais tarde, ele seria capaz de olhar diretamente essa consciência sem a angústia insuportável, explosiva, mas agora, no começo, sentado ao lado de Daisy na sala onde nascera aquela consciência, era demais. Pôs-se de pé num salto.

— Chá? — gritou, perturbado. — É, claro. Com certeza. — Foi até a porta da frente e olhou para fora: o chofer e o guia ainda estavam ali, sentados no anoitecer que baixava, de lados opostos da trilha. — Não sei onde ele está — disse Dyar. — Passou o dia inteiro fora. — Ainda estava chovendo um pouco, mas dentro de um momento cairia mais forte. Na penumbra úmida e cinzenta, tudo perdera a cor. Ele ouviu um som atrás de si, virou e ficou paralisado observando Daisy, que se levantou devagar, determinada, saiu para o pátio, os olhos fixos na parte de baixo da porta da cozinha. Ela abriu inteiramente a porta e curvou-se, de costas para ele. Ele não tinha certeza, mas achou ter ouvido, um segundo depois, um ligeiro grito, quase inaudível. E ela ficou ali abaixada um longo tempo. Pouco a pouco o som mortiço, surdo, da chuva que caía espalhou-se, aumentou. Ele começou a atravessar a sala na direção do pátio, pensando: "É o momento de mostrar para ela que não tenho medo. Não tenho medo do que ela pensa." Como a chuva pingava dos beirais no pátio, ela não o ouviu chegar até que estivesse quase na porta. Olhou para ele depressa; havia lágrimas nos olhos dela e, ao vê-los, ele sentiu uma pontada aguda por dentro.

Ele ficou imóvel.

— Foi...? — Ela não tentou dizer mais nada. Ele sabia a razão; ela havia olhado o seu rosto e não precisava terminar a pergunta. Ficou, então, só um segundo parada na frente dele, mas, mesmo naquele relâmpago, muitas coisas devem ter atravessado a cabeça dela, porque ao olhar nos olhos dela ele percebeu subir uma grande barreira que não estava ali um momento antes, e, de repente, ali estava, impenetrável e impiedosa. Ela atravessou depressa a sala na frente dele e saiu. Só quando já estava lá fora, na chuva, foi que ela se virou e disse, numa voz sufocada: — Vou dizer a Ronny que não consegui encontrar você. — Então, saiu de seu campo de visão; onde ela tinha parado havia agora apenas um retângulo de cinza.

Ele ficou ali parado no pátio um momento, molhado pela chuva. (Um lugar no mundo, um status definido, uma relação precisa com o restante dos homens. Mesmo que tivesse de ser uma relação de franca hostilidade, era a dele, criada por ele.) De repente, ele fechou a porta da cozinha e entrou na sala. Estava cansado, queria sentar, mas havia apenas a esteira e ele, então, ficou de pé no meio da sala. Logo estaria escuro; pregado no chão estava o pedacinho de vela que o outro havia soprado na noite anterior quando o fogo estava aceso. Ele não sabia se havia outra vela na cozinha, nem iria procurar para ver. Mais para ter alguma coisa a fazer do que por querer luz, ele se ajoelhou para acender o toco, procurou fósforos no bolso, em todos os bolsos. Não encontrou, levantou-se de novo e foi até a porta. Lá na escuridão não havia vale, não havia montanhas. A chuva caía pesada, e o vento tinha começado a soprar de novo. Ele se sentou na soleira e começou a esperar. Ainda não estava totalmente escuro.

Amrah, Tânger

Este livro foi impresso
pela Lis Gráfica para a
Editora Objetiva em
agosto de 2010.